风雅

济南

任晓策 / 主编

济南出版社

图书在版编目（CIP）数据

风雅济南/任晓策主编.—济南：

济南出版社，2015.11
ISBN 978-7-5488-1926-4

Ⅰ.①风… Ⅱ.①任… Ⅲ.①散文集—中国—当代
Ⅳ.①I267

中国版本图书馆CIP数据核字(2015)第287357号

《风雅济南》　任晓策 / 主编

责任编辑　戴梅海　朱　琦
装帧设计　戴梅海
内文插图　谭洪波
内文摄影　商　扬

出版发行　济南出版社
地　　址　济南市二环南路1号
邮　　编　250002
网　　址　www.jnpub.com
电　　话　0531-86131726
传　　真　0531-86131709
经　　销　各地新华书店

印　　刷　济南黄氏印务有限公司
开　　本　170×240毫米　16K
印　　张　18.25
字　　数　360千
版　　次　2015年11月第1版
印　　次　2016年1月第1次印刷
定　　价　39.00元

发行电话　0531-86131730/86131731/86116641
传　　真　0531-86922073

序 言

■ 宋遂良

　　这是一本描写济南的散文集。它把我们这一代人对济南的风貌、回忆、情怀、议论不拘一格地抒写出来，在眷恋和向往中，留下了 20 世纪和 21 世纪之交的这个时期济南的容貌、气质和体温。它的作者是全国知名的作家和久居济南的文人。名家荟萃，文联今古，笔走山河。中共济南市中区委宣传部、市中区文联组织作家创作并编辑这样一部书，显示了强烈的文化自信心和城市自豪感，卓有远见，功德无量。我觉得，这其中的某些作品，正如当年老舍、艾芜写济南的散文一般，不仅在济南文学史上，而且会在将来的济南历史文化史上，留下辉煌灿烂的一页吧。

　　济南是一座历史文化名城，我们现在知道的最早的济南文学作品大约是距今3000多年前的《诗经》小雅中的《大东》一诗。这是当时谭国（遗址属现在的济南市区）一位大夫写的一首反抗暴政的讽刺诗，艺术上已经相当成熟。当我们今天读到"有冽氿泉，无浸获薪"（"泉水横流清又冷，砍下柴来莫被浸"）、"东有启明，西有长庚"（金星在东叫启明，金星在西叫长庚"）的诗句时，会从心底对久远祖先筚路蓝缕开创家国的艰辛做绵绵无尽的想象和感喟。

　　济南还是一座锁钥之城。她北倚黄河，南枕泰山，山河带砺，系邦国之强固；东连大海，西走中原，海陆都会，据华夏之要冲。杨柳荷花泉水的清柔，儒家倡扬涵蓄的仁爱，《声声慢》（李清照）或《永遇乐》（辛弃疾）的旋律，都使她介于北雄南秀之间，刚柔相济。这座城市规模不大不小，气派不土不洋，她沉稳、风雅、醇厚，秉持中庸，传统文化和现代文明在这里水乳交融、称兄道弟地亲如一家。

　　济南就是这样一座城市，让我们依归，眷恋，一往情深。这本书里的每一篇文章，都是一道风景，一个意境，或雄浑，或旷达，或典雅，或纤秾……要把这些内容、风格各异的散文，做一些归纳概括是困难的。但为方便介绍，我们只好大致上把它分作四类：

一类是综合写济南的。《风雅济南》（侯琪）、《贤良的济南》（路也）、《在济南，历史就是喷泉》（李洱）、《济南的旧影新梦》（邱华栋）、《重识济南》（张清华）是其中的代表。作者满含深情，浓墨重彩、如数家珍地把济南的历史、文化、景致、著名的人物写得绵绵不绝，款款殷殷。既有"此亭古"，又有"名士多"，让人目不暇接，让人浮想联翩。风雅济南，实在是对济南的城市性格的一个最准确、最精妙的概括，看看侯琪的这篇文章自会明了。我特别欣赏路也的文字，雅致潇洒，活泼而富有情趣，在大格局中举重若轻。

其次是着重写济南景色的。这里有《济南四季》《济南：泉水与垂杨》《巴斯温泉与济南名泉》《济南山水辞》《趵突泉畔的随想》等。作者大都是济南的名士，他们熟悉这块土地，深谙此地的民情。在他们笔下，风景、历史和感情是无缝的对接。简墨把济南的四季抒写得如火如荼，王方晨将济南的山水描绘得如诗如画，张炜偏爱济南的泉水垂杨、戏曲皮影，荣斌歌颂趵突泉的喷涌超过庐山的瀑布、钱塘江的潮水，戴永夏是济南风景不疲倦的歌者，韩小蕙则呼吁抓紧时间建一座泉水博物馆"恃泉傲世"。

第三类主要是写济南的历史人物的。好多都不是泛泛地写，是仔细地写；不是客观地写，是动情地写，泪满衣襟地隔空呼唤，追宗认祖地酹酒祭悼。悲辛蕴藉，沉重感人。这里有英雄山上的革命烈士，有祖籍山东的抗倭英雄戚继光，甲午殉国的左宝贵，抗日名将宋哲元、赵登禹、张自忠，有五三惨案在济南取义成仁的蔡公时，有大义凛然的硬骨头铁铉，有侠肝义胆的好汉秦琼，有风华绝代的诗人李清照，有明代"历下三绝"的李攀龙、边贡和刘天民……叶兆言在《蔡公时的意义》中指出：五三惨案"彻底颠覆了中日关系"，"蔡公时的惨死是野蛮时代的一个见证"，"他的死不只是中国民族的耻辱，也是日本民族的耻辱，同时是'正派人难以想象的'全人类的耻辱"。叶先生的话说得很平静，但我们济南人会永远铭记在心。蒋蓝的《泰山之下血未止》以国民党元老于右任的诗句作标题，满含悲愤地从铁铉惨死写到蔡公时就义，旁及石达开被凌迟，和义猫、义马的忠心救主……一腔热血，阵阵悲风，正气慷慨，扑面而来。山东民间历来有重义轻利、重然诺、敢担当、为朋友两肋插刀的传统，喜欢打抱不平的英雄和斩头沥血的好汉。从田横到武松，家喻户晓。

再一类便是对于济南市井民俗、古迹、街道、曾经过往的、儿时的回忆。这些文章带着深沉的情感、生动的细节、或浓或淡的乡愁，有着很强的个人色彩。马瑞芳漫步济南回民小区，李贯通巡检英雄山文化市场，左建明难忘七里山的雪，苗长水回忆趵突泉的老房子，赵林云感受曲水亭，逄金一情寄馆驿街，娃子梦回海棠院，王文写真杆石桥，严民神游盛唐巷，魏新信步郎茂山，刘玉民祝福欢乐谷，尹艺茂回味老商埠，韦辛夷寄怀八一立交桥，陈忠、简默不约而同地追踪小广寒，侯林请大家到林汲泉喝茶，郑连根要带我们去玉函山追问生死解脱灵魂，窦洪涛追溯北洋大戏院悠久历史的一句"来或不来，我都在济南等你"让我们默默无言……36年前，出差济南的肖复兴难忘大观园剧场上演的话剧《秋海棠》；60年前，落难的李国文被一位济南长者留宿："当我将脸埋在这盆澄澈清冽的泉水中时，我突然悟到古代哲人的那句'上善若水'蕴涵的深意了。这泉，洗涤灵魂；这水，清心明目。济南的泉啊，济南的水，真是上天的礼物啊！"在这些回忆中，还频频出现老舍、胡适、闻一多、沈从文、傅斯年、梁实秋等现代作家的名字。很多人都记得，84年前的这个秋天，诗人徐志摩遇难于济南开山，但恐怕很少人知道，卞之琳那首堪称经典的《断章》，就是80年前在济南杆石桥写成的（见王文《抚今怀古钦英风》）。

正如东西在他的《济南旧颜》中所说的那样："他们的身体喜欢住在新建的高楼大厦，享受现代化的种种便利，心灵却要飞向古老的街道寻找诗意。"这个意思，200年前的王初桐就说过，"余据历下城，乃心在林壑"（他说的"林壑"就是现在的南部山区呀）。高楼建了，最终会倒；马路修了，最后会坏。所以老子主张无为。然而，人类的感情依托、精神家园永远是不安分的，它静谧在心灵深处，不能无为，并且会打着烙印一代一代传承下去，凝成文化，写成历史，"史是一国一城不可止息的命脉，不可移除的根基；史是一国一城凝聚力和传承创新的源泉，是不可磨灭的文化记忆"（李贯通《滋养一座城市的盛宴》）。我们今天编辑这本记叙济南的书，就是要把我们这一代人对济南的记忆和感受融入后代的生命中，积淀在文化里。

我们都是济南这块土地上的匆匆过客。从大的时空而言，不过须臾一瞬，微不足道；从小的遭际而言，却独特新颖，谁也不能替代。因而我们便想给这座城市留下一点我们的脚印。据侯林先生多年搜集研究，迄今我们能够看到的前人仅写济南泉水的诗篇就近三千首，散文恐怕也不在少数了，且有些已经失传。想想我们的先人对这方土地的热爱和歌咏，我们就心怀感恩。700多年前，那位写过"问世间情为何物，直教人生死相许"的诗人元好问，游历济南时又慷慨地写道："羡煞济南山水好"，"有心长作济南人"。我们感激这位山西人，感谢一切热爱济南的人！

2015 年 11 月 13 日

目　录

下　编

上编

徜徉泉城

■ 李国文

李国文 原籍江苏省盐城市，1930 年生于上海。1982 年加入中国作家协会。中国作家协会专业作家，中国作家协会第四届理事，曾任《小说选刊》主编。长篇小说《冬天里的春天》获首届茅盾文学奖，《大雅村言》获第二届鲁迅文学奖。《月食》《危楼纪事之一》分别获全国第三、第四届优秀短篇小说奖。长篇代表作有《冬天里的春天》《花园街五号》，文化随笔有《楼外谈红》《大雅村言》《中国文人的非正常死亡》《中国文人的活法》《李国文说唐》《文人遭遇皇帝》，以及《李国文新评〈三国演义〉》等。

济南，又叫泉城，这是一个既灵韵又秀丽的雅称。

在中国广袤的大地上，地下水丰盛处甚多，排行天下第几的名泉，为数也不少。但被称为泉城者，独有济南。这座古城，泉之多，之盛，之名扬海内，之美不胜收，也是众望所归，堪当此荣。泉，是济南人的骄傲；泉，也是济南这座城市的象征。徜徉泉城，品泉，便是第一要务。

上个世纪 50 年代初，我曾在济南友人家小住，在他陪伴下，游览了泉城之泉，欣赏了涌泉之美。那一眼眼泉，其实就是一首首绝妙好诗。诗，是可以读完的，泉，却无穷无尽，那是一首永远也读不完的诗。诗要一读再读，才能每读每新，才能读出这首诗的内涵；泉也要一品再品，多品多尝，才能识得这眼泉的真谛。

那时，我的落脚处，是离商埠不远的一条狭窄短巷里的小院。院不大，豆棚瓜架旁边，竟也有一眼细泉，细到什么程度呢？只有在一潭冷洌的水中，凝神专

注，才能看到夹着碎微气泡的水流，如练般游动而去，而且到了夜静时，甚至能够谛听到她的汩汩流响，证明她是一眼活泉。活泉，就是不竭之水了。不竭，意味着生生不息，意味着永续的生命力，意味着希望和未来，意味着这个世界就像一首古诗所云"问渠哪得清如许，为有源头活水来"那样的跃动不停。我真羡慕那位与我一起从朝鲜战场返回的战友，一户再普通不过的平常人家，居然拥有这一份从地底下涌出来的甘泉。

他告诉我，他家的这眼泉有年头了，还是他爷爷当年刨地种菜时发现的，后来才围着这眼细泉盖起院子。他说，左邻右舍，差不多每家都有一眼泉，真应了清人刘鹗的《老残游记》里所讲"家家泉水，户户垂杨"那样的济南特色。战友说，他家的泉，不算怎么景气，朝枯暮荣，到了夜里，才显得生机盎然。我还记得，在他家做客的日子里，入夜以后，听着小潭里的叮咚泉水，与这家人拉家常。然后，躺在床上，摇着蒲扇，在顺风而来的老车站大钟伴鸣声中，怡然入梦。

中国大多数的识字人，都是从《老残游记》这部小说中，得知济南这座泉城的。其实，我战友的父亲，一位教语文的中学老师说，早在北魏时期，郦道元就在其著作《水经注》中介绍了济南地下涌泉的风光特色。那些天里，我在战友的陪同下，走街串巷，寻湖问泉，踏山访寺，欣赏秋色。济南这座得天独厚的城市，到底拥有多少泉呢？老爷子回答很干脆："七十二。"他儿子不以为然，应该更多。教书先生以一种毋庸置疑的口吻说，有一首清人的诗，诗题为《客有询济南风景者》的，七绝四句，这样写的："湖边山乱柳毵毵，是处桃花雨半含，七十二泉新涨暖，可怜只说似江南。"我那战友反嘲他爹，你别本本主义了，做过调查的，至少有一百多处。我问，包括你们家这眼细泉吗？老爷子乐了，要那样算，一千处也下不来，否则怎么能说上"家家泉水"呢？到底泉城有多少泉，迄无定论，大家一笑了之。

也还是上个世纪 50 年代的后期，运交华盖的我，被下放劳动改造。1958年的秋天，终于获准回北京探亲，很不幸，恰值黄河汛灾，津浦路中断，被截在了济南车站。那时的我，狼狈加之穷困，实在不好意思去叨扰朋友，但两只脚却向着那狭窄短巷的小院走去。到达我战友家时，门是开着的，我正犹豫该不该迈过门槛，做一个不速之客呢，还是不要窘态毕露，免得给主人造成麻烦而逊退为好？正在迟疑时，老爷子从里屋跑出来，一把拉住我，他说，我看到人影一闪，像你，果然是你。

我问我的战友，他说，修路抢险去了，他是铁路人。既然这样，我就告辞欲走，谁知老伯脸一板，这是什么话，他不在，我在。接下来的话，把我真正地感动了，老人说，他是我的孩子，你是他的朋友，也就等于我的孩子，这门为你开，这家等你来。

说罢，他端来一个大洗脸盆，蹲在那眼细泉边，舀满一盆泉水。洗洗吧，看看你这一路风尘。到底是语文老师啊，风尘二字，用得多么准确啊。从他的恳切话语，从他的悲悯眼神，说明他相信我，一如既往。当我将脸埋在这盆澄澈清冽的泉水中时，我突然悟到古代哲人的那句话"上善若水"蕴涵的深义了。这泉，洗涤灵魂；这水，清心明目。济南的泉啊，济南的水，真是上天的礼物啊！

005

地下水，需汲取者，曰井；自涌出者，曰泉。井的态度，是索取与给予；泉的精神，是奉献与无私。这似乎也成为泉城人天性禀赋的一个部分。

济南：泉水与垂杨

■ 张　炜

张炜　1956 年 11 月生，山东龙口人，原籍山东栖霞。现为中国作家协会主席团委员，山东省作家协会主席，万松浦书院院长。发表作品一千余万字，被译成英、日、法、韩、德等多种文字。在国内及海外出版《张炜文集》等单行本多部，获海内外重要奖项五十余项。代表作《你在高原》获第八届茅盾文学奖。

如果从高处俯瞰，会发现这样一座城市：北面是一条大河，南面是起伏的山岭，它们中间是绿色掩映下的一座城郭。河是黄河，中国最有名的一条大河，行至济南愈加开阔，坦荡向东，高堤内外尽是蓬蓬草木。山岭为泰山山脉东端，覆满了密挤的松树，有著名的四门塔、灵岩寺、千佛山、五峰山、龙洞等佛教圣地。

济南将始终和刘鹗的名句连在一起："家家泉水，户户垂杨。"这八个字给人以无限想象，说的是水和树，是人类得以舒适居住的最重要的象征和条件。如果一个地方有水有树，那肯定就是生活之佳所。

来济南之前，曾想象过这样的春天：一些人无忧无虑地在泉边柳下晒着太阳，或散步或安坐，脸上尽是满足和幸福的神色。煮茶之水来自名泉，烧茶之柴取自南山，明湖有跳鱼，佛山有倒影，市民从容又欣欣。这样的描绘当然包括了预期，当然是外地人用神思对自己真实生活的一种补充。

来到济南是 20 世纪 70 年代末 80 年代初，春末夏初时节。尚未安顿下来，即风尘仆仆赶往大明湖。果然是大水涟涟，碧荷无边，杨柳轻拂，游人闲适。最让人感到亲切的是泥沙质湖岸，自然洁净，水鸟拦路。这令东部人想起了海，让西部人沾上了湿。一座多泉之城，名泉竟达七十二处。其实小泉无限，尽在市民家中院里，从青石缝隙中蹿流不息，习以为常。记得当年从大明湖离开，穿小巷抄近路，踏进阴阴的胡同，一脚踩上的就常常是润湿的石块，有人告诉：下面压了泉。

　　而后又去龙洞山，看见了出乎意料的北方大绿：无边的山地全被绿色植被所遮掩，放眼望去几乎看不到裸石和山土。怀抱粗的大银杏树、长达十丈的攀崖葛藤，让人触目叹息。正是秋天，径湿苔滑，野果盈怀，采不胜采。耳听的全是野鸡啼山猫号，一仰头必有大鹰高翔。守山人比比画画说山里有狼，有银狐和豹猫之类。最难忘一只猫头鹰大白天蹲在路边，让人抚了三下光滑的额头才怏怏而去。

　　由于济南以前曾有德意志人染指，所以留下了一个著名的车站广场钟楼。这座钟楼与另外几处历史更久的大教堂一起，给古老的城市添上了异国情调，于对比中调剂了人的口味。苍苍石色和高耸的尖顶，记录了异国人的智慧和美。这是一段特殊历史的见证，见证了国势赢弱而不是开放。但它的美不仅是客观的，而且还无一例外地同样凝聚了劳动人民的智慧。

　　看过了自然与建筑再听戏曲，听当地最为盛行的吕剧、说书和泰山皮影。湖边说书人使用的济南老腔，厚味苍老，直连古韵，听得人颈直眼呆。泰山皮影则有专门的传人，属于视听大宴，特别入耳入心的是老艺人略显沙哑的泰山莱芜调，说英雄神仙和妖魔鬼怪，如同畅饮地方醇酒。与这一切特别匹配的就是泉水和垂杨。

　　这种初始印象既是确切的又是新鲜的，它一直会留在心中作为一个对比，并作为一个记忆告诉未来：这就是济南。

　　30多年弹指而过。如今济南高楼林立，垂杨尚可寻，名泉迹犹在；钟楼渺无踪，皮影留泰安。仁者爱人，不爱人就会杀树。30年来，爱树的济南人顽强地护住了湖边垂杨，虽不再"户户"；力促干涸的泉水重新喷涌，虽不再"家家"。这就是一座城市演变的历史，这就是现代工业化中的进与退。

　　如果仍然给梦想留下了空间，那么这个空间里最触目的仍然也还是那两个老词：泉水、垂杨。

济南旧颜

■ 东 西

东西 原名田代琳，1966 年出生于广西。现为广西民族大学驻校作家，中国作家协会会员，广西作协主席。主要作品有：长篇小说《耳光响亮》；小说集《没有语言的生活》《痛苦比赛》《抒情时代》《目光愈拉愈长》《不要问我》《我为什么没有小蜜》《美丽金边的衣裳》《送我到仇人的身边》《好像要出事了》；小说散文照片集《时代的孤儿》等。

人的年龄越大，就越喜欢老的物件。仅仅是因为怀旧吗？我想还有原因，那就是老的物件可以衬托人的年轻，包括古老的城市。

济南这座城到底有多老？只要看看路边的指示牌你就知道。什么舜耕路、舜井，什么历山门、千佛山、趵突泉、大明湖、李清照故居……一个个名字像锥子似的，夹杂在济南惨案纪念堂、解放路、民生大街等等指示牌中间，冷不丁地吓人一跳。

所以，不管现在的济南如何崭新，我都假装不看，脑海里只有一个想象的格式化的济南，它"家家泉水、户户垂杨"……于是，便穿街过巷去找。在友人的陪同下，先到了上新街。本街在民国初年形成，青砖铺路，墙壁斑驳，一些门楼和大院还在。当年这里名流政要云集，学者、高官、洋务代办、民族企业家，像老舍、方荣翔、黑伯龙等人的故居均位于此，曾是老济南的文化中心之一。

老舍故居是个精致的小小院落，有展

示厅、厨房、卧室和书房，院里有口老井。上世纪 30 年代，老舍先生执教于齐鲁大学，在此居住 4 年，写下了有关济南的大量散文和小说。济南的山水，济南的城市，济南的春夏秋冬都被他毫无保留地赞美，甚至赤裸裸地向读者发出邀请："设若你的幻想中有个中古的老城，有睡着了的大城楼，有狭窄的古石路，有宽厚的石城墙，环城流着一道清溪，倒映着山影，岸上蹲着红袍绿裤的小妞儿。你的幻想中要是这么个境界，那便是个济南。设若你幻想不出——许多人是不会幻想的——请到济南来看看吧。"（引自老舍的《一些印象》）。我对济南的大部分想象，均来自他的描写。因此，要看济南，就先到这里报个到。毫无怀疑，他的文字是诚实的。但毕竟 80 年过去了，他描写的那个诗意的济南，只能碎片化地存在。

上新街 51 号，还保留着一个大大的老院子，这是"世界红万字济南母院"，又叫"济南道院"。始建于 1934 年，竣工于 1942 年，是济南近代建筑中规模最大的仿古建筑群，前后共有四进院落，沿中轴线依次为照壁、正门、前厅、正殿、辰光阁等主要建筑，两侧东西厢房以廊连接。院子里有大树，有亭子，有石碑记载建院经过。日伪期间，有善男信女问老祖什么时候抗战胜利？老祖说等道院全部落成，日本人就会撤离。为兑现这句诺言，道院后的"辰光阁"落成后，一直没有粉刷，直到现在。红万字会的宗旨以道教为主，信奉自己所创造、能超越各宗教的"老祖"，主张儒、道、佛、伊斯兰、天主教五教合一。不得不承认，这是一个创新，貌似"结集出版"，其实需要胆量和飞扬的想象力。而这样的想象就发生在济南的上新街，它再一次证明此地专门出产奇思妙想。

还有点小资。不信你到"小广寒"去看。位于济南市经三纬二的"小广寒"，是德国人于 1904 年兴建的电影院，它比北京、上海的电影院都建得早。

现在这里已改成电影主题餐厅，木地板是当年的，跺跺脚就像踩着自己的高祖。每间屋角都摆着一些跟电影有关的器具，比如各式各样的放映机。二楼大厅可以一边吃饭一边观影，都是老电影，可以点播《列宁在1918》之类。一楼的边廊和天井摆着西式桌椅，最适宜恋人聚谈。"一杯红酒配电影"，唱的就是这里吧。

正是"小广寒"兴建的这一年，即清光绪三十年四月一日，济南奉准自开商埠，允许洋人和中国人并处。这一次"开放"，中外商人纷纷在此设立商行，经营各种土洋货贸易。商埠区外国人修建了不少洋房，虽然历经战乱，但仍可在高楼大厦间偶然瞥见白墙红瓦。一些济南老字号也已修复使用，像"宏济堂"早就恢复了号脉抓药，甚至成了旅游景点。

最后，去了曲水亭街。这里泉声不息，杨柳垂岸，一排排老房子保存得较为完整。有人在泉池游泳，有人在泉井里取水，几只白鹅逆流而上。顺水望去，大明湖近在眼前，岸边柳枝成片。水是城市的血脉，树是城市的头发。原来，济南血脉通畅，头发茂密。

也许我在寻访老济南时，忽略了另一个济南。那个济南年轻，充满活力。但是，大凡写文章的都有一个悖论：他们的身体喜欢住在新建的高楼大厦，享受现代化的种种便利，心灵却要飞向古老的街道寻找诗意；他们喜欢炫耀城市的历史，却又害怕它血管堵塞，头发脱落，甚至偏瘫。所幸，济南高龄还生机勃勃，崭新还保留旧颜。

济南的旧影新梦

■ 邱华栋

邱华栋 1969年生于新疆昌吉市，祖籍河南西峡县，中国作家协会会员，中共中央直属机关青联委员，被誉为20世纪90年代"新生代"作家群代表作家之一，"活跃的实力派作家"之一。曾为《青年文学》杂志执行主编，现为《人民文学》杂志副主编。出版有长篇小说《夜晚的诺言》《白昼的消息》等4部，中短篇小说集《哭泣游戏》《都市新人类》等11部，诗集《岩石与花朵》、随笔集《私人笔记本》等7部。部分作品被译为英、日、德、韩等多种文字。获过《上海文学》小说奖、《山花》小说奖等期刊文学奖。

因为开通了京沪线高铁，济南距离北京忽然变得很近了，快的话，从北京出发，一个半小时就到济南了。于是，有几次在济南开会，我就常说，北京现在变成济南的郊区了，一时引得济南的朋友一阵的高兴。

玩笑归玩笑，但济南距离北京在心理上的距离的拉近，肯定是最近才有的事情，也的确和高铁有关。这就为北京人往来济南提供了很多方便，起码让我也很多次来到济南。济南可看的地方很多，每一次，我都是只集中看一个地方，比方说，看大明湖就只看大明湖，看趵突泉就只看趵突泉，别的地方不去。第一次到济南，我最先看的，就是大明湖。因为我首先想起来的就是军阀张宗昌的一首打油诗：

大明湖，明湖大，大明湖里有荷花，荷花上面有蛤蟆，一戳一蹦跶。

这首诗肯定将是写济南大明湖最有名的诗篇之一，虽然这是张军阀写的打油诗，人们说起来主要是为了嘲笑张宗昌文化水平低，但这首诗，我觉得写得很有意思，诗里面大明湖的几个元素都有了：大明湖很大，大明湖里还有茂盛的荷花，荷花上有很傻的蛤蟆，一戳，就蹦跶走了。真是活灵活现。

济南水多，趵突泉天下闻名。所以看到趵突泉，我会在泉眼边待上半天。我有一年还专门去了李清照祠，看到了章丘一带汩汩奔涌的泉水群。济南，水多，真是泉城一座。济南周边还有一些美丽的小山，有一座不高的山，叫作北大山，有一年，诗人徐志摩鬼使神差地乘坐飞机坠毁在那里，这种死法在诗人里是最悲壮和最浪漫的了。

这年夏天的时候，我想专门寻访一下老济南，看看老济南的一些痕迹。因为济南作为近代北方重要城市，与对外开放的国家步伐是密切相关的。在济南市中区转了几天，我似乎从时间的深处，看到了老济南的影子。山东是近代开埠最早的省份。从1861年到1898年，山东烟台和青岛相继开埠，与外国开始通商。1901年，德国人在济南开办了商社，1904年，清廷主动在济南开埠。济南商埠在济南城外西边的胶济铁路南面，津浦铁路与胶济铁路平行经过，交通十分便利。于是，在济南老城以西的地带，逐渐形成了一片济南最早的商业区，济南一跃成为了著名的对外开放的商业城市。一时间，银行、商铺、公司，在济南不断涌现，客商们来来往往，老济南是好不热闹。

在老济南旧影憧憧的市中区走来走去，我对日本人占领济南的那一段历史格外关注。这里还有一座日本领事馆建筑，在一家宾馆的院子里，安静地伫立着，诉说着济南一段历史。今年，是抗战胜利七十周年纪念年，各类活动很多，我看到一些杂志也刊发了不同的专辑，比如，《人民文学》第八期就专门做了带有国际视野的文学作品专辑，刊发了涉及印缅远征军作战、山东潍县日军集中营、敌后武工队、东北抗联、太平洋反法西斯战场等等题材的作品，进一步开拓了这一题材的空间。

最吸引我的，则是《中国国家地理》今年第九期，专门做了一个地图专辑：日本人在侵入中国以来，大量绘制中国资源地图，这期就是日

风雅济南

本人绘制的中国资源地图专辑。这显示了日本人觊觎和侵吞中国广袤资源的蓄谋，不是一天两天，而是持续进行和精心准备的。有的日本人利用一些机会，从 20 世纪 30 年代开始，绘制了七万多幅中国资源地图，目的就在于机会一来，就对中国资源进行抢掠。他们太缺资源了。

自 1894 年"甲午海战"开始，每当中国有强大起来的机会，日本就给予中国一次重大打击，让中国趴下，好久都站不起来。1894 年甲午海战，大清政府惨败，赔款给日本两亿两白银。1900 年的庚子事变后，清朝政府赔偿给八国列强四亿五千万两白银，其中，给日本的银子应该不在少数。这笔钱到底给了日本人多少，应该有人专门研究了。这些白花花的银子，日本人都拿去武装自己了，去制造武器、去改善日本国民的民生，建立自己的工业基础了。

那么，不算清末和抗战之前，单是 1937 年抗战爆发后，日本人从中国掠夺了多少资源呢？《中国国家地理》第九期有很具体的数据：自 1937 年全面入侵中国到 1945 年日本战败投降为止，日本从中国一共掠夺了煤炭约 10 亿吨，铁矿 1.8 亿吨，铜矿 150 万吨，铝 10 万吨，其他诸如金子、银子等贵金属，还有很多非金属资源，被日本人掠夺走的，也不在少数。因此，每当有人说日本人现今的素养比中国人的素质要高的话，我就气不打一处来。20 世纪前半叶，日本人靠的就是抢我们的东西发展起来的啊！"仓廪实而知礼节"，日本从中国抢了那么多东西，本土又没有发生大的毁灭性、焦土化的战争，他们能不富得流油吗？

不可否认，"二战"之后，日本人民也很勤劳勇敢，但在 20 世纪的前 50 年里，他们从中国抢走的东西太多了。从清末的中国得到的巨额的白银赔偿，和后来持续掠夺到的中国资源，是日本人走向现代化的一个重要基础。这是一个铁的事实，不由我们不对这么一个贪婪无耻的邻居心怀愤恨和高度警惕。阅读那期《中国国家地理》，看那些日本人绘制的十分精细的中国资源地图，我在想，和日本这个国家做邻居，真倒霉。因为这个邻居整天谋划的，就是想从你家抢东西，不断地以各种间谍手法绘制资源地图，这是一个什么邻居啊？我从新闻里也得知，即使是 21 世纪这 10 多年来，有些日本人在利用旅游和其他机会，继续绘制着详细的中国地图，他们想要干什么？

我不说，你也知道。他们在做着某种准备。

因此，在翻阅上海书画出版社出版的《旧城胜景——日绘近代中国都市鸟瞰地图》的时候，我仔细地端详着那一幅十分精美的济南地图，心里想，绘制这张图的日本人，该是多么的狡诈、阴险和精细啊。在这张济南全景地图上，可以看到，济南的内城墙被外城墙包围着，一条河萦绕而去。大明湖在城北部，南部的千佛山、马鞍山、大佛山、丁家山、荆山成为济南的屏障，而在济南的西部城外，日本人建立了一片城区，领事馆、三菱商社、三井洋行、日本小学校、放送

局、东亚烟草公司等都在那一片城区，规模不小。济南安静地在大地上生长，她的伤痛则隐没在历史的缝隙里。

就在今天，我写这篇文章的日子，2015 年的 9 月 18 号，我听到前一天，日本参议院通过了海外派兵法案的消息，就知道，日本是从来都不愿意善罢甘休的，只要中国想强大起来，关键的时候，日本总想给我们一下子，让中国再次趴下去。但现实是，留给日本这样的机会不多了。就是因为抗日战争的最终胜利，一个多民族国家最终熔铸成一体，共和国诞生了。

2015 年 9 月 3 日的大阅兵因此显得必要，阅兵让我们看到，日本再想掠夺中国的资源，入侵我们的国土，就不是那么容易的事情了。我们的导弹、飞机、军舰，都是能够得着日本本土的，是可以给予日本以毁灭性还击的。要是没有这些武器，崇尚强者的日本，绝对不会甘心，早就出手了。日本政府现在真的开始担忧了。不然，在 9 月 17 号，他们的参议院通过海外派兵法案干什么？

在济南市中区，位于济南中山公园南门西侧，经四路、纬六路交叉的地方，有一座教堂建筑，教堂的对面有一座小洋楼，那就是蔡公时纪念馆。蔡公时，北伐军特派驻济南的外交交涉员，曾经留学日本。1928 年 5 月 3 日，这里发生了震惊世人的惨案，就是日本人干的。蔡公时在这一天，死于日本军人之手。

在蔡公时纪念馆里，我看到了很多历史图片，这是济南人永远的痛。话说1928 年 4 月，蒋介石担任总司令的北伐军一路北上，迅速逼近了济南，日本军队借口要保护在济南的日本侨民，从青岛和天津登陆后，直奔济南，以纬四路为中心线，画了一个警戒区，设置路障，布置军队，不许中国军民进入。

北伐军在 4 月 30 日开始进入济南郊区，军阀张宗昌北逃，蒋介石于 5 月 1 日在济南督办公署，也就是珍珠泉大院里设立了北伐军济南总部。

日本人认为，北伐军是他们最大的敌人，会影响到他们在山东已经攫取到的利益，就开始挑衅。1928年5月2日开始，他们开枪射杀国民革命军人，3日，突然袭击，将在交涉公署内办公的外交官蔡公时等18人抓起来，把蔡公时的耳朵、鼻子、舌头都割掉，还挖掉了他的眼睛，最后残酷杀害了他。交涉公署的人除了一个勤务兵逃跑之外，其余17人全部被日本军人杀害。之后，日本军队开始在济南烧杀抢掠，袭击北伐军，这次事件被称为"五三惨案"。蔡公时被日本军人残杀事件，在蒋介石的内心里引起了很大震动，他在当月的日记里记录了自己的心情，认为日本人对中国的全面侵略是肯定要发生的，从那时起，蒋介石就加紧了对日防范的军事准备。后来，根据统计，这次事件日本人在济南杀害了6123名中国人，1701人受伤。后来，北伐军不得不退出济南，饮恨继续北伐。日本人占领济南一年零九天，到1929年5月12日，才全部撤离了济南。

又过了几年，在1937年12月23日，日军渡过黄河，迂回包抄了济南。山东省军政首脑韩复榘畏惧日本人，第二天就率领几万军队丢弃济南，逃跑了。临走之前，韩复榘竟然下令抢劫银行、工厂和仓库，放火焚烧省政府机关、高等法院和火车站、国货商场等等，说是在进行"焦土抗日"，美其名曰不把财物留给日本人，害的却是自己人。日本人很快就占领了包括济南在内的山东大部国土。1938年1月，愤怒的蒋介石逮捕了韩复榘，当月的24日，下令在武汉处决了韩复榘。后来，共产党领导的济南抗日武装力量，以济南大峰山为根据地，在抗战八年的时间里持续展开斗争，1941年5月下旬，这支抗日武装出击，击毙了日军少将土屋兵驻，缴获了大量武器弹药，是这一时期抗战敌后斗争的亮点。

在济南市中区逡巡游走，探访老商埠的遗迹，追寻历史的踪迹，我也看到，济南正在寻求新的发展。在老商埠的记忆里，新济南，在一片光影里变得越发生动了。她在追寻自己的新梦。

与辛稼轩、李清照一起喝茶

■ 欧阳江河

欧阳江河 1956 生于四川省泸州，原名江河。中国作家协会会员，著名诗人，诗学、音乐及文化批评家，知识分子写作倡导者。主要作品：《透过词语的玻璃》《谁去谁留》《站在虚构这边》等。

在我的心窗深处，推窗可见的济南城，其物象和词象，如逆光中回眸一瞥，轻尘弥漫。而我，人就坐在阳光中，十分钟前还恍然与辛稼轩、李清照一起谈诗论词，桌子上的茶一直没凉，但杯子已被凡眼不识古人的店小二给端走了。

十分钟后，茗茶已换成咖啡，浮尘落地，已成尘埃的眼中之人还坐在那里，一个是征尘，一个是红尘。

而我坐过的椅子上坐着一个古人。

是否在济南这个古今相接的镜像中，今人往深深的镜像里一看，并不是古人不在了，而是我们自己看不见此身何身，此地何地，今夕何夕？

谁的手，推开了物象深处的那个词象？谁的手在悠悠推窗，在轻轻敲门？谁的手，取趵突泉的水在沏茶？

想想看，千百年来，济南城的七十二处泉眼，片刻不停地自大地深处汩汩涌出。

这些天上的水，被古人用手心捂过的活水，在浸入古墨之先，在落纸写下王羲之的字、画出赵文敏的马之先，已然散了怀抱，得了真髓。

人心，诗心，字心，拿这涌自地心的泉水一洗，能不清冽彻骨？

而不远处的大明湖，即使在夏日明亮的阳光中，在游人如簇的热闹和喧哗之处，其本质也更多是一个暗喻。

记得几年前，我在某处写下一行诗：

> 提着暗喻的灯笼移步星空。

这个暗喻的灯笼，水与词做的灯笼，在本体论的建构之上、在词与物相互嵌入的层叠之上，不是恰与夏日的大明湖暗合吗？

也不知是哪个年代的哪一场雨，将哪颗星星上的滔滔天水倾盆洒落下来。端的是天上人间：天上一场好雨，下到大地上就是一个湖呵。

而湖面上，那众多的垂钓人中，哪一个是我，哪一个是辛弃疾，是李清照？

那个我想与之换身，换个活法和写法的古人，是否此刻正在天空深处枯坐着？

五亿年前，大明湖还是天上一粒星，湖心的水还是矿石，等着诗歌的暗喻把它写出来，提炼出来。

一座城，一个湖，都有自己的前世今生。

而提着暗喻的灯笼在无边星空中行走的众诗人中，有一个叫作李贺的晚唐诗人。他梦见自己骑着小毛驴走到齐州头上这片空域。他从月宫朝下望了望，写下两句诗：

> 遥望齐州九点烟，
> 一泓海水杯中泻。

此后，借助"词生物"的神秘力量，九座现世的真山，居然从诗句和暗喻脱胎而出，慢慢生长起来，长成济南城北的九座秀山。

九山由东而西，依次为卧牛山、华山、凤凰山、标山、鹊山、匡山、北马鞍山、药山、粟山。

这九座源于李贺诗句的文辞之山，云雾润蒸，岚烟缭绕，形成奇想和换喻的烟云之美，世人称之为"齐烟九点"。

为观望这齐烟九点，清道光二十五年，历城知县叶圭书在千佛山上建造了齐烟九点牌坊。千佛山古称舜耕山，因为古虞舜帝为民时曾躬耕于此山之下。

唐朝时，一代名将秦琼曾系马于山间一株古槐。今人沿盘山道西登千佛山，仍可在途中遇见这株古槐。

当年秦琼在此树下拴马驻足，是否真的如今人所想，在悠悠等着隔世的关公？秦琼与关公之间那错代的一战之约，没准真的是个事先约定好的神学假定。

千佛山是泰山的余脉。

佛眼坐在众多的花眼、石眼、盲眼之尽处，一点一点透出珍惜的、被显影液厚涂过的目光，与杜甫兀立在泰山之巅的那道"一览众山小"的诗圣目光两相对视。

两种目光彼此说着一种佺偬的、悬搁在锦灰堆之上的语言。

而在当今济南，当下性与悠悠万古，本地人与外星空人，也这么两相对望。也这么说着这样一种来自词眼和字心的语言，也这么表达着俗世的精神性和日常性。

它是这样一种语言：一种超越生死时空的、被光速所穿透的语言。

一种被游牧精神所深问、所神往、所附体，但又随处扎下自己宁神的、安身立命之根的语言。

一种孔子所说的"知止"的语言。

如果这样的诗意语言在当代世界上还不是现成物，我们就从工具语言、逻辑语言、媒体语言中将它提取出来，加以重塑，加以创造，给它一个新的生命配方。

让"济南"这个古老镜像说这种语言：对中国说，对亚洲说，对全球说。

我提议，我所认识的山东诗人朋友们，请和我一起屏住呼吸，对着辛稼轩、李清照的生命轻轻一吹，将现代性这口仙气，深深吹入其万古幽魂。

请准许这二位济南古人活过来。请将我们各自身上的一部分活物，命换命地，借身给他们。

请特许他们在当代济南，回魂活它一活，哪怕仅活一日。"一日长于百年"。我猜这二位伟大的古人，将会手痒，提笔为济南的当代镜像，写下动容的古代杰作。

济南，这可是一座被辛稼轩、李清照活过、住过、写过的古老城市呵。

我，一个当代诗人，来到济南，与这二位前人相见恨晚。他们写下的那些道成肉身的诗行词行，读着读着，就冷不丁从文本走了出来，在我眼前身后，通灵般显现真身。

在夏日午后的济南，我和张清华、于明诠待在一起，喝茶聊天。辛稼轩、李清照就坐在我们身边，手里端着无杯子的茶，一直在喝。

茶喝了数百年还是热的，但杯子没了。他们手里的裸水，始终保持着杯子的形状。

夕光中的灰尘轻轻浮起。整个济南城安顿下来，渐渐有了古意。

大明湖之恋

■ 徐 坤

徐坤 《人民文学》杂志副主编，北京作家协会副主席，中国社会科学院文学博士，中国作家协会全国委员会委员。曾获中宣部"五个一工程"优秀图书奖，第二届鲁迅文学奖。长篇小说《野草根》被香港《亚洲周刊》评为"2007年中文十大好书"。代表作有小说《先锋》《厨房》《狗日的足球》《午夜广场最后的探戈》等。部分作品被翻译成英、德、法、俄、西班牙、日语等出版。

大明湖，我只来过两次。

两次，便是一生。

那是1986年的春天，我和彼时的男友、大学里的同班同学，借着在一家杂志社毕业实习的机会，从沈阳出发，一路南下到了济南。下了火车，我们就风尘仆仆按图索骥，直奔著名景点大明湖和趵突泉。

019

那个年代，能够出差见世面的机会非常少，更何况是二十出头的在校大学生。我的活动半径，基本上都拘泥在北方的校园，还没有到达过像济南这么远的南方。大明湖，就是我见过的人间最大的湖了。大明湖大水扑面，仿佛水从天上来，岸边有惊天的绿柳，湖水里有无尽的荷花。春风吹皱，波光潋滟，伴着趵突泉三股泉眼猛烈有力"咕嘟咕嘟"地向上翻涌喷射的水声，感觉泉水在地底积聚，稍不留神就能喷薄汇聚而成汪洋。这座北方的泉城，水声轰鸣，云蒸霞蔚，驿动得很，初看竟不似老舍先生《济南的秋天》和《济南的冬天》里那般静美和恬适。

或许是因为恋爱中人固有的亢奋和热切，让大明湖宁静的湖水和依依的杨柳，都变成爱情的引火绳，促使荷尔蒙和力比多加速燃烧吧！那时候觉得人整天都飘呀飘的，脚跟儿根本落不到地上。

直到走近一方泉眼，靠近一方石碑，"漱玉泉"三个大字蓦地跃入我眼帘时，我的心才"咚"的一下撞到肋骨上，撞得自己平静下来。哦，竟是以偶像李清照《漱玉集》命名的泉！那个出生于济南锦衣玉食之家，后又遭逢离乱的宋代女词人，那个"东篱把酒黄昏后，有暗香盈袖。莫道不销魂，帘卷西风，人比黄花瘦"的美女，那个"花自飘零水自流，一种相思，两处闲愁，此情无计可消除，才下眉头，却上心头"的闺阁领袖，那个"寻寻觅觅，冷冷清清，凄凄惨惨戚戚。乍暖还寒时候，最难将息。三杯两盏淡酒，怎敌他，晚来风急"的婉约女子，此时正漱石枕流，无尽的美妙佳句，顺着咝咝作响的泉水，温婉迤逦而来。

这口漱玉泉，跟乾隆皇帝驾幸过的趵突泉自是不同，规模小了许多，是一个规整的长方形水池，周围有玉砌雕栏，池边苍松翠竹环绕，泉涌自溢水口层叠的山石中，顺势而下，跌入下边的水池中，串串水泡从地底冒出，如大珠小珠落玉盘。几条漂亮的锦鲤，正在水底欢快游弋。却不知哪方游人手贱，好端端的泉眼，却被投下许许多多的硬币。硬币在阳光的照射下，正在池子底闪出一摊摊亮亮的贼光。大概人们以为这里也能够祈福保平安罢！殊不知李易安在中原失守之后流寓南方，境遇孤苦，流离失所，想要"易安"也难。

在漱玉泉边的李清照纪念堂，见到郭沫若1959年手书的一副对联："大明湖畔趵突泉边故居在垂杨深处，漱玉集中金石录里文采有后主遗风。"联撰得好，郭老的书法也极好，充满着南书房行走的谨正与得意。在门口卖纪念品处，淘得一方笔筒，扁平酒壶状的白瓷瓶，两面各绘一个女词人肖像，衣袂飘飘，很有古风。可惜两面的人物画得一样，应该有所不同才是，一面画上"倚门回首，却把青梅嗅"的悠闲清丽女词人，另一面画上"至今思项羽，不肯过江东"的情辞慷慨女豪杰。

正把玩间，男友在那边已经招手呼唤，说要去大明湖看稼轩祠。哦？他这一说，才让我想起，这里是著名"济南二安"的家乡——婉约派词人李清照和豪放派词人辛弃疾，李清照号易安居士，辛弃疾字幼安。他们的纪念馆竟分别被安排到济南人引为自豪的三大名胜中的趵突泉和大明湖公园来啦！辛弃疾是男友最爱，他的毕业论文正准备写稼轩词论。在陪他出出进进图书馆收集资料的过程里，我总是恍惚：辛弃疾金戈铁马的词句，让我总有个错觉以为他是边塞诗人。

辛弃疾纪念祠的建成时间与李清照纪念馆大体相仿，楹柱对联也是同一时间由郭老所书："铁板铜琶继东坡高唱大江东去，美芹悲黍冀南宋莫随鸿雁南飞。"

"济南二安"虽男女有别，平生遭际竟也相似：山河变故，二人从济南到江南，《声声慢》和《鹧鸪天》，覆巢之下无完卵，离乱的命运里充满了壮志未酬和怀才不遇的焦虑和不安。纪念馆看完之后我们唏嘘，相约这一生，不能空来人世一遭，总该像"济南二安"一样有天下情怀，树报国志向，一辈子总要为国家和民族文化发展做一点事情的。

上世纪80年代是光荣和梦想的年代，上世纪80年代的两个大学还没毕业的小青年，在美丽的大明湖畔、漱玉泉旁、稼轩祠里，牵手明晰了自己的人生道路和理想。

2012年春季，将近30年过去，我借着到济南讲课的机会，在友人的陪伴下，重游了大明湖。

30年。多少人，多少事，都付湖水旖旎中。但见春光依旧在，难能万事回初心。彼时的男友，早已经成了前夫。回首这一生，似乎我们真就按着"济南二安"的气韵和法度，一路蹀躞，不知不觉就到了今天。真个是"少年不识愁滋味，爱上层楼。爱上层楼，为赋新词强说愁。而今识尽愁滋味，欲说还休。欲说还休，却道天凉好个秋"。

是中午时分。来来往往的游客密集，摩肩接踵，熙熙攘攘，比起当年不知翻了多少倍，显得十分聒噪得慌。大明湖，依然以其水波浩渺的样子，沉稳立于地球之上。要不是岸边的芦苇和洋槐更加茂盛，新增的小雏菊芬芳地盛开，单以那一泓清澈的湖水来算，我还真以为我来过这里，就在昨天。

又见了趵突泉，泉眼还是咕嘟咕嘟有力地往上冒，泉边围栏外还是围着那么多好奇的游客。看他们的样子和神情，都好像30年前来了就一直没走的样子。又到了漱玉泉，泉水还是咝咝作响，冒着气泡，漱石枕流，跌入池中。还是有几条锦鲤在池中游，池底也仍然是被投了许许多多的硬币——那硬币一摊摊发着贼光的样子，仿佛也是30年来就一直躺在那里，根本没有人动过，也不生锈，也不失踪，简直成了神一样的存在。大明湖，竟有着强烈的雕刻时光作用。它将一切都凝固了，以不变应万变，就如同这泉城里厚重的老传统。

　　李清照纪念堂和稼轩祠都经过了大规模改造扩建，如今变得更富丽堂皇。朝拜的人仿佛也是30年前的老样子，从容冲淡，中年以上的人居多。一个地方，如果只有自然风光，没有人文景致，说什么也算不上有文化有历史。"济南二安"就是济南这座古城的文化名片，他们给后人留下许多济世理想。"枕上诗书闲处好，门前风景雨来佳"，"醉里挑灯看剑，梦回吹角连营"。每个时代都要有自己的精神气质，"济南二安"身上有着薪火相传的人文理想。

　　从李清照纪念堂里出来，我又觅得一个笔筒。30年前那个瓷瓶样式早就没了，这回淘得一个竹筒制作的，开口像一个大搪瓷茶缸那么粗，外围刷上一层清漆，腰身雕刻上李清照的一首词："常记溪亭日暮，沉醉不知归路。兴尽晚回舟，误入藕花深处。争渡，争渡，惊起一滩鸥鹭。"

　　30年，两游大明湖，最后全在这首词里做结了。

在济南，历史就是喷泉

■ 李 洱

李洱 1966 年生于河南济源。曾在高校任教多年，现为《莽原》杂志副主编。著有《饶舌的哑巴》《遗忘》等小说集多部，长篇小说《花腔》《石榴树上结樱桃》。曾获第三、第四届"大家文学奖"（荣誉奖），首届"21 世纪鼎钧文学奖"，第十届"庄重文文学奖"。

幼年时，我曾站在群山之巅眺望济水。越过万亩田畴，一条大河在尘埃中若隐若现。其实它并不是济水，而是黄河。那个时候我并不知道，在未来的岁月里，这条已经消失的河流会牵动我那么多的情思。在后来的岁月里，我见过无数条河流，无论是在北美，还是在欧洲，当我在波光浩渺中横渡，或者涉足于清澈的小溪，我总会想起那条河流，我会在每一条河流中看到它。济水，这条发源于我的故乡，曾经与长江、黄河、淮河并称为"四渎"的大河，早在 1855 年的 6 月，便把河床慷慨地让给了黄河，然后将自己的形象留在了历史深处。

在中国所有的大江大河中，只有济水被充分地人格化了。相对于黄河之浊，无数的人把济水称为清济："水清莫如济，故济以清名"，"惟独是清济，万古同悠悠"。济水从发源到入海，独守其清，甚至穿越黄河而不浊。济水虽纳百川却不逞强，位尊"四渎"却不张扬。如果我们把泛滥不休的黄河比作任性的父亲，那么清济就是我们的慈母：它温柔谦逊，坚守其节，大爱无声。济水历来被认为是品德高尚的象征。济水，也只有济水，最符合儒道文化的最高规范。这也就可以理解，从《禹贡》到《尔雅》，从《礼记》到《史记》到《二十四史》，我们的先哲为什么会将这样一条河流进行充分地人格化地书写：从文化史的意义上看，济水实在就是中国文化的图腾。这也就可以理解，汉朝以后的多位皇帝，为什么要千里迢迢地来到济源祭拜，与山东曲阜的祭孔并称为"国祭"。

在整个济水流域，最著名的城市自然就是济南。因为济水的关系，在我没有生活过的城市中，我最关心的城市也是济南。它因位于济水南岸而得名，又因居于泰山余脉历山之下，又有"历下邑"之称。名山大川造就了其形胜之美。"济水又东北，泺水出焉。"泺水即趵突泉之古名。济水与之同行而不污，潜曲东流，其品自高。济南的特色是泉的风流，这又何尝不是济水的造化呢？

我曾多次到过济南，每次走进济南，就像走进了一个历史的梦幻：清泉石上流，池面荷花香，杨柳垂吊绿。而济水的兴衰又繁衍出大清河、小清河、泺水等清流，这就更拉近了"济源"和"济南"的特殊关系。但是济南大地上还奔涌着一条玉符河，《水经注》称之为玉水，属于黄河干流水系。玉水由锦阳川、锦绣川、锦云川三川汇集而成。济南被称作泉城，就和玉符河有很大的渊源。在流经市中区西南党家庄镇渴马崖时，河水大量渗入地下，成为济南泉水的补给源头之一。尽管有与济水争宠的嫌疑，但是它毕竟是济南大地径流的现实。济水自有品高量大，反正济南姓济。济南的"七十二名泉"，以"泉城明珠"而著称的大明湖，保藏"海内第一名塑"的灵岩寺，古老的地上建筑孝堂山石祠及其汉画像石雕，还有千佛山洞壑中成千上百尊北朝以来的石雕佛像等，这些极具历史价值的文化遗产，都是历史梦境中最著名的景点。

济南虽以其湖山秀丽、古迹众多、名贤辈出闻名，却从未享有帝京的殊荣，不像西安、南京以及大中原的一些城市，拥聚着历史朝代的帝王之气。济南历来仅有作为县、州、府、省会的份儿，现在也只是全国的一座中等城市。然而，在众多的省会城市中，它既是文化古城，又是近代史上自动开辟商埠招商引资最早的城市。济南既有"家家泉水、户户垂杨"的风和日丽之美，又处于巍巍泰山、滔滔黄河之间。它位于内陆，又离海洋不远；地处江北，却又"潇洒似江南"。因此济南的特点是在西陆东海之间，北雄南秀之间，传统文化与现代文明之间，城市规模在大与小之间。正因为这样，济南的山川草木、鸟兽虫鱼以及人们的乐舞剧曲，都有其独特的一面。在这里，历史是鲜活的，现实就是历史，历史就是现实。当孔子说："逝者如斯夫！"他是在感慨时间的永恒流失，但在济南，一去不复返的大河却变成了喷泉，不择地而出，走进了当代人的日常生活。

没错，济南最牵动我的地方还是趵突泉。看到趵突泉，我会很自然地想到古济水源头龙潭池的喷泉，它们就像中国中东部地区最明亮的两只眼睛。因为水，因为泉水，济南颇有北国江南的风韵。当你在市中区的老街上看到木门上的铜环，街的历史和文化仿佛就浓缩在这门环里。在济南，思古之幽情似乎不是"思"出来的，而是你每走一步都不能不由衷地感受到的。如果你考虑到公元前22世纪，中国原始部落的首领舜就生活在济南，如果你知道济南东郊的城子崖是中国新石器时代以黑陶为标志的龙山文化的发现地，如果你看到中国最古老的石塔隋代柳埠四门塔和被誉为"海内第一名塑"的灵岩寺宋代彩塑罗汉，如果你知道扁鹊、终军、秦琼、曾巩、李清照、辛弃疾、张养浩、杜仁杰、刘鹗等都曾在这片土地上生活，你就知道济南是中国文化地形图上永恒的胜地，它简直就是中国文明的简写本。

我在济水之北，君在济水之南；我在济水之源，君在济水之尾。我这一生，都与济南有着割不断的情缘了。

泰山之下血未止

■ 蒋 蓝

蒋蓝　当代先锋诗人，思想随笔作家。1986 年开始诗歌创作。已出版《诗歌笔记》《词锋片断》《黑水晶法则》《赤脚从锋刃走过》《正在消失的词语》《正在消失的建筑》《正在消失的职业》《哲学兽》《玄学兽》《思想存档》等二十几部个人著作。

孔雀的叫喊

2015 年 7 月 7 日下午，我从成都飞抵济南。汽车进入柳树与梧桐掩映的市区，才将那一团淡云与雾霾甩在身后，凝滞而闷热的时光下，我刚好从趵突泉公园东大门经过，我看到在"五三惨案"纪念碑前，有一尊巨型白色大理石的台历雕塑，摆放着几束鲜花。恍然惊悟：今天是一个让国人无法舒心的日子。

入住的舜耕山庄里，有几只躲躲闪闪的孔雀，它们在深夜时分突然叫喊。如果说豹子的吼声像拉锯，那么孔雀的叫声就像一个大限在渐次彰显之前的轰然破裂。孔雀发出高亢、单调、凄婉的鸣叫，屏息倾听，逐渐产生一种莫测高深的氛围，就像在空中铺开的一条冥思之路，真不知这到底是一种鸟声对时间的铭刻，还是它们对圣迹的呼唤。那是一种类似小孩的啼哭，"嗷呜、嗷呜"的叫声虽然高亢，具有金属的内涵，但又是那么凄厉而单调，似乎金属在空气中发白、发光，直到被蓝光彻底灌透，然后柔软地抵达悲伤的中心。如果仔细分析这悲哭的鸣啼，却又发现，它是某个高音的自然迂回与起伏，孤独的声带开始把躲在声音后面的玄学抛撒在空中，犹如突然轰响的莲花。这让我想起佛经《佛说阿弥陀经》里的记载："彼国常有种种奇妙杂色之鸟：白鹤、孔雀、鹦鹉、舍利、迦陵频伽、共命之鸟。是诸众鸟，昼夜六时，出和雅音。其音演畅五根、五力、七菩提分、八圣道分，如是等法。其土众生，闻是音已，皆悉念佛、念法、念僧……是诸众鸟，皆是阿弥陀佛，欲令法音宣流，变化所作。"

那是孔雀的叫喊，在弥漫的晨昏氤氲中像一条拒绝融化的冰棱，守护着一线之隔的光芒以及从泰山一线跌宕而来的大气……

像一根弹破空气的铁铉。

我想起几年前去大明湖拜谒铁公祠的情形，那天下着大雨。山东各地有许多铁公祠祭奉忠臣铁铉，济南人更视其为保护神。建文元年（1399），燕王朱棣对朱允炆继承皇位异常不满，打出"诛奸臣，清君侧"幌子起兵。建文帝得知，诏集山东、河南、山西三省兵将30万人，自太行山以东，陈兵于滹沱河沿岸，企图阻止燕王朱棣南下。朱棣久攻铁铉镇守的济南不下，只好绕过济南攻下南京。明建文四年六月十七日（1402年7月17日）朱棣即位，自立为帝，然后发兵复取济南。建文四年（1402）七月，护城统帅、兵部尚书铁铉兵败被俘，押到南京由朱棣亲审。但是，铁公绝不会面对篡位的屠夫俯首称臣，他仅用背脊对着朱棣。狂怒不已的朱棣很想知道，这个貌似铁板的脊背，到底是不是铁做的。你不是叫铁铉吗？他吩咐左右用刀割下铁铉身上的肉，一寸一寸窗割，硬塞到了铁铉嘴里。朱棣问："味道如何？"铁铉大笑："忠臣孝子之肉，味道有何不甘！"

残缺的铁铉，瘫倒在地大骂叛逆。朱棣决定碎裂这块制度的顽铁。下令割下铁铉的舌头、耳朵，接着是鼻子，然后投入油锅……朱棣怒道："活着叫你朝拜我你不肯，炸成骨头灰你也得朝拜我！"太监急忙把铁铉的骨架用铁棒夹着令其转身，没承想此时油锅里一声爆响，热油从锅里飞溅而出，烫得太监们乱叫，铁铉的骨架硬是没有转身！

骨架还在扭转，它在铁钳中爆裂了。

民间传说，狂怒未消的燕王斥退众人，下令将焦尸投入粪窖。一夕，雷霆大作，环绕于粪窖者数匝，化为一泓清水，至今名曰"铁公潭"。

铁铉时年37岁，殉难之日为1402年10月17日，这距离朱棣登基刚好3个月整。怨恨滔滔，广为流传的说法是，朱棣把铁铉八十多岁的老父老母投放海南做苦役；虐杀其十来岁的两个儿子；并逼铁铉35岁的妻子杨氏和两个女儿入教坊，任由兵士奸淫。

历史是堪可玩味的。根据查继佐《罪惟录》记载：朱棣后来对群臣言，每每谈及忠义，他总是要激赞铁铉一番。

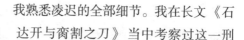

我熟悉凌迟的全部细节。我在长文《石达开与脔割之刀》当中考察过这一刑法的每一道工艺流程，从庖丁解牛到凌迟的悠缓，屠杀业已由工艺水平跃升至技术美学再达天人合一畛域，屠夫竟然立地举刀成了哲学家。1863年6月27日，太平天国翼王石达开在成都遭受凌迟，不同之处是，他被割开的每一道伤口上，还被制度创造性地撒上了一把生石灰，石达开浑身睁开了一千双眼睛！被生石灰加身的石达开，终于回到了他的小名"石敢当"的本义中。铁铉在同暴政的对垒中形销骨立，他兑现了"割肉还母，剔骨还父"的忠义，他彻底返回到自己的字"鼎石"内部，石上加铁，他瘦成了一根崛立在油锅上的铉。铉，是古代横贯鼎耳用以举鼎的扛鼎之器。戛金断玉的铁铉！如果我们相信中国有一种清洁的精神，还有一种大义在葆有我们民族的血性，那么这种精神并不是高大全式的，它柔韧，它低伏，它善良，它回到了义的河床，它的器皿装满了疼痛而不泄露一滴，为此它打穿了一切残忍的渊薮。就像一茎如豆的烛火要顶起无边的黑暗，就像血要锈蚀凌厉的刀口，暴力终将逝去耐心。

值得一说的是，朱棣下令对铁家满门抄斩，济南铁府的家人四处逃亡。铁铉之妻、诰命马夫人携带幼子铁桂，身穿丈夫盔甲佩带七星宝剑，骑马逃出济南府，向西昼夜急行，来到安阳内黄县大村地界，马倒地累死，他们就在此安顿下来。马救主有功，夫人赐名"龙驹"墓葬。7日后一只狸猫来到马夫人身边。这是济南府中养的一只狸猫，它竟然一路追来，四脚均被磨破，血流不止。狸猫大叫几声倒头死去。马夫人赐名"义猫"，与"龙驹"一起安葬。马夫人对铁桂说："我死后葬在马猫墓旁，让它们永远陪伴我。"马夫人归天之际，与铁铉的盔甲一起葬在马猫墓西侧，这里便成了东庄大村铁氏的祖茔。大村铁氏至今已传26代，子孙一千多人，马夫人墓为县文物保护单位，旁边的义马与义猫墓保存完好……忠义的传奇一直在内黄东庄周边流传了600多年。

记得那天我从铁公祠出来，雨过天晴。一城山色半城湖，但湖边所有挂在树梢的雨，还在落。

我在济南的经与纬里看见 1928

　　孔雀的叫喊一如铁蒺藜，扎破了黑暗的脚跟，就漏出光来。翌日一早，我们来到了经四路。同行的本土文化专家张继平告诉我，与地球仪的经纬刚好相反，济南商埠区内东西向的道路称为经路，南北向的道路称为纬路，这一根据是缘于传统纺织业中所讲的经纬线。

　　路口耸立的是经四路基督教堂，坐北朝南，平面为"工"字形，为济南市现存最大的基督教堂，也是济南第一座完全由中国人投资、设计、建造的基督教建筑。教堂建筑底层为毛石砌墙，二层以上为清水红砖墙、红瓦顶，色彩鲜艳明快。以文艺复兴时期建筑手法为基础，并融合了中国传统建筑部分形式，与整个商埠地区西式建筑的风格较为融合。红丽的墙体，却让我联想起献身者的血。

　　教堂正对面是经四路 370 号，一幢浅褐色的三层德式老建筑，建于 19 世纪末，现在辟为"蔡公时纪念馆"。正面为北门，是拱形石券门，东西各有拱形窗。楼顶为斜坡屋顶，坡度极大，就像一个危机四伏的命题。东西方面还各有对称的阁楼。建筑美观、庄重、大气，最典型的是 4 列共 12 层蘑菇石的立柱和外墙装饰，就像一串重叠的灯笼。楼后有带八瓣盔顶的塔楼，非常漂亮。一层是"济南开埠百年"图片展厅。1904 年，第一列从胶济线上驶入济南的火车，带来了让这片土地顿感陌生的东西：新奇的百货、建筑、风俗与觊觎之心……根据记载，交涉委员会一层为会客室、餐厅厨房等；二层为卧室和起居室。以前这后面还有一座小楼，东侧也有两座造型别致的洋楼，形成一个独特景致的街区，后来在城市改造运动中被拆除。这一带是济南商埠的核心区域，梧桐硕大而枝叶高举，洋房鳞次栉比。

029

　　蔡公时 1881 年 5 月 1 日生于江西九江一望族之家。置身清朝末年的内忧外患，蔡公时对孙中山的革命先觉尤其推重。1902 年，蔡公时来到日本，得知孙中山在进行推翻帝制的活动，就急切想见到中山先生。一次他与朋友去一家文具店购物，结识了店老板，也就是兴中会横滨分会的负责人冯镜如。经他一段时间的考察后，时年 22 岁的蔡公时在冯的引荐下，第一次见到了孙中山。从此之后，他常伴中山先生，成为奔走呼号的革命党人。

　　中华民国临时政府成立之后，敬仰九江先贤陶渊明的蔡公时无心仕进，几次辞去官职。1913 年 7 月，孙中山发动了"二次革命"讨伐袁世凯。蔡公时到湖口前哨一同作战。"二次革命"失败后，蔡公时追随孙中山再次流亡日本。1916 年 3 月，蔡公时又与孙中山一同回到上海，再度讨袁，直到袁世凯被迫取消帝制。此后无论是护国运动还是护法战斗，蔡公时始终跟着孙中山奔走转战，与孙中山结下了深挚情感。孙中山因病住院时，蔡公时始终在其身边，进食、沐浴无不亲手奉侍，是孙中山垂死之际亲睹遗容并聆听遗言的极少数国民党人之一，在党内年高德劭。

1928 年 4 月，刚刚成立的南京国民政府进行第二次北伐。蒋介石率领的北伐军摧枯拉朽，很快攻入山东省。日本担心中国一旦统一就不会任其肆意宰割，竭力阻挠北伐。日本以保护侨民为名，派兵进驻济南、青岛及胶济铁路沿线。军阀张宗昌仓皇逃亡，北伐军于 5 月 1 日占领济南。时任战地政务委员会外交处长的蔡公时因精通日语、谙熟日情，兼任山东特派交涉员，负责与日本驻济南领署联系交涉，要求日本政府从济南撤军。

5 月 1 日，是蔡公时 47 岁生日。他是如何度过的？成为了最让我悬想的内容。

在徐州出发之前，蔡公时对蒋介石说："这一次出去，料想日本人一定要同我们捣乱。我们如一退让，他们就要更加凶狠，我们必要拿革命的精神同他们周旋。"

5 月 3 日，静风。泰山呵护下的济南天气晴好。

据时在国民政府战地政务委员会外交处工作的邱仰山回忆，他与身为国民政府战地委员会外交处长、外交部山东特派交涉员的蔡公时于 5 月 2 日晚 9 点半到达济南，蔡公时当晚住铁路宾馆。第二天即 5 月 3 日早上 8 点多，蔡公时进入位于济南商埠经四路小纬六路的山东交涉公署。他亲自在正面墙壁上悬挂了孙中山像、国旗及"革命尚未成功，同志仍需努力"的条幅。就在这时已经能听到市内各地的枪炮声，山东交涉公署门前也开始有不少觊觎的眼睛。蔡公时立即给日本驻济南领事西田畊一打电话，询问因何发生冲突。西田畊一答："不知何故互起误会，双方现应立即停战。"蔡公时派人去买菜、送信，却被日本兵开枪打回。交涉公署全部人员被围困整整一天，吃不上饭，只能喝自来水；不久电话线又被切断，交涉公署顿时成为孤岛。

即将没顶的孤岛，随时要被狂浪席卷而去。但蔡公时一行并非孤立。5 月 2 日上午 9 时，北伐军总司令蒋介石抵达济南司令部（设于原山东督办公署，即今珍珠泉大院），北伐军当时在济南拥有的兵力接近 1 万人。当天，日军第六师团长福田彦助中将率 600 名日兵由青岛抵济南，司令部设于商埠区正金银行。两国军队处于同城，冲突必然发生。日军第六师团 5091 人入城后，开始了"特殊行动"……

下午 4 时，20 多名日军借口交涉公署前发现两具日军尸体，闯入公署，将署内人员的自卫枪支全部收缴。晚 9 时，又有 50 多名日本兵进入交涉公署，剪断电灯线。日本兵在手电筒照射下，撕毁国民政府旗帜及孙中山先生画像，搜掠文件。为避免事态扩大，蔡公时要求日军停止搜查，退出公署，并请日本领事前来洽商，但均遭拒绝。蔡公时用日语同日本兵理论，谴责日军破坏国际法，侵犯中国外交机关及外交人员。听到一个中国人用日语讲起了法律，日本兵立即用枪托将蔡公时打倒，接着把他和 17 名随员捆绑起来。

黑暗中，一个日军兵宣读了日军第六师团长福田彦助屠杀外交官员的命令。蔡公时明白了，翻译给大家说："日本兵要剥去我们的衣服、枪毙我们。我们没法，赴死可也。"一个日本兵冲上来，就着手电将用刀窝割蔡公时，强迫他跪下。那个大限，来了。

尹家民的《谁为中国声辩：八年抗日外交风云录》一书，对此记录如下：

日军指挥官坐在中间，命令蔡公时跪下。蔡公时的双臂被反绑在背后，动弹不得，拼命大喊："你就是杀了我，我也不能跪在日本军阀面前。"见蔡公时不屈服，日本兵边说边将蔡公时旁边的职员张庶务拖出来，残酷地割去耳鼻，问蔡公时："怎么样？"蔡公时泪流不止，说："大家没法，赴死可也。"张庶务满脸是血，悲愤万状，破口大骂日本人。日本人朝他开了一枪。接着又同样地杀死了另一个中国人，再问："现在怎么样，会跪下了吧？"蔡公时仍然拒绝。16名外交人员已被依次杀害，蔡公时还是站在那里。日本兵就上来死死地按他的背部，割他的鼻子，伤他的耳朵，又用枪托将他的腿骨打断。他倒在地上仍挣扎着大骂日本军阀，并高呼："此种国耻，何时可雪？"日本兵就撬开他的嘴，割去了他的舌头，最后对着他的胸口射了一排子弹。

据在"五三惨案"中唯一侥幸逃出的勤务兵张汉儒回忆说："当时我虽已血流满面，痛之彻骨，但还惦记着蔡公时主任不知被日军作践成什么样子。我借手电所见：诸人大多有耳无鼻、有鼻无耳、血肉模糊，其状之惨，令人毛骨悚然。蔡主任被削下鼻子，割去双耳，挖去双目后，整个头部和胸前被鲜血染红……"随后日军一拥而上，将蔡公时等17人剥光衣服后用鞭乱打，用刺刀疯狂乱戳，百般凌辱，分批拖到交涉公署院内……这是一场暴虐的狂欢，日本人用一把火焚烧了遇难者遗体，浅埋在交涉公署院内。

顶着毒辣辣的太阳，我站在纪念馆的院子里。阳光将我的影子写在地上，就像一道淡墨。我知道，仅仅在三尺薄土之下，那一堆堆横七竖八的断裂肢体，曾与汩汩涌动的历史地泉一起，与铁铉一起，构成了一个时代的大恸，也构成了城市向死而生的经与纬。我发现交涉公署后院有两棵大槐树，树龄当在百年以上。槐树遍布燕赵之地，也遍及齐鲁，的确是一种能够慰藉灵魂的树。明朝朱棣将北京定为首都后，将大批山西人迁移过来，当年的山西人背负故乡的泥土和槐树种来到了河北，从此河北许多村庄都把槐树当作了祖先及乡梓的象征。也有不少迁徙济南的山西人这样做，老人教育儿女说："别忘了咱家祖上是从山西洪洞县的大槐树下搬到这儿的。"但槐树是这一祭坛的见证，哪怕这个院子后来成为过仓库，成为过马厩！人死了城灭了，地火仍在奔突。济南之铉，从未断绝。

蔡公时和他的17名随员，从5月3日当天8时开始办公，到晚上10点被日兵包围并杀害，赴山东交涉公署任上前后不过14个小时。蔡公时在被割掉舌头之前说的话，正是他的遗言："日军决意杀害我们，唯此国耻，何时可雪？！野兽们，中国人可杀不可辱！"就在这个凝固的时间，蒋介石仍在城内。他在5月3日的日记中写道："身受之耻，以五三为第一，倭寇与中华民族结不解之仇，亦由此而始也！"据说此后蒋在日记中坚持每日写"雪耻"二字。5日上午，他偕外交部长黄郛离开济南城退驻历城县党家庄……

济南"五三惨案"前后期间，这是民国政府军队第一次与侵华日军的正面战斗。蔡公时不但是第一位被日寇杀害的外交公使，他更是民国建立以来第一位抗日烈士。当日在济南内外的中国军民伤亡达6000人以上，这就是闻名中外的"五三惨案"。这是日本鬼子给蔡公时47岁生日献上的"大礼"，也是对中国当局的最大侮辱。宋朝陆九渊说："耻存则心存，耻忘则心忘。"

那一天，经四路基督教堂的钟声，哑灭如死。

希罗多德说："上帝欲使之灭亡，必先使之疯狂。"我没有在此倡导狭隘的复仇。在我心目中，追还道义的不再是以血偿血。未得到雪耻的耻，就像倒刺一样反插在心底生根发芽，汇为一池水银。碧血如银，那追还道义的水银，必将那些黑血、脏血、污血、臭血、狂血，连同他们的机枪、枪刺、指挥刀、阴翳情怀和从不认罪的苟活者一并浮将起来，托出历史的地表，让他们在蔡公时等人碎裂的肢体面前，重新来一次拼凑与还原：人，是那样的神圣。而现在面临的困境是，一个民族拒绝承认自己的罪行，反而喋喋不休地来指责受害方：为什么不一笑泯恩仇？

据济南的老人们回忆，在1929年日军撤离济南后，被毁的西门城楼上，垂挂着两幅蓝底白色的大幅标语，上面写着：

你看见吗？
你记得吗？

蔡公时文才卓异，善诗词、擅书法，犹以魏碑见长，与于右任、胡汉民等同为海派停云书画社会员，在当时已是声名鹊起的书家。1921年清明节他到广州瞻仰黄花岗七十二烈士墓，即兴撰写七律四首《吊黄花岗七十二烈士》。诗中"英雄血和杜鹃开""不抱丹心莫错来"等语，对于自己终有一日为国捐躯的壮举，似乎一语成谶。《吊黄花岗七十二烈士》其四：

> 白云山下白云浮，岂有艰难一哭休。
> 气节每于穷见处，功名都在死中求。

蔡公时满周岁时举行"抓周"，父亲准备了笔墨纸砚、琴棋书画、胭脂水粉等诸多物品，让蔡公时去拿。蔡公时一只手抓了一本书，另一只手拿了一把小剑。亲朋好友说，这孩子长大了不是骑马就是坐轿，光宗耀祖……岂料，蔡公时用他的书与剑，演绎了一出惊天动地的"书剑恩仇录"。书，用浑身血肉碾为齑粉写就；剑，拆下了自己的肋骨磨砺而成！这是每一个中国人都必须痛读的命运之书。

蔡公时别号"虎痴""痴公"。我知道，虎痴是一个伟岸之词，比如三国猛将许褚的别号乃"虎痴"，勇猛、执着而痴情，故有是称。近代书法大家顾湛澄则号"虎痴外史"。蔡公时于革命锐猛精进，看来一饮一啄，似有前定。

返回住处的路上，沉落的夕阳刚好在赤霞山巅碰碎，一如泻下万道灵泉，是崩裂的伤口。我回到宾馆，翻看着有关材料，见到于右任为蔡公时的题词："国侮侵凌，而公惨死，此耳此鼻，此仇此耻。呜呼！泰山之下血未止。"心头冰炭相继，难以名状。那几只回到黑暗的孔雀，在树荫下亮翅如刃，通宵鸣叫。

（说明：本文在采访、写作过程中，先后得到济南市中区文联、蔡公时子女蔡今明、济南文史学者张继平、《九江日报长江周刊》总编辑谢亨等人的帮助，谨致谢意。）

涌泉颂

■ 王家新

王家新 诗人，批评家，翻译家，1957 年生于湖北丹江口，中国人民大学文学院教授、博士生导师。著有诗集《纪念》《游动悬崖》《王家新的诗》等，诗论随笔集《人与世界的相遇》《夜莺在它自己的时代》《没有英雄的诗》《取道斯德哥尔摩》《为凤凰找寻栖所》《雪的款待》，编选有《20 世纪外国诗人论诗》《当代欧美诗选》《叶芝文集》《中国诗歌：九十年代备忘录》《中外现代诗歌导读》等。王家新被视为近二三十年以来中国当代最重要的诗人之一。在创作的同时，他的诗歌批评、诗学研究和诗歌翻译也产生了广泛影响，作品被译成多种文字，曾获多种国内外文学奖。

我在昌平山脚下有处房子，村子后面有个"桃花峪水库"。我们刚搬过去时还曾在那里游泳，但是有一年当我走上堤坝，却发现它完全干涸了。

我也知道由于地下水下降，很多地方打井再也打不出水来。请体会人们在那样一种情景下的绝望。

的确，河水断流，或是泉水突然不再喷涌，这些都是令人感到恐怖的迹象。我们不知道大地的内部究竟发生了什么。我们自己，甚至有一种被抛弃之感。

好在听说济南的泉水仍在涌流。我的妻子小时候曾在那里生活，说那时青石小巷里到处都是水声潺潺，随便翻动一块石版，都有泉水涌出来。那么，现在呢？

这就是为什么今年五一长假期间，我会带着 10 岁的儿子访问"泉城"济南。

来到市中心的趵突泉公园，当然，我们会首先直奔"趵突泉"。泉池四周已围有大批游客，凭栏观看池内三泉喷涌的景观，好像在朝拜着什么。的确，那三股神秘的泉水仍在不息地向上喷涌。我想起北魏郦道元《水经注》对"趵突泉"的描述："泉源上奋，水涌若轮。"它描述得多好！准确，形象，传神，隐含着对生命奇迹的礼赞！

同时，我也感叹古人所起的这个泉名"趵突泉"。"趵"，含跳跃之义，"趵突"，一下子抓住了趵突泉三窟迸发喷涌、跳跃奔突的特点。它不仅生动形象，也十分有力——道出了地下涌泉那种压抑不住的奔突腾空之力。

因为上小学五年级的儿子来到这里也是有"任务"的：要写一篇假期游记作业。于是，凭着一点临时学来的知识，在涌流不息的潺潺声里，我给他讲为什么济南被称为"泉城"。这主要与济南的地形结构有关。济南的南面为山区，北面是平原。这里的山区由石灰岩构成，它以大约30°的斜度由南向北倾斜。石灰岩层本身不很紧密，有空隙、裂缝和洞穴，储存了大量的地下水。这就是说，在它的表层下有一个秘密的水系。这些地下水流向济南，被平原下的岩浆岩拦阻，而这些水流凭着强大的压力，从裂隙中涌上地面，就形成了济南的这些泉眼，趵突泉就是其中最著名的一个。在它附近，还散布着金线泉、漱玉泉、洗钵泉、柳絮泉、皇华泉、杜康泉、白龙泉等三十多个名泉，构成了趵突泉泉群。

当然，这些干巴巴的知识，并不足以道出我对"泉城"的感受。在我看来，"泉城"和"趵突泉"其实都是一个生命的神话。它关涉到大自然（中国人有时也叫它"老天爷"）对我们的慷慨赠予，关涉到生命自身的干涸、枯竭和充盈，甚至关涉到"性"的秘密。不管怎么说，如果离开了这些盈盈的泉水，一切便真如艾略特在《荒原》中所说："我要给你看恐惧在一把尘土里！"

这些都是涌上我头脑中的念头，一个活蹦乱跳的孩子现在是不会懂这些的。那就带他继续参观。接着我们就来到李清照纪念堂，趵突泉旁边的"漱玉泉"就是因她的词集《漱玉集》而得名的。儿子很早就会背诵"生当作人杰，死亦为鬼雄。至今思项羽，不肯过江东"。因此一跨入纪念堂，就很好奇地看着她的塑像。我则想起了自己上大学时第一次读到的那首《如梦令》（"昨夜雨疏风骤，浓睡不消残酒。试问卷帘人，却道海棠依旧。知否，知否？应是绿肥红瘦"），觉得眼前这个高大英武的塑像和我印象中的女词人形象实在不符。不过，也正是在这里，我第一次思索起"李清照"这个名字：一个和这些明镜般的澄澈泉池多么般配的名字！一个临水自照、宛若惊鸿的女诗人的形象出现在我的脑海里了。

因为这些泉水，因为"李清照"这个名字，我还不禁想起了谢默斯·希尼的名诗《个人的诗泉》（袁可嘉译）："童年时，他们没能把我从井边，从挂着水桶和扬水器的老水泵赶开。我爱那漆黑的井口，被框住了的天，那水草、真菌、湿青苔的气味。……我玩味过水桶顺绳子直坠时，发出的响亮的扑通声。井深得很，你看不到自己的影子。"而在这首诗的最后，凝视泉水的少年那喀索斯成为一个审视自身的诗人："我写诗，是为了认识自己，使黑暗发出回音。"

是的，像希尼、李清照这样的诗人，都是有着他们"个人的诗泉"的。那是他

们最隐秘的镜子，从童年起一直吸引着他们，使他们得以"认识自己，使黑暗发出回音"。不仅如此，这神秘的泉水还一直滋养着他们。中国古人所说的"文思泉涌"，就揭示了这一点。在古今中外众多诗人的创作生涯中，有消歇期，也有突然到来的"趵突期"——"文思泉涌"之时，谁不充满感激？在那样的时刻，神秘的创造力重又回到他们身上。他们可以不断地"写下去"了。

这就是诗人们为什么要赞颂泉水了。

从李清照纪念堂出来后，我们继续在风景如画的公园内游逛。我先是带着儿子排队等待从一口清澈的井内打水，又一起在石上曲折的流泉里玩着"小船"，后来甚至玩起了"水枪"。公园内四处泉水涌流，波光粼粼，我的心都湿润了。因为前不久刚译出俄罗斯诗人曼德尔施塔姆的诗集，我想起了他的名诗《石板颂》中的一节：

> 而我们站立在稠密的夜里，
> 在一顶暖和的绵羊帽下入睡。
> 山泉汩汩涌流，一道颤音的
> 话语链，向着源头返回。
> 这里，恐惧和裂层在书写，
> 以同一支白垩笔的微光。
> 这里，一幅草稿的版本落成，
> 被流水的学徒们。

的确，从干燥的北方都城来到这座"泉城"，我也在"向着源头返回"。我也要重新做一个"流水的学徒"。当然，问题并不那么简单。我们知道曼德尔施塔姆有着诡异的诗才，他还有着另一首专门写泉水的诗："泉水喷洒的音乐纤维/对贫穷的村庄多么奢侈……"而该诗的结尾是："在迭句般多雾的迷宫中，一阵压抑的黑暗的汩汩声，仿佛一个水的精灵，去访问地下的钟表匠。"

这样的泉水是生命之泉、灵感之泉，但也是一个音乐般的"水的精灵"。我们受惠于它，但我们能占有它吗？显然，我们不能。我们只能聆听它，爱护它，并小心地去触及它，引导它。这样的神秘泉水使我们学会了敬畏，因为"生命是一个恩赐"。而"泉城"的历史也向我们提示了这一点。纵然趵突泉还在，大明湖还在，但济南不再是那个"四面荷花三面柳，一城山色半城湖"的所在了。因为城市的无节制发展，因为大规模的开采，趵突泉也经常陷入停喷的窘境，2001 年后更是创下了停喷 890 天的历史纪录。在加大地下水的保护和采取节水保泉等措施后，到 2003 年 9 月，趵突泉才恢复了喷涌。后来，在 2007 年 5 至 6 月又有一次断涌。不过，就在当年 7 月 18 日的傍晚，天降特大暴雨，在这之后，趵突泉才再次恢复了四季涌流的景象。

我当然可以想见人们再次看到趵突泉喷涌时的巨大喜悦。不过，我们也要有准备，因为大自然有时很慷慨，但有时也很残酷，这正如神灵有时会亲近我们，有时也会"抛弃"我们、甚或报复我们一样。再说，即使伟大的泉流或河流，也有着它自身的周期。去年秋天我去郑州参加"黄河诗会"，就住在黄河边上。我很惊讶，枯水期的大河是那样细小，那样安静，好像从未发出过传说中的咆哮声……

在这种境况下，我们要做的就是期待，并保持精神的耐力和信心（"它会和我们的语言共存/它就属于那个沉默的幽灵……"，这是去年我写黄河一诗中的句子）。我们现在很难像古人那样对苍天祈祷了，但我们依然要学会感恩，要对大自然保持敬畏。更重要的是，我们不仅要领受生命的馈赠，更应"回报"一些什么。我们不能"坐吃山空"。作为一个诗人，我们也要学会等待和准备，以使泉水充盈。我们的所谓创造，无非是使语言中的那个"精灵"得以不断返回。我们从身体和语言上都"继承了这片大地"，而我们要做的，就是确保"生命之水长流"。

这就是我要写下的"涌泉颂"。

把栏杆拍遍

■ 梁 衡

梁衡 1946年出生于山西霍州，《人民日报》原副总编辑、中国人民大学新闻学院博士生导师、中国作家协会全委会委员。主要作品有科学史章回小说《数理化通俗演义》；新闻三部曲：《没有新闻的角落》《新闻绿叶的脉络》《新闻原理的思考》；散文集《夏感与秋思》《只求新去处》《红色经典》《名山大川感思录》《人杰鬼雄》《当代散文名家精品文库——梁衡卷》《人人皆可为国王》等；学术论文集《为文之道》《壶口瀑布》《梁衡科目整理集》《梁衡理科文集》《继承与超越》《走近政治》《梁衡文集》。

中国历史上由行伍出身，以武起事，而最终以文为业，成为大诗词作家的只有一人，这就是辛弃疾。这也注定了他的词及他这个人在文人中的唯一性和在历史上的独特地位。

在我看到的资料里，辛弃疾至少是快刀利剑地杀过几次人的。他天生孔武高大，从小苦修剑法。他又生于金宋乱世，不满金人的侵略蹂躏，22岁时就拉起了一支数千人的义军，后又与耿京为首的义军合并，并兼任掌书记，掌管印信。一次义军中出了叛徒，将印信偷走，准备投金。辛弃疾手提利剑单人独马追贼两日，第三天提回一颗人头。为了光复大业，他又说服耿京南归，南下临安亲自联络。不想就这几天之内又变生肘腋，当他完成任务返回时，部将叛变，耿京被杀。辛大怒，跃马横刀，只率数十骑突入敌营生擒叛将，又奔突千里，将其押解至临安正法，并率万人南下归宋。说来，他干这场壮举时还只是一个英雄少年，血气方刚，欲为朝廷痛杀贼寇，收复失地。

但世上的事并不能心想事成。南归之后，他手里立即失去了钢刀利剑，就只剩下一支羊毫软笔，他也再没有机会奔走沙场，血溅战袍，而只能笔走龙蛇，泪洒宣纸，为历史留下一声声悲壮的呼喊、遗憾的叹息和无奈的自嘲。

应该说，辛弃疾的词不是用笔写成，而是用刀和剑刻成的。他是以一个沙场英雄和爱国将军的形象留存在历史上和自己的诗词中。时隔八百年，当今天我们重读他的作品时，仍感到一种凛然杀气和磅礴之势。比如这首著名的《破阵子》：

> 醉里挑灯看剑，梦回吹角连营，八百里分麾下炙，五十弦翻塞外声。沙场秋点兵。　马作的卢飞快，弓如霹雳弦惊。了却君王天下事，赢得生前身后名。可怜白发生。

我敢大胆说一句，这首词除了武圣岳飞的《满江红》可与之媲美外，在中国上下五千年的文人堆里，再难找出第二首这样有金戈之声的力作。虽然杜甫也写过："射人先射马，擒贼先擒王"，军旅诗人王昌龄也写过："欲将轻骑逐，大雪满弓刀"。但这些都是旁观式的想象、抒发和描述，哪一个诗人曾有他这样亲身在刀刃剑尖上滚过来的经历？"列舰层楼""投鞭飞渡""剑指三秦""西风塞马"，他的诗词简直是一部军事辞典。他本来是以身许国，准备血洒大漠、马革裹尸的，但是南渡后他被迫脱离战场，再无用武之地。像屈原那样仰问苍天，像共工那样怒撞不周，他临江水，望长安，登危楼，拍栏杆，只能热泪横流。

> 楚天千里清秋，水随天去秋无际。遥岑远目，献愁供恨，玉簪螺髻。落日楼头，断鸿声里，江南游子，把吴钩看了，栏杆拍遍，无人会、登临意……（《水龙吟·登建康赏心亭》）

谁能懂得他这个游子，实际上是亡国浪子的悲愤之心呢？这是他登临建康城赏心亭时所作。此亭遥对的古秦淮河，是历代文人墨客赏心雅兴之所，但辛弃疾在这里发出的却是一声悲怆的呼喊。他痛拍栏杆时一定想起过当年的拍刀催马，驰骋沙场，但今天空有一身力、一腔志，又能向何处使呢？我曾专门到南京寻找过这个辛公拍栏杆处，但人去楼毁，早已了无痕迹，唯有江水悠悠，似词人的长叹，东流不息。

辛词比其他文人更深一层的不同，是他的词不是用墨来写，而是蘸着血和泪涂抹而成的。我们今天读其词，总是清清楚楚地听到一个爱国臣子一遍一遍地哭诉，一次一次地表白；总忘不了他那在夕阳中扶栏远眺、望眼欲穿的形象。

辛弃疾南归后为什么这样不为朝廷喜欢呢？他在一首《戒酒》的戏作中说："怨无大小，生于所爱；物无美恶，过则成灾"。这首小品正好刻画出他的政治苦闷。

他因爱国而生怨，因尽职而招灾。他太爱国家、爱百姓、爱朝廷了。但是朝廷怕他，烦他，忌用他。他作为南宋臣民40年，倒有近20年的时间被闲置一旁，而在断断续续被使用的20多年间又有37次频繁调动。但是，每当他得到一次效力的机会，就特别认真、特别执着地去工作。本来有碗饭吃便不该再多事，可是那颗炽热的爱国心烧得他浑身发热。40年间无论在何地何时任何职，甚至赋闲期间，他都不停地上书，不停地唠叨，一有机会还要真抓实干，练兵、筹款、整饬政务，时刻摆出一副要冲上前线的样子。你想这能不让主和苟安的朝廷心烦？他任湖南安抚使，这本是一个地方行政长官，他却在任上创办了一支2500人的"飞虎军"，铁甲烈马，威风凛凛，雄镇江南。建军之初造营房，恰逢连日阴雨，无法烧制屋瓦。他就令长沙市民，每户送瓦20片，立付现银，两日内便全部筹足。其施政的干练作风可见一斑。后来他到福建任地方官，又在那里招兵买马。闽南与漠北相隔何其远，但还是隔不断他的忧民情、复国志。他这个书生，这个工作狂，实在太过了，"过则成灾"，终于惹来了许多的诽谤，甚至说他独裁、犯上。皇帝对他也就时用时弃。国有危难时招来用几天，朝有谤言又弃而闲几年，这就是他的基本生活节奏，也是他一生最大的悲剧。别看他饱读诗书，在词中到处用典，甚至被后人讥为"掉书袋"。但他至死，也没有弄懂南宋小朝廷为什么只图苟安而不愿去收复失地。

辛弃疾名弃疾，但他那从小使枪舞剑、壮如铁塔的孔武身躯，何尝有什么疾病？他只有一块心病：金瓯缺，月未圆，山河碎，心不安。

> 郁孤台下清江水，中间多少行人泪。西北望长安，可怜无数山。　青山遮不住，毕竟东流去。江晚正愁予，山深闻鹧鸪。

这是我们在中学课本里就读过的那首著名的《菩萨蛮》。他得的是心郁之病啊。他甚至自嘲自己的姓氏：

> 烈日秋霜，忠肝义胆，千载家谱。得姓何年，细参辛字，一笑君听取。艰辛做就，悲辛滋味，总是酸辛苦。更十分，向人辛辣，椒桂捣残堪吐。　世间应有，芳甘浓美，不到吾家门户……（《永遇乐》）

你看"艰辛""酸辛""悲辛""辛辣"，真是五内俱焚。世上许多甜美之事，顺达之志，怎么总轮不到他呢？他要不就是被闲置，要不就是走马灯似的被调动。1179年，他从湖北调湖南，同僚为他送行时他心情难平，终于以极委婉的口气叹出了自己政治上的失意。这便是那首著名的《摸鱼儿》：

更能消、几番风雨，匆匆春又归去。惜春长怕花开早，何况落红无数。春且住！见说道，天涯芳草迷归路。怨春不语。算只有殷勤，画檐蛛网，尽日惹飞絮。

长门事，准拟佳期又误。蛾眉曾有人妒。千金纵买相如赋，脉脉此情谁诉？君莫舞。君不见，玉环飞燕皆尘土。闲愁最苦。休去倚危栏，斜阳正在，烟柳断肠处。

据说宋孝宗看到这首词后很不高兴。梁启超评曰："回肠荡气，至于此极，前无古人，后无来者。""长门事"，是指汉武帝的陈皇后遭忌被打入长门宫里。辛以此典相比，一片忠心、痴情和着那许多辛酸、辛苦、辛辣，真是打翻了五味坛子。今天我们读时，每一个字都让人一惊，直让你觉得就是一滴血，或者是一行泪。确实，古来文人的惜春之作，多得可以堆成一座纸山。但有哪一首，能这样委婉而又悲愤地将春色化入政治，诠释政治呢？美人相思也是旧文人写滥了的题材，有哪一首能这样深刻贴切地寓意国事，评论正邪，抒发忧愤呢？

但是南宋朝廷毕竟是将他闲置了20年。20年的时间让他脱离政界，只许旁观，不得插手，也不得插嘴。辛在他的词中自我解嘲道："君恩重，且教种芙蓉！"这有点像宋仁宗说柳永："且去浅斟低唱，何要浮名？"柳永倒是真的去浅斟低唱了，结果唱出一个纯粹的词人艺术家。辛与柳不同，你想，他是一个大碗喝酒、大块吃肉、痛拍栏杆、大声议政的人。报国无门，他便到赣南修了一座带湖别墅，咀嚼自己的寂寞。

带湖吾甚爱，千丈翠奁开。先生杖屦无事，一日走千回。凡我同盟鸥鹭，今日既盟之后，来往莫相猜。白鹤在何处，尝试与谐来。 破青萍，排翠藻，立苍苔。窥鱼笑汝痴计，不解举吾杯。废沼荒丘畴昔，明月清风此夜，人世几欢哀。东岸绿荫少，杨柳更须栽。（《水调歌头·盟鸥》）

这回可真的应了他的号："稼轩"，要回乡种地了。一个正当壮年又阅历丰富、胸怀大志的政治家，却每天在山坡和水边踱步，与百姓聊一聊农桑收成之类的闲话，再对着飞鸟游鱼自言自语一番，真是"闲愁最苦"，"脉脉此情谁诉"？

说到辛弃疾的笔力多深，是刀刻也罢，血写也罢，其实他的追求从来不是要做一个词人。郭沫若说陈毅："将军本色是诗人"。辛弃疾这个人，词人本色是武人，武人本色是政人。他的词是在政治的大磨盘间磨出来的豆浆汁液。他由武而文，又由文而政，始终在出世与入世间矛盾，在被用或被弃中煎熬。作为封建知识分子，对待政治，他不像陶渊明那样浅尝辄止，便再不染政；也不像白居易那样长期在任，亦政亦文。对国家民族他有一颗放不下、关不住、比天大、比火热的心；他有一身早练就、憋不住、使不完的劲。他不计较"五斗米折腰"，也不怕谗言倾盆。所以随时局起伏，他就大忙大闲，大起大落，大进大退。稍有政绩，便招谤而被弃；国有危难，便又被招而任用。他亲自组练过军队，上书过《美芹十论》这样著名的治国方略。他是贾谊、诸葛亮、范仲淹一类的时刻忧心如焚的政治家。他像一块铁，时而被烧红锤打，时而又被扔到冷水中淬火。有人说他是豪放派，继承了苏东坡，但苏的豪放仅止于"大江东去"的山水之阔。苏正当北宋太平盛世，还没有民族仇、复国志来炼其词魂，也没有胡尘飞、金戈鸣来壮其词威。真正的诗人只有被政治大事（包括社会、民族、军事等矛盾）所挤压、扭曲、拧绞、烧炼、锤打时，才可能得到合乎历史潮流的感悟，才可能成为正义的化身。诗歌，也只有在政治之风的鼓荡下，才能飞翔，才能燃烧，才能炸响，才能振聋发聩。学诗功夫在诗外，诗歌之效在诗外。我们承认艺术本身的魅力，更承认艺术加上思想的爆发力。有人说辛词其实也是婉约派，多情细腻处不亚于柳永、李清照。

> 近来愁似天来大，谁解相怜？谁解相怜？又把愁来做个天。都将今古无穷事，放在愁边。放在愁边，却自移家向酒泉。（《丑奴儿》）
>
> 少年不识愁滋味，爱上层楼。爱上层楼，为赋新词强说愁。而今识尽愁滋味，欲说还休。欲说还休，却道天凉好个秋。（《丑奴儿》）

柳李的多情多愁仅止于"执手相看泪眼""梧桐更兼细雨"，而辛词中的婉约言愁之笔，于淡淡的艺术美感中，却含有深沉的政治与生活哲理。真正的诗人，最善以常人之心言大情大理，能于无声处炸响惊雷。

我常想，要是为辛弃疾造像，最贴切的题目就是"把栏杆拍遍"。他一生大都是在被抛弃的感叹与无奈中度过的。当权者不使为官，却为他准备了锤炼思想和艺术的反面环境。他被九蒸九晒，水煮油炸，千锤百炼。历史的风云，民族的仇恨，正与邪的搏击，爱与恨的纠缠，知识的积累，感情的浇铸，艺术的升华，文字的锤打，这一切都在他的胸中、他的脑海，翻腾、激荡，如地壳内岩浆的滚动鼓胀，冲击积聚。既然这股能量一不能化作刀枪之力，二不能化作施政之策，便只有一股脑地注入笔端，化作诗词。他并不想当词人，但武途政路不通，历史歪打正着地把他逼向了词人之道。终于他被修炼得连叹一口气，也是一首好词了。说到底，才能和思想是一个人的立身之本。像石缝里的一棵小树，虽然被扭曲、挤压，成不了旗杆，却也可成一条遒劲的龙头拐杖，别是一种价值。但这前提，你必须是一棵树，而不是一棵草。从"沙场秋点兵"到"天凉好个秋"，从决心为国弃疾去病，到最后掰开嚼碎，识得辛字含义，再到自号"稼轩"，同盟鸥鹭，辛弃疾走过了一个爱国志士、爱国诗人的成熟过程。诗，是随便什么人就可以写的吗？诗人，能在历史上留下名的诗人，是随便什么人都可以当的吗？"一将功成万骨枯"，一员武将的故事，还要多少持刀舞剑者的鲜血才能写成。那么，有思想光芒而又有艺术魅力的诗人呢？他的成名，要有时代的运动，像地球大板块的冲撞那样，他时而被夹其间感受折磨，时而又被甩在一旁被迫冷静思考。所以积 300 年北宋南宋之动荡，才产生了一个辛弃疾。

巴斯温泉与济南名泉

■ 韩小蕙

韩小蕙 女，北京人。1982 年毕业于南开大学中文系。现为光明日报领衔编辑。中国作协全委会委员。中国散文学会副会长。出版《韩小蕙散文代表作》等 26 部个人作品集。主编出版《90 年代散文选》等 60 部散文集。获首届"中华文学选刊奖"，首届"郭沫若散文随笔奖·优秀编辑奖"，两届"中国当代女性文学奖"，两届"冰心文学奖"，两届"老舍散文奖"等。1994 年入选伦敦剑桥国际传记中心《世界杰出人物大辞典》。2003 年应美国国会图书馆邀请，成为新中国首位在该馆演讲的作家和编辑，并获美国国会图书馆奖、美国国会参议员推动中美文化交流奖、旧金山市市长奖等。

我在巴斯居住的时候，经常想起远在祖国的济南。得天独厚，上苍垂爱，巴斯（BATH）是英国唯一的温泉之城，济南则是中国乃至世界上著名的泉城。

先介绍一下巴斯：巴斯小城在伦敦以西 160 公里。在大不列颠排名前十、在欧洲和世界有着极高声誉的英国顶尖名校——巴斯大学，就是以该城市命名的。2009 年我女儿毕业于巴斯大学临床药学专业，我去参加她的毕业典礼，曾在巴斯住了两个月，踏访了小城的主要名胜地和大部分"城域"，深心爱上了她华美典雅如大家闺秀一般的气质，以及深邃的历史和光芒熠熠的文化艺术。

巴斯被誉为"英格兰最美的城市"，是联合国教科文组织评定的"世界三大古迹之一"，也是英国唯一被列入《世界文化遗产名录》的城市。其城市风格和各色建筑均为古罗马式的，来到这里时时会有一种置身意大利的感觉，这是因为该城真的是由罗马人建立起来的：公元前 1 世纪凯撒大帝的铁骑横扫欧亚时，强大的罗马军团打到此地，被这里优美的自然风光和天然温泉所吸引，便驻足下来，修建了极其精美豪华的"古罗马大浴场"，供帝国皇室使用。这座大 BATH 一直完好地保存到今天，成为一座博物馆向公众开放，每年接待数十万来自世界各地的观光客。

大浴场为古罗马神庙式建筑，高大的罗马柱镶嵌在一池碧绿的泉水里，高举着头顶上哥特式的石筑宫殿。十多尊两人多高的大理石名人雕像环绕着四周，据说包括罗马皇帝凯撒在内，可惜我一位也不认识，只是非常仰慕其雕刻风格，觉得他们与著名的"断臂维纳斯"相仿佛。宫殿的尖顶和巨大窗棂皆镂空浮雕，繁复而又精细的花饰，彰显出当年罗马人的富足与傲世感，当然也标志着他们高大上的艺术审美标准。大浴场被称为"BATH"，以后这座城市都随着它叫作"BATH"——今天英文直译为"洗浴"之意，其实，完全不是这么简单，这里面还有个古老的传说：

当年李尔王的父亲布拉杜德王子到雅典读书期间染上了麻风病，回国后被放逐到乡下牧羊。羊们经常到山脚下一处有着奇怪气味的泥塘里打滚，他就只好下泥塘去驱赶它们，然后在旁边的一眼温泉里洗浴。天长日久下来，温泉水竟然治好了他的麻风病，还使他的皮肤变得细滑光洁。后来，布拉杜德成为国王，不忘巴斯那个有着奇怪气味的温泉，派人去化验水质，发现水中富含硫磺等矿物质，对某些神经系统和皮肤的疾病很有疗效，便下令挖深井把温泉水从地下抽上来，蓄到石砌的巨池中。还大兴土木建起了沿袭古罗马风格的"国王的浴池"以及庙宇，每年都带着王公贵族来洗浴。岁月绵延，朝代更迭，"国王的浴池"一直为后人使用着。到了16世纪，当权者又在旁边建起了一座"王后的浴池"，专供女宾们使用……

这传说很像民间故事，在咱们中国，也到处都有着民间故事和民间传说，比如"七仙女""孙悟空""哪吒闹海""八仙过海"等等。然而在巴斯古罗马大浴场却是有实物为证的，至今在热气腾腾的古老浴池旁，还保存有布拉杜德国王当年洗浴的"宝座"和他的石塑像，还有后世不断挖掘出来的或石头或金属的人头像、装饰画、钻头工具、水舀、环扣、发针、耳环……

当年参观这座博物馆的门票是 11 英镑，以 2009 年的汇率折算，差不多是 145 元人民币。那时咱们还没涨工资，中国的物价也还相对较低，所以初到英国觉得什么都贵。然而，参观完这座大浴场博物馆，却觉得相当值得，甚至精神都为之一振，那余香一直在我心中的某个角落里珍存着。为什么？

因为整个展览做得太有文化品位了，完全不是我当初的不以为然——是的，我差点就错过了它，因为我曾怀疑：一个"大澡堂子"有什么可说的呢？呵呵，英国人还真让它有了很多可说的：不仅有两千多年来建造与不断延续的大 BATH 本身的历史，以及它的建筑、文物、考古意义上的知识；还有关于古罗马、英格兰、爱尔兰及欧洲的地理、历史、人文、艺术、科技、哲学、军事、国家关系等非常丰厚的内容。听得我津津有味，就像上了一课，觉得心胸一下子开阔了，世界竟然如此美好；更珍贵的，还唤醒了我渐渐被世俗遮蔽了的文化之"贵气"——这是我自己生造的一个词儿，指的是代表人类文明最高水平的"纯文学"和"雅文化"。这种高雅文化的召唤，其实无时无刻不响彻在我们每个知识分子的心底，只不过有时我们被市俗、庸俗、懒俗、恶俗吵聋了耳朵，一段时间听不到了。但我们纯粹的心还在，博物馆、图书馆等等，就是召唤我们回归"贵气"的所在。

从这个意义上说，我对济南就有了不满足：她到现在还没有一座济泉博物馆，这是不是有点儿不可思议？

中国人爱说济南是"天下第一泉城"，从古人开始，就对济南的泉水之多、之有名而恃泉傲世。金代"名泉碑"曾为济南72泉立碑，这在封建社会算是至伟的大事，不仅歌功颂德，更要传之千秋万代。当然济南的泉尚不止那72处，据清代沈廷芳《贤清园记》称，其泉"旧者九十，新者五十有五"，共计145处。1964年新中国进行了一次实地调查，仅在市区内就有天然泉108处（或曰110处）。于是，又有人举出"七十二行"和"七十二变"为例，说济南的72泉不是实数，而是"泛指数量多的意思"。

泉多，固然是济南珍贵的资源，但更为关键的是一个"美"字。事实也是如此，据2011年济南市名泉办公室普查结果，济南有泉808处，泉源之多，大概举世罕见吧！那年春暮夏初，我到了济南。哇，趵突泉正昂扬吐水，三股水缸一般粗壮的大水柱，红日跃海一样，闪电刻天一样，高铁奔驰一样，以无可阻挡之势，喷薄！喷薄！烟云惊筜，紫气东来，清凛傲娇，雪浪逼人。一条激情奔涌的大河，从泉腾起，滚滚滔滔，沿着修筑得城墙一般结实的河堤，冲决而下，它是从两千年前，不，是从三千万年前就开始奔涌了，一直，一直，腾飞！腾飞！真个是"云含雪浪频翻地，河涌三星倒映天"（明·胡缵宗）。这是我第一次看到济南趵突泉——可真不愧是无与伦比的惊天泉啊！我从没想到过"泉"这种在水家族中算是温婉小女子的一类，竟能腾挪出这么激荡天地人心的场面，顿时凌乱了，手之舞之足之蹈之。济南友人笑话我："这还刚刚是一个泉呀，我们还有金线泉、珍珠泉、黑虎泉、杜康泉、蜜脂泉、斗母泉、漱玉泉、柳絮泉……咳咳，韩小蕙你真没见过世面！"

我先不好意思地笑笑，是呀是呀，是我的问题。接着，就立即率尔反击道："不过不过，也是你们的问题，更是你们的问题——济南怎么到现在还没建起一座济泉博物馆？"

主人们一下子全被噎在那儿了。

按说，平时我绝对不是个"外国的月亮也比中国圆"的主儿，但说起应当修建济泉博物馆这个话题，我竟思绪滚滚，腹议滔滔：巴斯巴掌大点儿的地方，区区 9 万人口，仅有那么一口温泉，人家英国人就做出了一座那么有文化、在全世界都广有影响的大 BATH 博物馆；济南呢，有着这么举世无双的泉水，这么天下无二的泉城，这么无与伦比的历史文脉和典籍资料（单是历代文人咏泉的诗词就浩浩汤汤），如果倾全城之力，建起一座高端的济泉博物馆，再借助互联网发布出去，还不让全世界都凌乱了，立时就把济南当中国啦！

呜呼，两千多年或曰三千万年的济南泉，请抓紧时间吧，"日月忽其不淹兮"，新中国又都已经 66 岁了。但愿你借助济泉博物馆的东风，再度振翅古老的青春，把今日济南以及中国之煌煌巨变，带到世界上的每个角落，知会中国的每一位友人！

重识济南

■ 张清华

张清华 男，1963 年出生，山东博兴县人，文学博士。曾任教山东师范大学，2005 年初调入北京师范大学。现为北京师范大学文学院教授、博士生导师、副院长，北京师范大学国际写作中心执行主任，北京师范大学当代文学创作与批评研究中心主任，中国当代文学研究会常务理事。长期从事中国当代文学研究与批评，出版理论与评论个人著作 4 部。曾获省部级社会科学成果一等奖，南京大学优秀博士论文奖，华语文学传媒大奖 2010 年度批评家奖，第二届当代中国批评家奖，2010 年被评为"北京师范大学最受本科生欢迎的十佳教师"。

算起来，我也应是个道地的老济南了。11 年前离开，流落到居不易的京城，几乎患上思乡病——我自知这不是矫情。自 1980 年 17 岁到济南读大学，毕业后回故乡工作 4 年，后又回济南读研，1991 年毕业留校在师大工作，读书 7 年，再加工作 14 年，一共是 21 年。离开济南时 42 岁，半生中恰有一半的时间在济南度过。所以，说济南是我第二故乡，应不是虚夸之词。

原也曾以为，自己对济南的大街小巷早已烂熟于心，也曾与很多朋友一样，抱怨和嘲笑济南的种种不尽如人意。当然不是对那个样子渐渐模糊和残缺了的老济南，而是对这个样子渐渐陌生的新济南。

也许，过于尖刻地看待这变化也不对，毕竟她已由一个传统的城，变成了一个规制宏大的现代都会。站在千佛山上看济南，已远不是当年那个小巧玲珑的城市，而是一座一望无边的大城。当年李贺所说的"遥望齐州九点烟，一泓海水杯中泻"，实在说，已看不到山和水，所见都是高楼大厦，钢铁的景观。这也是另一种人间奇迹呵。

还有气候和风物。走的地方多了，渐渐

体会出济南的特色。古人讲山河之阳，乃是地利之选，而济南偏是山河之阴，处于黄河之南，泰山之北。因此这城市便不太可能有什么"王气"，历史上也不曾出帝王人物。但这却是济南的好——少了阳刚之美，得了阴柔之魅。水泽之气多，故氤氲而滋润，夏少酷暑，冬无严寒，与江南风物无异。因此偏得文脉之势，自来多出名士文人，便是很自然的事了。杜甫那时游吟至此，言"海右此亭古，济南名士多"，好像还有些客套搪塞，到济南，也许承蒙本地士绅招待，便言不由衷地敷衍一下，以作答谢之辞罢。但等到两宋时，却猛地出了"二安"，李易安和辛幼安，这两位出自济南的词人，一下占据了宋词的半壁江山。明清之际的文气也未曾断绝，"前七子"的边贡和"后七子"的李攀龙都是济南人，在趵突泉不远的地方，可见李攀龙的白雪楼，在巍峨地耸立着。

就不说现代的济南了——比如老舍就对这座城市有许多感慨忆述，但这都可以看作是边边角角了。在新文学的地图上，济南确乎只是一个小小的配角，没有显赫的地位。即便后来间或有些个名家巨擘生活或执教济南，但留下的墨迹毕竟是少而又少了。

看上去，这和数家珍差不多，但其实还都是表皮。之所以说了这么多，是因为没有办法不做些交代。作为一个过气的济南人，我总得数一数、找一找我和这城市的旧影交集，那些属于自己的记忆。虽说那如烟的柳色，明澈的水波，还有我年轻的身影与经历，已随时光的消逝而渐渐淡漠。但提起济南这两个字，我还是无法不说一些积年的废话、酸话和傻话。

当然也不间断地回这城市，有时还要盘桓数日，看一看旧时师长或老友，或偷闲舒张一下神经。而这一次，竟有机会混在一堆作家中，滥竽充数地重走了许多地方，重新感知了"老济南"的院落与街巷，旮旯与角落，仿佛重逢一位初恋的旧情人，看到她虽经岁月的衰败，但还会照见她昔日的风韵，更不用说，还有些许温情缱绻，由回忆生出的说不清道不明的情绪，不由感慨一番。

泉和水，是济南的魂，不巧今年却让人失望。七月里，正值雨季，济南却还未下一场像样的雨，趵突泉、黑虎泉均停喷多日，为十几年来所仅见。连一向为济南之最诗意的环城水系的画舫游，也因为水浅而停运了，真是不给面子。但东道主自有补救的办法，在明湖边的小巷子转转悠悠，正所谓曲水回廊，杨柳巷陌，还找到一些旧时罕见的去处。甚至在那些幽静的巷子里，看到一堆堆金发碧眼的外国人，正兴致勃勃地游着。不觉柳暗花明，看到了深巷中的一汪碧水，闻名遐迩的王府池子。这昔日达官贵人们独享的美景，如今被环绕在寻常百姓的民居中，仿佛民间暗藏的一位美女，显得格外俏丽。稍有点煞风景的是，竟有若干位善水的乡邻，露着一身大白肉，兀自在那水里扑腾扑腾地游着，宛若无人之境。再看那岸边，却也大字写着：禁止游泳。

场面似有些尴尬。但想想，这也就是济南，老百姓家常的风格做派，禁它也没用，放在这里装装样子罢。想起大学时代，有时步行去小清河北的农场劳动，步行从这里穿过，走得迷迷道道，看见人家门口的石板底下，汩汩地竟流出些泉水来，方知道这"家家泉水，户户垂杨"的意思。如今，老式的街区似乎还整体地安放着，但街道已然是被沥青和水泥堰过了，整洁宽敞了许多，但石缝里的泉水，却是难得一见了。

末了是喝茶。东道主费了一番心机，在曲水亭街的一道巷子里找了一个喝茶的地方。主人公是一位玩汉砖和古董的中年人，小小的房子里摆满了旧济南的老物件。煮着茶，燃着香，老房子里弥漫着幽暗蛊惑的气息，仿佛打开了一个时光隧道的入口，让人置身回忆的穿梭之中。最有趣的是，主人设计了一个曲水回廊的茶道，在原木与旧物件的插接中，茶杯顺水而下，在袅袅烟雾中接杯饮茶，平添了几分谐趣，大家推杯换盏，谈笑一番，方才的暑热，不觉早已烟消云散。

想来，这样饮茶的花招，也非泉城人不能为之吧。

旧济南的另一部分，是老火车站附近的商埠区。这里经纬纵横的20余条街，是上世纪初（1904年）清廷批准济南自开商埠时所开辟，国内不少官僚、地主、商人在此开办工厂、造铺开号。各国列强自然不甘其后，纷纷在此设立公司、领馆、银行，此处遂成为济南最为繁华兴盛之地。错落着的老建筑显示着当年商铺林立生意兴隆的风貌，依稀的繁华在旧照片中还历历在目。

但这历史中当然 还有着抹不去的血腥。1928年北伐军进军至济南之时，引起了日本侵略者的恐慌，他们以保护日本侨民商铺为名，竟悍然制造了一场震惊中外的"五三惨案"，屠杀了六千余中国人，其中就包括以蔡公时为首的国民政府外交公署的十余位外交人员。在中国的土地上，兴盛的商业区，如果纯客观地讲述历史，这应是济南最早具有"国际化性质"的标志性街区，在此公然杀害手无寸铁的中国政府的外交人员，确乎能够看出日本军国主义者霸道凶残的豺狼本性。如果从这儿算起日本侵略者蹂躏中华的血债，比"九一八事变"还要早上三年。

这些历史，我之前只算是断续知晓个大概，并不连贯系统。这次随市中区文联朋友们的安排，做了比较详细的记录。心想，在中国的土地上公然残害中国外交官员，于中国而言是莫大的耻辱。当时中国的一号人物蒋介石也是如此认定且念念不忘的。在整个国家近现代历史上，它也给中华民族留下了深深的痛楚。而放置在当年算不上什么大都市的济南，怎么也算是一个硕大的伤疤了，应该为世代的人们所铭记。

一番心潮起伏的参观之后，大家又来到名声赫赫的宏济堂，这是东阿阿胶在济南最核心的字号。在这里，大家很快换了心情。说是字号，当年是前店后坊，后面是制造阿胶和炮制各种中药材的作坊，如今是一个规模可观的博物馆，展示着当年药师和工匠们劳作的场景，还有各种器具，从生产到运输到销售的流程。主人斟茶倒水，端出各种水果招待，给我们演示阿胶的制作工艺，介绍它的各种神奇功效。要说这阿胶的来历，确乎令人感慨，作为中药里几大名贵之物，它历来是补血益气的良药，对于产后失血的妇女，更是不可或缺。中医如同哲学，讲究的是中和与调养，是济世与救人，与前者的强梁之道、豺狼之性恰好构成了鲜明的对立。这大概就是中国文化的核心和精髓了。

最后是来到了"小广寒"——建于上世纪的济南的第一家电影院。如今也辟成了电影博物馆。我不由感叹，虽说曾久居济南，但还不知道这旧城中竟还有如此有意思的一个去处。门面虽小，设计却极是精致，里面更是别有洞天，大大小小的好多座放映厅，门厅与角落则摆放着无数台不同形制、各个时期的放映机，让人目不暇接。主厅和侧厅还被主人富有匠心地设计成了特色餐厅，颇富小布尔乔亚的风格，是个怀旧抒情的好地方。我们的午餐也在这里进行，大家兴致陡涨，坐在这百岁影院里，喝着红酒，回想着百年如梦的历史，以及为那些影像记录的人间沧桑，银幕上闪现的是一部光影斑驳的《列宁在十月》，不由记起儿时的景象种种，真个是一番百感交集。

离开时，在高铁的窗口还在回望她，这熟悉而陌生的城市。想，济南确已颇有些沧桑了，但她的沧桑中又不乏妩媚与年轻。也许这就是她的魅力所在，她的风韵所在罢。

秋的济南：风月无边

■ 付秀莹

付秀莹 女，文学硕士，北京作协签约作家，著有小说集《爱情到处流传》《朱颜记》《花好月圆》《锦绣》等。作品被收入多种选刊、选本、年鉴及排行榜。曾获首届中国作家出版集团优秀作品奖，第四届中国作家出版集团优秀编辑奖，首届小说选刊奖，第九届十月文学奖，第五届中国作家鄂尔多斯文学奖，第三届蒲松龄短篇小说奖等。部分作品被译介到海外。

到济南的时候，是十月底，秋已经深了。

朋友说，到南部山里看月亮，数星星。心想好雅致的念头，便兴冲冲去了。

这个季节，山间层林尽染，斑斓绚烂，是秋的极致了。有各色奇石，在山里随意散落着，不言不语。柿子树上还有柿子，一盏盏小灯笼似的，在秋阳里晶莹耀眼。有朋友忍不住淘气起来，爬上去摘柿子。不一时，果然捧了柿子过来，给我们吃。阵风吹过，叶子纷纷落下来，阳光里仿佛下了一场金色的急雨。群山寂静，天上有几块闲云，悠悠飞过来，不知什么时候，又飞走了。

晚饭后，月亮升起来了。山里的夜晚，已经有十分的凉意。夜空深邃，月亮圆圆的，好像是女子皎洁的脸。星星稀疏，也不耀眼，是被月亮的光芒比下去了。月光汹涌，仿佛能听见汩汩流淌的声音。夜风拂过林木，萧萧飒飒，有无限的秋意。群山越发幽静了。月光满山，月色满怀。整个人好像都变得澄澈清明起来。我们都不说话，仿佛生怕惊动了这清清的月色。不知道是一只什么鸟，叫了一声，半晌，又叫了一声。

这么多年了，在生活的泥淖里深陷，有多久不曾看过这么好的月亮了？

小时候乡下的月亮，好像是金黄的，熏染了炊烟和鸡鸣狗吠，有人间烟火气，是可以亲近的。这山里的月亮，或许是因了泰山余脉嵯峨，另有一种高洁清越，教人不免有悲怀，直想把凡心俗念都覆手抛了，在这山林间隐居，或者随了嫦娥，到广寒宫里去。张爱玲想必是偏爱月亮的，小说里常常写到月亮。月亮成了一对对俗世男女的仰望之物，是镜子里的意象，美丽而缥缈。女作家虽自认一身俗骨，究竟是有出尘之想的。

次日回到市里，泛舟大明湖上。湖水清澈，更见深沉了。秋水长天，岸边的芦苇飞白，同满池残荷呼应着，别有一种寥落之美。岸上的杨柳倒是依然碧绿，依依垂下来，参差披拂，在风里蹁跹不已。隐隐有丝竹之声，穿林渡水而来，同啁啾的鸟鸣交织着，教人不免恍惚，这尘世间竟然有如此闲雅所在，济南人实在是有福了。

弃舟登岸，去看趵突泉。趵突泉的盛名，是早有耳闻的，有天下第一泉的美称。今年夏天也曾来看过，果然名不虚传。老舍先生曾断言，假如没有趵突泉，济南会失去她一半的妩媚。这是真的。泉水滋养着这个城市，也浸润着这个城市的心事。是不是，正因了这流动的泉水，才使得济南少了喧嚣的戾气，多了温润明亮的气质呢。朋友说，早些年，青石板街上走着，随意一踩，就能踩到泉水。泉城的名字，自然不是浪得的。"家家泉水，户户垂杨。"试想天下哪里有这样的地方？

这一回看泉，竟然正遇上一年一度的菊花展。对于菊花，是暗暗怀着一种偏爱的。总觉得，人淡如菊这几个字，叫人说不出的喜欢。倒不是只羡慕菊的高洁，尘世中人，高洁不过是理想罢了。心素如简，人淡如菊，却是心下追慕的。满园的菊，在秋风里开得恣意。各色的菊花，有的认识，更多的却不知芳名。喝茶赏菊，实在是秋光里的一桩雅事。看着满眼菊花怒放，泉水绕流，恍惚觉得，莫不是天下的秋色都在济南了。

从珍珠泉和王府池子而来的泉水汇成河，同曲水亭街相依偎，街随水走，水伴街行。青砖黛瓦的老屋，墙壁上有厚厚的青苔，晕染着斑驳的水迹，叫人想起光阴，以及与光阴有关的故事，还有这故事情节深处，流逝的匆匆的面影。门上大多有对联，词句古雅有味。记得夏日来时，有浣衣妇人水边忙碌，而今天气寒凉，也不知那浣衣人去了哪里。只见有老人水边廊下，对坐下棋，廊上挂着鸟笼。一丛月季，娇艳得无可比方。阳光晴好，照在水上，有水汽氤氲，恍惚间竟仿佛到了江南水乡——真是错把济南作江南了。自然了，若是真的把济南比作江南，到底是小看了她。这湖光山色树影人烟里，究竟多了北方的清朗寥廓，是齐鲁的气韵。

芙蓉街则是另一种味道了。据说，芙蓉街以街中芙蓉泉得名。早年间，这里曾是济南府的繁华之地，商贾云集，多深宅大院。"老屋苍苔半亩居，石梁浮动上游鱼。一池新绿芙蓉水，矮几花阴坐著书。"岁月变迁，而今，这里已经是颇有名气的小吃街了。随着人潮慢慢走，只见两旁店铺林立，各色小吃香气扑鼻，叫人暗咽口水。小贩吆喝着招徕顾客，人声鼎沸。谁能想到呢，当年的豪门大院，而今竟成了市井喧嚣的所在。走在人群里，觉得内心喜悦，安宁。私心里，实在爱极了这样的烟火气息。欢腾的，世俗的，有声有色有味，没有什么时候比这一刻，更叫人觉出肉身的真实的存在。

然而，芙蓉泉，她还在吗？一路询问，到底是找到了。芙蓉泉藏身在街巷深处，周围的逼仄拥挤，已不再叫人想到"一池新绿芙蓉水"的诗情了。没有人知道，有多少光阴和过往，沉在这芙蓉泉深处了。泉池里倒还有鱼，活泼泼游动着，好像是芙蓉泉旧年的信物，又好像是生活的某种隐喻。时光如逝水。岁月更迭，新与旧，变与不变，都是这泉水里的倒影吧。

在王府池子用午饭。吃的是济南名菜，喝的酒是趵突泉。王府池子又叫作濯缨泉。正是正午时分，阳光明亮，有不少人在游泳。人们也不怕冷，在水里嬉戏玩耍，笑语喧哗。也偶尔有妇人，在水边洗衣淘米。忽然想起了孟子的话："清斯濯缨，浊斯濯足矣。自取之也。"

秋的济南，风月无边。

济南的性格

■ 王兆胜

王兆胜　男，1963 年生，山东蓬莱人。文学博士、编审，中国社会科学杂志社文学部主任，兼中国文艺评论家协会理事。已出版著作《林语堂的文化情怀》《20 世纪中国散文精神》《林语堂与中国文化》《温暖的锋芒——王兆胜学术自选集》《新时期散文的发展向度》等 15 部。在《中国社会科学》《文学评论》等刊物发表论文 200 余篇。编著散文年选和各种选本 20 部。散文随笔集有《逍遥的境界》《天地人心》。曾获首届冰心散文理论奖等多项。

城市与人一样都是有性格的。如果说，我的家乡蓬莱仙气十足，我现在生活的北京城珠光宝气，那么，济南则是温润的。济南就像一块玉石，更像一个谦谦君子，它包蕴着迷人但却难以言说的色泽。

泉水与柳树是济南的容颜。20 世纪 80 年代初，我在济南上大学。听老人讲，以前的济南可谓家家有柳、户户有泉。你随便在院子里往下挖，即可见水；春光明媚时，折柳一枝，插地成活，所以济南又有个诗意的名字——"泉城"。走在大街小巷，可见水光潋滟、柳树纷披，仿佛进入梦境和神话中。读描写济南的名句"四面荷花三面柳，一城山色半城湖"，仿佛有位温柔贤淑、善解人意、风情万种的女子款款而来。济南以趵突泉闻名，殊不知这只是其一，有名者泉多达七十二，且从名字和风韵看，最能显出济南温柔者不是趵突泉，而是金钱泉、柳絮泉、漱玉泉。不看内容，只识其名，就有一种享不尽的柔美。

千佛山是济南的胸襟。济南有两所名校，一是山东大学，二是山东师范大学。在济南时没太多感觉，到了北京才晓得它们有"天壤之别"。北京人只知道山大，而不知有山师。于是，我就读的山东师范大学一下子变得暗淡无光。不过，山大有一万个好，却无山师的好之"一个"。因为山东师范大学背靠千佛山，说它是千佛山的肚子或肚脐，亦无不可。从这方面讲，山东师范大学是个风水宝地，加之它又坐落在"文化路"上，其"有容乃大"不可小觑。当然，站得更高一点，将包括山东大学在内的济南都说成在千佛山怀中，也无不可。否则你很难理解，济南自古重文化教育，是书画家、文学家、思想家、圣人辈出的地方。

泰山是千佛山的基座。古人云："登东山而小鲁，登泰山而小天下。"纵观济南之地理形胜，它是个盆地，周围有"齐烟九点"，即九座山，于是被多个小山包裹着，极尽内蕴、从容与平和之致。这也是济南夏热冬暖、春秋明丽之缘由。在火炉般的炎热中，易养成人的耐性与坚韧；在春风和秋阳中，又赋予人以知足常乐。另外，济南北临黄河及平原，南靠雄伟博大之泰山，自然更加稳固、丰实、饱满。这也是为什么，不足三百米的千佛山是那么精气饱满、神采奕奕，令人有"高山仰止"之叹。

我曾到千佛山南面的山中闲逛过。周末早起，离开污浊的空气，爬上山巅，一股股清新空气沁人心脾。再往靠近南面的泰山方向走，山涧清流、绿树成荫、鸟语花香，美不胜收。整个山中有时半天不见人影，而泰山方向吹来的微风和着晨曦，将整个天地幻化成一幅山水图卷。多少年后，我才领悟一个真谛：威仪万方的泰山是远大的背景，它让千佛山安若泰山，也成为整个济南城一盏长明不灭的心灯。

曲阜是泰山南面的和煦之风。曲阜是孔子故里，我曾以景仰之心前去拜谒，原以为那里一定有"高山"可以仰止，没想到其周边平旷无垠，所有建筑都舒展平坦，令人想起孔子笔下展翅欲飞的"翼翼然"。而包括尼山在内孔子家乡的所有山都平淡无奇，甚至草木亦不甚滋荣，但其形体倒多有佛性，与孔子笔下的君子形象正相吻合。有趣的是，在曲阜与济南约150公里的距离中，泰山正好站在中间。因此，我宁愿将泰山理解为一个中介，把曲阜看成济南更远的背景，从而与千佛山、济南的温润文化相连。这样，济南的性格就更有底蕴了。

温润的性格最突出地表现在济南人身上。如对人的称呼是门大学问，在不同地方各有特点。有的称"先生"和"女士"，尊敬有之，但有拒人于外的感觉；有的称"同志"，关系近了，也有平等意识，但总显含糊；有的称"伙计"，显然有居高临下之姿；也有的称"小姐"，却常常被人误会；更有的无称呼，直用"哎——"，这没称呼的称呼，易让人反感。但济南人不论对谁，也不管男女、老少、职业，都称"老师"，而且那个"师"字是卷舌音，很像甜丝丝、低八度的平音"婶"字，这在其他城市很少见。以至于我到北京后长时间改不过来，也常闹笑话。一次向一位年轻人问路，当我称他"老师"时，她很不自在，竟直言自己是学生，不是"老师"。其实，济南人称呼"老师"，是敬称，包含的是善意、好学和感恩，是让人心中温暖的交流方式。一个"老师"一叫，立马拉近了距离，让对方特别受用。试想，一个没多少文化的市民，突然被温文尔雅的大学老师称"老师"，他心中有何感想？也是从这里，我能理解济南为什么有着深厚的文化积淀，以及人们对于书籍、读书、字画的热爱。一个普通之家往往都有收藏书画的雅好，他们可以无高档家具，但不能没有字画高悬。

济南人无攻击性，和颜悦色者多。你很少能听到市民嘴带脏字，这恐怕也与对知识、文化、老师的敬意有关。当年的济南有三个热闹地方：一是我们校门前的文化东路，二是集书店、商店、市场于一身的大观园，三是济南的动物园——金牛公园。每逢课外时间或周末，我们都挤身人的川流，但从未被盗过，也没发生肢体和语言冲突，让座、被称和称人为老师成家常便饭，而且到处都是笑脸与关爱，这对于我们这些远离家乡的学子来说，可谓"宾至如归"。读研究生时，我曾接触过地道的济南人，那时我到金牛公园附近一个工人家里做家教，孩子温顺聪慧，年轻父母话语不多，只是微笑和点头，一口一个"王老师"，叫得我都不好意思。每逢课时，女主人必备下清茶、水果，课后留我用饭。看到我有些难为情，她总是说："你从学校到我家，几乎穿过整个济南城。我做的都是家常饭菜，吃了饭你就可从容回校了。"我做家教的时间虽不长，但这家人给我留下了深刻印象，他们的言行让我如沐春风并受用终生。

济南人好客，也喜欢请人到家里吃饭，而且与客人相敬如宾。这与北京人不喜欢带客人回家，多在外吃饭不同；也不像胶东人过于热情和实情，总让来客喝得一醉方休。北京人太淡，有时同住一楼甚至对门，却谁也不认识谁，而且互不理会。胶东人太热烈，像火与烧酒，往往让人收受不起。济南人则取乎其中，温柔敦厚、内敛自然，而又滋味悠长。一次听人讲，他到北京朋友家里被冷落的故事：没享受到热情的款待不说，要告辞时，主人要送，他说请留步，主人竟说了这句话："没事，反正我要出门送垃圾。"当与主人分手，客人走了几步回头再行道别，却发现主人早不见了。结果气得他半死，从而与朋友恩断义绝！这种事的发生当然与文化隔膜有关，但其中的味道确实有点不对。我在济南多年，受邀和被请饭的时候很多，一饭之中有促膝而谈，也有彼此的问安和祝福，尤其到临别时，济南人总是款款相送：等你走了很远，回头说声再见，却发现，主人还在远远地向你挥手！

像手捧着千年的瓷器，你会感到济南和济南人有说不出来的温润，春夏秋冬都一样。不过，除了温润，济南还有别的性情，如山的雄壮、石的坚实、夏的热烈、冬的威猛，还有辛弃疾的金戈铁马。只是与八百里秦川的秦腔不同，济南的威猛壮烈在特殊时才会有，平日里都如绵里裹铁般内敛着，不事张扬。

我在蓬莱老家长到 18 岁，在济南生活和工作了 11 年，来北京至今又过去 22 年。一般而言，济南远不能与另外两地比量短长；不过，我人生最美好的时光在济南度过，也是济南的山水培育了我的人生观、价值观及其性情。济南就是我的腰椎，也是我跨越人生的桥梁，所以有时连我自己都分辨不出，哪儿是济南，哪儿是我自己。就如同盐与水的关系一样。

风过无痕，雁去留声。我就是那一阵子风和那只孤雁，在飞过、栖息过济南的天空与大地时，现在还能寻到什么呢？不过，我坚信，在心灵的底片上，济南永远清新，尤其在夜深人静、孤独寂寞时，一个人与琴音和棋枰相伴相对。此时，飞去的是超然，落下的是悠然。

泉水杨柳荷花

——漫说济南的情调

■ 宋遂良

宋遂良 1934 年生于湖南浏阳，中国作家协会会员，山东省作家协会理事，中国当代文学研究会理事，山东省当代文学研究会副会长，山东省散文学会顾问，山东省中学语文教学研究会顾问。1958 年开始发表文学评论，从事中国现当代文学的教学与研究工作。出版《宋遂良文学评论选》《一路走来》等，发表论文、散文、随笔逾百万字。

前些年，网上流传过一个段子说：北京人把所有的外地人都看成是下级，上海人把所有的外地人看成是从农村来的，广州人把所有的外地人都当作北方人，大连人把所有的外地人都当作是没有看过大海的……济南人则把所有的外地人当作老乡。这个段子当然带有调侃的意味，但从中透露出的济南人本分、实诚、谦和则是事实。济南人不欺生，不做大，不蛮，不滑，不赖，这是有口皆碑的。

济南是一座有文化、有正气、有尊严的城市，一座荣誉感很强的古城。儒家的礼乐文化和泉水的温柔洁净使她稳重厚敛，彬彬有礼。如果说北京是最大气的城市，上海是最精致的城市，成都是最悠闲的城市，拉萨是最神秘的城市，那么，济南呢，我觉得济南就是一座最醇厚的城市，一座男人的城市。有人说山东是中华人民共和国的长子，我觉得他当之无愧。

但是济南不浪漫，不算活跃，不够时尚，和青岛比起来，她有点儿"农村"。济南确实有她老成守旧的一面，有粗犷甚至粗鲁的一面：在白石泉洗脚，在黑虎泉游泳、街头巷尾烟雾缭绕的烧烤啤酒，一到暴雨就水漫金山，缺少有国际影响的大企业、缺少响当当的大品牌，还有夜生活之类的……这些都让济南人不好意思。但济南人不生气，不在乎。因为她有泉水，有历山，有杨柳、荷花、大明湖，风姿绰约李清照，有老舍、巩俐，有全国一流的足球迷。

济南是一座历史文化名城。这里的历史悠久，文化厚重。名胜、名人众多。千佛山、大明湖、趵突泉之外，灵岩寺、城子崖、四门塔等也都是一流的文化景点。上世纪末，我参加过多次关于建立泉城广场文化长廊人选的讨论。领导当初的意图是建立一批英雄模范人物，如焦裕禄、王杰、孔繁森等人的塑像。徐北文和董治安先生为首的专家组却力主先从古代的文化名人建起，我也是积极的附和者之一。领导也从善如流地同意了。待到提入选名单时却出现了50多个，其中包括晏婴、仲长统、东方朔、郑玄、孔融、左思、鲍照、刘勰、鲁班、扁鹊、邹衍、闵子骞、房玄龄、颜真卿、李开先、李攀龙、张养浩、王士禛……还有铁铉、秦琼、程咬金，甚至还有人提王莽的。经过几轮讨论投票，最后只剩下十几个时，最大的争议和困难出现了——这就是"济南二安"选谁了。论文学成就，一个是豪放派代表，一个是婉约派词宗；论爱国感情，金戈铁马也不亚于死亦作鬼雄。我起先是主张二安一个也不能少的，但却只有12个名额。去谁呢，大舜是始祖，管仲是齐鲁文明的奠基人，孔、孟、孙武、诸葛亮、王羲之都是至圣、亚圣、兵圣、智圣、书圣等圣字级的世界名人，墨子是和儒、法、道平起平坐的学派创始人，贾思勰是我们这个农业古国的顶级科学家，扁鹊是中医之神，都不能去。戚继光是唯一的武将，且是抗日的，也不能去。有人主张割爱蒲松龄，我们几个学文的便为这个被誉为"世界短篇小说之王"的作家力争，且有清一代就只剩这一个代表，不能去。最后就是二安的取舍了：两个南宋的人，又都是成就不相上下的词人，按平衡原则，必须去一个。我也是个不薄稼轩爱漱玉的人，此时真犯了难，上辛吧对不起李，上李吧，有负于辛。可是我长久从心里偏爱李，我以清照是唯一的女性为由主张忍痛去辛获得了多数人的赞同，我说，大气儒雅的稼轩先生要是活着的话，也会投李清照一票的。最后，李清照上榜了。我记忆中，辛弃疾和扁鹊屈居第13和14位。这是何等的高规格啊！我们当时还建议文化长廊建立第二批、第三批文化名人塑像，直到把老舍、臧克家、傅斯年、任继愈、季羡林、李苦禅等慢慢地树立起来。一方水土养一方人呢。

泉水是济南的魂灵。济南没了泉水，就像宝玉丢失了他项上的通灵宝玉。上世纪90年代有几年趵突泉停喷了，我就感到心地浮躁，坐卧不宁，我看别人也是这样，年轻人脸上的疙瘩豆多起来了，女孩子用的化妆品卖得更火了，人际间易燃易爆，外地来旅游的人明显地减少了。泉水带给济南人的不仅是物质，主要是一种神气：上善若水。她洗涤污浊，调和极端，清心洗目，提振精神。从朦朦胧胧的凌晨到灯影绰绰的深夜，每年每月每天有数不清的济南人手提车推肩扛地到黑虎泉去取泉水，络绎不绝，洒出来的泉水一直要淋湿到泺源大街。他们把这看作是一种祖先留下的仪式，生生不息的传统而乐此不疲，代代相因。我每回从外地回来，就觉得济南的水太好喝了。有趣的是，泉水和杨柳荷花的结合不是水性杨花，而是泉水叮咚、杨柳依依、荷影亭亭，这就是文化底蕴使然。厚重多文沉潜蕴藉的土地，长成的必然是知书达理端庄明丽的大家闺秀，是忠肝义胆侠骨柔肠的山东汉子。

已故诗人孔孚在他的《答客问》中写道："请教泉水有多少／你去问济南人的眼睛吧／愿闻济南人的性格／你去问泉水吧"。诚实的眼睛，泉水的性格——这或许就是济南的主旋律吧。

啊，济水之南，泰山之北，有古城兮，名曰济南。

济南赋

■ 李永祥

李永祥 济南长清区万德镇上营村人。1940年生，1962年毕业于北京师范大学中文学，系济南教育学院中文系退休教授，曾担任中文系主任、院学术委员会主任，并曾担任山东省古典文学研究会常务理事，济南市文学会会长，山东省作家协会理事，济南市作家协会副主席等职务。系民进市委第一副主委，山东省第六、第七届政协委员。曾出版《蒲松龄传》《房玄龄传》《李开先传》《济南名山》等著作20余种。

南依岱岳，峦嶂巍峙；北临黄河，波涛奔涌。钟天地之灵秀，蕴山水之华英。地处京沪之间，通南北经济之脉络；位在滨渤之右，兼水陆资源之事功。济南者，乃现代齐鲁之都会，系历史文化之名城。

察变迁之史，波澜壮阔；数风流之士，灿若群星。城子崖下，有龙山文化之遗存，先民已始建城；历山麓畔，乃大舜躬耕之故址，东夷早缔文明。沿及殷周，方国称"谭"，大夫长吟《大东》之诗；下至春秋，齐鲁会盟，《左传》见载泺上之名。叔牙荐管仲，墓留鲍山；夷吾辅桓公，封在谷城。汉初设郡，始名济南。枭雄曹操，于此主政，兴利除弊，颇具治声。隋称齐州，唐继其名。鼎革之际，豪杰辈兴。名将秦叔宝，贤相房玄龄，奠大唐王朝之基业，成贞观盛世之伟功。鹊山湖谪仙荡舟，历下亭诗圣赋咏。宋室南迁，江山裂崩。噫吁兮，易安孤身漂泊，蓄家国沦亡之悲愤，词称"婉约之祖"；稼轩挥戈抗金，怀故土光复之豪情，词号"豪放之宗"。章丘张起岩，进士第一，总纂"宋"、"辽""金"三史；云庄张养浩，居官清正，感赋《山坡羊》一曲。关汉卿漫游历下，浅斟低唱，作"杜娘智赏"之剧；赵孟頫任职济南，濡翰挥毫，绘"鹊华秋色"之景。伊自明朝，始为省会，筑石墙，浚深壕，金城汤池，巍立东境。王渔洋水面亭赋《秋柳》，蒲松龄东流水觅佳菊。孙中山演说议会厅，讨袁军攻占济南府。中共建党，星火燎原，尽美、恩铭，"一大"留名。五三惨案，公时殉难，国耻莫忘，警钟长鸣。一九四八，正义炮响，济南解放，万众欢腾。

秀山美水，风情万种。具江南之明丽，备中原之厚重。百泉竞涌，雅号"泉城"。趵突泉三泉齐喷，银柱腾空;五龙潭涵漾天光,幽深雅静;黑虎泉兽头吐波，龙啸虎鸣；珍珠泉明珠万斛，晃跃晶莹。更有溪流潺湲，穿堂过室，叮咚如筝鸣，绘就家家垂柳、户户清泉之妙境。章丘百脉，平阴洪范，或万顷绿漾，或一池碧凝。历、泺二水，汇注北城，古为"历陂"，今称"大明"。小沧浪畔，佛山倒影；一城山色，半城湖韵。华山峻秀，如芙蓉含苞；鹊山横亘，似锦画开屏。齐烟九点，星散黄河两岸；泰山一脉，绵连城南万峰。兴国寺尊虞祀舜，仰瞻圣迹；千佛山摩崖镌佛，妙巧精工。登峰远眺，黄河如线；凭栏俯望，明湖似镜。长清灵岩，古阁藏经，彩塑十八罗汉，尊尊栩栩如生；五峰道观，楼坊高耸，茂生千年银杏，浓荫百鸟齐鸣。

齐鲁腾飞，伊为龙头；头昂身舞，举省振兴。察民情，晓民意，集民智，筑牢执政之基；兴实事，育实绩，彰实效，树正为官之道。诚信、创新、和谐，为城市之魂灵；改革、开放、民主，乃发展之途径。赴欧美，访澳非，拓展视野，观世界变化之画卷；办会展，兴赛事，外宾纷至，聆济南进步之足音。城市内涵，愈益丰厚；文明底蕴，与时俱增。高架桥飞架南北，长虹贯日；经十路直通东西，银练横空。劈山开陵，筑修旅游大道；平壕垫沟，兴建东部新城。泉城广场，音乐喷泉奇幻多彩；环城公园，花木溪流扶疏明净。高楼栉比，百业昌隆，焕然现代都会；小院寂静，柳绿泉澄，依稀田园风情。以城带乡乡兴旺，以工哺农农繁荣。章丘阡陌如画，平阴玫瑰花红，济阳平川生财，商河囤满仓盈。免千年之农赋，惠万户之民生。八荣八耻，明善知恶，孕育高尚情操；平凡岗位，涌现精英，洋溢道德新风。白衣天使，救死扶伤，刘振华得南丁格尔大奖；严格执法，热情服务，济南交警成全国典型。倡和谐兮万民安乐，谋发展兮福祉无穷。

躬逢盛世，豪气干云；抚今追昔，感慨顿生。寄深情以颂故里，作长赋而歌泉城。

英雄山上四季树

■ 戴永夏

戴永夏 生于 1942 年，原名戴永霞，笔名金戈。山东平度人。1966 年毕业于山东师范学院中文系。济南出版社编审，业余创作颇丰，有散文小说近 10 种面世，中国作家协会会员、山东省散文学会顾问。

唐人刘禹锡说过："山不在高，有仙则名。"我则认为，山不在高，有树则名。因为仙是虚无缥缈的，树是真实存在的。有树，胜过有仙。这一感悟，源自对英雄山的亲密接触。

英雄山原名赤霞山、四里山，位于济南市中心偏南位置，平均高度 148 米。其山顶矗立着高 34.64 米、毛泽东亲笔题字的"革命烈士纪念塔"，山下建有济南战役纪念馆和革命烈士公墓，公墓中除埋葬着王尽美、刘谦初等山东早期共产党的领导人外，还长眠着 1500 多位为解放济南而牺牲的烈士。英雄山的名字，就是毛泽东为悼念这些烈士而起的。

与周围群山相比，英雄山虽不算高，山上也无佛无仙，但仍声名远播，慕者云集。这除了千百英烈长眠于此外，还因山上的树林蔚为壮观。那满山遍岭高低错落的树，秀了山的魂，绿了山的衣，使沉睡的秃岭有了生命的蓬勃，也使粗犷的山野有了柔软的呼吸。

或许是机缘垂顾，我有幸住在英雄山下。日日登山晨练，天天山迎树接，我跟山树结下了不解之缘。树对我，亲如家人；我对树，了如指掌。一提起山上的树，我便激动不已……

英雄山上的树，主要是松柏，辅之以桃、杏、槐、椿、枫等杂树以及一些低矮灌木。它们自然地组成一个和谐整体，又携手连缀成巨大的绿帐。这绿帐苍苍茫茫，翁翁郁郁；间有繁花点点，或浓或淡。风在里面奏乐，鸟在枝头歌唱，连白云也忍不住常来光顾，却在不经意中被染成透明翡翠，跟绿帐融为一体……我几乎天天穿行其间，快意于这"绿色王国"的美好与恬静、壮阔与芳馨、欢畅与深沉……心中感到安定踏实，杂尘不染。一切自然所赐，尽是赏心悦目。

早春，山上的桃杏醒得最早。它们一片片，一丛丛，或杂处在苍松翠柏之中，或倔强地屹立在石壁之上。它们心儿灵，性儿也急，总是最先感知春的消息。每当春节刚过，乍暖还寒，不待雨点打湿地上的冰冻，风儿吹净枝间的残雪，它们便竞相吐出密密麻麻或嫩红或银白的花苞；还没等叶芽绽开呢，一夜之间，如有神助，挂着笑靥的繁花便开遍了枝头，染红了山野。它们先于杨柳，早于梅花，最早迎来新的一年的春天，正应了大诗人欧阳修的称赞："谁道梅花早，残年岂是春？何如艳风日，独自占芳辰。"每到此时，我也抢占先机，寻春山上，访桃问杏，最早跟春天进行对话。春情催动诗情，此时笔底文字，也特别鲜活灵动。

初夏，当桃杏的芳菲渐去渐远、杨柳已经翠叶青青的时候，迟醒的洋槐又"粉墨登场"了。开始，它们的枝上只爆出米粒般的嫩芽，星星点点地透出一层淡绿。过不几天，每棵树枝间都挂满一串串葡萄似的花苞。这花苞又像白色的蝴蝶，迎风伸开翅翼，翩翩飞舞起来。转瞬间，亭亭玉立的绿树就变成繁星闪烁的银塔，万绿丛中又涌出朵朵白云，飘起淡雅的花香。顿时，整个山野都因此而变得更加明媚、艳丽。花色撩人，花气袭人。此时走在林中，花也醺醺，人也醺醺。不知是人因花而醉，还是花为人而狂？

深秋，万花凋谢，衰草萋萋，英雄山上的树木却依旧多彩多姿。飒飒秋风中，松柏的颜色更加深沉苍翠，其他树木也换上了各种颜色的秋衣。它们相互映衬，浑然一体，构成一幅色泽鲜明的风景大画。诚如老舍先生所写：

> 以颜色说吧，山腰中的松树是青黑的，加上秋阳的斜射，那片青黑便多出些比灰色深，比黑色浅的颜色，把旁边的黄草盖成一层灰中透黄的阴影。山脚是镶着各色条子的，一层层的，有的黄，有的灰，有的绿，有的似乎是藕荷色儿……（老舍：《济南的秋天》）

此时最为惹眼的是那些坚挺潇洒的枫树，在凛凛寒风中都亮出了生命的底色，红艳艳一片灿烂。尽管这里的枫树不像红叶谷那样"万山红遍，层林尽染"，但它们却恰到好处地穿插在松柏丛中，这里举几支火炬，那里升一片云霞，"贴地腾野烧，

065

戴永夏

擎空燎庭烛",生动地营造出了刘鹗笔下的意境:

> 只见对面千佛山上,梵宇僧楼,与那苍松翠柏,高下相间,红的火红,白的雪白,青的靛青,绿的碧绿,更有那一株半株的丹枫夹在里面,仿佛宋人赵千里的一幅大画,做了一架数里长的屏风……

英雄山是千佛山的延伸,山上的美景正是这幅大画的部分。此时漫步"画"中,让人目不暇接,思接千载,浮想联翩中深切体会到"生之烂漫"的况味,也加深了对生命美好的认识。

严冬,连鸟儿都冻得躲进了窝中。在风刀霜剑威逼下,山上的阔叶树都落光了叶子,原本茂密的树林变得疏朗而空阔。此时,唯有不畏严寒的松柏不为所动,尽显英雄本色。酷寒中,它们的树干更为坚挺,枝条更显苍劲,一树的深绿也变成墨绿或铁青,显得自尊威严,凛然难犯。寒风吹来,它们发出排山倒海般的吼声,涌起滚滚松涛——这不正是大自然最壮美的乐舞吗?大雪扑来,它们又泰然自若,坦然面对,任凭满身的冰封玉砌、银装素裹,兀自岿然不动,诚所谓"大雪压青松,青松挺且直。要知松高洁,待到雪化时"(陈毅诗)。此时登山入林,直觉满目苍茫豪迈,满腹雄壮坚强,不由得想起老革命家陶铸的话来:"每一个具有共产主义风格的人,都应该像松树一样,不管在怎样恶劣的环境下,都能茁壮地生长,顽强地工作,永不被困难吓倒,永不屈服于恶劣环境。每一个具有共产主义风格的人,都应该具有松树那样的崇高品质,人们需要我们做什么,我们就去做什么,只要是为了人民的利益,粉身碎骨,赴汤蹈火,也在所不惜,而且毫无怨言,永远浑身洋溢着革命的乐观主义的精神。"(陶铸:《松树的风格》)此时此地,面对英雄山的松柏,重温老革命家的教导,感到特别真切,也特别富有教益!

风雅济南

■ 侯 琪

侯琪　1948 年出生于济南。曾任济南出版社编辑室主任、编审。曾任山东省作家协会全委会委员，济南作家协会副主席，济南文学学会副会长等职，作品散见于解放日报、光明日报、文汇报、新华日报、山东时报、山东文学等报刊，并有多篇文章，选入《新华文摘》《著名作家山东游》《济南文学大系》等书刊中。出版有《泺上集》《和少年朋友谈学习方法》《唐宋八大家散文选注》《济南文学大系·古代散文卷》等。

一

以风雅拟济南，是十分贴切的。

风雅之谓，在地灵人杰，在俗尚雅正，在艺文气象。距今 4000 多年前，大舜曾耕于历山（千佛山），故而济南自古就有"舜城"的雅号。作为远古圣王，大舜不仅是中国道德文化及儒家文化的源头，还是一位艺术修养极高的文人、艺术家。相传大舜是五弦琴的发明者，还作有《思亲操》《南风歌》两首诗歌。他还制定《韶乐》，孔子曾在齐闻《韶》，陶醉到"三月不知肉味"的程度。明代大明湖南岸有闻韶馆。

战国时期，济南人邹衍创立五德终始说和大九州说，他的学说对中国封建社会的影响，是仅次儒家，而堪与法、墨比肩的。

还有扁鹊，这个被称为中医鼻祖的古代传奇人物，也是济南人。

秦汉间，有济南人名伏生，冒死违始皇"焚书"令，壁藏《尚书》。汉兴，伏生以老迈之躯，传《尚书》于齐鲁间，继绝学，承文脉，于中国传统文化的传承功莫大焉。

从文化的意义来看，邹衍、扁鹊、伏生三位古代乡贤，都是可与"秦皇汉武"、"唐宗宋祖"相提并论的"风流人物"！

让济南人自豪的是，他们都是济南人！

唐以降，济南的风雅更多表现在诗文之盛。继周代济南谭国大夫的《诗经·小雅·大东》之后，济南本土诗人辈出：唐代有崔融、员半千；宋代有范讽、李清照、辛弃疾。李清照是中国第一才女、宋词婉约一派的代表词人。她开创的"易安体"优美动人，风格独具，是宋词中无可替代的奇葩。辛弃疾与苏轼一道，被誉为宋词豪放派的领军人物，时号"苏辛"。与李清照一样，辛词也极大地拓展了宋词的表现潜能。这使"济南二安"（李号易安、辛号幼安）当之无愧地成为宋代词坛的双星。

有宋一代，还有哪座城市风雅堪比济南！

金元之际，济南有杜仁杰、刘敏中、张养浩诸乡贤。张养浩的《山坡羊·潼关怀古》，读之令人热血沸腾、扼腕长叹，那"万间宫阙都做了土。兴，百姓苦；亡，百姓苦"的呼喊，谁能说不是中国封建时代"为民请命"的最强音？

明清时期，济南是名副其实的"诗城"。明代济南成为山东省会之后，本土诗人如边贡、李开先、李攀龙、于慎行、殷士儋、刘天民、许邦才等相继涌现。其中，李开先为"嘉靖八才子"之一；于慎行不仅为一代帝师，其诗文成就亦"一时推大手笔""文学为一时之冠"。特别是边贡和李攀龙，他们是明代"前后七子"的中坚和盟主，是领袖明代诗坛的杰出诗人。边贡为"弘正四杰"之一，而"后七子"领袖李攀龙，其七律堪称明代之冠冕。同样位列"后七子"的王世贞以"峨眉天半雪中看"誉其诗，胡应麟则称李为"高华杰起，一代宗风"。

一个城市，在一个朝代涌现如此之多影响全国的诗人，的确是一种十分罕见的文化现象。

以边、李为首，济南形成了诗宗汉唐的历下（济南）诗派，深刻地影响了明清诗坛。入清以来，济南诗坛延续着明代的辉煌，王士禛、田雯、王苹等人，承续了历下诗派遗风，并各以自己的创作实绩占据着清代诗坛的重要位置。王士禛别号渔阳山人，济南府新城（今桓台）人。宗盟海内达数十年之久，被誉为泰山北斗。为诗倡"神韵"说，是开一代诗风的杰出诗人。24岁时，曾在大明湖水面亭即席作《秋柳》组诗。此诗一出，海内轰动，即"闺秀亦多和作"。

这绝对是一段风雅绝代的文坛佳话。

千年之后，当我们回望审视杜甫"海右此亭古，济南名士多"的诗句时，谁都会承认，这是诗圣对济南名士辈出文化现象的准确概括与预言，也道尽了济南的人文风雅。

二

济南还可以举出诸多风雅绝代之事。

济南城子崖是龙山文化的第一发现地。龙山文化遗存的彩陶（黑陶），打破了中国仰韶文化彩陶由中亚、东欧传入——中国文化西来说的错误推断，从这个意义上说，济南城子崖可谓中华文明本土说的伟大自证地。

唐代济南灵岩寺，与浙江天台山国清寺、南京栖霞寺和湖北江陵玉泉寺并称为全国四大名刹。唐代济南高僧义净，是与玄奘、法显齐名的三大求法高僧，同时又是与鸠摩罗什、真谛、玄奘并称的中国四大译经家。

宋代灵岩寺般舟殿泥塑罗汉（北宋27尊，明补13尊）被梁启超誉为海内第一名塑。

中国24部正史中，由济南人主持编纂或参与编纂的，就有9部，占了总数的三分之一强。它们是唐代济南房玄龄以宰相监修的《周书》《北齐书》《隋书》《晋书》《梁书》《陈书》，元代济南张起岩以总裁官撰修的《辽书》《宋史》《金史》。

济南的市民文学极其发达。自古以来，济南就是中国北方一个重要的演艺中心，素有"曲山艺海""书山艺海"之称。民国年间，济南与北京、天津并称为中国曲艺的"三大码头"。读过《老残游记》的当代读者，谁不对白妞曼妙绕梁的演唱遐想神驰，而发出"吾生恨晚"的慨叹？

中国首倡建立公共图书馆并付诸行动的，是清代济南文献学家周永年，他曾以翰林院编修的身份参与《四库全书》的编纂，并与著名训诂学家、曲阜桂馥在五龙潭畔修建"潭西精舍"，广集天下典籍，创办借书园，免费供贫寒士子借阅"共读"。

免费"与天下万世共读之"的借书园，在中国封建社会中，该是多么可贵而又风雅的创举！

三

济南的风雅，深蕴于济南人的气度与习尚。

乾隆《历城县志》云："济南人"敦厚阔达"多大节"，"贵礼尚义"。所谓阔达，任性使气，倜傥刚直之谓也。这在历代济南文人，特别是名士身上，是十分明显的。例如豪放磊落、恃才傲物的员半千，深许他人以"五百年一贤，足下当之矣"誉己，因改名"半千"。在他上唐高宗的《陈情表》中称自己诗文才华"不愧子建""不愧枚皋"。其孤傲自信，自可想见。他如东州逸党核心、以豪放纵逸为时人称羡的范讽；七聘不就的张养浩；自称"风华落落一狂生"，声言"意气还从我辈生，功名且付尔曹立"的李攀龙；誓不仕清的张尔岐；"负俊异之才"却落拓不羁的"狂士"王苹；写出"世无知尔方为贵，地有容吾不算贫"这样惊世骇俗诗句的杨爽……可谓举不胜举。这些济南历代乡贤俊才的任性阔达，一脉相承，体现了一种倜傥风流的名士风范。

济南的文人名士，多喜纵酒豪饮，以助诗兴。即便饮酒，也自有雅趣：取新摘莲叶盛酒，簪刺叶使与茎柄通，曲茎柄如象鼻，传吸之，号"碧筒饮"。酒味杂莲香，自是别有风味。这种风雅无比的饮酒方式，始自北魏齐州（济南）刺史郑悫。此后，济南文人或传吸"碧筒"，或曲水流觞，或载酒泛舟，在诗酒之中挥洒着旷达倜傥的名士气度。

济南的民间，则多了几分温文儒雅。

济南是一个尚文重教的城市。乾隆《历城县志》又云："青齐风俗，男子多务农桑，崇尚学业"，"长老有勤俭之范，子弟多弦诵之风"，"章缝家多教子弟以继书香，即农夫胥役亦知延师。学馆如云，名社相望……"。

请闭目冥想一下吧：湖光山色，人在高楼，但见学舍栉比，而弦诵时闻——这该是多么儒雅的风情画卷。

旧时的济南人家，门上多贴有"忠厚传家远，诗书继世长"的对联，门内的石榴树下，泉井旁边，有人在竹椅卧读，或对弈品茗……从这样的门前走过，你会觉得自己也雅致了许多。

爱屋及乌，济南人的爱物也便与风雅有了缘分。清雅绝尘的荷花、优雅多情的柳树、雅洁"如一首诗"的白鹭，千百年来也便终于修成了济南的市花市树市鸟。济南有"江北独胜"的大明湖，就连湖上游船，都被济南人整治成一座座浮动的茶社，窗明几净，异常雅致。船联也极精巧有韵致，忍不住便想多录几副：

书画一船烟外月，湖山十里镜中人。

粉白藕边风定后，淡黄柳上月初痕。

舟行著色屏风里，人在回文锦字中。

一湖山色藏清镜，四面荷风扑画船。

　　儒雅的济南人，方言却不怎么顺耳，甚至有些"艮"。但这并不影响它的厚重古雅。济南方言中保留着太多的古代语言甚至是古代书面用语，比如济南方言中形容过多进食的"嚃"字，就与《礼记》中"母嚃炙"的"嚃"同音同义。济南方言中形容人有福之相的"富态"，古典小说《金瓶梅》《西游记》《红楼梦》等均有运用。形容"无赖"的"泥腿"，则可在《儒林外史》《红楼梦》中找到出处。这样的例子，在济南方言中可谓俯拾即是。游走在这样的城市，那份儒雅与从容，会让你生出一丝钦羡与感叹。

　　即如为济南留下了《鹊华秋色》图这样的国宝级画作的元代赵孟頫，在他的诗作《初至济》中，也发出了这样的感叹：

　　道逢黄发惊相问，只恐斯人是伏生。

　　这是对风雅济南深远文脉的艳羡与敬重——哪怕他是中国古代顶级的书画家。

　　忘不了，"文革"结束，中外文学名著得以重新刊行的日子，泉城路新华书店门外望不到尽头的购书"大军"，还有那数不尽的焦灼而欣喜的企盼目光……

　　忘不了，2015年4月，中国最权威的图书网站"亚马逊"网站发布中国最爱读书城市排行榜，济南赫然位列第四！所以用"赫然"二字，是因为，就影响读书量的人均可支配收入及市民知识结构等指标来看，济南是远逊于京津上广、宁海蓉深等城市的。否则，济南的排位还应前提。

　　风雅济南，根在民间，这是绝对不错的。

071

四

　　济南处于河岱之间，"山水甲齐鲁，泉甲天下"。且名泉多在城厢，城郭广布翠峰，更兼城中有湖，便使得济南的民居，多可临水面山，尽享山水清音之雅趣于都会之中。清代王士禛"郭边万户皆临水，雪后千峰半入城"的诗句，便道出了济南这个城市山林人居环境的清雅与惬意。更何况，家家泉水，户户垂杨，一城山色，半城清湖的古城，实实在在还是一个天然的大园林。湖光山色、泉林清溪、古城街巷，似由造化构图，经营渲染，造就了那么清雅秀丽的城市——园林画卷。大园林之中，又点缀了万竹园、德王府、贤清国、漪园、潭西精舍、小沧浪等众多私家园林。这些小园林，大多依泉湖而建，引水成溪，绕堂穿林，清幽秀雅！"生在济南真厚福"，人们可于笔床茶灶、竹月松风之中，卧读听泉，诗酒唱和，何其风雅！

正唯如此，济南的山水园林不仅滋养了本土的文人和整个城市的风雅情调，还吸引了历代文人纷至沓来。清代济南府淄川王培荀在其《乡园忆旧录》中说："济南固多名士，流寓亦盛。如唐之李杜、宋之苏、黄、晁、曾，无不游览流连。国初，顾亭林、张望祖、阎古古、朱竹垞，皆以事久住。学使则前明薛文清、王文成，一代大儒。我朝则施愚山、黄昆圃，一代文宗，以此提倡，人物风雅安得不盛。"

此言确为的论，济南人文底蕴之深厚，流寓济南的诗文巨匠，"大儒文宗、书画名家，风流太守"们，可谓居功甚伟，他们创作了大量咏赞济南的诗文佳作，为济南的文教兴盛和园林城市的发展定型做出了卓越贡献。可以说，风雅的济南吸引了他们，他们又使济南更加风雅无限。

济南之风雅，还在于它是一块宜于读书创作的诗地，乾隆《历城县志》载："环山之城，廉削笋立，其水源清而流长，故生其间者，类皆磊砢奇伟，蔚然以文词耀于时，历检史册，何其多也。"边贡"我济富山水，人称名士乡"的诗句，也是把济南的山水形胜，看作了"名士乡"的前提。因为灵山秀水，易于激发诗思触动灵感；清幽园林，最可静心读书，埋头著述。王培荀则更进一步，他深有感悟地称济南（还有杭州）为"诗地"，且认为"以诗人置之诗地"最为相宜。如苏轼、白居易之守杭州，不独善政垂世，其诗亦美不胜收矣。乐天东坡之西湖诗，足证此言不缪。王还以曾巩为例，称济南成为诗地的原因在于"山水助兴"。他说："曾子固知齐州，虽不能诗，亦多篇什，何以故？盖山水助兴也。"济南山水使不能诗的曾巩也能写出好诗来，可见诗地之于诗人的助力。

清景不合人间有，好句多因江山助。

这让我想起了王渔洋、蒲松龄，想起了王苹、周永年——还有老舍……

想起了小沧浪亭曾经悬挂的一副对联：

烟水此间真酒地，风光今日是诗天。

生活在风雅济南，真好！

贤良的济南

■ 路 也

路也 女。毕业于山东大学中文系，现执教于济南大学文学院。著有诗集、散文随笔集、中短篇小说集、长篇小说等共 10 余部。近年主要诗集有《地球的芳心》《山中信札》等。获过华文青年诗人奖、星星年度诗人奖、人民文学奖、天问诗人奖等奖项。曾为首都师范大学驻校诗人、美国克瑞顿大学访问学者、美国 KHN 艺术中心入驻诗人。

这是一个面朝黄河背靠泰山的城市，最能象征中华民族的两个意象把这个城市牢牢地夹在了中间，差不多等于时时刻刻在对它进行着爱国主义和传统道德的教育；另外还有曲阜和邹县两个古老的小城，驼背弯腰地站在离它不太远的地方，喋喋不休地说教，把《论语》和《孟子》背诵了三千年。这似乎决定了这座城市骨子里的稳重和正统，厚道和中庸。

它位于北纬大约 36 度和 37 度之间，地处内陆，却又离海不远，季风分别从辽阔的西伯利亚和浩淼的太平洋刮过来，空气半干燥半湿润，就像那种刚柔相济的性格。你说它粗糙吧，它还带着些妩媚和秀气，你说它细腻吧，它又有一颗略显粗犷的豪侠之心。很少有哪座城市像它那样，外部格局如此宏大理性，紧挨一山一水一圣人。山是那么大的山，是五岳之首；水是那么长的水，是民族摇篮；圣人是古往今来独一无二的圣人，是孔子。但是其内部却又是非常感性的和小巧的，以趵突泉为心脏，跳动着声声慢或永遇乐的节奏，护城河的柳树世袭前朝上代之风韵，荷花是清而不寒、娇而不媚的图腾。

还有，城南的千佛山做了屏风，一部《老残游记》的片断写在城中央的大明湖上，这像不像一座建筑雄伟的大厦里偏偏放了些可爱好玩的小摆设？宋词的豪放派和婉约派代表人物辛弃疾和李清照都在这里出生并长大，他们似乎是这城市景致风物的两极，可是，即使在那个豪放派人物身上也有"茅檐低小，溪上青青草"的闲雅风度，那个婉约派人物竟然也能吟唱出"生当作人杰，死亦为鬼雄"的慷慨悲歌。

这是济南。

在中国版图上，这个以一条消失的古河水为坐标来命名的城市，其位置有点不卑不亢，它不属于这个国家的心脏、大脑或者眼睛这样无比重要和敏感的地方，它位于雄鸡的嗉囊处，是这嗉囊中央比较大的一粒米。这个东部半岛省份的省会能攻能守，四通八达，离京城很近，沿京沪线坐高铁只需要一个半小时。它朝着东南北三个方向走上不远，都可以抵达海边。最早在胶济线上开通的从济南到青岛的双层豪华旅游列车叫"齐鲁号"，而不是后来带有浓厚商业广告气息的"澳柯玛号"和"贵都号"，它改名字改了很久，许多人还是固执地称它为"齐鲁号"。济南从区域上来说，在春秋时代属于齐国，但它与鲁国紧紧相邻，作为齐、鲁两国分界线的齐长城，就从济南境内的南部山梁上穿过，也许这使得济南这个地方在精神气质上更接近了鲁国吧。"齐鲁号"朝发夕返，这边是笼罩在清晨迷雾和向晚风中的山影，那边是蓝天丽日下碧海绿树边殖民时代的西式小楼，列车每天在鲁国和齐国之间，在泉和海之间，在干燥和湿润之间，在内敛和开放之间，在狭窄和浩瀚之间，在理性和浪漫之间，在古老和现代之间，在民族化与殖民性之间，在道德主义的文化秩序和经济主义的务实精神之间，来来回回地奔波着，去时393公里，回时393公里。这个里程既不远也不近，恰好适合用来议论和抒情。车轮铿锵，似乎在大地上诠释着鲁文化齐文化的冲突和融合，这列横贯省份东西的橘红色火车仿佛是齐鲁文化生动的具象载体。

有个外国哲学家认为，一个思想者适宜居住在内陆，而紧紧靠着大海是对一个思想者不利的。我这样理解这句话，海边太敞亮了，思想没等结晶和沉淀就被海风刮跑了，那里产生的思绪太冲动太激活，不会具有沉重感，而轻飘的想法和念头只能算是灵感，是不能称之为思想的；内陆的稳定感和封闭感则正好适宜进行思想活动，可以使人安下心来坐而论道，厚积薄发。我还觉得这里所说的内陆一定不会是指那种深入到大陆腹地的地方，应该是离海不太远的内陆，大海在这里起到了窗子的作用，一个不能时常向着外界通风换气的地方是产生不出大的和好的思想来的。这么说来，济南算得上一个适合思想的城市了，而青岛就是它的一面朝东开着的美丽的窗子。孔子、孟子、颜子、晏婴、左丘明、曾子、墨子、管子、邹衍、荀子、孙膑等思想家都出生或曾生活在山东，大都在离济南不远的周边内陆地区，而战国时期形成的百家争鸣的中心地点"稷下学宫"离济南不过百余公里。

济南的夏天和冬天两季都很悲壮。夏天气温在全国遥遥领先，让人热得只剩下了苟延残喘，唯一想法只是"一定要活过这个夏天"。熬到秋风凉了，每个济南人都很有成就感。这些年来济南的冬天不符合全球变暖的规律，不知为何越来越冷了，冬天最低温度竟到了零下15度。许多年前的济南，并不那么冷，而且还有点温柔，很多外地学生是读了老舍那篇《济南的冬天》才报考济南的大学的，文章里写到这个三面环山只在北面留一个小缺口的盆地多么温存哪，还有城南那卧着些雪的小山上阳光多么诱人哪，可是当真的来了这里，却发现冬天是那么冷。当那些从遥远的外省来的学生们穿着厚厚羽绒服像企鹅一样在冰路上蹒跚挪步时，他们肯定觉得有点上当了，那篇美丽散文更像是一篇祭文。在这里过冬就是熬冬，得咬紧牙关默念，"其实毫无胜利可言，挺住便意味着一切"。济南的情感就是这样，一点也不暧昧，也不朦胧，更不会半推半就和欲擒故纵，典型的暖温带特点，要么高温多雨要么寒冷干燥，缺乏跟世界互相赠答的调频，爱和恨泾渭分明，让人觉得少了氤氲的情调，却多了一些脆生生的大方。在漫长的冬和夏之间是轻描淡写的春和心如止水的秋，那不过是冬和夏的间歇，是大爱和大恨之间的平静期，阳光因此充满了温顺而宽厚的倦意。济南的城市布局居然也带了犹如它的气候这样的是非明晰的特点，街道按经几路纬几路来划分，条条大路东西南北横平竖直，跟儒家的君君臣臣父父子子那样排列得一点也不乱，就连那些古旧的小巷子都很少拐弯抹角，跟济南人一样，全是直肠子，没有曲径通幽的心机，所以外地人来了很少迷路。

在济南做绅士和淑女有些困难。绅士和淑女必须生活在那种气候宜人温差不大的地方才行，有微微的风吹着有细细的雨横斜，心情才会怡然，说话才会彬彬有礼，才能在细枝末节处讲究，给生活处处镶上审美的花边。在一个要么热死人要么冻死人的地方，衣着会首先注重实用性，举止相应地也就不会那么温文尔雅，在夏天就是一动不动也能汗流浃背，总是一副刚刚下过大力拉过地板车的样子，如果要保持西装革履和衣袂飘香，那要费出全天候的功夫来伺候，并且要坐在有冷气的屋子里一动不动，衣来伸手饭来张口，才有保持下去的可能。要是遇上天旱缺水，那真是祸不单行了，日子只能将就着过了。一个人热得头晕甚至有些神志不清了，谁还有

路也

闲心去顾及诸如口红颜色与衣裳颜色是否搭配，脚趾甲染成什么颜色最时尚之类的细小问题。在济南，常常见到穿着大裤衩子光着膀子坐在街边摊子上喝扎啤的人，粗着嗓门说话，大街小巷布满不同型号的"鲁智深"。这也没什么好指责的，谁也不会去笑话谁，酷暑有点像战时，大家惺惺相惜。要是有人热得丧失了好脾气和活下去的信心，无缘无故地发火找茬，那也不能只怪这人修养差，老天至少要负一半责任。济南近几年也冒出了不少绅士和淑女，或者更确切地说是那种小资吧，但总是令人疑心他们都是伪装出来的，而不是真的。他们的样子有点脱离了存在背景，看上去累累的，也许你一背转身去，他们就会松一口气，原形毕露地倒回去——没办法，因为这地方实在是没有那样的天时和地利。

济南的烤地瓜炉子有俄罗斯老太婆那样的三围，摆在街头上粗粗壮壮，烤出来的大地瓜香酥甜嫩；大白菜长了一副尽职尽责的模样，一车一车地停在路旁；鲁菜里的酱油轰轰烈烈，这还嫌不够，还要用大葱或生菜沾着甜面酱来吃；还有高汤调制的这个那个，以及一听名字就让人豪气冲天的九转大肠，全都实惠有余精致不足，不适合樱桃小口来吃。早晨起来上街买早餐，除了油条大饼，就是大饼油条，偶见当地特色的盘丝饼、油璇什么的，味道本质上也不过是大饼和油条的变种。还有大米干饭把子肉，比南方粽子大五倍的枣粽，这些食物全都是为好汉秦琼的后代们准备的，吃了之后也许要去卖马或者抡起上百斤重的金装铜练武功。济南人喝酒是往极限里喝的，喝啤酒一般论捆或论箱，高度白酒也能一瓶接一瓶，不仅自己喝，还劝着别人喝，一定要大家喝得烂醉如泥胡吹海嗙起来了才算够交情。为豪爽而豪爽，豪爽成为值得炫耀的品质，豪爽到悲哀的地步，那劲头仿佛喝完酒之后要上山打虎去。济南人有让饭的习惯，去济南人家里尤其是那种济南老户家里做客，非要准备三只胃不可，你刚吃完一碗，再盛一碗上来，一碗接一碗的，并使用各种语言手法让了再让，唯恐客人因不好意思而吃不饱，那不达目的誓不罢休的劲儿，使人觉得盛情难却却之不恭，只好委屈自己的胃撑得难受，心里发誓以后再也不到这家来做客了。

如果把济南比喻成一个女人，那她就是一个出身于小康之家的良家妇女，她贤淑、直率、本分、平实、自足、温煦。它永远跟不上时尚，永远有那么点儿土气，这个她自己是知道的，可看上去并不着急，表情淡淡的，像是认命了。她的美很像她的市花荷花，是一种大方、简洁和朴素的美，有着隐而不露的清淡和秀雅，属于很耐看的那种。这个良家妇女一般不会闹出生活作风问题，她的存在并不是为了招人爱的，是为了让人感到熨帖、踏实和舒服的。

她没有广州的奢靡，担不了什么风险，只知道勤勤恳恳地居家过日子。

她也不像上海那么先锋花哨，她家教甚严，不习惯作秀闹事。

她甚至在自家门口也被那风华正茂神采奕奕的青岛衬托得暗淡无光人老珠黄，

成了不折不扣的糟糠之妻，仅靠着伦理道义维系着当家的地位和原配的尊严，潜伏了被抛弃的危险。

她当然也没有杭州的缠绵，不会水波粼粼地四处泛滥，不会咿咿呀呀地发嗲。但是，她的柔情和欲望一点也不少，而是全都埋在了小小盆地中央那深深的地下，在地面以下流淌着奔突着，实在抑制不住了才会喷涌而出，到达地面就是一眼又一眼的泉——那是她对浪漫的理解。这容易让人联想起张艺谋电影中的那些女主人公的情感方式，无论是高粱地里的我奶奶，还是菊豆，或者秋菊，她们身上都有着一股被压抑在安静、娴雅甚至循规蹈矩的外表之下的泼辣、野性和疯狂，让祖籍是济南姑娘的巩俐来演这些角色是那么合适，有人说她具有东方美也有人说她土气，但是，没有人说她演得不好，也许冥冥之中上天就用这种方式选择了济南。可不可以这样说呢，一个摩登女郎的诗情画意算不了什么，那其实是十分有限的，当关系到身家性命时，她马上会急流勇退，为安全着想甚至会变得凡俗起来，而一个不动声色的良家妇女一旦百年不遇地风花雪月起来，一定是置之死地而后生的，会令天地为之变色，会成为艺术和永恒——这时候像本分啊，先锋啊，浪漫啊，土气啊，奢靡啊等等这些字眼的含义就突然变得模糊并且界线不清起来。

济南是一个能够把平庸这种缺点变成优点的城市，在这里住着住着就会住出绵长而舒适的惰性来，就像冬日晌午阳光普照那般。久居在此的人或许会对它存了这样那样的不满，殊不知自己这个人幸或者不幸地，却已得了它的精髓，与它融为一体，也变得跟这城市一样贤良起来平易起来，对外部时尚乃不知有汉，无论魏晋，于是哪儿也不想去，有机会远走高飞也不去，最后还是永久地呆在这个叫济南的地方数落着它的这不是那不是。就是去外地出差吧，还没离开它呢，就已经在想念它了。

济南四季

■ 简 墨

简墨 中国作协会员，中国文艺评论家协会会员，山东省书协会员，山东省作协签约作家，济南市作协副主席，山东文人书画院副院长，中国李清照辛弃疾学会理事。主要作品有《山水济南》《二安词话》《书法之美》《京昆之美》等"中国文化之美"系列（八部），《唇语》《止于至善》等"简墨书系列"（六部）。获孙犁散文奖一等奖、冰心散文奖、漂母杯全球华文散文大赛一等奖、刘勰文艺评论奖、"影响济南年度十大文化人物"称号等。书法作品入选国内外多项展事，出版有四体字帖《百字铭》。

济南之春

地气一动，人们就开始常说一句话了：济南春脖子短。

济南就是春脖子短这一点不好。可是，是不是也正因如此，人们才更珍惜它呢？珍惜它的表现就是：无论是谁，挤出一切可以挤出的时间，在万物生发、极其集中的一段时间里，放下手中的活儿，拾掇自己的身体和心成一座空房子，准备专心去装一些植物来，那些世界上最好的好物。

春天的到来成为了一夜间的事。很多很多的爱和力量苏醒了，整个大地，寂静中充满响动。尽管草蛇灰线一样，伏脉千里，但无疑，美好的事物总要发生。

济南的好植物很多啊。它该有多少好植物啊，以至于没处盛没处搁的，非要将一个已经很大的植物园改成"泉城公园"，在不远处又建了一座更大的"植物园"。只建一两个植物园不算什么，这座城市另有不少树林，零星分布，一到春天，就冒出许多干净的叶子。而你去三十分钟、二十分钟就可以到达的南部山区，一下子就可以看到，到处都是新翻的泥土，暄腾腾的，黄色夹着褐色，一道一道的，折扇一样，打开来，满是虹彩。

城内城外的小山们就更不用说了，积攒了一冬的绿啊，这时说什么也憋不住，一股脑儿全都倾倒在山坡上，没有了疆域。浆果、灌木、蕨类、草木你推我搡，绞出了汁子，连石头也被泡软了，就要摇摇摆摆随风飘荡，兴致勃勃开出花来。到小阳春，柳絮都飞起来了，柳树的心都飞起来了，它们捉对儿，成球，成团，轻舞曼歌，追逐嬉闹，如同一群白衫少年天真无邪，飞奔在半空里、云彩里，不肯再回到凡间。这时候，你被柳絮烦恼着，也欢喜着，走在柳絮里，像走在梦里，一切都不真实起来。

相信吧，无论高矮胖瘦、有名无名，户口在城里还是乡间，植物都是这个世界上的非凡之物。而济南处处有水，自然也处处有植物，处处的植物都生长得水润纯良，像一些美好的人。

就这样，随着雨一次次返回，大地寒气散尽，变得整个儿香喷喷的，遍地花开，它们开得毫不节制，风一吹来，不同的花朵彼此之间也满口叫着"亲爱的亲爱的亲爱的"。在街上走着，会生出一种小醉的感觉，精力集中不起来，脑子也有点蒙。花都开得发酵了，像给大地吃上了一种什么药。这种日子，在屋子里根本待不住——你会一整天一整天泡在户外，舍不得回家。

这叫你的眼睛和鼻子也闲不住。因为自从迎春、连翘开了门，花朵们的拜访就从来没断过——黄花朵还真是一种急性子的颜色啊，她率领颜色家族众姊妹，用百米赛的爆发力，一刻也不停歇地前进。她们的洁净和细腻叫人简直想一朵一朵、一瓣一瓣展开，在上面书写诗篇。她们又多有耐力啊，所谓开到荼蘼，也还是向前奔着——春至而梅、而樱、而海棠；春深则桃、则李、则丁香；即便春去，还蜀葵、还茑萝、还蔷薇……花朵开了又开，开了又开，将身体里的呼号都给喊了出去。那些形制相似不相似，大都有着草字头、木字边姓氏的小号们，一百万一千万支地演奏香气。

与香气结伴而来的，是一群群的蜂子和鸟儿——鸟儿用不同的语言对歌，在枝头跳来跳去，从早到晚都能听见它们的歌唱。头角黑黑、遍身黄嫩的蜂子，腿子肥嘟嘟的，金粉闪耀，裙摆被阳光照透。

不光香，还到处都是亮。那些有名无名的泉、溪、河、湖，都在同一个时间醒来，披着小云朵，在同一场雨里低声说话，你流向我，我流向你，渐渐不辨南北东西。

春天里还发生着另外许多美好的事。比如说，莲。在这个季节的尾巴上，大大小小的池塘湖泊里，莲叶平水冒出，小小的叶子，滑滑的叶子，有点羞涩地抿着嘴唇，打个哈欠就长成了半大小伙儿。他们舒展开来，平铺下身子，躺在水水的软床上，恨天恨地地等待起来。其实，不必着急，到不了小夏天，白腰雨燕低低掠过水面的时候，他们这些"绿衣人"所盼望的伴侣——"粉衣人"就来身边了，垂着眼睛，红着面孔。

在花下，人们的说话声儿也温柔起来；过了恋爱年龄的人，又想恋爱一次。

而对着莲荷微笑的人，出神的人，也一样，都是有福之人了。

济南之夏

济南的夏天很热，像模像样的那种热。路边的芍药花甜美到了惨烈的地步，杨柳绿得冒火。在阳光下，种种图像都发出响锣般的亮堂。

而济南自造十万层的清凉，可以抵御那热。

想想济南的四周，哪里没有泉吧。这些可爱的泉们，它们表面上看着各自过着各自的日子，互不相干，私底下却是打断骨头连着筋的亲戚，泉套泉，泉生泉，泉泉不息。坐在趵突泉边的长椅上，柳枝一大把，都拂到了脸上，痒痒的，看阳光折射到池底，石子被有放大镜功能的波纹漾得一会儿大一会儿小。水碧透，无词无语，只偶尔花瓣落下，打下一个个环环相扣的句号。渴了，到杜康泉接上一瓶"杜康"——如果你有足够大的胃口，尽可接上嘴巴，喝掉一眼泉，然后再附赠你一眼泉——反正我们最不缺的就是泉。也许不用喝，嗅一嗅满园的松柳清香，燥气就全被挤走了。也可以干脆坐在白雪楼前无忧泉边，或漱玉泉边的白色大石上，双脚浸在冰凉的泉水里，抬头看对面的小孩子踩出、泼出、用水枪滋出的水从面前飞过，低头看彩色的鱼自由嬉戏，一条两三尺长的"潜艇级"黑色大鱼在池里慢悠悠来去，警惕逡巡……这当儿，世界万象都不在眼里了。

夏天的济南还有树——东，有龙洞，古木足有上百种，绿意深厚，天地都被遮蔽，常常还要拽上大雾来裁成这强壮大绿的花边；中，有泉流汇集而成的大明湖，一个大冰坨子似的，镇在那里，荷花开也香，闭也香，白天也香，夜里也香，很多人会在树下的长椅上睡去，到凌晨也不想回家；西，有大峰山、五峰山，其实还有容易被人忽略的腊山，等等，都布满了树木和高草，里面掩藏着的泉，随时挡住去路；北，一条大河纵贯在那儿，还有数不清的杨柳罩着，朝高高的黄河大堤上一坐，风一来，简直哪里也不想去了；南，就更不用说，南部山区，那是一城的水源啊，涵养全部的泉，还有树。一架大山就是一个军用水壶，有点歪斜地悬挂在那里，东南西北风摇一摇，就"哗啷""哗啷"，倾倒出水流，百年千年过来，不干也不枯，在旱季涓涓细流，在雨季飞扬成瀑。

在城市内部，那些著名的街道上，也是不缺浓荫的——南外环前几年栽的树都长起来了，还被称作"月季一条街"——月季的香本来已经出色，何况再"一条街"呢？在那里散散步都能散成花仙子。玉函路却又"蔷薇蔷薇处处开"，一遍一遍地，涂满夏天，重瓣的热烈，单瓣的清寂，红白粉轮番着来，像这种植株自己的专场演出，其惊艳程度可与前者比肩。堤口路靠近人行道种着特异高大干净的白蜡树，树龄都有了几十年。英雄山路两边是整齐划一的雪松，一棵就价值十万多元，可见有多高大俊逸。纬二路上的法国梧桐，直径两个人都搂不过来，六七层楼高，打眼一望就是两排绿巨人，都能在其中排演童话剧了。而马鞍山路则足有六排种类不同的高大树木！蓝艳艳的闪着光，有的居然是上世纪五十年代的"作品"，堪称经典——像这样一条马路就趁六排大树的豪华气派，在全国来讲都是不多见的——包括汁水多、草木多的南方。

于是，一切都密集起来，一切都接续着春天，加深了春天的色泽，并没有分割开来的样子：花儿继续开，鸟儿继续唱，山继续绿，西沉的太阳继续西沉，在湖边的小池塘继续在湖边，继续蓄满心事，天空继续飘着云，如孩子们继续快乐。而群泉活泼，草木单纯，一片水，一片叶子，一片片都是清凉的小世界，令人安心。济南简直是猫在水底、叶底和快乐底下，过夏天。

即便夏天里温度突然飙升，人们也都笃定安然，因为毫无疑问，雨就要来了，不管是随风潜入夜、润物细无声，还是噼里啪啦雨打荷塘，明朝的一场彻凉是无疑的，而泉们又会涨了几公分。这个城市每天例行的天气预报上，会比其他地方多一个项目："趵突泉水位情况、黑虎泉水位情况"，它们的涨或跌，都叫人牵心。

就这样，在夏天，人们会看到许多叫人愉快的事物。一株一株挺拔入云的银杏、悬铃木和白杨树，一条街一条街抬头不见低头见的黑松和云杉，不慌不忙地结缡连枝——这些街道，横成排，竖成列，以经纬线命名，是全国或全球独一份儿吧？又简易，又好记——再大的路盲也不用怕，不必看太阳，横着竖着数一数：1、2、3、4……心里就清爽了。走在街道上，感觉像走在地球仪上，很是奇妙。

静美而富饶，济南的夏天，方舟一样泊着。一切都安然无恙。

济南之秋

到了秋天，我们常常要被这座城市异乎寻常的颜色所震惊。

这是爬四周小山最好的时候了，大地在收获，万物在沉稳采集、郑重捧出，对人类发出邀请，一切都丰肥厚实起来。在这些散落在城市边缘、镶着柏树蓝郁花边的小山上，果树已经结果了，山楂、柿子、核桃……密密麻麻，风吹果落，香随风送，它们的叶子则先青绿，再嫣红，为山体抹上了一层又一层油亮油亮的颜色。一棵树就是一座岛屿，座座"岛屿"在天空下，既辉煌灿烂，又温柔安宁，呈现着大千世界的秩序荣光。让你一时相信，许多的美，在我们看不到的地方，在自然中，细水长流地秘密流传。

说到济南的秋天，就不能不想到一个地方叫"红叶谷"，你去了两次都不曾见到想象中漫山遍野开烂的红颜色——时候不对。但是记得那里有一面墙一面壁的蔷薇，雪堆似的，嫩粉暖白，开得不留余地，像放学时大江一样涌出大门的孩子。山色为之改。

花红也是真的。城中有座佛慧山，古来就是著名的赏菊地点，到这个时节，满山满坡的，都是山菊，自由奔放，没有半丝扭捏，开得那叫彻底，恨不得连叶子也开出花来——其他季节倒也看不出这座山的不同寻常。可是，就是秋天这个按钮一揿，它就开花。那些小小的白花朵黄花朵，有着异常泼辣的生命力，前赴后继，柔软烂漫，要一直开到整个深秋过完——整个秋天，整座山，金属汁子一样，会排山倒海淌着香气，将世界全部的美展露在你面前。

当然还有河流。河水不见底的地方，水藻四季常青地绿着，浓，密，长，沉甸甸，且永远动着，腰肢细软。是那种仁爱富足的绿，不知有汉无论魏晋的绿；两边河沿上依然是树：柳树、楝树、乌桕树、山楂树，霜降之前，奔跑着的孩子一样生旺。在小清河两岸，还有许多栽种不久的白杨和银杏，它们的活泼是相互传染的，过不了几年，又是一大天一大天的叶子，绿绸子一样，盖住了河面。

与小山上一样，有河流的地带都埋伏着看不出实际面积的树林，只是树种有所不同——白杨的阔叶一团一团雄强的烟黄，银杏的扇叶半圆半圆惊艳的明黄。它们本来就是这个季节的主人公，点染得处处国画油画水粉画。可是，画家如果真的住到这里来画，大半是要吃亏的，因为画出来的风物必定太像假的，不能服人——看过画的人，会怀疑作者将半生走过地方的所有好物都集中在一起了。难怪《马可·波罗游记》里，提到济南时，那个见惯大世面的意大利旅行家也忍不住说："……这地方四周都是花园，围绕着美丽的丛林和丰茂的果园，真是居住的胜地。"

有花有叶有果实，有虫声，加上螃蟹肥，喝酒的日子便多了起来，况且，秋天本身就是一个大酒瓮，会私藏了许多酒：桂花酒、苹果酒、老白干儿、女儿红……抿一口，就会觉得把整个秋天都喝了下去。在七仙泉边，在甘露泉边，在白云泉边，在自家院子里古井模样的无名泉边，人们把秋分霜降白露，全当节日过了——他们借着一点酒意，从李太白的癫狂、苏东坡的旷达里，下载两个月亮，一个放飞天上，一个浮搁水上，明晃晃的，将四处边边角角所有都照到，再左右前后，甩着臆想里的长袖子，在大片玉白色鹅卵石、青砖石铺成的路上来回走走，就个个走成了诗人——济南的秋天因为有这些泉的蕴涵，自有一番人世饱满的自在。

我们热爱这个季节，以及这个季节的这个城市。它们共有着一个庞大的气象。我们从这里望眼，就君临了整个东方的诗意。

济南之冬

济南的冬天虽然没多暖，但还是比别处要好得多，至少风就不多——济南位于济水之南，北面黄河流过，形成了一个独特的"V"形，生活在这样一个城市里，感觉安稳、滋润、被庇佑，会有安全感。

况且，济南的南北西东，皱皱点点、大大小小都有山，或漫长延展，或独自成城，挡住了西边北边来的寒潮。于是，万物睡下大地歇，不大也不小的济南城在冬天，就像一个还在孕育中的宝宝，舒服地躺在子宫里，吮吸着泉汁的甘甜。这个宝宝里还套有许多"宝宝"，一环一环，无穷无尽——所有的生命组成一个整体，人类以及与人类共生共存的所有，一同受用着造化的这份惠泽。

而造化安排四季，一个不多，一个不少，一季有一季的道理，谁也不能代替谁，真是美妙。就说济南的这个季节吧，味道全变了，好像一面好好的白墙壁，撕掉油画，换上了一张水墨——秋去冬来，美也换了形式。

那些小草甸也和柳树一样，迟迟地不肯皈依季节，从新绿到葱绿到翠绿再到墨绿，墨绿很久，然后定格在黄绿上，直到最冷的日子，才一夜间老去，却洁净轻盈，仍像一大块玉，安静又神圣。老去的柳树也好看，柔软的铁线垂悬有序，根根透风，在蓝天上垂钓麻雀——麻雀双脚蹦跳的样子多可爱呀。老去的白杨树就更有趣了，巨大的鸟巢突然显现，让一棵树变成一个家，深褐浅褐，草啊细木棍啊，被鸟儿唾液粘得结实，看着乱七八糟，实则精巧非常。鸟巢同树长在了一起，一溜溜的，隔不远就有一个，足有三两百之多，如同一封封寄向人间的家书，平凡，然而神奇。也足可想象，里面暖和和的，盛有五七百个鸟蛋，天蓝天青地睡在里面，到春天就是五七百只小鸟儿，通身清洁，微湿着绒毛，伸长着脖子，张着小嘴儿，露出嫩黄的喙，给那老鸟儿要吃的。小草甸即便老去也并不干硬，小面包似的搁在这里那里，毛茸茸的，带着糖霜。而老去啊，也实在不是什么可怕的事呢，那是时间在沉淀，在积攒力量和迸发的欢乐——如果你见过春风是怎样将绿从小草甸萎掉的根底下吹出来，就该为了小草甸的老去而鼓掌。

大明湖也经常忘了结冰，大雾茫茫，日夜蒸腾，衬得湖心岛成了仙境。还有一种鸟儿，一到冬天就成群结队地飞来湖面，老济南人叫它们"老等"，因为似乎光知道定那里站桩，等着鱼。看着傻乎乎的，眼却雪亮，"老等"看上的鱼一个也跑不了——有时候，你会看到一排"老等"站在那里，长喙，缩脖，眯眼，乖顺地低垂黑翅膀，坦着猪油白的圆肚子，一动不动，像一排安静的黑白键等着你去按。

大大小小的泉池，更加起劲地，哗哗哗，冒着热气似的白气——在西郊，兴济河畔，森林公园的千亩林海附近，以及东郊的遥墙，北边的商河，真的都涵养有温泉呢，一年四季温乎乎的，像有个好老人边打着盹儿，边不停地煲着一个咕嘟嘟冒泡的锅子，炉膛里的火儿小小的，可是不灭。

下一场雪总是好的。一下雪，人们就纷纷从自己热腾腾的小窝里钻出来，急匆匆，奔向街头。相互问候的话也成了："下雪了。""下雪了。"脸上带着笑。一场雪后，世间所有都泛着一点天空似的浅蓝色，像一张张日报，公开发行，坦白于天下。

说不清哪一天，天上忽然热闹起来，泉城广场，植物园，小清河两岸，小山包周围，黄河大堤……一切宽阔的地方，不论哪里的天空，都飞满了长着翅膀的"彩云"，顺着风向，在蓝色的大幕布下"啊啊"齐唱。鸽子被一时间冒出的景象吓呆了，只会"扑棱"一声，从这边枝头，到那边的屋顶。大得夸张的"鹞鹰""蝴蝶""画眉""蜈蚣"……都在天上飞着。

其实真正飞着的，是手里牵着长线的人呢——小孩子满头大汗，小孩子身边壮年的大人满头大汗；小孩子牵着长长的线跑，大人跟着小小的孩子跑，他们的身体和心都跟着那风筝飞上天去了，后来就不知飞到了哪里。平展展的大地也被他们迅疾地来来去去，踩成了弧形。

老人放风筝哪会这么毛躁，他们稳稳坐在小马扎上，掌握一股极大的力量而不动声色，像是一尊佛。

这时候，离春天就不远了。

济南山水辞

■ 王方晨

王方晨　1967 年生，山东金乡人。中国作协会员。1988 年开始发表作品，著有长篇小说《老大》《公敌》《芬芳录》《水洼》，中短篇小说集《王树的大叫》《背着爱情走天涯》《祭奠清水》等，共计 600 余万字。作品数十次入选多种文学选本、文学选刊。曾获第十六届百花文学奖、《小说选刊》年度奖、《中国作家》优秀短篇小说奖、《解放军文艺》优秀文学作品奖、全国公安文学奖、齐鲁文学奖、泰山文艺奖、山东省优秀图书奖等。

若将济南称之为"水城"，多少会让人茫然一会儿，但它的确与水渊源久长。济水为古四渎之一，济南便因济水而得名。如今古济水已消泯无闻，水却没从济南消失。与诸多闻名于世的临水城市不同，济南实际上并非厕身于江河湖海，而是水在城中，城与水亲密交融。

这水，却是江河湖海之始，是最初的，也是最新鲜的，新鲜得如同花朵的初绽。

这水，就是泉水。

百泉汇流，可不就如同神佛的手指，仅使数两之力，即轻轻托举起了一整座的城池。

因为有了水，哪怕寒硬枯涩的钢筋铁索，也少不得灵动起来。因为有了这泉，就像有了生命的保证，其他的一切也都好像不怎么重要了。因为有了处处泉水在，不管地面上有没有看不尽的绮物，一座城池，也总是活着的，也像人一样，有了一颗轻轻搏动的心脏。

这种生命的气息，一缕胜却人间繁华无数。

济南的水，不曾有过穿峡渡谷千回百折

的漫长旅程，自然尚未受到沿途尘沙浊流的玷染。平地、石隙，"咕嘟嘟"就会冒出一股股水来，常令外地人慨叹这大自然的造化。其实，即使济南原住民，也未必不在心里感到惊奇。

济南的水，一无杂质，清得如同新生儿的目光。

每天从朝至暮，遍布城区大大小小的泉水边，从不间断地聚集着手拎各种盛器前来取水的市民，是济南最为动人的场景之一。想象着他们将如许清的水取回饮用，不免让人以为是种莫大的奢侈。能喝到这水，不是福，是什么？而且是天赐的福气。

日复一日地喝下去，保不准整个儿的人，发肤、指甲，连同心肺、肚肠，将要变得洁净、透亮。一个晶莹剔透的人，也保不准就像那泉水中如玉片、珠玑般飘摇的气泡，立地飞举起来……

再透过潋滟蒸腾的水光，朝南遥看那山色，也都仿佛在呼吸着，悄悄发出慧心慧性的神秘语言。

清早的街巷里，常会遇见一些山民模样的人，兜售红绿杂陈的果品菜蔬。为表明物品的新鲜，他们会很坦诚地告诉你，这是山里刚采的。看着那些沾在果子菜叶上的露珠，和他们粗糙的面容，没有人不会相信：他们是从山里来的！这无疑也在提醒人们，济南其实还是座"山城"。

小白菜扎绿裙儿，山里来的；茄子穿紫袍，山里来的；粉里透红的桃，黄澄澄的杏，火炭样儿的柿子，山里来的……

济南，离着这山如此之近！

低头看，脚踩着的，不就是段段山石么？那由北至南，渐次升高的地势，像极了一位非凡的建筑家，不劳一指，就将一座城的建筑给布置得错落有致。

随你沿了那地势款款南行，每每兴之所至，回首一望，看到的都是一轴大画儿。名曰"鹊华秋色"也罢，"鹊华烟雨"也罢，浑如有人隐立在了那画儿后，为你殷勤宽展，且从不使人怀疑那股耐心烦儿。而那大画儿，实则欲增可增，欲减可减，变化无极，真乃神人的笔法！造这画儿的，既非吴兴子昂，亦非哪路神仙，却是你自己。

因你站得高，就有了一个能够统摄全景的视野，每一段画面，皆任由取舍。

此时，你当发现，这一整座城池，分明就是在山上。

从最低处，从那平川洲渚，缘了沟壑半坡，一座城蠕动着似的，缓缓爬行过来，而至于最高处的梵宇僧楼。

那山，无关乎险峻、秀丽，实多为浑圆之丘，但因了这山，济南城就如免费从天界请了位尽职能干的清洁工人，手执一帚，不过微微发动一些法力，随口一句"尘归尘，土归土"，风尘也便纷纷而下。

最喜济南雨时，的确如伴着纶语佛音一般，一场雨就是一场彻底的洒扫。雨过后，何曾有过泥泞难行？山石都在熠熠闪光，恍如落花，竟使人心生不忍践踏之意。

试着收回视线，逾山而望，依然还是山。

这北方的山，连绵不尽的山，意外地生长着许多的树和藤蔓。想那山里来的菜蔬果品，不禁赞叹大地的丰美，而那在城区喷涌不息的泉水，其实正是来自这群山对水源的细细涵养。

苍郁的山野之气，仿佛缕缕云烟，紧傍着济南的肢体缠绕。

一边儿是古朴的山野，一边儿是现代的都市，如此的格局，怕是世上罕有吧。

夫子云："智者乐水，仁者乐山。"山和水，济南既然两样儿占全，又该当是怎样的城市呢？权称之为仁智者之城吧。

然夫子又云："智者动，仁者静。"哦，济南，我看到你的光亮了，除此之外，辞竟尽也。

他乡即故乡

■ 刘照如

刘照如 生于 1963 年，山东省定陶县人，现居济南，任《当代小说》杂志主编。中国作家协会会员，济南市作家协会副主席，山东省作家协会签约作家。主要从事中短篇小说写作，作品散见于《人民文学》《十月》《中国作家》《天涯》等杂志，并被《小说选刊》《小说月报》多次选载，出版有小说集《脸上的红月亮》等五种。其短篇小说曾两次入围鲁迅文学奖，三次获山东省泰山文艺奖·短篇小说奖。

1983 年冬天，我第一次到济南，从火车站下车以后，在站前棋盘一样横七竖八的道路上迷向了。当时是个阴天，我分不清东西南北，心里有些恐慌。我在那里转悠了两个小时，才从那些街道里走出来。第二天有朋友告诉我，我迷向的地方是经一路以南经七路以北、纬二路以西纬八路以东地区，是济南的老商埠区。那次济南之行，老商埠区的经纬路给我留下了刻骨铭心的记忆。

一年之后，也就是 1984 年冬天，我调到济南工作。我来新的工作单位报到后最初几天的生活，由单位里的一位科长负责照应，他问我是不是想看一看公园什么的，然后投入工作。我说，我想逛完济南所有的街道。那一天，我和科长每人骑了一辆自行车，像蚂蚁一样在街道穿行。这一次我们不进路边的任何一幢大楼，也不在任何一幢楼前停下来，我只是想知道想记住这个城市的街道组成的一个大棋盘；要是有一天迷了路，我就知道该怎么做了。我们用了整整一天的时间，把济南的大街小巷逛了一个遍。回去的时候科长问我对省城的印象，我回答他说，我在密集的经纬路那里迷向了。

此后的几年，我只要到经纬路去，就会在那里失掉方向感。这就像是一个魔咒套在我的头上，摘除不掉。我曾尝试从各个方向进入经纬路，但情形都是一样的，只要进去，那里立马就变成迷宫。我常常想，我在经纬路迷失方向，可能的原因是那里街道稠密，而我从小生活在乡村，我的村子里只有一条村街，因此我无法适应街道的稠密；除此之外另一个可能的原因是，济南的经纬路是和现实中的经纬方向反着的，现实中经线指南北，纬线指东西，但是济南的南北方向的路都是"纬"开头的，东西方向的路反而是以"经"开头。这些都让我困惑，感到陌生。

再后来我在济南有了一套房子，还在这套房子里成了家。我每天出去，回家的时候仍然依靠最初对这个城市街道的印象，在巨大的棋盘上寻找家的坐标，就像一只出来放风的兔子一样寻找栖息的笼子。现在回想起来，我跟随父亲在县城住了六七年，始终并未觉得那个县城真的有我一份；后来我在省城住了十几年，也未觉得这个城市属于我，或者说我属于这个城市。比如说我乡音未改，学不会和共同住在这个城市的人一样发音，在很多场合，一些人都能够准确地判断出我是某某县人；再比如说十几年里我一直在经纬路迷向，生活一直提醒我，我在这个城市里的恐慌。因此我感觉自己成为"另类"，成为这个城市的"闯入者"。我一直生活在这里，可是从未走进去，它一直是"别处"。

因为有着经纬路"心结"，我经常打听济南经纬路的来由。一个比较可信的说法是，济南的经纬路，是根据布的经纬起的。布中的长线为经，短线为纬。济南之所以以经纬命名道路，是因为从前的济南纺织业发达。而旧时的济南，商埠区境界东西长为五公里，南北则不到三公里，于是东西路被命名为经路，南北路则被命名为纬路。经纬在古代就代表道路，一百多年前济南人用织布机上的纺织线来命名道路，是很有想象力的，这也恰恰是这个城市的智慧。知道了济南经纬路的来由，我的心顿感欣慰。我喜欢生活在一个质朴而又智慧的城市。

有一年秋天，我离开济南回到家乡，走向我出生并且生活了十几年的村子。那个时候，我的父母都已经不在人世，我也已经很多年没有回去过了。在我老家的村子附近，我看到熟悉的河道、垂柳、机井、柴垛、炊烟，一些熟悉的正在老去的人，听到纯正的乡音；我甚至觉得家乡的鸡鸣狗叫也只属于家乡，和别处根本不同。但是很快我就发现，这个村子不是我要找的村子，它已完全不是旧日的模样，我早已不再属于这里了。比我小一些的人，我离开时他们还小或者没有出生，他们根本不知道我是谁；比我大一些的人，惊讶于我的变化，也认不出我，我必须一遍一遍地重复我是某某某的儿子，他们才肯说："噢，想起来了。"有一位长辈还骂我："你小子学了一口济南话，谁知道你是哪来的风！"我说的话在济南听着是乡音，在家乡听来又成了济南话了。我只好苦笑。就是这样，我一步一步地走进了那个我出生的村子，可是事实上似乎永不可抵达，再走一步，内心充满了人已近而心渐远的忧伤。

当然，济南的变化也很大。老商埠的经纬路随着旧城改造正在加速它们的变化，比起早年前间我初到济南的时候，这个城市的布局也变得更加现代与美丽。所不同的是，我的家乡的变化我并没有亲历，而济南的变化，我亲历了。或者还不如这么说，我来到济南的时候还小，很稚嫩，后来，我是和济南一起成长起来的。有一天闲来翻书，看到了这么一句诗："年深外境犹吾境，日久他乡即故乡。"这句诗让我心里升起一股由来已久的温暖。

这样的心路，让我从故乡回来之后，在济南的经纬路再也不迷向了。从故乡回来的那个秋天，是一个值得铭记一生的季节。

现在，我还常常在闲来无事的时候到经纬路去逛一逛。是的，我在那里不迷向了，经是经，纬是纬，东是东，西是西。我像一条鱼一样在水里穿行。花了半生的时间，我融入了一座城市。济南，这个城市是我的。

挂在嘴边的文化"活化石"

■ 张继平

张继平 现任济南日报报业集团编委，都市女报战略发展顾问、《壹星期》周刊特约总编、《齐鲁乡情》杂志社编委、舜网文化总监等职。作品散见于国内外 300 余家报刊，出版有《泉城忆旧》《济南老话》《济南老街老巷》《小清河民俗风情》《大明湖轶事琐谈》《山东地名故事》《济南巷街漫话》等著作，参撰《山东文化通览》等书。

济南话是什么？在老济南人说来，是听着入耳的乡音，是牢记终生的母语；是一杯醇香浓烈的老酒，无论是喜是怒是哀是乐，喝一杯，都会浸透骨肉；是一根母亲编织的麻绳，无论你走到天涯海角，牵一下，心头便会颤悠悠生出无限感慨和思乡之情。

济南话，其实是一种文化，虽然文化的内涵很丰富，概念也很难界定。这种来自"草根"的民间文化和其他文化交织融合在一起，构成了渊源积久、庞杂丰厚的济南文化的生态积层。

济南人的性格决定了济南话的硬度，济南文化滋润了济南话生动多样的表现力

很多外地人都说济南话好懂，但是不好听。为什么？一是语调直，少有抑扬顿挫；二是吐字哏，硬邦邦的，很少含混不清；三是嗓门大，声若洪钟，掷地有声。其实，济南人也觉得自己的土语不那么动听，尤其是上了广播、电视。

济南话的特点，实际上与济南人的性格有关。他们豪爽快直，日常语言交流当然也坦诚相见、毫无戒备之心，所以无需转弯抹角；而且唯恐词不达意，所以每个音节都发成重音。然而，细细研究就会发现，全国各地地方话中，济南话是最为丰富多彩的之一，它厚实、简练、生动、形象。比如，说一个人得寸进尺，济南话是"趿着鼻子上脸"；言与某人的关系疏远，济南话说"八竿子拨拉不着"；说女孩子脾气厉害、不讲理且出言泼辣，济南话一个字："kóu"；形容人尤其是女孩善变、不定性，济南话说"苶花（嗒拉气儿）"；普通话"什么时候"，济南话只有俩字"多咱"；"什么"一词在济南话中更是常常被简约成一个字："么"。

济南话特点的形成，更是与济南这座城市自古至今的历史文化、经济地位分不开的。在现代济南话中，依然保留着许多古汉语中的词汇和语音，如宋代的"夜来"，明代的"崴拉""倒达""仰摆"等等，至今仍鲜活地活跃在济南人的口头。济南话中有一个描写动貌的词语，叫"固踊"，用来表示动作范围、幅度都很小的那种动弹、蠕动的样子，可以用于人，也可以用于动物、昆虫。譬如："那虫子没死，还固踊哩！"再如："你坐就坐好，固踊么？"好多外地学者都认为这是个土词，其实，这个词是个古词，最早是描写"虫行貌"的，在《集韵》中有两处可考。把食品饮品等物放在冷水里使之变凉，济南话是"湃"（念"拔"），实际上这个词是明清时的常用词，《金瓶梅》《红楼梦》中屡被应用。

济南话是一个开放型的语言系统，这与这座城市自古至今的历史文化和经济地位是分不开的

许多论家在谈及济南文化时，多以"保守、自闭"视之。而对其与生俱来的开放性却视而不见。远的不说，一百多年前济南自设商埠，就开启了我国内陆大城市走向开放的先河。这种文化的开放性反映在语言上，形成了济南话具有极强包容性和溶解力的突出特性。

笔者曾考证济南话中的"赛"源于蒙古语，实际上我国其他少数民族的语言，也多被济南话吸收运用，例如，满语词汇在济南话中就俯拾皆是——关饷（发工资）、啰唆

（满语原意是"不利索"）、磨蹭（原意为拙钝、拖延）、邋遢（原意为"迟慢也"，今义为不整洁、不利落）等。

济南话里有个词叫"撒么（音 sá mo）"，满语原意是"看"，济南话里的意义是"四下里瞅、到处看"，如："你不好好看书，到处撒么（什）么？"

"各棱"（济南音 gè leng），满语原意是"块"，引申指人的脾气怪或不合群，济南话的意思是心里不痛快、"堵得慌"，如："听他这么一说，我心里棱（音 lēng，非常之意）各棱得慌。"

"妈虎（济南音 mā hu）"原为满语假面具之意，指舞蹈时戴在脸上的道具而言，具有吓人的含义。引入济南话后成了"狼"的特指。过去大人吓唬小孩时，常说一句："妈虎来了！"小孩便不会再哭闹。

老派济南话中"伍的（wǔ di）"，满语是"什么什么等等"之意，在济南话中语义未变，仍表示列举未完，犹如新派济南话的"郎咸"，如："弄（nèng）了一些盆儿呀、罐儿呀伍的，都敛和（liǎn huó）回家咧。"

还有一些济南话语词中包含的语素是满语的译音。如"过卡子"的"卡（qiǎ）"就是满语"边关"的意思。儿童游戏"藏猫乎"（捉迷藏）的"猫乎"在满语中是"树丛"的意思。这些满语与济南话融合过程中的"混血儿"，早已融于济南话系统之中，以致我们习焉不察了。

"洋咕儿咕儿"的说法其实有着悠久的古风

洋咕儿咕儿（yáng gúr gúr），在济南话里的意思是：（出）洋相，因模仿时髦而异于常人的举止或想法。该词带有贬义色彩，例句如："你别出洋咕儿咕儿咧""他净出些洋咕儿咕儿"。

"洋咕儿咕儿"的说法其实有着悠久的古风。笔者考证，成吉思汗时代，蒙古族贵妇人时兴头戴一种镶着红青锦绣和珠金的冠饰，这种冠饰蒙语为"kükül"，汉语译音为：罟罟、姑姑、故故、顾姑、咕咕，写法不一。《万历野获编》卷二十五"俚语"载："元人呼命妇所戴笄曰罟罟，盖虏语也。"其他元明诗文中对此也多有记载。后来此语在汉语官话中消亡，却在济南土语中保留了下来，语音又经过儿化处理，成了本土化的"咕儿咕儿"。而且词义也有了延伸：异于常人的举止、想法或麻烦都称作"咕儿咕儿"，如过去老派济南人常说："这可好，出了咕儿咕儿咧！"

六七十年前人们对外国舶来品一般以"洋"称之，如洋火纴棒儿（火柴杆）、洋白菜（卷心菜）、洋油（煤油）、洋灰（水泥）等。可以设想，生活中有人带着高高的"咕咕"冠饰，就够显摆的了；假如这"咕儿咕儿"还是外国舶来的、也就是"洋"的，那确实是够"出洋咕儿咕儿"的了。

诗意济南

■ 赵林云

赵林云　笔名林之云，生于 1964 年 3 月，河南新乡人，诗人，北京师范大学客座研究员，山东大学、山东师范大学、山东艺术学院兼职教授、研究生导师，山东大学博士，济南市作家协会副主席，山东政法学院教授。出版散文随笔集《红细胞》、诗集《夜晚之心》《时间之心》，历史文化随笔《百脉泉史话》。作品曾获全国鲁藜诗歌奖、泰山文艺奖、泉城文艺奖等。

20 多年前，我刚来济南上学时，有一段时间，周末经常到大明湖东门附近去。毫无例外，每次路过老东门，我都会想到苏东坡。

熙宁十年，即 1077 年，宋神宗期间，正月，苏东坡离开任职两年的密州，也就是现在的诸城，前往调任山西的途中，要路过济南。弟弟苏辙因公去了开封，他的三个儿子苏迟、苏适、苏远到东城门外迎接伯父。

多年后，苏东坡在诗中写道：

忆过济南春未动，三子出迎残雪里。
我时移守古河东，酒肉淋漓浑舍喜。

就在苏东坡那次来济南的头一年，在密州发生了一件文坛大事。中秋节之夜，苏东坡和朋友相约畅饮，喝了整整一夜，结果大醉。想起远在济南的弟弟苏辙，他诗兴勃发，挥笔写下千古名篇《水调歌头·明月几时有》。

可以肯定地说，那首诗的灵感，相当一部分来自济南。

济南是一座与诗人、与诗歌格外有缘的

城市。古往今来，无数的英俊才子来过济南，写过济南，咏唱过这里的泉、湖、山、河、城，他们珠玑般的诗句一次一次留在这个城市的史册里。

李白写下过"昔我游齐都，登华不注峰。兹山何峻秀，绿翠如芙蓉"，"初谓鹊山近，宁知湖水遥？此行殊访戴，自可缓归桡"。杜甫写下过"海右此亭古，济南名士多"。黄庭坚的"济南潇洒似江南"和赵孟頫的"云雾润蒸华不注，波涛声震大明湖"，至今已是济南人的口头禅。清代诗人刘凤诰的"四面荷花三面柳，一城山色半城湖"，成为这个城市最正宗的名片。

不仅如此，这个城市还盛产自己的诗人。李清照和辛弃疾，他们不光是济南的骄傲，放眼全国，也是文化遗产中的奇珍异宝。再往后，元代这里出过张养浩，明代还有边贡、李攀龙、李开先、于慎行等。回首望去，这片土地的历史上空，俨然有群星灿烂之貌。

直到今天，这个城市里仍然活跃着为数不少的诗人，他们沉潜在日常生活深处，捕捉着生存空间和自我心灵的律动，然后诉诸文字，让诗意在各处悄悄生长。一个城市的高楼宽路，是它的骨骼躯体，一个城市的诗情诗性，则是它灵魂的内容。

我因为喜欢诗歌，沿着卫河的走向来到这里求学；又因为与这个城市有缘，毕业后留下来在这里生活。我和这个城市的关系越来越密切，我和诗歌的缘分也在不断加深。

1990 年代初，我来到济南一家报社工作，单位就在杆石桥附近。济南的老城有个特点，正常的城墙外还有一道圩子墙，一样开有门，杆石桥就位于济南西南的圩子门外。每天在那里来来回回，我常常会不自觉地想象，在民国时期甚至清代，这一带会是什么样的热闹情景。

杆石桥往东不远，是南新街北口，这条街的 58 号，是老舍故居。从 1930 年起，老舍陆陆续续在济南生活了 3 年多，他写下的《济南的冬天》，现已成为济南人耳熟能详的精神文本，就像是一首没有分行的诗，时时刻刻响起在济南城的街头巷尾。

1990 年代末，老舍的女儿舒济、儿子舒乙第一次来探寻老舍故居，我和他们一道去山东医科大办公楼，到南新街。那是缅怀先人之旅，也是寻找诗意萌生的发源地之旅。

很多年以后的 2012 年，初夏，徐志摩的嫡孙徐善曾也来到泉城，去到徐志摩当年飞机失事的开山。当他看到石碑、鲜花和造访者留下的文字，被深深地感动。

诗人们不断来到这个城市，他们留下足迹，留下诗篇，也留下美好的记忆。这个城市的诗意，一直在延续。趵突泉、大明湖、千佛山，还有百花洲、曲水亭街、芙蓉街等等，每天都有源源不断的人群来到这里，一睹它们的传说和风采。

与此同时，这个古老的城市，还在不断诞生着新的风景，发生着新的故事，呈现着新的诗意。

有一年，百花公园的玉兰开了，摄影记者拍回来新闻照片：一位绰约女子从高高的玉兰树下款款走过，那些玉兰树，仿佛举着无数盏漂亮的杯子，祝福着刚刚莅临的春天。第二天，那张照片登在我供职的报纸头版，结果，那天的报纸几乎被读者一抢而光。

　　马鞍山路，是一条我格外喜欢的路。它是济南唯一一条被树木浓荫完全遮掩的道路，高大的梧桐，弧形的走向，漫步其中，就像是在树木的怀抱里缓缓前行。在这里，你不会感到孤独，有树木为伴，有树荫为伴，有落叶相遇，有诗意时时氤氲。就在它的北边，植物园像是一个绿色的家园，始终张开着怀抱，等候接纳你疲倦的身心。

　　有一段时间，我经常徒步去单位上班，每次都要走英雄山的西北侧。先是经过一排海棠树，来到山边，空中总是弥漫着清新的山林之气，身边错过转山的晨练者，深颜色的松树柏树一棵一棵从眼前闪过，不成形的山间小道曲折起伏，高处的密林深处传来喊山的吆喝和歌声，新的一天在你面前徐徐展开。那段路的终点是英雄山广场，西边有几棵槭树，总是安安静静地站在那里，等着你经过。

　　恒隆广场内4楼的品聚书吧，是一家开张不久的独立书店，这里举办过很多次文学与艺术活动，很显然，它正在成为济南一处知名的文化地标。我参加过那里几次诗歌聚会，人们阅读，朗诵，交流，为诗歌走到一起，坐在一起，还有人因之成为朋友。我最中意的是，坐在书吧窗前，静静望着下方的泉城广场，音乐喷泉就在你的眼前，阳光和三三两两的人们，在空旷处移动。抬头远望，是那条湖山路。尽管它已改名多年，但我仍固执地叫它的老名儿，简单，具体，有历史感，一听就知道它的两边有一个湖和一片山。从书吧看过去，它就像一只宽阔的手指，把你直直地引向高处。

　　几十年前住在南新街的老舍，总爱黄昏时分从家里出来，或许有时候，他就是顺着那条路走过来，越过那时还不存在的泉城广场，一路向北，最后到达大明湖畔。

　　在华山镇堰头村附近，有黄河大堤弯曲盘绕，堤内有一处黄河险工。每到夏天，黄河上游调水调沙时，水量最大，站在河堤高处，向西南看去，黄河迎面奔涌而至。那时候，你才能真正感知到什么叫"黄河之水天上来"。在那里的黄河岸边，如果天气好，能清楚越过黄河大桥长长的斜拉架，看到顶部平展的鹊山。想当年，赵孟頫描绘《鹊华秋色图》时，则正好位于两座山连线的另一边。

　　如果是黄昏时分，沿着河岸慢慢往前走，你就有可能和黄河落日悄然相逢，它的余晖，有时能把半条河水映染得通红。有一次，也是巧了，红彤彤的落日正好落在岸边一棵柳树上，柳树枝条繁密，像是细致柔和的手掌，刚刚托住那轮夕阳，橘红色的光透过树叶，温暖着你整个身心。迄今为止，那是我见到的最美的黄河落日，真真切切如诗如画。

记得有一次，朋友带我去探访小清河。那时候，它还污染严重。顺着褐色的河流溯流而上，到睦里闸，是那条河的源头，我们终于得以看到小清河清澈无比的童年，像它的名字一样名副其实。它先是经过一片树林，然后穿过一座村庄，没有丝毫的污浊和伤害。这几年，就在那一带，小清河源头湿地得到很好的保护。我曾经几次坐船游览那里纵横交错的河道，芦苇丛丛，成片弥漫，野鸭成群结队，各色水鸟在水上飞翔，降落，鸣叫，嬉戏。一阵风吹来，平静的水面就会像丝绸一样飘动一阵子。岸边地上种植着各种奇花异木，我在一片迎风摆动的狗尾巴草中间蹲下身子，它们一下子变得修长起来，我用手机拍下了它们优美的舞姿。

我居住的小区，在市区的西南部，我在这里住了十几年，小区变得日渐庞杂老旧，车辆越来越多，环境也越来越不好，很多人都已搬走。但是，每到春天，小区各处的花都会如期开放，先是榆叶梅，然后是玉兰，还有几棵丁香，它们的花朵总会照亮我出去或者归来的心情。在我家的楼后，从西到东，散长着好几棵木槿。今年，我特别注意到，那些木槿花，黄昏闭上，上午重新打开，如果遇到雨后，那些花更是鲜亮雪白，像是刚刚绽放。尤为难得的是，那些木槿树的花期，竟然长达五六个月之久。

两年前，我离开工作 19 年的报社，来到一所高校教书，活动半径从城市中西部扩展到了东部。从东外环由南向北，经常可以看到华山，不同季节，不同天气，不同时间，它显露出不同的模样：有时候模糊，朦朦胧胧的，颇为神秘；有时候清晰，都能看到山头分裂出的那道褶皱。实际上，早在 1980 年代，诗人孔孚曾传神地写过它：

它是孤独的
铅色的穹庐之下

几十亿年
仍是一个骨朵

雪落着
看！它在使劲儿开

——《飞雪中远眺华不注①》

————————

①华山又名华不注山，位于济南市区东北，酷似荷花骨朵。"华不注"即"花骨朵"的古代同音异字词。

如果从北向南走，又是一直走到南头要拐向经十东路，你就能看到这个城市最赏心悦目的一幕。高架桥先是快速向上升起，直至最高点，恰好该向东拐弯儿了，就在这时候，包括佛慧山在内的南部群峰，猛地一下在你面前全部展开。紧接着，你再随着道路一起向下降落，仿佛要和城市与山林交织成一体。在我的印象里，那个桥段，是济南所有高架桥上视野最好、景色最美的地方。如果说，济南城是一首诗，那么，这个地方就是精心创造出的诗眼。

我执教的大学校园里有一座小山，叫五顶茂陵山，垂直高度只有50米。济南战役时，它是解放军打下的第一个山头。虽然平时经常看到它，但却很少用心关注过。就在今年深秋，有一天在教室里上课，不经意间一回头，看见它的山坡上，有几小片深红的红叶，格外深沉，格外惹眼。不管多么矮的山，不管多么不起眼的人，都一样有着自己的春夏秋冬，有着属于自己的颜色和愿望。

看见茂陵山红叶的那一刻，我的确怔住了。

我来到这个城市已经20多年，我已了解到它更多的历史，也日益深刻地感知着它的现在与未来，从外在的美，到内在的修为，和不易发现的美德。我知道，我正在更深地融入它的生活。

我可能永远也不会忘记，2006年，徐志摩遇难地纪念碑揭牌那一天，阳光明媚，诗人牛汉站在向阳的坡地，即席发表演说，内容深远，沉稳有力，又娓娓道来。他谈到徐志摩对他的影响，谈到他对徐志摩诗歌的评价，谈到竖立那座石碑的意义。如今，连牛汉先生都已作古。但一想到那一天，他演讲的情景就会赫然重现，我好像仍然能清楚地感受到他丰富的情感，看到他满含深情的嘴唇，仍在轻微地翕动。

那也是这个城市应该记住的时刻，在它远郊一个荒凉的山坡上，一个诗人，怀念着另一个诗人，旁边站着另外一群诗人和热爱诗歌的人。

前不久，我陪母亲去看徐志摩遇难地。之后，我们又去大学城商业街，看一家名字叫新月的小书店。我的朋友王任骑着一辆电动车在前面领路，他的身影沉静有力，默默向前，穿行在空无一人的自行车道上。看着他的背影，我禁不住想，从古至今，在每一个城市和乡村，凡是有人群聚居之处，都总会有那么一群所谓的文化人，他们并不富裕，也不显赫，但他们孜孜不倦、无怨无悔的身姿，闪动在生活各处，成为活跃的文化因子。他们就像是一颗颗勤奋的红细胞，携带着富有营养的血红蛋白，滋养着他们所处的时代。

济南的老东门那一带，现在我已经去得很少了，可我偶尔还会想起雪地里骑马而来的苏东坡。

有一年，南京博物院的画家苏宁来了，他是苏辙的第38代孙，我陪他游览济南的风景名胜，还陪他专门到老东门一带散过步。苏东坡我们自然照例没有遇到，但我却在路口一辆一闪而过的公交车里，看到了多年前的自己。我知道，那是岁月的一次诗意呈现。

我越来越发现，我是爱这个城市的。

前不久的一天，我来到南环路外面的兴隆山，过大涧沟东拐不远就到了山前。这座山海拔 523 米，相对高度 270 多米，东西绵延六七公里，良好的地形和风向，使得这里早已成为滑翔伞爱好者的天堂。我跟着几位飞伞者坐进一辆中巴车，沿山道盘旋而上，很快来到山顶。然后，他们在草地上坐下来，开始抽烟、聊天。像电影里说的一样，他们在等风的到来。

过了不一会儿，草和树叶有些晃动。他们很快行动起来，把宽大的滑翔伞齐整整地平铺在草地上，将安全绳一条一条在身体的各处系好，然后双臂用力，将伞向上猛地一提，滑翔伞就趁着风势，"哗啦"一声全部打开，旋即飘扬在滑翔者的上方。等你还没有缓过神来，双手拉伞的滑翔者已经转身跑向几米外的悬崖，临脱离山体的瞬间，再纵身一跃——整个伞带着人，先是往下飘，接着再慢慢向上，向上，然后就飞了起来，飞向远处，渐渐变小。

接下来，一个人又一个人，他们脚步前后相连，依次从悬崖跑向空中，蓝的，黄的，白的，绛红的，一张张伞就像是一朵朵五颜六色的花，在天空中相继开放。

他们从这边飞到那边，从那边飞到这边，缓缓地，悠闲地，优美地，在兴隆山南侧飞舞。有时候，一只伞飞着飞着，越来越远，渐渐消失不见。有的，不一会儿，又从远方飞了回来。也有时候，某一个人忽然从下面飘升起来，给你带来一阵惊喜。

在那一刻，济南张开了想象的翅膀。我来这个城市 25 年了，还是第一次为它的美发呆。和我一起发呆的，还有脚下的兴隆山。

忠义济南

■ 窦洪涛

窦洪涛 济南格林传媒公司董事长,中国孝心网总编辑,《总裁妈妈》课题创建者,作家,书法家;齐鲁文化之星,影响济南十大文化人物。历任:济南出版社《中学时代》编辑,《便民报》采编部总监;山东出版集团《中学时光》杂志第一任主编;《宝贝》杂志第一任总编辑。第十届中国国际文化产业博览会山东馆的总策划和总导演。著有《中国社会教育的危机》等。

垂柳,清泉,护城河;白鹭,翠荷,老房子。

作为在济南市中生活了 13 年的郓城人,一路奔忙,多年来,济南对我而言仍是一个陌生的城市。直到有一天,当"海右此亭古,济南名士多"之风雅背后的情感密码被无意间破译之后,我忽然领悟到,"梁山一百单八将,七十二名在郓城"的下联应当就是,"济南七十零二泉,六十九泉是风雅"。这让我感觉,自己从风雅的一面摸到了忠义的另一面,风雅与忠义,从来都是这个城市的一体两面。

郓城见大哥喊二哥,济南的二哥也不都是排行第二。

是的,风雅济南的背后是忠义济南,从来到济南的那一天起,这里也是我的家了。

在一座座现代都市里,在现代人的生活中,孤寂的乡情,孤独的人情,我们将于何方祭奠,又与何人诉说,再与何人共约一生,相约赴义而死?

这是一个和平的中国,当然不要什么相约赴义而死。但以大丈夫一言既出驷马难追之义,忠于我们的梦想,忠于我们的理想,忠于我们的人生信念，甚至是忠于我们的工作与事业，这是一个想想就让人热血沸腾的命题。

我们都是忠义的孩子

行走于充满现代气息的商业街，抑或是穿梭在稍显凌乱的瓦房间，那一座隐藏其中的庙宇总能引得我驻足回望。

济南的关帝庙都不大，香火却出奇的鼎盛。香客里既有步履蹒跚的老人，也有时髦靓丽的年轻人；既有名商大贾，也有普通百姓。他们同怀一颗虔诚敬畏之心，手持香烛，诚心膜拜。

关帝庙，供奉着济南人永远的忠义领袖：关羽。

眼前的关帝庙并不大，只需细心观察就能发现斑斑岁月的遗痕。这里没有专门负责看护的僧侣，所有的祭拜活动，无论规模大小，都是香客们自发组织，他们可能来自五湖四海，但此刻却都默契地成为了关羽名正言顺的"监护人"。如果忽略掉络绎不绝的香客，整座关帝庙似乎当真要沉寂于那些高楼大厦之中了。

有些话，从来没人说，也没人提，但它依然固执地存在于每个人的血液里，甚至是基因中，不可磨灭。从来也不需要想起，永远也不会忘记。

济南的关帝庙犹如一颗颗沧海遗珠，徜徉在时代的汪洋里，有时虽然稍显沉寂，但是它们却总能在最关键的时刻奏响时代的最强音。

常听老济南的朋友向我"炫耀"，他们一边掰着指头一边告诉我，济南城里有两座文庙，两座吕祖庙，还有三座城隍庙。可是，当我问起济南城里到底有多少座关帝庙的时候，他们却迟疑了，待思考片刻之后，给我的答案只是：很多，很多，多了去了，走着走着就能碰到一座，可能小得都让人看不见。

关羽是忠义英雄，被他这般忠义气概感召的人有千千万万，济南的关帝庙自然很多，正如一位朋友所说，"多得碰头，一个现代化的大商场里可能就有很多，他们被建在了自己的商铺中。"

岁月在历史的风沙里涤荡，如今，济南的关帝庙有的已经坍塌、废弃，有的可能早已湮没在民居当中，但即使它们再破旧不堪，济南人也能用自己的忠义基因将其修缮一新，保其永久流传。那萦绕在关帝爷前的袅袅青烟就是最有力的证明。

好在，济南关帝庙的命运以及与之相关的关帝文化伴着青烟一直延续流传，成为济南人关注和回味的财富，成为支撑济南城市精神的支柱之一。

垂柳，清泉，护城河；白鹭，翠荷，老房子。

济南人以忠义走遍天下，济南人以忠义广结善缘。

关帝庙门前人来人往，我不认识他们，他们也不认识我，但我却坚信自己与这些陌生人紧密相连，休戚相关，因为，我们都是忠义的孩子。

我知道，归根结底，济南的关帝庙只有两座，一座长在济南这座城市的土壤中，另一座长在每一个济南人心里面。

喊一声"二哥"泪满襟

关帝庙，移步殿中，上一炷清香。虽然光线昏暗，但这并不影响我瞻仰忠义领袖的心情。

芙蓉街内的关帝庙，我觉得这就是一个千年以前四合院式的家，家一样的庙。站在这里的感觉，大约就叫作穿越吧。

"丹凤眼，卧蚕眉，面如重枣……"面前的关羽果真如书中描写的一样，勇猛刚毅。济南城中有数不清的关帝庙，自然也应该有数不清的关帝像，而且它们也应该同样威武。可待我细细观察一番之后，忽然又觉得眼前这尊关帝像绝对是独一无二的，因为，它是有生命的。

不知是被青烟迷了双眼，还是在不知不觉间走进了一个青烟包裹着的梦。此刻，关羽宛如巨人般站在我身旁，绿锦战袍，大红披风，左手捋须，遥望远方。顺着云长的视线一同遥望，我不禁潸然泪下，远方的一幕怎能不让人为之动容?!

那一年，涿郡张飞庄后的桃园花开正盛，风吹花散，飞红漫天。在备下乌牛白马的案几前，刘备、关羽、张飞祭告天地，焚香三拜，结为异姓兄弟，不求同年同月同日生，只愿同年同月同日死。

三位视死如归的兄弟还不知道自己今后非凡坎坷的命运，但我想，倘若苍天当真赋予他们预知未来的能力，兄弟三人仍旧会在这漫天桃花中向天盟誓，同生共死。

如今，当忠义的济南人遇到同样忠义的兄弟，也会一次次地效仿刘关张焚香结义。摆放乌牛白马的案几演变成了今天或方或圆的酒桌，跪拜仪式也渐渐被鞠躬之礼所取代……无论年长年幼，无论辈分高低，在忠义面前，大家都是平等的。虽然结义的仪式日趋简化，但结义背后的忠义密码却会日渐繁琐严密。

忠义是一份契约，这份契约足以跨越地域，让那些生活在不同文化中，甚至不同时代里的人，进行一场灵魂与灵魂的深刻对话。忠义是所有中国人的普世价值，是所有中国人的处世之道。

在济南，我跟很多济南兄弟，没有拜把子，却成了一辈子的好兄弟，他们从不以外乡人的眼光看待我，我在他们眼中就是个济南人。交朋友除了交心，更重要的还是要以忠信为本。我们"主忠信"，我们"讲忠义"，所以我们可以无所畏惧。

这就是关羽，这位忠义英雄，赋予每一个济南人，每一个山东人，乃至每一个中国人勇敢、担当和力量。

走到堂前，伸手摸一摸关羽的战袍。它虽然只是一尊塑像，但触感却异常真实，收回手，心跳竟也因刚刚大胆地触碰加快了几分。

喊一声"二哥"泪满襟……

我知道，这种力量就是源于神秘而又冥冥中的济南人、山东人、乃至中国人的基因。血在流动，它就不死。

义炳乾坤

《三国演义》里，我最喜欢的故事非关羽"舍忠取义，冒死释曹"莫属。读得多了，便生出一种旧梦重温的感觉，夜深人静之时，仿佛身长九尺的"二哥"关云长就站在面前，一双炯炯有神的丹凤眼正直视我的内心。

作为一个文学形象，关羽具备特殊的气质和精神。

供奉关羽的殿门外悬挂着一副木刻对联——"大义参天地，英风冠古今"，横批为"义炳乾坤"。苍劲有力，无形中给人一种压迫感，让人肃然起敬。

关羽给人的"压迫"从来不是源于武力，而是付诸忠义。

想当初关羽兵败被俘，曹操提出各种优厚的条件诱其"叛变"，但关羽始终不为所动，只因自己与刘备有过生死誓言。

"二哥"冒死释曹，以私废公，用今天的眼光来看，无疑是在关键时刻"反将一军"，这就是认敌为友，放虎归山，他犯了足以被押赴"军事法庭"的绝不可饶恕的"大罪"。而"二哥"自己，又怎会不清楚其中的利害关系？但在"忠义难两全"的境况下，"二哥"终究还是选择以"义"为上，放了曹操，当真担得起罗贯中先生的"义重如山"四个大字。

其实，更有意思的是，罗贯中以诸葛亮之口为二哥开脱，说是诸葛亮算准了如果曹操一死，天下更乱，为不破天机，不伤天下大势与大义，就既保全了二哥，又保全了曹操，更保全了天下"公理"，维持了相对最好的天下"格局"。啧啧。

"关二哥"骑赤兔毅然绝尘而去，徒留曹操一人在漫天火光映照的华容道上"空悲切"。待战争带来的硝烟散尽，厮杀声、哀号声终将远去，赤壁也终将恢复往日的平静。对于百姓而言，战火是噩梦，但好在噩梦也终有醒来的一天。等一切风平浪静，百姓便能带着"二哥"的忠义海阔天空。

关帝庙门外两只相互对望的石狮与众不同：它们长着一对"马耳朵"和一根"马尾巴"。据说这是人们为了纪念关羽的坐骑"赤兔马"而特意设计的。我倒认为，这两只石狮就是赤兔马的化身，突破三界的束缚，守护关羽，守望忠义。

如同石狮与赤兔马的结合，济南也是一座海纳百川的城市，不同的文化在不知不觉中被济南同化、感染，直到成为济南的一部分。从古到今，泉城济南以其与生俱来的吸引力，引来历史上众多名人骚客的无限留恋。澄净灵动的泉水，把来自远方的各种思想摇碎，然后糅合，莞尔一笑，汇聚成济南人的忠义。

那些名士，或者说是百姓的选择，或者说是历史的选择，忠义都是他们的共性，从古到今。济南人的忠义充满了象征性与想象力，具备很强的向心力，就像泉水中的倒影，除了自己，还有岸边的垂柳与顽石，但影子再多，主体仍旧是济南人本身，济南人的忠义有自己的主心骨。

济南人的"义"并不孤立，或者说，"包罗万象"。济南人的"义"是与"仁"，与"礼"，与"利"结合在一起的。

说到与"利"结合，我突然又想起了"关二哥"的另一层身份——武财神。济南商人历来都以"儒商"自居，而济南的老商埠又是济南百年开放和繁华的见证，因此，济南对内对外的经济往来一向遵从"忠恕"之道，讲究忠义诚信。

在济南各个或大或小的店铺卖场里，几乎都能看到手持清香，对着关公拜三拜的济南人。于每一个济南人而言，关羽是忠义最贴切的形象代言人，他可比电视广告上那些所谓的代言明星忠诚得多。

正所谓"君子爱财，取之有道"，济南人的"义"注定是君子之大义。

五龙潭碧忠义魂

与站在儒、释、道宗教文化交叉点上的关羽相比，隋唐大将秦琼似乎更亲民一些，用现代话讲，就是更"接地气"。虽然济南人不会像祭拜关公那样祭拜秦琼，但是他们却把心目中的忠义大将化作门神，真真切切地贴进千家万户的生活里。

秦琼在济南的遗迹并不多，而其中最著名的莫过于一个传说。那是在唐玄宗李隆基时期的某一天，请不要追究具体时间，因为接下来将要发生的"大事件"足以令你忽略这一点。朝廷派出的官兵正悄悄赶往秦府，目的是缉拿秦琼后人秦怀道并查抄秦府。而正在府中与一些仁人志士痛斥玄宗晚期朝廷腐败、奸臣恶毒的秦怀道并没有发觉渐渐逼近的危机，他们已被小人告发，奸臣借机在玄宗面前对他们进行大肆污蔑，致使玄宗大怒。

这样的悲情故事，在历史发展的长河中已经激起过太多太多的腥风血雨。

但这一次没有，济南关于秦府顿然消逝的传说，实在太完美了：不失忠义，却又让人心痛叹息，面对那一潭碧水，在历史的沧桑之后，让你五味杂陈，直想和那碧水化为清澈的一潭。

突然，狂风大作、电闪雷鸣，据说当年还有人在天空中看到了五条金龙。皇帝老儿的鹰犬还没来得及靠近秦府，秦府自己就塌陷了，塌陷处形成深坑，有大量水冒出。自此，秦府被一池潭水取代，形成了今天位于济南市中的五龙潭。

现在，济南人还能在五龙潭边欣赏到一组秦琼题材的壁画。我伸手轻轻抚摸，感叹世事变化的无常，心痛彼时当权者的无知，怜惜那一池潭水下的忠义之魂。

随着时间的推移，关于五龙潭的传说越来越多。

传说自古就有很多，有时候，可不可以考证已经不那么重要了，传说就是传说，我们所要关注的重点并不只是传说本身，我们要体味的是传说背后的精神旨向。

是秦琼府造就了五龙潭？还是五龙潭成就了秦琼府？也许都不是，忠义真正的缔造者是济南人，同时，济南人也是这段忠义传说的最大受益者。

抛开政治、经济、文化等方面的思维定式不谈，我认为，济南人的忠义应该来源于血脉的传承。这份传承历经时代的敲打锤炼，最终升华为"性格"二字：济南城的性格和济南人的性格。

我们济南人拜关公、敬秦琼，或许就是在寻找一份属于济南人自己的心。

忠来义去皆是孝

秦琼更像是济南人身边的一位"二哥"，济南人只需与他平视就好，这或许与秦琼的个人经历有关，据说秦琼早年在济南西关花店街一带以打铁谋生，可惜的是，现在的花店街也只有其名了。

秦琼在县衙当差的时候，曾奉县太爷的命令去缉拿自己的"响马"朋友。为救友人，秦叔宝义不容辞，他染面涂须去登州冒充响马误导捕快。可是，当秦琼路过两肋庄的时候，他竟然犹豫了，因为他怕连累自己的老母亲。

摆在秦琼面前的有三条路：一条路去汝南庄，一条路去登州，一条路回家门。

岔路街还在，在那个最原始的地方，待着。

这一刻，我与"秦二哥"隔着时空对视，相望无语。我同样站在忠义的十字路口接受灵魂的拷问。一边是与自己肝胆相照的好兄弟，一边是给予自己生命的老母亲，我和"秦二哥"共同遇到了一道此生最难的选择题。

就在我还在苦思冥想的时候，一声撕破暗夜的"驾——"，如同一条天边火链在头顶炸响，"秦二哥"已经扬鞭打马绝尘而去，最终他还是为了朋友，奔赴登州，大义凛然。

但凡想成大事者，都逃不开忠和孝的拷问。世人皆言，自古忠孝难两全，可笑可笑。那些抱着"忠孝难两全"的思想故步自封的人，是在思想上走了极端。于他们而言，忠与孝的取舍俨然上升到了公与私的抉择的高度，忠就是公，孝就是私，公私分明，自然忠孝不能两全。

可是，忠和孝真的可以这样"一刀切"吗？

我站在扬尘中久久不忍离去，遥望"二哥"早已消失的背影，刹那间，泪满衣襟。

"小孝修身，中孝齐家，大孝治国"！何为忠义？何为孝道？忠义就是坚守自己的价值观，就是各就其位、伦理分明，这一切皆源于孝，孝就是忠义的基石。

以孝为忠，以忠释孝，这就是"二哥"的忠义之道。

秦琼戎马一生，既是开国功臣，也曾聚义瓦岗，不过，后者显然比前者更为世人津津乐道。

秦琼的"响马"朋友可不是什么强盗，虽然他们同样是朝廷官员的眼中钉、肉中刺，但在老百姓心目中，这些啸聚山林劫富济贫的群体个个都是英雄。这些"草莽英雄"成功逃脱了追捕，秦叔宝自然因抓捕行动的失败受到牵连，险些命丧登州。好在天佑"二哥"，"响马"朋友在登州城奋力救出了"二哥"，后来大家聚义瓦岗，共举义旗。

我曾特意去过一趟瓦岗寨，如今的瓦岗寨已叫作瓦岗寨乡，瓦岗人民过着安居乐业的生活。这里就是"秦二哥"梦想开始的地方吧，单单是遇到一群志同道合的朋友就够让人惬意的了，就更别提兄弟们一起策马扬鞭，驰骋沙场了。然而，就像每一枚硬币都有正反两面，一面酣畅淋漓，另一面注定悲凄萧瑟。

如果没有隋炀帝的骄奢淫逸、荒废朝政、穷兵黩武，倘若百姓不是生活在水深火热之中苦不堪言，那么各地农民就不会纷纷揭竿而起，瓦岗寨也将不复存在，"秦二哥"可能还是在县衙当差，拿着自己微薄的俸禄孝敬老娘……

花店街虽然还是花店街，岔路街也还是岔路街，但秦叔宝的"义"却不再是仅仅局限于大众意义上的"义"了。乍看之下，济南人推崇秦琼之义多少掺杂着点江湖豪气，但深入反思后就不难发现，济南人是在"羡慕"秦琼这份沾染侠气的"义"。

　　祭关羽，拜秦琼，一声"二哥"泪满襟；
　　风雅骨，忠义魂，千秋忠义立济南。

我在济南市中生活了13年，不管是济南数不清的关帝庙，还是传说已经深埋潭底的秦琼府，乃至安身于济南各个角落的种种忠义遗迹，我都不忍，但又忍不住去触碰，去感悟，并与之对话。

这些或许只是供济南人赏游的景点，但本质上，它们却是构建济南人不朽忠义之魂的基石。

风雅与市俗

——老商埠的味道

■ 尹艺茂

尹艺茂 生于 1956 年，山东济南人。山东省作家协会会员，济南市电影电视艺术家协会副主席，济南电视台编导。20 世纪 80 年代开始，发表中短篇小说、诗歌、报告文学、影视剧本等二百余万字。撰稿和拍摄的电视纪录片多次获省级及国家级大奖。著有电视作品集《天下泉城》《融》等。

每年 24 个节气，我总喜欢在"处暑"后的某一天，到老商埠区的马路上走一遭。

每次行走，匆忙的脚步缓下来，缓慢的脚步停下来，这里的感觉是个体的、细节的、记忆中的以及记忆外的……

我喜欢这里的马路。以"经、纬"开头的马路，还是 100 多年前的宽度。

我喜欢这里的老建筑。西式建筑集中在一起，很像个建筑博物馆。

我最喜欢的，是这里的幽静。每次来，总爱咀嚼老商埠的味道。

我一直认为，老商埠的味道来自她与生俱来的风雅和中庸。

风雅，是源于这里曾经的时尚。1905 年中国开始有了自己拍的电影，而济南的商埠在 1904 年就开始修建"小广寒"电影院了。英国无声电影《孤儿飘零记》和《银汉红墙》在中国放映最早的城市竟然是济南。当时，一位英国人用手摇放映机，给听惯了说书唱曲、看惯了"拉洋片"的济南人放映真山真水、真人真马的"西洋镜"。于是，这种电动的时尚就让城墙厚、地势洼、四门不对的老济南变得"洋化"起来。

让济南进一步"洋化"的，是 1904 年的胶济铁路全线通车。大批的济南市民纷纷跑到火车站，目睹这稀奇的钢铁怪物满载着欧洲的洋火、洋线、洋油、洋装迎面驶来。其中，也载着到济南来"跑码头"的说唱艺人和来看戏、听书的外地旅客。

当时，济南成为黄河流域最早主动开放的内陆城市。英、美、德、日、俄等国的 20 多家银行和商社抢滩济南。

德国人在火车站南侧经一纬二路口租房开设了济南第一家西餐馆，济南的西餐业由此发端。100 多年前，济南已经有 30 多家餐厅经营西餐。

济南名士，经常光顾这些餐馆。他们谈艺术，谈诗，谈世风日下人心不古，谈女人的锁骨为什么叫"美人骨"，没的谈了，就谈当年的第一场雪。

商埠的时尚传递进老城，那些古色古香的街巷也变得流光溢彩了。上个世纪二三十年代，一些闻名中国的文人们常结伴来济南，比如胡也频和丁玲——每天下午，一杯咖啡两本旧书；比如徐志摩和林徽因——共一把油纸伞，遮住了左边遮不住右边；比如老舍和胡絜青——住一次不行，又来一次，两次住了四年多……

商埠的"洋化"使济南的土坷垃民间"玩意儿"也自觉不自觉地开始求变。我固执地认为："小广寒"的诞生，正逢济南曲艺最为繁盛的一个时期。反过来，"小广寒"也给了多少年来习惯于"画锅撂地儿"的曲艺人一种启示：不能总是游走江湖，要给说书唱曲以遮风挡雨之地。其后，在"小广寒"东、西、南、北各大约一二公里的地方，有了大观园、北洋大戏院、进德会、南岗子、青莲阁等演艺场所，并由此形成了济南曲艺的中心聚集区。

是的，商埠有一种力量，使传统和时尚、市俗与风雅两种不断争斗的原则和风尚在表面上以合作的形式出现。

让市俗变风雅，化腐朽为神奇，一个典型的例子就体现在济南的曲艺演出中。

大观园，是当时济南最大的"勾栏瓦舍"。

它占地 42 亩见方，集吃喝玩乐于一体。园内仅大小戏园、影院、书棚、艺棚就有 30 家之多，各种布匹绸缎、洋广杂货、瓷器工艺、书籍古玩、鲜果糕点等，不下 200 家，一天到晚都呈现出洋洋大观之相。

大观园吸引了外地曲种纷至沓来。唱大戏的、唱落子的、唱渔鼓的、唱坠子的、演双簧的、变戏法的、拉洋片的、打拳卖艺的、耍猴的、玩蛇的、盘杠子的、耍飞叉的、踢毽子的、顶坛子的、吹糖人的、捏面人的、卖玩具的、卖冰糖葫芦的、玩呜嘟嘟的，正是：顷刻间演出千秋伟业，咫尺地裹来万里河山。

1943 年 9 月 2 日，大观园里鞭炮齐鸣，人声鼎沸。由孙少林创办的相声大会正式开张。孙少林的妹妹出资 100 袋洋面租下园子，取名"晨光茶社"，与北京常家的启明茶社遥相呼应。

晨光茶社从选演员到选段子，从演出经营到分成方式，都一改过去的陈规陋习。

倡导文明相声，并出现了女演员上台说相声。所以在一开始就火了起来，观众排长队等着入场，场地小，只能出来一位进去一位。下雨天，观众宁肯淋着也要等。针对这种情况，晨光发明了"放一闸"的方法：不许演员"包袱"响了，行话讲"活往泥处使"，怎么让观众不笑演员就怎么说，观众听一会儿觉得没意思就走了，这一走正好给别人让出位置。实际这是对观众的体贴，不忍心让观众外边等的时间太长，"放一闸"在中国曲艺史上当属独创。

晨光茶社名声大振后，南北相声演员都要到晨光"拜码头"，这几乎成了当时中国相声界里一个传统。名家大腕走马灯似地登台献艺，暂时不出名的，也纷纷前来"踢门槛儿"——中国相声界有句老话：北京学艺、天津练活、到济南踢门槛儿。

市俗变风雅，还表现在山东快书的"改荤口"。

上世纪 20 年代，在济南南岗子杂巴地（现在的万达广场）有一位叫杨凤山的艺人，因为留着一条大辫子而被人称为"杨大辫子"。他演唱的"武老二"深受百姓喜爱，快书艺术给他带来了名声，却也带来了一场血光之灾。他死后，儿子杨立德子承父业，6 岁时就给人垫场。小家伙表演神情活泼，口舌伶俐，稚气中带有天生的幽默。他在济南一连演出 7 年，被人称为"小武老二"。其间他得到多位名师指点，喷口脆、发音准、咬字清、行腔俏、风趣幽默、亲切自然。后来他又去山东各地摔打、学习，表演艺术日趋成熟，再后来，形成了杨派山东快书。

江湖上历来是：有坐地虎，必有过江龙。山东快书在济南，"坐地虎"非杨立德莫属，那么"过江龙"是谁呢？他就是被国家命名为山东快书艺术大师的高元钧。

1934 年，高元钧与兄长高元才来到济南。先在南岗子"抢板凳头"，后进西市场、劝业场演出，又在大观园支棚演出长达 6 年。这段时间，他博采众华，汲取了相声艺术迟疾顿挫的技巧和鼓王刘宝全的动作架势，重在表演，强调节奏，逐渐形成了自己独到的表演套路。

1951 年，高元钧进入了中国人民解放军总政文工团，他在部队培育了 200 多名山东快书演员和曲艺作家，使 50 年代初才由他定名的山东快书迅速推向全国，并形成了山东快书高派艺术。

山东快书的高、杨两派相生相长，共同促进了这门艺术的快速发展。

早年的"武老二"中有不少"荤"段子，或在演唱中插进些低级趣味。这是那个时代的产物，艺人们把这叫作"臭活""脏活。"

高元钧、杨立德等立志在山东快书发展改革中变脏口为清口。

"改口"，这可是要砸自己的饭碗呀！但是，曲艺人知道自己如同在做一桩良心买卖，做大做小无所谓，是贫是富也不在意，只想守住一点自尊和一点洁净。就这样，杨立德、高元钧等人用一副鸳鸯铜板，打出了山东快书的艺术尊严。

没有研究结果来证实晨光茶社的相声创新和高杨两位大家的改荤口是否都与

商埠的风雅有必然联系，但是商埠的出现确实为济南曲艺的传承催生了一种内在助推力。

我把这种助推归结为它的中庸。不过不欠，不偏不倚，否则商埠的性格就无法形成。

这种归结，还源于我少年时期在这里听曲艺的时候，曾记下不少有用的句子：

> 做人中正，方能永恒持久。
> 发上等愿，居中间坐，享下等福。
> 贫贱是苦境，能善处者自乐；富贵是乐境，不善处者更苦。
> 天欲祸人，先以微福骄之；天欲福人，先以微祸儆之。
> 顺逆一视，欣戚两忘。
> ……

我还曾在街头一位会唱山东落子的六指跛人那里，记下一首《喜半歌》，歌词是：

> 看破浮生过半，半里乾坤宽展。
> 半郭半乡村舍，半山半水田园。
> 衾裳半素半鲜，肴馔半丰半俭。
> 饮酒半酣正好，马放半缰稳便。
> 半少却饶滋味，半多反厌纠缠。
> ……

可见，能中庸起来是一种境界。老商埠对非黑即白的东西有天然的免疫力和揶揄精神。

老商埠的特征，是一种文化特征，或者用文化人类学的术语说，是一种"社区性的文化特征"。它表现为一整套心照不宣和根深蒂固的生活秩序、内心规范和文化方式。

历数当下，我们生活的最高典型终究应属孔子所倡导的中庸生活，这也正是中国人所发现的最健全的理想生活。由此，我更认为：

商埠中庸，但不平庸。

下编

登英雄山

■ 鲍尔吉·原野

鲍尔吉·原野 蒙古族，1958 年生于呼和浩特。赤峰师范学校毕业。一级作家，编审，《读者》签约作家。中国作协会员，辽宁省作协副主席。已出版著作 46 部，主要作品：《今年秋天的一些想法》《譬如朝露》《羊的样子》《青草课本》《每天变傻一点点》《让高贵与高贵相遇》等。多篇作品被收录至大、中、小学课本。曾获中国少数民族文学奖、蒲松龄短篇小说奖、文汇报笔会奖、人民文学散文奖、中国新闻奖金奖等多项国内文学大奖。

小时候，我觉得山东出英雄。在我儿时的大脑屏幕上，英雄是怀抱重机枪连续不断扫射而决不屈服的人。他们在硝烟中竖起剑眉，边扫射边摸出手榴弹投向敌阵。我心里说：他们是山东人。我不知道为什么会留下这样的印记，可能跟幼时看过的电影和连环画有关，也可能由别的记忆造就。

此刻，我登上济南的英雄山，不期然想起了这件往事。我身边是晨练的人，他们跑步、登山、跳绳，绿树之下，身姿矫健。英雄山这个名字阳刚，让人觉得登此山者俱是英雄。而在晨练的人中，你看不到缠绵的人，迟疑的人。我身边的人皆虎虎有生气，英雄！这样说，我把自己也纳进了英雄的行列，让自个儿高兴。我想起，小时候，老家南山脚下驻扎了一支部队。战士们住草绿色的帐篷，吃饭前坐在地上唱歌。我们很好奇，放了学就飞跑到那里看他们还有什么新花样。这些官兵不打枪、不开炮，在这里修铁路，这让我们更加奇怪。我们看到他们用大筐抬石块垫路基，十几个人抬钢轨喊着号子往前走。我印象深的图景是他们抬钢轨时脖子上青筋暴跳，臂膀肌肉鼓胀。喊一声号子，集体挪半步，再喊一声，再挪半步。我见过他们端着绿搪瓷茶缸子在雨水里吃饭，头枕着红砖头睡觉。有一天，我终于忍不住问他们："你们家在哪儿呀？"他们说："山东。"我那时小学一年级，不知山东是一个省，问："哪个山的东边啊？"他们全乐了，说："我们山东是一个省。"

我看到的这些铁道官兵可能是一个连，也可能是一个营，都是山东兵。我在脑海里把他们的顽强拼搏和战争场面拼接到了一起。换句话说，我更愿意看到他们开重机枪而不是抬钢轨。但"山东"这个词在我心里留下了深深的印象，并且和"英雄"这个词联系在一起。这些年，提到山东，人们更多想起孔孟故里，诗书之邑。历史上，山东不光孕育文人墨客，它也是英雄之乡。抗倭英雄戚继光，蓬莱人；甲午战争殉身疆场的左宝贵，费县人；西北军五虎将之一的宋哲元，乐陵人；指挥喜峰口血战大捷的赵登禹，菏泽人；被日军称为"中国陆军战神"的张自忠，临清人。山东文人多，武人也多，英雄遍地。今日，我来山东登临这座名为英雄山的山峰，不胜感慨。

英雄山气势雄伟，位于济南市中心，是城中之山。此山旧称四里山，南连七里山，东接马鞍山，山势连绵起伏。登山者拾阶而上，到达矗立在山顶的革命烈士纪念塔的脚下。纪念塔宽大厚重，塔身镌刻金字草书，塔基有一排花岗岩浮雕花篮，此外没有过多的藻饰。站在塔基回望，沿山势铺列的白色石阶如宽阔的河床，两边是高大的绿树的岸。这处静静的河床里盛载着历史硝烟与今日的宁静。景区内建造了烈士陵园和济南战役纪念馆。入秋，山上的黄栌树叶红如炽，整座山浑如一片红岩，是名副其实的英雄山。

在战火里搏杀的英雄们，失去生命只在一瞬间。后人宁愿相信他们魂魄不死，驻留英雄山上。他们静静地俯瞰济南城，凝视红叶在秋风里喧哗。一个城市把英雄的陵园筑在市中心的山顶，是城市的光荣。他们尊崇英雄，把英雄放在高处，此为大敬重。思绪及此，我又想起小时候的记忆——山东出英雄。英雄不止于烈士，还包括具有英雄情结的活着的人。济南人崇尚英

雄，才有此山此塔，如这般赤霞燃烧的树林。有人觉得英雄这个词旧了，那是他没仔细审视过民族危难的历史。民族在生死存亡之际，如一个人奄奄一息，救她的人即是英雄。英雄视死如归，于瞬间彪炳千秋。此一瞬是生死关口，无暇争辩讨论，一举成仁。如张自忠面对五十九军部众的誓言："除共同杀敌报国外，和大家一同寻找死的地方。"说此话的人，配享永驻英雄山的尊荣。他们高居城市之巅，英气四射，足以让那些蝇营狗苟之辈抬不起头来。一个民族绽放的花朵，鲜艳者如莫扎特这样的艺术之花，精湛者如牛顿这样的科学之花，更有热血浇灌的英雄之花，让民族的沃野草长莺飞。不开此花的民族早被亡种，崇尚英雄的民族才有希望。

英雄山的西麓，有一处赤霞广场，因英雄山原名赤霞山而得名。广场北临留春园，清风徐徐，草木苍翠。再往前走，有水蓄一池荷花，安然静美。顺路登上另一座山即马鞍山。我到来之前，松柏早已站满山头。登临此山的会仙阁远眺，最远处可见鹊山水库，近处的趵突泉、大明湖皆历历在目。

登英雄山，由纪念塔至会仙阁，时间才是早上五点半。朝阳升起，树梢敷染一层金光，露水在草尖上闪闪发亮。济南城在喧闹中露出了微笑。

蔡公时的意义

■ 叶兆言

叶兆言 原籍苏州，1957 生于南京，著名作家，江苏省作协副主席。毕业于南京大学中文系，文学硕士。1980 年开始发表作品，创作总字数约四百万字。著有中篇小说集《夜泊秦淮》，长篇小说《一九三七年的爱情》，散文集《杂花生树》等。《追月楼》获 1987—1988 年全国优秀中篇小说奖、首届江苏文学艺术奖。

蔡公时先生生于 1881 年，我对这一年总是有着特殊记忆。这一年是鲁迅出生的年份，一个小说家对历史有兴趣，想起近现代史的人物，忍不住就要用自己熟悉的鲁迅为参照。譬如想到甲午海战，那一年鲁迅十三岁，一个十三岁的孩子会如何看待这场战争。又譬如到了辛亥革命，鲁迅正好三十岁，这一年，他又做了什么，岁数相仿的年轻人又怎么样。

甲午海战是中国近现代史上非常重要的一个节点，毫无疑义，十三岁的孩子弄不明白来龙去脉。对于鲁迅来说，祖父下狱，父亲病重，家道中落，他充分感受了世态炎凉。有关蔡公时青少年时的文字记录很少，能想象的就是这些十三岁的孩子，对日本的认识完全取决于周边人态度，大人们会怎么议论，私塾老师会怎么说。

十年以后，蔡公时和鲁迅都到了日本，几乎同时进入弘文学院。这时候，他们已是二十岁出头的年轻人。弘文学院有点像日本人办的新东方，属于日语速成学校。或许留日学生太多的缘故，来自江西的蔡公时与来自浙江的鲁迅，并没有在这结识。1928 年，蔡公时在济南取义成仁，鲁迅似乎也没留下任何文字。这非常遗憾，因为我们没办法知道他当时对这个重要事件的看法。

甲午中日之战改变了中国命运，让国人充分意识到自己的不足，意识到要打仗，光靠嘴狠是不行的，光靠生气也是不行的。战争有时候避免不了，打铁还需自身硬。这一仗的结果，是台湾割让了，大把的银子赔了。然而中日之间的对立情绪，还远没有后来那么严重。中日关系越来越坏，仇恨越来越深，变得你死我活，非要再打一场大战决定生死，那是后来的事。当年很多年轻人，对清政府未必有多少好感，对小日本也谈不上恨之入骨。人心在思变，无论朝廷还是民间，都觉得应该虚心向日本学习，都觉得到日本去，能学到一些先进的东西。

留学日本是那个年代很亮丽的一道风景线，中国的革命党人，绝大多数都和日本有关，这里面不外乎两个原因，一是因为革命，反抗清政府，被迫流亡到了东洋；另是受流亡的革命者影响，在日本的青年学子纷纷参加同盟会。一般来说，与留学欧美的学生相比，留日的年轻人要激进很多。徐锡麟和秋瑾是留日学生，陈独秀和李大钊是留日的，汪精卫和蒋介石也是留日的。汪后来成了大汉奸，但是"引刀成一快，不负少年头"这两句诗大家都应该知道。

和鲁迅一样，蔡公时也是在日本参加了同盟会，要比较革命资历，贡献比鲁迅大得多。鲁迅只是普通的同盟会会员，用今天的话说，革命群众一名。蔡公时是货真价实提着脑袋干，早在辛亥革命前，就追随黄兴参加钦廉之役，参加镇南关起义。辛亥革命军兴，留日的江西学生李烈钧成了江西都督，蔡公时是江西军政府交通司司长，此时的鲁迅只是绍兴县城一名中学教师。用比较通俗的话来形容，当时的蔡公时已当上局级干部，已经有了做官僚的资本。

从 1912 到 1926 年，鲁迅当了十四年的科级小公务员，而这个阶段的蔡公时，一直追随孙中山。二次革命讨袁，亲至湖口前线作战。二次革命失败，被通缉，又流亡日本。护国运动，护法战争，蔡公时始终跟在孙中山后面，曾在广州的大元帅府给孙做过秘书，是在孙中山弥留之际亲睹遗容并聆听遗言的几个国民党人之一，在党国元老中德高望重。拼资历，蔡公时比不上汪精卫，起码要比后起之秀的蒋介石强。

到 1928 年，南方的国民政府北伐，国民革命军势如破竹，大胜北洋军阀，很快攻入济南。这时候，蒋介石手握军权，成为最有实力的第一号人物。自古两军对垒，都在淮海一带决战，逐鹿中原，谁赢，谁就可以得到天下。只要拿下徐州，攻入济南，继续挥师北上，平定北京指日可待。然而也就是在这个节骨眼上，日本人开始捣乱，在中国的领土上，借口要保护侨民，公开出兵占领济南。说起来真够窝火，本来只是中国人在内战，日本人非要横插一杠。从内心深处来说，日本不希望北伐成功，不希望中国统一，不愿意中国强大。不管是面对北洋军阀政权，还是面对南方革命政府，日本人首先考虑的是在华利益，是利益的最大化。

两军对垒，难免擦枪走火，北伐军的军歌是"打倒列强，除军阀"。一年前，国民革命军攻入南京，发生了北伐军人和当地流氓参与的暴力排外事件，造成各国外侨9死8伤，其中死者就包括一名日本人，日本领事馆也在事件中遭洗劫。结果导致英美军舰开火，日本海军陆战队遵照他们政府的训令，没有进行抗击，并拒绝参与英美的行动，而负责保卫领事馆的海军少尉荒木，感到未能完成护卫使命自责剖腹自杀，此事在日本引起巨大反响。一年后在济南，尽管国民革命军已经事先做了防范，要求严格约束部下，情况却变得完全不一样，日本人突然变得强硬起来，而且非常蛮横，说干就干，直接出兵干涉。

蔡公时临危受命，出任国民政府外交部山东交涉员，在刚接手工作的第二天，日军便持械进入交涉公署，置国际公法于不顾，蓄意撕毁国民政府的青天白日旗及孙中山画像，强行搜掠文件。为避免事态扩大，蔡公时据理力争，谴责日军破坏国际法，结果被捆绑并将"各人之头面或敲击，或刺削"。蔡公时耳鼻均被割去，血流满面，临终前怒斥日军兽行，高呼"唯此国耻，何时可雪"。从此，这个殉难画面被定格，成为济南五三惨案中最为悲壮的一幕，它彻底颠覆了中日关系，而蔡公时与济南这个城市再也分不开。

事实上，由于此前签订的一系列不平等条约，发生在济南的中日冲突有其必然性。此次冲突，日方死亡军人达230名，平民16人，中国军民死亡高达6000人以上。13年前，袁世凯在不得不签订卖国的《中日民四条约》以后，曾将签订条约的日期定为"国耻日"，民间老百姓弄不太清楚"民四条约"与"二十一条密约"的关系，只是一味抱怨不应该签订。《中日民四条约》给了日本人法理上的依据，它埋下了祸根，成为中日冲突不可避免的死结。济南惨案之后，蒋介石在日记中写道："身受之耻，以五三为第一，倭寇与中华民族结不解之仇，亦由此而始也！"据说此后蒋的日记中，"雪耻"二字不断出现。很显然，济南惨案后果非常严重，甲午以来中国人遭受的耻辱记忆，被立刻唤醒，被迅速放大，中日双方的极端民族主义情绪，经此事件也变得不可调和，它其实就是此后的九一八事变、一·二八抗战、长城抗战、七七卢沟桥事变、八一三淞沪抗战的先声。

蔡公时惨死是野蛮时代的一个见证，对后世有着永远的警示作用。公理何在，公法何在？是可忍，孰不可忍。在文明社会，很显然，公理和公法一旦缺失，人就有可能成为野兽。蔡公时本着一种和平意愿，以协商的态度，以谈判的方式，结果却是在济南殉职。他的死不止是中国民族的耻辱，也是日本民族的耻辱，同时是"正派人难以想象的"全人类的耻辱。蔡公时惨死给刚成立的南京新政权敲响警钟，让国民政府放弃了对日希望，丢掉了与其合作的幻想。与英美相比，日本才是更大的更危险的敌人。历史地看，小不忍则乱大谋，国民革命军并没有因为蔡公时的惨死，就匆匆与日军在济南决一死战，而是主动放弃济南，牺牲济南，忍辱负重绕道北上，最终完成了北伐大业。那年头，还不流行核心利益一词，然而很显然，对于当时的国民政府来说，完成北伐统一全国，就是最大的核心利益。

济南惨案后，中日双方都有过主动放大的企图，都在这件事上大做文章，都在宣传上极力渲染己方无辜与对方野蛮，双方民族情绪均经此事变被点燃。中国老百姓绝对不会想到，明明是我方吃了大亏的济南惨案，明明是蔡公时等被割耳、削鼻，尸体被焚烧，在日本国内竟然会激起反华的舆论浪潮。当时南京国民政府据驻日特派员殷汝耕报告："此间关于济南消息日渐具体化。我军对日侨剥皮、割耳、挖眼、去势、活埋、火烧、妇女裸体游行当众轮奸等事，日人言之凿凿，其所转载京津、伦敦、纽约各外报亦均对日同情，归咎于我。"面对这种恶意宣传，南京政府也意识到"用事实宣告全世界"的重要性，国民党上海党部立即成立了一个专事针对日本的国际宣传部门，用今天的话说，双方都在炒作济南事变，要让国际舆论站在自己一边。

江西同乡李烈钧把蔡公时称为"外交史上第一人"，国民政府要人纷纷题词纪念。于右任题词："国侮侵凌，而公惨死，此耳此鼻，此仇此耻。呜呼泰山之下血未止。"冯玉祥题词："誓雪国耻。"李宗仁题词："民族精神，千古卓绝。"蔡公时的血不会白流，对他的纪念在当年很隆重。为勿忘国耻铭记历史，1929年5月，山东省政府在泰安岱庙竖一石碑，四棱锥体形，上刻"济南五三惨案纪念碑"九字。济南建起一座"五三亭"，在时任省教育厅长的何思源提议下，当时山东省内各县几乎所有的公学都建立了纪念碑。

时至今日，尽管很多人可能已不知道，蔡公时纪念馆仍然是济南最重要的人文景点。作为一种历史记忆，它始终在提醒人们什么叫国耻。忘记过去意味着背叛，这句话的另一层含义，是必须要有一个准确的记录，要让真相昭告天下。不管怎么说，无论什么样理由，中日之战都是人类历史上的一场悲剧，都是文明社会的惨痛教训。重温历史不难发现，1928年济南惨案后的中日关系，从官方到民间，双方都存在着必须一战的心理，走向战争几乎完全不可避免，官方利用着民意，民意又绑架了官方。中方虽然一直处于守势，最重要原因不是不想打，而是国力太弱，内乱不止，知道自己暂时还打不过对方。事实上，自济南惨案开始，抗战时代已悄悄开始，战争机器已启动。有一种思路始终被鄙视，被唾弃，无论日本还是中国，主和的观点都会被认为是反动，违反了历史潮流，不符合主流民意。

现如今的济南蔡公时纪念堂，供奉着一尊烈士全身铜像，这是由以陈嘉庚先生为代表的南洋各界同胞捐款铸造，1930年的原物，历经了很多故事，直到70多年后，才从遥远的南洋运到济南。早在1928年，徐悲鸿画过一幅《蔡公时被难图》，曾在福州展览，十分轰动，可惜战乱不断，原画不知所终。当时国民政府要员的题词，也因为这样那样的原因，手迹早已不复存在，如果保存下来，都是非常好的文物。最可惜的当然是烈士遗骸，蔡公时殉难，日本军为掩盖罪行，毁尸灭迹，将同时枪杀的十余人遗体进行焚烧。后人曾发现烧而未化的头骨4只，还有脚手骨和肉炭等，都是惨案中遇难的外交人员尸体，这些残骸被装入皮箱，寄存在南京国民政府外交部地下室。

1937年，中日全面开战，外交部撤退重庆，没将它带走。1946年还都南京，放地下室内的烈士遗骨已不见踪影。有传言说，遗骨被日军发现，为毁灭枪杀外交人员的证据，遗骨再度被毁。还有一种说法，国民政府仓促撤退，小偷光顾外交部地下室偷走皮箱，发现是一箱骨头，便把箱子丢弃路边或扔到了江中。

济南大观园忆

■ 肖复兴

肖复兴 1947 年生，著名作家，原籍河北沧州，现居北京，1968 年到黑龙江生产建设兵团（现今北大荒农垦）插队，曾任《人民文学》杂志社副主编、《小说选刊》副主编等。已出版 50 余种书，曾多次获全国及北京、上海地区优秀文学奖。

到济南，有这样一说："观趵突泉，登千佛山，游大明湖，逛大观园。"很长一段时间，前三个地方越来越鼎盛起来，而大观园却越来越少有人知。其实，大观园和前三者应该一样有名才是。如果说，前三者更多属于济水之南历史与大自然的馈赠，那么，大观园则属于近代人文景观。如此两相呼应与配合，才得济南幽幽的民俗风情、历史文化之真谛。

因此，我一直以为，"观趵突泉，登千佛山，游大明湖，逛大观园"，应该是济南旅行的向导，就好像如今到北京来，讲究的是"登长城，吃烤鸭，看升旗，逛燕莎"一样。不过，北京的这套顺口溜，吃和购物多于历史与自然，赶不上济南的这个旅行向导更有文化的含金量。

36 年前，即 1979 年的夏天，我第一次来济南，就是按照这个旅行向导逛这座历下古城的。

那时候，我是在南京《雨花》杂志所在地、当年的总统府改完一篇稿子，当晚坐火车，第二天清晨到泰安下的火车，爬完泰山，再坐火车，一两个小时的样子到济南，下火车已经是晚上，便在火车站附近的一家旅馆里住下。然后，先去了附近的大观园。大观园，是我认识济南的第一个窗口，所以印象很深，以致离开济南满脑子还都是大观园的印象与记忆，36年过去了，只要有朋友去济南，便会向他们打听关于大观园的情况，好像大观园是我的一位老朋友。

济南人都骄傲地说大观园是济南的城隍庙和夫子庙。但是，我去了之后，觉得它只是古建筑的风格和庭院式的商业格局，和城隍庙、夫子庙有些像。它没有上海、南京的水，便和城隍庙、夫子庙拉开了距离。而且，它也没有庙作为依托，和城隍庙与夫子庙就拉开了更大的距离。据说，最开始建成大观园时，是有庙的，叫大观庙，后来不知怎么荒废了。我猜想，和它起的大观园的名字有关，偏重对于《红楼梦》的想象，当然建立起来的庙"心里"也不平衡了，便离它而去。听说，现在大观庙重新建了起来，香火还很鼎盛，其实，不过是现代人心里对过往失去东西的一种缅怀。

在我看来，它更像成都的劝业场。劝业场尽管不是庭院式，但围合式的格局和大观园很像，而且和大观园一样，也是一两百家店铺云集，几乎囊括了吃喝穿用诸多方面，很多知名商家，一锅烩一般荟萃于此。大观园，和济南老城里的商业街芙蓉街，呈一老一新的对峙互补局势，应该是那时济南最为繁盛的两大商业营盘。客观而言，由于当时大观园属于新兴，更为时尚一些，而且多了娱乐的项目，更让当时济南人争相涌入，大观园里一派兴盛景象。

相比较芙蓉街，大观园的历史很短，而且，因为它偏离济南老城，以前只是一片荒地。我想，大观园的兴建与发达，是和济南火车站的建立有关。从这一点来看，大观园和北京的前门地区的发展颇有些相似。前门地区的大栅栏和鲜鱼口几条有名的商业街的兴盛发达，也是得益于清末之时前门火车站的建立，火车一响，黄金万两，交通便利了，人来人往多了，商业自然就发展起来了。

据说，当时这片地属于北洋军阀靳云鹏，1930年，其弟靳云鹗接手，委派杨既清由天津来到济南，开发这片荒地，平地起楼，建大型娱乐场所——附庸风雅，取名大观园。做过粮栈生意的商人张仪亭认为这是很好的商机，便从靳云鹗手中租下了这块面积达45亩的土地。要说，大观园是当时官商勾结的结果，却没有想到为济南新兴的商业娱乐业的发展，走出了关键的一步。

1931年9月，大观园正式开业。45亩地的地盘，容量不小。和老城的芙蓉街一条窄巷完全不同，大观园的建筑是老式的，格局却是新派的，非常像海外一些城市里的中国城。特别是和新加坡、芝加哥的中国城非常相似，而且比它们的还要大。围合式的格局，四围餐馆、酒馆、商店，两百余家店铺，外加两百多家特色小吃和小百货的摊位，鳞次栉比，蒜瓣一样，一家紧挨着一家，挤在一起；楼上楼下，又很有层次感。特别是一年之后的1932年，经过整顿调整之后，大观园重新

开业，平民化的色彩，地方民俗的色彩，更加浓重。特别是小摊的增多，撂地耍把式卖艺的增多，多了庙会的气氛和元素，很是吸引济南本土一般大众和外地游客。来到此处，可以尽情地逛，吃喝玩乐，一揽子活儿，应有尽有。可谓灯红酒绿，莺歌燕舞，喧嚣无比，好不热闹。

和别处不一样，或者说大观园最大的特色，在我看来，还在于它的娱乐色彩。在这一点上，它显然借鉴了上海大世界以及北京前门地区的商业模式的经验。在前门地区，光是剧场就有七家，大观园不算露天杂耍场，光电影院就拥有四家，号称济南四大影剧院，在当时可以说几乎囊括了济南电影市场。而且，同前门地区紧靠着大栅栏有当时老北京的红灯区——八大胡同一样，大观园里面也开设妓院，曾经是红极一时。民国时有竹枝词不无讽刺地唱道：与郎论情不论价，青蚨五百舞且歌。

1979年，我来大观园的时候，是粉碎"四人帮"之后大观园刚刚恢复元气重整腰身的时候，一切在百废待兴之中，很多地方还不完善，很多建筑也显得破旧，但更多保留着旧时的风貌。那种往昔的风情似乎离去得还不远，依稀还能听得到市井的喧嚣之声和娱乐场的丝竹弦乐之声。

据说，除了撂地摊卖艺和四大电影院，大观园的娱乐主要由三大剧院构成，分工明确，各有各的观众群，曾经一度成为济南全城最重要的娱乐场：第一剧场，以演京剧为主，其中共和厅说书场以歌曲、相声、曲艺和京剧清唱节目为主；第二剧场以放映电影为主；第三剧场以魔术、杂技、小型歌舞表演为主。1943年，又创办了晨光茶社，主打曲艺牌，其中相声一度曾经可以和北京天津相媲美。马三立、侯宝林、刘宝瑞、常宝堃等相声名家，都曾经到这里献过艺。

可惜的是，我来大观园时，未能看到这样的昔年盛景。那天晚上，大观园也远不如想象中的灯火辉煌和摩肩接踵。给我的感觉，大观园像是尚在睡意蒙眬之中，没有完全醒过盹儿来。那时候，我刚刚考入中央戏剧学院，因为学的是戏剧，所以对这里的剧院非常感兴趣。转了一遍大观园，只找到第一剧场和第三剧场，已经分别改名为大众剧场和大观电影院。当时，大众剧场正在上演话剧《秋海棠》。我连犹豫都没有犹豫，赶紧买了一张票。没有犹豫的原因，一是我学的就是话剧，二是刚粉碎"四人帮"不久，这种鸳鸯蝴蝶派的话剧居然能够在这里上演，很引我的好奇，因为当时连北京都没有这样的话剧上演（北京以后也没有演出过《秋海棠》，大概以为这样上海滩上个世纪 40 年代的言情戏，赶不上那些经典剧目吧），上演的话剧，新的是《于无声处》，老的是《雷雨》。能避开这些人家正在热演的话剧，而上演冷僻的《秋海棠》，需要面对的勇气和选择的眼光。

剧院不大，有些旧，但看戏正合适。旧时的剧院，格局都不大，不像现在的新式剧院，很是开阔，但如果是坐在后面，看戏就不大方便了。那一晚，剧场里的观众不少，让我对这座城市有了好感。坐在剧场里，我觉得此时此刻演出《秋海棠》，和这座城市的文化积淀与氛围太吻合，"家家泉水，户户垂杨"中的市井人家，对这种世事沧桑与人生况味，最容易唏嘘感动，心心相通。我不知道，在 1979 年的夏天，全国有几个城市的剧院里在上演话剧《秋海棠》，我只知道，济南大观园的大众剧场在演出《秋海棠》。话剧是由山东省话剧团出演的，水平很高，一点儿不比北京人艺的弱，起码看这部《秋海棠》是这样的。"文革"以前，曾经看过他们演出的话剧《丰收之后》，但说实在的，我觉得《秋海棠》演得更好看。可惜，以后，我再也没看到他们这样精彩的演出。而且，我也再没有看到全国有一家话剧团上演过《秋海棠》。

除了记得饰演军阀罗姨太太的是王玉梅，我已经记不住演出这部话剧的其他几位主要演员的名字了。但他们所演绎的人物，却记忆犹新。尽管 36 年过去了，依然清晰地记得走出大众剧场时，大观园的灯光幽暗，夜空却格外明亮，仲夏之夜的风，也不那么燥热，心里涌出一种说不出的感动。不知是因刚刚演出的话剧中人物的悲惨命运，还是演员精彩的演出。这成为了我对大观园经久不衰的记忆，以致事过 36 年之后，人们问起我对济南最深的印象是什么，我都会说起 1979 年夏天的大观园。

宏济堂的锡壶

■ 耿 立

耿立 原名石耿立，1965年生，山东鄄城人，中国作家协会会员，现为广东科学技术职业学院教授，山东省菏泽学院中文系主任、教授。作品多次跻身于中国散文、随笔排行榜，被《新华文摘》和各种权威文学选本选载，是当下国内有影响的青年散文家。

我总觉得中医是被毁容了，这个曾度我们民族困厄的古老的医术，被我们自己的人和异族的文化（西医的所谓的科学）合谋，从精神到肉体，泼了硫酸，如今剩下的是白骨一样瘆人的遗骸，在残喘。年轻人很少瞧中医，年轻的医士也很少能够擅长医道。我不知道，我们民族远离中医后，这个民族的生命力是更弘肆还是委顿，人生是更健全还是缺少一种厚度的焦虑？历史的行进，有时使我们不得不告别舍弃一些东西，甚至来不及取舍的美也被我们抛弃。到了今天，难道我们只有用保护遗产的方式来祭奠那些古老的文化吗？

当我看到宏济堂博物馆地下展厅的那些药柜、铜捣筒、铁舰船、戥子、药碾、串铃、收银盘、账册，我像看到了历史的骸骨。对着一对如我老家喂牛喂马的石槽模样的泡药用阴池和阳池，很是诧异：阴池的石槽上雕刻的多是地狱人物，而阳池雕刻的则是人间的活动；益阳、补气、升发等阳性药材归入阳池浸泡，滋阴、补血、沉降之性药材归入阴池浸泡。现在看这些行为，有点巫术的样子。

这让我蓦然想起了鲁迅，先生在《父亲的病》里写到，父亲生病，病情到吐血的地步了，那请来的医生，开出的也是巫术一样的药方：冰冻三年的芦根，成对的蟋蟀等，令儿时鲁迅不解的是，那医生在父亲吐血时叫父亲喝墨汁。

父亲最终是死了，鲁迅认定这是庸医误人杀人，就有了"凡中医都是骗子"的说辞和体认。这也是后来鲁迅东渡日本仙台学医，企图来解救像他父亲一样生病的中国人的缘由。

不知中医的人，对"喝墨治吐血"的方子，定会认做这纯粹是骗人的把戏，典型的巫术。喝墨汁，吐出的血成了黑色就不是血了吗？但熟谙中医的人都知道：古医书上确是有以墨治病的说法，大名鼎鼎《本草纲目》赫然有墨治疗大疮的墨方记载："背痈，滴醋磨墨，极浓，涂背周围，中间涂猪胆汁，干了再涂，一夜可消。"墨是越陈越好，就如酒，那墨一定要是松烟炼制的，不能是新墨。关于墨可治病一事，《本草纲目》里的记载很详尽，说墨是乌金，辛、湿、无毒，是好药材，当然可吃，并治得十多种病。比如治流鼻血，可以用浓墨汁滴入鼻中；比如止吐血，可以用墨汁同莱菔汁或生地黄汁饮下救急。在多年前，我的老师书法家谢孔宾先生知道我鼻子常出血，也曾让我用古墨锭研好止血，但我当时也是觉得奇奇怪怪，最终没能实行，但后来看到《本草纲目》时，我很为自己的孤陋寡闻而感到羞赧。

其实古人制墨锭十分讲究，一是松烟，二是墨里面添加了诸种名贵地道的中药材。最常见的是珍珠和麝香，这是从南北朝时期就开始添加的。唐宋以降，往里面添加的花样越来越多，石榴、犀角、皂角、马鞭草等都往里面放。到了制墨大家奚廷珪那里，墨简直就成了中药，最多的时候他往里面添加 12 味药材，藤黄、巴豆也都尽在其列。

年幼的鲁迅，是不可能懂墨的这些成分，难怪他认为喝墨治疗吐血的荒谬了。我认为，中医的那"原配的蟋蟀"做引子，其实是一种心理的疗救，给人的是希望，而不是像现代的西医，对一个患绝症的人，直接说，准备后事吧，能吃点啥就吃点啥。我们身边很多这样的例子，西医看了，说顶多活半年，然后这个人听了，活了三个月就挂了。

中医里有很多人文的温暖的成分，不像西医那样讲究科学，刀剪锯，机器透析，X光片。《本草纲目》里面有"远志"和"当归"两味药，李时珍解释"远志"的特性时，就像是说一个书生，由于这种植物像人一样具有"远大的志向"，因此这味中药其药理作用就在于安顿身体和心灵；而当归，则在古代思夫的传说里常常出现，女子采此草来怀念未归的良人，所以这种药因符合女性的身体和情感需求，而为女性补血和生育所专用。《本草纲目》的说法是："当归调血，为女人要药，有思夫之意，故有当归之名。"故在认识论上，中医是不能用科学和不科学来解释的。科学只是认知世界的一种范式，并不是唯一的方式，其实科学同样是有边界的，正因为有了科学的边界，才有那些心理学的哲学的文学的空间。

　　同样的，中医有自己独特的产生于东方土地的认知的方式。那些气与火与经络，那些阴阳无形、任督二脉、吐纳吸气，这在西医里看作是反科学的玄学；那些拔罐、艾灸、针灸放血更是匪夷所思。在西方实证的瓶瓶罐罐的眼眶里，人就是一堆骨头血和肉的集合，哪里有脉络？哪里有气的通道？因此可以说，西医科学是有局限的，也不能包打天下，有些并非只有"科学"才可为。

　　除掉中草药那些有意味的名字和故事，中国医学还有很多有意思的符号，比如在宏济堂柜台的上方，一年四季悬挂着五把颜色不同的锡壶，其实这是缘于古人对葫芦的崇拜。葫芦是一种文化载体和文化事象，那些仙人，如铁拐李、安期生、费长房，总是与葫芦为伍。葫芦在我们的文化谱系里，它的累累果实是和家族兴旺、繁衍、美满连在一起的：既为食，又为器；能容纳、包藏，不拒固体、液体，远在上古就被奉为吉器。用葫芦可以渡河济水，于是就有了共济、平安、济世救人；"壶中仙境"在道家的天地里是至高无上的福地，古代人结婚也称为合卺，一对新人各以一系红绳之半瓢交杯对饮，后合二半瓢为一体。

　　葫芦谐音"福禄"，千百年来，葫芦作为一种吉器，一直受到人们的喜爱和珍藏。有些乡下的屋梁下，大都悬挂着葫芦，讲究的人家，则用红绳线串绑五个葫芦，是为"五福临门"。那宏济堂的五只锡壶，也正是取自此意。锡壶，那是一种济世活人的使命象征。那壶中是宏济堂配制的时令药，根据一年四季流行病的不同，专为穷苦百姓准备了成药。每个用药者可以根据经济情况随意向无人看管的钱柜中投钱，无钱者可以免费取药。古代用葫芦盛药，是一种风尚，也许宏济堂乡间的葫芦难觅，就用五把锡壶替代。如果是五只带有藤蔓和叶子的葫芦挂在大堂，那该是多么的诗意。

　　但是现在的医学，既少了诗意也少了雅致，更少了那些人文性的望闻问切。现在的那些"半瓶子"医生，虽然职称很高，但没有了对生命和医学的敬畏，没有了禁忌，只相信机器。再没有中医把脉时的那种个体性，手手相连，感知心跳的那种对视。"生民何辜，不死于病而死于医，是有医不若无医也，学医不精，不若不学医也"。我知道，中医里有一个很有创建的概念：养病，有时病来了，那就养着，与病和解，相安无事，而不是西医的水火不容的搏斗，像对癌细胞的化疗，癌细胞杀死了，好的细胞也死了，人也就死了。现在的医学少了敬畏与禁忌，这是没有怕的技术之上的病。禁忌是迷信么？禁忌毋宁认为是一种怕。我们古人是知道害怕的，但后来这种素质被灭失了，我们是在不怕的教育氛围成长的，天不怕，地不怕，不怕牺牲，不怕祖宗，对自然的一切都敢踏上一只脚。怕是一种可贵的精神素质，有个哲学家说：这种怕与任何形式的畏惧和怯懦都不相干，而是与羞涩和虔敬相关。这是当人面临虚无时，幡然悔悟其自身的渺小和欠缺。以羞涩和虔敬为质素的怕，乃是生命之灵魂进入荣耀神圣的虔信的意向体验形式。

中医的人文性，是关乎心灵、关乎虔敬的。上苍造人，是要人有所顾忌，有所节制，有所不为，而不是为所欲为，更不是胡作非为。人如果狂妄僭越，那就离发疯不远，离癫狂不远，离死亡也不远了。

我想到《拾遗本草》有：

> 正月雨水：夫妻各饮一杯，还房，当获时有子。神效也。
> 夫溺处土：令有子。壬子日，妇人取少许，水和服之，是日就房，即有娠也。

这些药方子的科学性肯定是令今人惊诧狐疑的，甚至一听就会感到荒唐可笑。是江湖术士，还是医生在忽悠？它也许是不科学的，但谁又能否认它在古时候的有效性与可行性呢？

《拾遗本草》里开出的这些药方子，我们关注的不是这些药方给出的具体的药物是否含有有效的物质成分，而是在这些药物以及这些药物名称所蕴含的精神的意义，以及由这些意义所引出的人的虔敬的举止。正月的雨水能催出男女的精子卵子？答案是否定的，雨水肯定不能促进夫妻的内分泌，但正月雨水所暗示的万物复苏、生机勃发的语义却具备这个作用；人粪尿，作为肥料，具有肥沃、繁殖、生命的意蕴，而妻子也不过是供丈夫耕作、施肥、播种的土地，药方特别叮嘱要在壬子日服用，壬子者，妊子也。

这些药方的有效性，不是取决于现在被污染的自然，而是取决于一个尚未被污染被涂抹，而且被虔敬表述的、被心理愿望赋予语义的自然，它取决于一个同时贯穿了自然万物和人的身体的意义世界。

这些药物对经过现代科学洗礼的现代人肯定是无效的了，那是因为那个曾经赋予这些药物以意义和有效性的意义世界已土崩瓦解。丧失了本原意义的正月雨水、丈夫溺处土，这些物质成了赤裸裸的物质，不再引人遐想，从而也不再能激发身体的反应和生机而丧失了这个意义世界的依托。本草医学，也就从曾经的行之有效的技艺，一变而成为遭人诟病的江湖骗术和伪科学，这叫"人心不古"。而今人心不古而使山水不古、草木不古，自然伤痕累累，古老的秩序和天然逻辑被破坏。它冒犯的不仅是神性，损害的不仅是生态，更是对人类精神家园的摧毁，对一种精神美学的摧毁。有什么样的人民就有什么样的山河草木，你已经人心不古，何求江山千古？

古时多好，无论动物植物人物，大家是相让的。山有柴，春天人把斧头封住；春天河里有鱼，人管住自己的嘴巴。人是知底线，有良知的。那时端坐在大雄宝殿里的佛是认真的，土地庙里的神明，是正常值班的，百姓是心怀敬畏的，小人是得到报应的。

那时节气是管用的，该风就风，该雨就雨。那时的中医是灵验的。那时的人呢，做事认真。

在宏济堂博物馆，我看到九天贡胶的制作沙盘，那一道道的工序，真的繁复到了极致。"品味虽贵，必不敢减物力；炮制虽繁，必不敢省人工。"正是靠着这份承诺，九天贡胶才成为阿胶的第一品牌。

拜自然之赐，济南的水是阿胶的灵魂，"阿胶，其功效在于水。"（《神农本草经疏》）济水之"东流水"泉水，其水清而质重，性趋下而纯阴，专适阿胶提纯及熬制。

1902年，乐镜宇捐官山东候补道刚到济南，就感知到了济南泉水的天下独异，于是在宏济堂创办的第二年（1909），就集宏济堂财力在东流水街开设了宏济堂阿胶厂。

乐镜宇是一个特立独行的人物，在乐氏家族叔伯兄弟中排行老四，人称乐四爷。乐四爷系同仁堂药店少东，聪明绝顶却顽劣不羁，因而受到父兄歧视，自小养成了叛逆不羁的性格，喜欢天马行空，做事不讲章法，出人意表。前几年有部电视剧《大宅门》热播一时，剧中主人公白景琦的原型，就是乐镜宇。1902年，乐镜宇将近而立之年。虽然已经是一个医术精湛、深谙药理的高明医生和医药家，但性格所致，加上兄弟之间的微妙关系，这位少东家并不能安心地做同仁堂的事业，这让同仁堂主乐朴斋很无奈。老东家只得花钱给他捐了个"山东候补道"的空缺，让他独

自闯荡江湖。乐镜宇临行时，母亲严词告诫："不混出个人样就不许进家门！"乐镜宇离开北京到济南时，只带着一顶候补道的虚名。而此时，山东巡抚杨士骧恰在物色人选筹办官药局。乐镜宇在京城时就与杨相熟，1904年，山东官药局正式交乐镜宇筹办，杨士骧拨付给乐镜宇筹办官银2000两，并任命他为总办。浪荡子乐镜宇从此走上经商创业之路。1907年，杨士骧因官药局事被参，调离山东，官药局面临被取消的厄运。为了筹措银子把当地制作阿胶的药铺统统盘下来，情急之下，这乐家的爷

们儿竟然把一包屎用锦被裹得严严实实，以珍宝名义送进当铺，当铺的知道他是同仁堂的少东家，也就不疑，于是乐镜宇就以狸猫换太子之术典回银子做成了人生第一件大事。

宏济堂这个平台，使乐镜宇成就了一番宏业。1909 年，他独创"九昼夜提制法"，生产出独具特色的阿胶 12 种，成功地使阿胶产品质量升级。所生产的阿胶曾获山东省展览会"最优等金牌褒奖"、巴拿马国际商品博览会"优等金牌奖"和"一等银牌奖"、国家铁道实业部颁发的"超等"奖状。国内外阿胶市场几乎全部为宏济堂所占领。至 1934 年，宏济堂药品销药额已占到北京同仁堂的三分之二。济南宏济堂与北京同仁堂、天津达仁堂齐名，号称江北三大名堂。

刘鹗在其传世名作《老残游记》中说济南是"家家泉水，户户垂杨"。旧时的济南，那些泉水，遍及各个角落，似线似瀑，如涌如奔。有的娟娟玲珑，有的虎步腾翔，或穿墙入户，或走街过巷……胡同口、屋檐下、家门口、窗台外，随处都有可能是一眼泉池正枕石漱流。那时的济南是一个充满古意的城市。

泉水是济南的灵魂，更是阿胶的灵魂。据有的资料记载：按照中医阴阳理论，济南泉水乃至阴之水。按照中医五行方位理论，优中取精，选东流水街南首趵突泉（阳）、五龙潭（阴）汇流之泉水，以此表达阿胶用水的阴阳互根，且有古温泉、月牙泉、东流泉、天镜泉、贤清泉五泉分属东、南、中、西、北五个方位。木火土金水，东南中西北，肝心脾肺肾，五行配五方，五方配五脏，五脏饮五泉……这样，乐镜宇就确定了东流水九天贡胶必用五泉之水作为熬胶用水之引。取水的时间即是按照中医药子午流注理论，丑时取水，以利于入肝经、藏血、调血、补血，从而集补、调、通、止于一身，有补而不滞、补中有通之意。

乐镜宇制胶，选用山东独有德州平原上的黑驴之驴皮。大平原里的德州黑驴，黑脊梁，白肚皮，粉鼻子，粉眼睛，四个小黑蹄，黑白相间，阴阳互根，个大皮厚，倔强而内敛，利于血藏。用它的皮制胶，滋养肝肾、益肺、止血的医药效用将更好地发挥出来。宋代《本草衍义》中记载："驴皮煎胶，取其发散皮肤之外也，用乌者取乌色属水，以制热则生风之义。"东流水九天贡胶的独有工艺——九提九炙，更是神奇。从任候补道"听鼓济南"起，乐镜宇就为熬制上品好胶，遍访名家高人……最终，重金聘请阳谷制胶奇人刘怀安等熬胶大师来济南助阵，历经数载，终于研制出独创技艺——九昼夜精提精炼法即"九提九炙"工艺：冬至剥毛，惊蛰起灶，铜锅银铲，桑柴火烧，九提九炙，九昼取膏，工序九九，繁而不少，春分阴曝，立夏成胶。再加之有着 200 多年同仁堂作药功底的乐家配方，成就了举世无双、独一无二的宏济堂东流水贡胶之配方：在阿胶中加入了阳春砂仁、越南高山官桂、广陈皮、禹白芷、果甘草等多味中药，使之调脾胃、易吸收，更加鼓舞气血，疗效更佳而闻名于世。

宏济堂博物馆中还如实还原了制作"九天贡胶"的过程。沙盘模型上，20多名"工人"按照程序，首先是在泉水中泡皮、通过转鼓洗皮，然后经过切皮、熬胶、打沫、浓缩、凝胶、切胶、晾胶、擦胶、包装、销售等多道工序生产阿胶。据博物馆工作人员介绍，这件模型表现的就是宏济堂创造的九提九炙法，这种工艺较之以前的熬制方法多了66道工序，增加了6个昼夜，所用时间是原来的3倍。熬制出的阿胶清透甜润，味道清香，鼓舞血气，更易吸收，疗效更加显著。宣统二年（1910）进奉皇宫，被隆裕太后誉为"九天贡胶"。

从九天贡胶，我们可以看到，我们的中医中药是采集农耕时代的精华调和的，是人与自然的关系。因此，面对自然性的疾病，中医能够发挥特长和优势，而面对现代疾病，比如那些由工业社会造成的违背自然的重大疾病，污染的水和空气，由农药残留和转基因造成的病，因社会挤压心理失衡而造成的病，中医确实处于劣势。

中医有边界也有尊严，何况，没有哪种医学能够包治百病，如果中医不顾自身的局限，夸大自己的医学能力，那么只能危害中医在医学上的信任度。现在的病是抗生素的病，污染的病，化学的病，雾霾的病，是病态的社会造成的病，怎能让中医独担？

也许，在一个物欲横流的时代，我们不妨回顾中医盛行的时代，向那个时代致敬，向那时的土地草药和那些郎中致敬。如今中医被边缘化，是这个时代有负于这些古来的精粹，她不愿降低身价，她还是有风骨地在坚韧地活着。虽然她被毁容了，但我怀想宏济堂红火的时候，那时的人还略带点古风古意：冬天了，大家一起过冬，兽长了绒毛，人蜷缩屋里，顶多弄上那个火盆。而现在呢，空调破坏臭氧，人们的生活粗糙而匆忙，大家像生活在一个高速旋转的陀螺里，上气不接下气。

为什么现在各种疑难杂症让医学束手无策？我想，人类对自然应该谦卑，应有敬畏。肆无忌惮地掠夺，对山川河流，到处开发到处污染；把鸡舍鸭舍全天放在光明里，不让那些小生灵睡觉，改变它们的植物神经，让它们肆意生长，剥夺了它们的童年，剥夺了它们的闲暇，剥夺了它们的交配；让鱼吃生长激素，让牛吃添加动物骨粉碎末的饲料，这些伤天害理的勾当只有人类才干的出。这些动物植物们无法用人间听得懂的语言抗议，这是人对它们的"老虎凳"和"辣椒水"，这是人类对它们的极刑。

人们不再遵循上天给予的权力，而是肆意变乱上帝排列好的生命密码。这是一场生物的暴乱，规则不行，潜规则通行；正道直行不行，污秽通行。黄钟毁弃瓦釜雷鸣，正常的健康的社会因子被卑鄙所篡改，健康的人性被扭曲，贪婪与欲望不是被关在笼子里，而是在街衢通途明目张胆地杀人！人类的生存场被毁坏，无耻无所不能，这些如鼠疫一样的暗物质在侵蚀着我们的肌体和灵魂：卑鄙成了卑鄙者的通行证，高尚跪下成了躺倒的墓志铭。多少的荒诞变成了正常，多少的不该变成了应该，多少的歪理变成了合理，这何尝不是一场人性恶的暴乱！

这样的后果大家都能看到：艾滋病、埃博拉，各种癌症如加缪笔下的鼠疫一样来势汹汹；雾霾来了，冰山化了，臭氧的洞越来越大。是人类侮辱改变了世界，贪婪的人们越来越越界，越来越狂妄。但仍有人，而且是那么多人在呼喊："我拒绝人类的末日。因为人类有尊严！"

是的，人类是有尊严的，虽然现在还有各种鼠疫一样的病菌在潜伏，他们如鬼魂在暗处伺机窥视着善良的人。其实改变人体机能的背后正是患有鼠疫一样病菌的心灵在演绎着贪婪，演绎着各种突破道德底线的无耻。无休止无节制地掠夺，无休止无节制地搜刮，对自然的环境和社会的环境，上演着一幕幕的疯狂。

自然有病，就是生活有病；生活有病，就是人类自身有病；人类自身有病，就是如鼠疫一样的病菌侵蚀着人类的良知，把贪婪当成唯一，把欲望当成唯一，拿贪婪来毁坏森林矿山，拿欲望来制造物质的虚幻，拿贪婪和欲望来毁坏身体放纵肉体。这其实就是一种荒诞，就是一种鼠疫症状患者，现在的人们很少有欲望免疫力，这是在赌一个身体的未来。

逡巡在宏济堂博物馆，我觉得，中医曾是我们民族古老文化的一个载体，而今遇到的尴尬是被西医所替换，这是一种对古老文化的杀戮，是我们自己快把自己的文化杀死了。我不知道，多少古老的文化遇到了中医一样的运命。相比起别的博物馆的高大明亮气派，宏济堂博物馆只能尴尬地躲在地下。这不该是我们的文化的命运。

如果中医消亡了，我们的精神家园就又坍塌了一处。

漫步济南回民小区

■ 马瑞芳

马瑞芳 女，回族，山东青州人，1942 年生。山东大学古代文学专业学科带头人、中文系教授、博士生导师、中国作协全委会荣誉委员。曾任山东省作协副主席、山东省政协常委、山东省人大常委。出版作品四十余种，如专著《幻由人生蒲松龄传》、长篇小说《蓝眼睛黑眼睛》、散文集《煎饼花儿》等。中央电视台《百家讲坛》主讲人。

隔段时间，我都要去一趟济南回民小区。干什么呢？套用济南俗话，是"裁缝掉了剪子——只剩下尺（吃）了！"

我们总是先到回民小区吃早餐，再买回各种各样食货。

早餐最常享用的是甜沫和牛肉烧饼。

魏新在"魏道泉城"栏目绘声绘色描写回民小区的甜沫：连接泺源大街的街口处有三家，哪家喊得好听，哪家甜沫好喝……儿子看过文章后笑道："看来他不常到那边吃。"据说真正懂行的甜沫"吃家"，要拐弯抹角深入街道中部。此处有家甜沫店回头客最多。他们用的小米面、粉丝、花生米、豆腐皮与其他店大致相同，不同的是，他们用适量姜末儿，小白菜则是切碎后码到碗里，将煮好的粥直接倾倒上边，小白菜嫩绿如翡翠，清香扑鼻，口感甚佳。我说："这里的甜沫太咸！"可是现在不管中餐还是洋快餐，哪有不咸的？想认真控盐，只能在家里自己做饭。

去甜沫店的路上有好几家卖牛肉烧饼

的。确切地说，该叫烧饼夹牛肉，类似于西安的白吉馍。煮好的牛肉与老汤一起放在大桶里，用的时候，夹出一块肉，最好是肥瘦相间的肋条，剁碎，浇上一勺老汤，夹到刚出炉的烧饼里。烧饼必须现烤，外边微黄酥脆，里边柔软多层，有椒盐味儿。回民小区的熟牛肉都必须用老汤，老汤老汤，汤"老"到什么程度？有人开玩笑说："最好的'煮家'用的是乾隆时期的汤！一代一代，一年一年，一锅一锅延续下来。我自己也在家里做酱牛肉，可惜没有"乾隆汤"。

我到回民小区做"吃货"，都是儿子"导引"。儿子曾在青州上过一年高中，住在回民小区，吃在回民小区，对各种回民吃食如数家珍。青州回民的生活习惯大概会影响他一辈子。女儿则对回民小区的饮食"不感冒"，人家喜欢叫我做"又贵又不好吃"的西餐。孙女阿牛与小姑姑有同好焉，也讲究吃饭时有空调放音乐的洋"氛围"。阿牛称我"奶胖"，有一次她感叹："那家著名牛排店的牛排，还真不如奶胖烧的牛肉好吃！而奶胖煮的牛肉又比回民小区的稍微差一点点。"

其实早在儿子上小学时，我就是回民小区常客。几乎每个星期天我与先生都会骑上自行车，从山东大学宿舍出发去买一周用的牛羊肉。年轻骑车不费力，不知不觉已过泉城路，到西门桥，免不了停下车，观赏一番桥下清清河水，河边依依杨柳，然后从共青团路拐进市场。这里是济南知名的牛羊肉集散地。每天天不亮，黄河岸边、泰山周围的清真肉户就把当天"成品"运来。我们九点到达，这里已熙熙攘攘，摩肩接踵。来采购者不止回民。我常有骑了十几里路车却买不到牛腱子的"烦恼"，那时我会买些熟牛肉回来。有几家真算得上"名牌"，牛腱子、牛口条、牛百叶，味道醇香，回味悠长，家人百吃不厌。我还是某家羊肉店的常客。店主夫妇会将羊肉剔好洗净铰成肉馅，再告诉我们市场上哪家牛肉最好。聊天中，我知道店主孩子一个念回民中学，一个到中央民院学舞蹈去了。卖肉者的孩子学芭蕾舞？真有想象力！是啊，在这个万花筒似的社会中，人所处的阶层会不断互相换位，只要你肯努力，什么变化都会发生。

到回民小区采购还有一个好处，是可以顺路进五龙潭一游。北魏郦道元《水经注·济水》把五龙潭叫"净池"。这名字太棒了！在我眼中，五龙潭有"二净"，一曰干净，二曰清净。真真是碧水锦鱼，夹岸桃花，风景幽雅，恍若仙境。五龙潭泉多、树多、花多、鸟多，人比较少，最宜读书人在此歇息沉思。我年年进五龙潭，唯一一次"留影"，居然是前不久年方五岁的外孙女宝宝牛给"胖姥姥"拍的。背后是花和泉水，还有依稀可见的水中游鱼。我有时感叹：同样这么好的泉这么好的景，五龙潭"名气"怎么就不像趵突泉那么大？这大概和社会人生相似？默默耕耘常不及大声喧闹？

马瑞芳

时光如白驹过隙，转眼老之已至。现在到回民小区，都靠儿子开车了。此处的牛羊肉市场亦"鸟枪换炮"，似乎规模更大，质量也更好了。卖肉者不再像过去那样散兵游勇、没名没姓，好多成"气候"了。各家都有醒目招牌，许多家门前摆肉架，牛肉挂在架子上。这说明肉没注水。牛腱子仍经常买不上。儿子喜欢在某家买羊里脊，回家用电烤炉自烤羊肉串。哦，对了，济南不是还有个名字叫"撸串之城"？有人曾统计济南人一天吃掉多少吨羊肉串。大概还没算上儿子这种"自烤型"吧。

我们在回民小区早餐后完成采购，都是吃的：牛羊肉、锅饼（做烩饼用）、饼丝（做炒饼用）、五香花生米、葵花瓜子、青菜……必不可少的是烧饼和包子。回民小区满街都是随到随买的烧饼铺，儿子却必须排队买一家的烧饼，因为此家烤制烧饼不用液化气，而用无烟炭火。往往是喝甜沫前交钱预订，喝完取货。还要到某居民楼五楼买马蹄烧饼。这两家烧饼专业户每天都只做固定的数，卖完收摊，有再多的人想买也是"明天见"。店主曾说，钱够用就成，干什么那么劳累自己！至于包子，我们也固定在一家买，那里仅牛肉包子种类就六七种，也得排队。我对这家牛肉包子铺的评价是：仅次于我做的。这似乎是吹牛，其实已算很高评价。"文革"期间我曾被造反派发配到食堂劳动一年。我做包子饺子的水平不低，我当然比需要挣钱的商家更注重真材实料。

小区外高楼林立、车水马龙，小区内却有低矮的平房、狭窄的小巷。在这里顶头遇到个姑娘，大眼睛，长睫毛，高鼻子，樱桃口，黄褐色卷发，像从新疆过来的维吾尔族人，其实绝对是"本地户"。既有波斯"舶来"的面貌及生活习俗，又融合了华夏文化——这，大概就是济南回民小区常给人的印象。这样的"小区"已经成了一种"中国特色"。我的家乡青州有，如东关；北京也有，如牛街。这些地方其实都可以叫"穆斯林美食街"。

漫步回民小区，路经南大寺，常令我抚今忆昔、思联中外。

早在新中国成立初期，父亲担任益都县（今青州市）主管文教的副县长时，就主持修复青州元代清真寺。我曾当随从参加过开斋节活动。我印象中童年活动有一项是：按照母亲吩咐，手提一只吱吱叫的鸡，到寺里找"师傅"（阿訇）。"文革"前父亲担任省民委和省伊协领导时，常到南大寺主持活动。那时我正读中文系，对宗教活动兴趣不大。"文革"中南大寺受到严重破坏，碑刻、匾额、文物被毁，礼拜殿被改作工厂车间。父亲受机关造反派冲击，被发配烧锅炉。在非常岁月中，南大寺周边穆民从未参加这类"革命"，仍与父亲来往，仍然尊重他，信任他。他们知道"马主任"原是著名中医，有疑难大病，可以向他求救。父亲归真，南大寺教长给他念经，我参加了跪经；父亲的衣物按穆斯林习俗，"散"给了回民小区需要的穆民。

南大寺是什么时建的？已不可考。元代元贞元年（1295）迁至永长街现址。明代修了院墙，扩建了大殿，建起讲堂沐浴室等。现在的南大寺，门前有高大的过街影壁与街道隔开，是不是有意让宗教与现实生活保持一段距离？而距离往往产生神秘感，产生美感。南大寺中轴线上，邦克楼、望月楼、礼拜殿，由外及里，一座比一座高，给人雄伟肃静深邃之感。正门门楼邦克楼中西合璧，下层是阿拉伯穹窿圆顶风格，上层是中国建筑风格。望月楼与礼拜大殿相望，楼上书"望月思真"四个篆体汉字，楼顶中心竖有穆斯林鲜明标志月牙。礼拜殿可容纳600余人同时礼拜。殿里有很多珍贵文物，特别是高四米宽一米的六架硬木门扇，扇窗镂空，雕有《古兰经》，精美异常。宫殿般的礼拜殿前后殿屋顶连接。我曾多次带外国朋友到南大寺参观。教长介绍：礼拜殿的后殿无前墙，前殿无后墙，后殿为庑殿顶，前殿为歇山顶，抱厦连接前殿，这种两殿完美结合的形式，在中国古代建筑中非常少见。更有意思的是，后殿和前殿是明朝建筑，抱厦是清代建筑。这从礼拜殿外墙用砖可以判断：明代砌墙用大砖，清代用小砖。几百年间两代工匠众擎群举，最终定型现在的南大寺。有一次我带几位金发碧眼教授看南大寺，听到介绍礼拜殿"两代合成"，仰望15世纪就卓然存在的礼拜殿，从建国200年的超级大国来的"老外"感叹不已。当我带点儿炫耀领他们去看一箭之地花木葱茏的清真女寺，他们对淡绿穹顶、洁白瓷砖的礼拜殿叹为观止。几位戴头巾的女穆民神情安详，庄重地介绍如何沐浴如何做礼拜，还请外国朋友品尝油香（香油炸饼）。我最欣赏穆斯林民众的是：不管贫富贵贱，不分地位高低，礼拜寺内不卑不亢、人人平等。

除了济南南大寺，我对另外几处清真寺也印象深刻，比如：西宁清真寺、大马士革倭马亚清真寺、伊斯坦布尔蓝色清真寺。

西宁清真寺。二十几年前我曾和好姐妹杨晖一起去拜访。韩教长领我们到礼拜殿上看，他颇难听清的西北口音介绍，给我留下两个难忘的细节：一个细节是"宝瓶"，世界上几乎所有的清真寺礼拜殿顶都是月牙，这里却是藏族活佛送的三个宝瓶。穆斯林民众乐意让藏传佛教活佛与真主一起保佑大家。另一个细节是"大梁"。这座清真寺经过多次重修，有一次重修时，需要一条巨大横梁，全省找遍，最后在一家汉族祖坟上找到一棵长了几百年的树。范姓老人听说，要用他祖坟上的树给清真寺做大梁，二话不说，捐赠！用时髦的话来说，西宁清真寺简直可以做民族团结和融合的教材了。

倭马亚清真寺。1997年我参加中国作家代表团，在叙利亚待了半个月，看了许多清真寺，倭马亚清真寺首屈一指。它于公元705年由倭马亚王朝哈里发一世主持建造，原址是罗马主神朱庇特的神庙，后改作圣约翰教堂。倭马亚清真寺规模很大，有个很大的院子。拱廊墙壁上有用金砂、石块和贝壳镶嵌成的巨大彩色壁画，描绘倭马亚时代大马士革的盛景。礼拜殿正面仿拜占庭式样，有凯旋式穹顶大门，门旁由大理石圆柱支撑，柱顶如巨大皇冠，柱头金箔闪闪发光。寺内最重要的古迹，当属同时保存了不同宗教先哲施洗约翰和萨拉丁的陵墓。女性进入倭马亚清真寺必须蒙头，我借一头巾一黑衫，再把鞋存起来，才得以进寺。

倭马亚清真寺安宁肃静，寺周围却是繁华市场。各种各样叙利亚手工艺品都可以买到。我用五美元买回件"阿拉伯长袍"，回宾馆试穿时大乐：阿拉伯文是找不见的，连人们常说的英文"中国造"商标都没有，直接印中文"鹅牌"！

每当想起倭马亚清真寺，我心中就隐隐作痛：现在叙利亚饱受战火，大马士革到处弹痕累累，倭马亚清真寺还能保持那份从容静谧吗？清真寺周边的市场还能保持繁华吗？当年接待我们的叙利亚作家朋友，你们还安全吗？叙利亚作协送给中国朋友的手绣桌布餐巾、《古兰经》和录音带，时隔十七年，桌布餐巾仍是新的，因为不舍得用。标准阿拉伯语诵《古兰经》特别感人！印刷考究的《古兰经》则送给南大寺教长。"宝剑送壮士"，得其所哉。

蓝色清真寺。世界十大奇景之一，它算得上全世界最美清真寺，位于土耳其伊斯坦布尔老城区，原名苏丹艾哈迈德清真寺，17世纪初建造。礼拜殿是阿拉伯风格的圆顶，中间一大圆，四周四小圆，小圆套大圆，煞是好看。圆顶建筑周围有六根尖塔，叫"宣礼塔"，据说塔的数目越多，越说明清真寺的重要性。蓝色清真寺的宣礼塔只比麦加清真寺少一根。当年奥斯曼帝国皇帝艾哈迈德一世把蓝色清真寺的宣礼塔修成六根，与麦加大清真寺的宣礼塔数目相同，显然僭越，惹出风波。故而艾哈迈德一世出资给麦加大清真寺加修了一根宣礼塔。蓝色清真寺寺内墙壁全部用蓝、白两色的依兹尼克瓷砖装饰。寺里260个小窗、两万多块瓷砖、数百块名贵地毯和众多精美绝伦的阿拉伯书法艺术作品，令人流连忘返。

在伊斯坦布尔待了五天，蓝色清真寺只去过一次，但其影响天天存在。我们下榻在离蓝色清真寺不远的"皇帝宾馆"。每天清晨朦朦胧胧中，音韵悠扬的《古兰经》诵经声响起，顿生神圣静穆安详之感，看看窗外，晨曦微露，看看手机：五点十五分。诵经一天五次。我们在伊斯坦布尔不同场合听到，也在不同场合看到有人虔诚礼拜。我曾看到个店主在小商店角落铺个小拜毯，跪在上面。大小饭店一般都有专供礼拜用的小房间。我们是应土耳其文化部邀请前来访问的。东道主告诉我们：伊斯坦布尔犯罪率很低，为什么？人们认为，不管你做什么，真主看着哩。

哦，实在想念土耳其美食！土耳其烤肉、盐焗羊腿，无比鲜美，但价格不菲。

我们曾在蓝色清真寺旁买过熟玉米，站在街头大模大样啃。多少钱？一美元一个。如果在咱们济南回民小区，可以买回一大堆鲜玉米啦！

又回到济南回民小区，又回到"吃"。

是的，济南回民小区的人特别擅长做吃的，且物美价廉，还很讲究卫生。地沟油、苏丹红之类丑闻，很难在穆斯林兄弟这里听到。父亲当年曾说，新中国成立之前，回族有钱人不多，"大回不过百，小回不过十"。回族群众一般肩挑贸易，比较清贫。而讲究诚信是能在社会上立足的法宝。现在的回民小区里，仍然小商小贩多，但也有较大商铺和开到全国的连锁店。

于是，我在回民小区采购时，免不了把一些"名牌"产品，比如回民糕点带回家。我还特别想让叙利亚、土耳其等地的穆斯林朋友也到济南回民小区转一转，尝尝地地道道的中国回族名吃，看看南大寺和清真女寺。这里真是一道古朴而又独特的华夏民俗景观。

马瑞芳

我家住过的老房子

苗长水

苗长水 1953 年生于沂蒙，长于济南。1986 年毕业于解放军艺术学院首届文学系。现为军区创作室主任，一级作家，山东省作家协会副主席，中国作家协会军事文学创作委员会委员。1993 年起享受国务院政府津贴。其作品被译为英、法文出版，曾获全国优秀中篇小说奖、庄重文文学奖、冯牧文学奖。2006 年出版长篇小说《超越攻击》，获首届中国出版政府奖、全军优秀文艺作品一等奖。担任总编剧的电视连续剧《震撼世界的七日》获第 27 届中国电视"飞天奖"。2014 年军事题材长篇小说《梦焰》获中宣部"五个一工程奖"。

我家在上世纪 50 年代末至 60 年代初，住在现在的趵突泉大院里。那时候的趵突泉公园，只有三股"趵突"泉涌和"金线""漱玉"泉附近那一片泉子和流水，没有现在东面的正门，正门是开在北面，与"自来水厂"一个大门。而那时从东面正门到现在北面正门这环绕的一圈，都是省文化局、省文联和省属几个地方剧团共同居住的趵突泉前街 83 号大院。

这个大院据说在日本占领期曾经驻过日本宪兵队，后面很多阴暗潮湿的砖木楼房，很像监狱。院中还有一座土山一样的半地面式的防空洞。正面的一座长方形水泥建筑办公大楼，约三四层，直到 1990 年代还是济南市园林局办公地点，现在已变为路边的那片竹林。正门前面的铁艺大门和花墙外，是趵突泉前街，即现在的泺源大街位置。那时的趵突泉前街不宽，街面全部是一米多长半米多宽的大石板，与趵突泉西侧的剪子巷一样。但剪子巷子的石板缝隙中可以涌出泉水，老百姓在门前洗衣洗菜，即《老残游记》中所说的"家家泉水，户户垂杨"景象。

文化局和文联大院的部分主房至今还在，即现在趵突泉东门进去往北的那一片经常举办花展或画展的老式大房子。我们住在那里时，这些房子前后都有连廊相通。这些大房子里边有卫生间，住过许多山东文化界有名的老领导。小孩子间常串门，我到那些老领导家，见识过他们"有牛奶糖"的生活。我父亲苗得雨那时才30岁出头，是年轻的《山东文学》副主编。我家住过这些大房子一侧的房子，至今还挂着"瓦窝居"匾额的那一间就是。过去里边带有套间，是木板地，现在已经改为水泥地。那时我是在幼儿园和小学，我记得父亲晚上经常加班写作，也记得全家人围在小桌上吃饭。前些年，全家人"春游"时，还经常在这里合影。我小时候爬过的那些大树全部都在，我几乎记得清它们的每一个斑纹、枝丫。我们从这些树上攀到那些大房子顶上，大房顶上也长着小树。趵突泉前街是一条在当时相当繁华的街道，两边尽是用一块块竖木板排起来做大门的生意人家。西南面是"劝业场"，当年与"大观园"不相上下的商场。附近还有"回民诊所"，爸爸常带着我们到那儿就诊。

上世纪60年代初，省文联搬迁到现在的经六路100号大楼。这个大楼据说也是上世纪外国驻鲁领事机构的房子。改革开放后，几度要拆，幸好文联没钱拆迁，保存下来。这是一座建筑上很大气讲究的老式大楼，一层是礼堂或称歌舞厅，二层以上是一间间宽敞大气的办公房间。

我家于1964年底搬到经四路小纬五路89号小院。这个小院的门开在小纬五路最北头路西。东、北两面围墙，都是过去那种水泥一点点撮出来的花墙面。院子东面主院的南侧，是我们住的那座德国哥特式小楼，是那一带老式建筑中保存得比较好的一座二层小洋楼。小楼东侧一溜高大的洋槐，西侧和南侧是高大的杨树，间杂有桃树、甬道和低矮的松柏，甬道以西是一个略小的院子和一溜平房。现在回想起来，这样的院落应该是相当高级别的领导住所。在我们搬进去之前，这个小楼就是一位副省长住的。他去世了，我家和刘知侠伯伯一家搬入小楼。而周围的平房，是这座小楼和院子产权所属单位，省建设厅的一些干部、职工住着。

这座小楼的建筑讲究。它的正门开在西面。因为地下室也比较高，所以正门口是一个连着楼梯的高台，门口雨厦有两根立柱支撑，铁、木、瓦合筑。台阶走下去的院子连着院子大门口，也可以当作停车场。小楼内，进门是一个水磨石地面小空间，南侧是一楼卫生间。再往里是木地板门厅，门厅南侧是通往二楼的转弯形楼梯，全部是结实的木地板结构，这一面的墙壁也全部是木板结构。门厅北侧是两间主房间的房门，两间主房面积都有三四十个平方。主房间之间还有巨大的对开木门。东面的主房间更大一些，朝北面一边又是一个高台大门，门西边是一个像舞台那样的半圆形小空间。西主房间北面是个大阳台，有方形水泥立柱，同时支撑二层的阳台。阳台是水磨石花色地面，一层周围是纺锤形水泥护栏支柱，二层是同样的。

我们搬进来时，这个小楼全部粉刷整修一新。我记得红色的木地板通红闪亮，能照见人影，我们躺在上面打滚。房门都是通红的大约是红松木的大门，很重很结实。一周圈的非常透光的大窗子，全部是双层的。双层窗户之间的窗台有 20 公分间隔，可以放许多东西。二层楼的门窗，全部漆成了乳白色，显得更为典雅，卫生间带有浴盆和小锅炉。很奇怪的是德国人把阳台建在北面，把楼梯建在南面。两间面积很大的主房都在不朝阳的北面，只有一间似乎是书房的在向太阳的一面，里边却还有壁炉。

整个小院子也是有花园的。我们的阳台前就是一个花园，但我们搬来时只剩下一些残余竹篱和甬道边的小松柏，只有中间有一棵大软枣树，每年果实累累。东西甬道北面又是一个斜形小花园，属于北侧带有套间的大平房中一位省建设厅领导的，据说他是一位国民党军队起义的师长。他们老两口都是南方人，"文革"之前生活得很安宁。他们只有一个女儿，长得很白净，在实验中学上学，比住小楼上我家和刘知侠伯伯家的孩子们都大一些。但也很有童心，我们常在一块儿玩游戏斗蟋蟀。

我家住小楼一层，一间书房和那间带阳台的主房。刘知侠伯伯一家住小楼一二层其余所有房间。地下室是半地下式的，也有很高的可以看到外面的窗户，分别为两家的厨房和餐厅。他家有 6 个孩子，两个年龄比我大的，一个刚上初中，一个正准备考初中。还有一位从上海带来的阿姨。我家 5 个孩子，我是老大，这时候是小学 4 年级。老二平原上小学 3 年级，老三洪峰刚上小学，老四晓霞在幼儿园。老五小妹苗慧刚刚出生不久，但她对这个房子记忆很深，2013 年她从美国回来，跟老三洪峰聊起住这个房子时的温馨记忆，洪峰专门为她把小楼画了下来。记得当时五兄妹和爸妈在阳台前拍过照片，但现在很难找到了。

小院北墙外是经四路，济南人当时叫"四大马路"，也是留下我们少年美好记忆的一条马路。从我们家沿"四大马路"向东走，不多远就是人民公园，现在改为中山公园。小妹回来的时候，特别想去人民公园看看，但时间紧张了一些，我们一家只去了一趟趵突泉老房子。从人民公园再向东是大观园商场，中间向北拐去是纬四路，也是当时济南最繁华的一条马路。与纬四路相交叉的经三路上，有"便宜坊""聚丰德饭店""三六九食品店""皇宫照相馆"，经二路上有济南"百货公司大楼""享德利钟表店""瑞蚨祥绸缎庄""济南邮政大楼"等。经一路是老济南火车站。这一片是老济南商埠区最繁华地段。

我们住的这个小楼还有暖气，但需要工人在冬天到地下室烧锅炉。而且，最令我们不适应的是坐式马桶，那时爸爸妈妈都是从农村进城不久的"土八路"，我们这些孩子也没有用坐式马桶的习惯，从老家来的亲戚们更是经常站在坐式马桶边沿上方便，甚至来客也如此。所以，只好请机关的人把马桶改为蹲式。

现在想来，这样的老房子，的确是需要相当的精心去维护，才能住得舒心惬意，否则，它会损坏得非常迅速。我记得，这座小楼虽然保护得不错，但毕竟它是近百年的老房子了，很不经折腾。夏季，粉刷得很好的墙皮，都因为房子太老而容易泛潮起皮，斑斑驳驳。大木门经过多少年的反复油漆，夏季的油漆也很黏，会把衣服黏住。特别是地下室，因为下水道年久失修的缘故，总是会有塌陷，要单独维修。我们居住了一段时间以后，除了夏天为了凉快一点才在那儿吃饭，冬天我们基本上都不去。而且，空旷的地下室没有人的时候也很恐惧，小孩子不敢单独下去。阳台的水泥花柱也都有些"粉"了，我们这些孩子们都是最调皮的年龄，不光不注意保护，而且还顺手就会拆下一块来。为了养鸽子，我们从天花板口上爬到楼顶，那些整洁的天花板、房瓦，都变成我们调皮蛋们脚下的牺牲品。

我到俄罗斯的莫斯科和圣彼得堡，随处可见几百年的老房子。我留心观察，它们也都是很"粉"了，包括克里姆林宫和冬宫，其实许多是手工涂抹起来的装饰，必须精心维护。在圣彼得堡，我们到一位画家那儿去，通往七层的电梯至少百年了，只能容下 3 个人。几位中国朋友们都不敢坐，宁肯爬楼梯。我还是坐了，因为我想到既然它还在用，肯定是有安全系数的，俄罗斯人在这方面不怎么坑人。俄罗斯许多建筑上都可以看到一些牌子标志，说明那座房子前曾发生过抵抗拿破仑或希特勒入侵的什么战斗，这实际就是一种保护。很耐心地居住、维护、喜欢，不一定非在意它的实用价值，也是很重要的保护。

现在看来，我们在小纬五路住过的这个小楼和小院子，即使放在欧洲，也是一座相当不错的小建筑。我们居住的那些年，也还是很让我们欢乐而难忘的。小楼两面的墙上都爬满绿油油的"爬山虎"，"爬山虎"中间隐藏着无数的蟋蟀。下大雨的时候，小鸟都躲在浓密的"爬山虎"的叶子中，大喊一声，那些浑身透湿的小鸟就纷纷掉落下来。下雨的时候，大树下面可以挖到"知了猴"。春天，洋槐花满院子飘香。秋天，软枣树上的生涩果实收不完，直到冬天，树顶端还有些零落残存。我的许多同学、小伙伴，都记得在这儿的地下室写作业、爬房顶、养鸽子、打架的无拘无束时光。如果今天能够完整保存下来，维护整修得当，不失为一处好看的景点。

很可惜的是，不久之后"文革"便到来了，我们在这个小院子和小楼上的幸福生活渐次终止。开始是我们兴高采烈地看着周围一些老房子中的"封、资、修"家庭被抄家、"扫地出门"，逐渐我们也先后搬出这所漂亮的院落。而后又不久，这个小楼和院子就被拆除，建起一座新的现代化宿舍楼。

2010 年我们全家春节聚会，在小纬五路一座饭店。聚会间，从窗口向后面一看，正是当年那个小院子所在的位置，那儿唯一保存着院落一角作为车库和变电房的一间小房子，小房子的瓦、墙和门都是原来的，还残照着当年那个优雅小楼和院落的一点影子。

七里山的雪

■ 左建明

左建明 男，1948 年 3 月出生于山东省茌平县。1988 年任山东省作协副主席兼秘书长，同年被评聘为文学创作一级作家。1994 年、2002 年作协换届，继续担任副主席。主要作品有：以《阴影》为代表的"伤痕"系列小说；《故道》《榆王》《沉重的黄沙》《老人魂》等表现民族生命力的"黄河故道"系列小说；以中篇小说《雪天童话》、长篇小说《欢乐时光》为代表的唯美小说。出版有短篇小说集《雪地》《左建明中短篇小说集》，长篇小说《欢乐时光》，散文随笔集《雨夜清柔》《文学与绘画》等。

如果说，大明湖是城中湖，那么，英雄山则是名副其实的城中山。它像一条青龙，从泰山那边飞来，由南向北，目光直盯洛口。黄河在召唤它哩。然而，它却在市中区着陆了。大明湖、趵突泉、千佛山这些姊妹们一把将它扯住。济南已经为它预留了席位。四里山，五里山，六里山，七里山——龙头，龙身，龙尾——这就是它了。

我家就在七里山东麓，玉函路，龙之尾。龙尾摆动着，曲折有致。我的居室恰好被那曲线包括。于是，除了西侧紧靠山体，南边二十米外，竟也是密集的松林，并且与我的阳台持平。正是"头倚七里山，满目碧如翠。"

立冬将至，济南的天空，堆起了厚厚的云。那云从北方平原款款而来，遇到山的阻遏，便懒惰了脚步。天公或许要下场冰凉的雨吧，好把这阑珊的秋意收起？好啊，泉城人喜欢水，喜欢雨。那心情就跟趵突泉一样，雨水多就欢得蹦高高。

然而，完全出乎我的意料，傍晚时分，天空竟然飘起了雪。这么早的雪！柳树、法桐和毛白杨还没褪尽绿装呢！济南的雪，温暖的雪。起先，雪花在空中零乱飞舞，犹如一群嘻嘻哈哈胡打乱闹的孩子，不久，它们规矩起来，仿佛听到老师的哨音，排成长队，斜斜地朝地面上奔跑。雪花为什么要拉成美丽的斜线呢？我眼前飘过泛绿的柳枝，我记得它们就是这样斜斜地在春风中飘。但是，眼下并没有风啊。看那雪线的绵密与力道，倘若变成雨，山上山下，将会响起浑厚的鸣响。但这雪却静静的，好似游子归来，沉默无语。

山坡与院落被雪覆盖了。院墙外边，那棵从石缝中挣扎出来的椿树，叶子凋落得早，现在裸露着枝杈，在雪中默然伫立，好像在接受洗礼。几年前，不知为什么，有人竟要砍它，碗口粗的树身挨了好几斧。我心疼得大吼一声：不能砍！那声音有点歇斯底里。还好，总算"刀下留人"。院子南边有块空地，夹在马路与山崖之间，经常上演猫和老鼠的闹剧。原住民总想在那里盖座小楼，城管隔三差五地来制止。这会儿，那片空地也让白雪覆盖，只有几根钢筋还露着脖颈。马路上的雪被碾成水，人与车行色匆匆，在一片白茫茫中，偶尔有人鸣响喇叭：回家，回家！

不经意间，落雪变换了节奏。斜线消失了，大片大片的雪花垂直地坠落：迅疾，迫不及待，敞开心扉，张开双臂，号啕着扑向大地母亲的怀抱。从来没见过这样的雪，完全是一个山东大汉的投怀跪拜！让人惊心，让人动魄，让人不知所措！天空与城市混沌一体了。路灯与对面商家的霓虹灯适时地亮了起来。雪片红黄绿蓝，犹如万千扶桑，缤纷而下。这时，透过彩色的雪，我看见一个穿粉红羽绒服的姑娘，正沿着前方一条小路往山上爬去。哦，这会儿去爬山？真是奇了！

清晨醒来，朦朦胧胧，仿佛做了一夜的雪梦。赶紧走到阳台上，啊，天空湛蓝，地上银装素裹。山上的侧柏，头顶白雪，"忽如一夜春风来，千树万树梨花开"。济南原来如此静谧，如此圣洁，俨然一个童话世界。我要到山上去！我忽然产生一种青春的冲动。于是，顺着昨晚那个穿粉红色羽绒服姑娘上山的小路，快步爬向山腰。脚下厚厚的积雪平展无痕，女孩的足迹早已复平，今天我无疑是第一个登山人了。山上最主要的树种当然是侧柏，往日里，它们坚硬，挺拔，而现在，它们无一例外地弯曲了腰肢，它们的枝叶太密集太丰满，好像天生就是为了把这雪拥抱得更紧更久长。七里山的松与雪，是青梅竹马，是金童玉女，是天作之合。你放眼四顾吧，一片松雪之恋呐！它们拥抱着，松仰望着雪，雪俯视着松，它们呼吸急促，窃窃低语，充满柔情蜜意。所谓"大雪压青松，青松挺且直"，那是革命者的豪迈，把雪松对立了；所谓"济南是受不住大雪的，那些小山太秀气"，那是作家客居济南太过短暂，没有见过济南的大雪。济南是泰山黄河兼备，易安稼轩共存，阴柔而又阳刚，婉约而又豪放。七里山的柏树，正隐喻着济南的品质。

林中的幽蓝色渐渐消淡，树梢上的雪变为绯红。太阳可能从金鸡岭升起来了。篮球大的雪块不时从树上滚落下来，碰巧碎在头顶，钻入脖颈，俏皮的冰凉让我开怀一笑。林中过于寂静了。这时候放声一吼会是怎样？会有雪崩吗？正这么想着，

左建明

左边的灌木丛中突然就"扑棱棱"飞起一只斑鸠，它盘旋于近处的树顶，树顶全是积雪，没有插足之地，于是转向更高处的树林。望着它身后的一缕雪烟，心想，这是我放飞的那只斑鸠吗？去年冬天，老家的友人送来几只斑鸠，在笼中养了几天，见它们天天啄那铁笼，不惜口角出血，于是赶紧放飞。七里山对它们来说，也是"陈奂生进城"呢。不错，七里山上，从来不断它们的"咕咕"声，当然，还有喜鹊的"喳喳"声，还有芒种时节杜鹃的"布谷"声。于是，七里山更添了生命的灵气。

我没有左拐朝七里山的主峰攀登，我在涧桥上俯瞰了西边的雪城，继续沿着松雪搭建的弧形走廊北行。那是刚刚走过一个斜坡，在左边空旷之处，突然闪出一片艳丽的红色，它们在青松白雪的包围下，仿佛是一束束火焰在舞蹈在燃烧。走近细看，却是一丛丛黄栌在表演。是的，就是它们！从春到夏，它们总是陪衬，它们不过是灌木丛，绿得平常，绿得低矮。然而，它们终于迎来这场早雪。啊，雪中之火，雾里看花，红叶经霜久，依然恋故枝，叠翠烟罗寻旧梦，霜叶红于二月花，原来说的就是您哪！此刻，七里青山，如银白雪，我们都甘作背景，甘作舞台，我们是伴唱，我们是伴舞。您就尽情地秀吧，秀出您的心，秀出您的美！

我是被它诱惑得太深了。它已潜入我心，从内里感动我。生命倘若都像红叶，谢幕竟也那么精彩，那真是不枉来世一趟。我甚至想学米芾拜石，匍匐在雪地上，行三拜九叩之礼。正在此时，身后忽然传来清脆的声音："大叔，帮个忙好吗？"我蓦然回首，竟是一个穿粉红色羽绒服的姑娘，手里拿着相机。"哦哦，好的好的。""您哭了？""没，没事儿。"我赶紧抹了抹眼，果然湿漉漉的。我反问道，"昨晚上山的是你吗？""您怎知道？""哦，我就住在山脚下。那么晚了，一个人上山，不怕危险吗？"姑娘笑道："人只要活着，哪儿都有危险。""也是。不过，这么大的雪，上山做什么呢？""听雪！""听雪？""我爷爷告诉我，雪有最玄妙的音乐。听雪要到松林中听。"我不禁深感讶异。我不能也不该再往下问了。

太阳跃上东山，积雪反射出刺眼的光芒。松林里到处响起"嗒嗒"的雨滴声，大块大块的雪訇然落下。侧柏收起激情，从容地挺起腰杆。整座山林，愈发青翠了。

滋养一座城市的盛宴

——英雄山文化市场琐记

■ 李贯通

李贯通　1949 年 10 月生，山东省作家协会原副主席。1998 年 4 月，小说《天缺一角》获首届鲁迅文学奖中篇奖。2004 年 3 月，中篇小说《迷蒙之季》被中国小说学会评为"2003 年度中国小说排行榜"入榜作品。部分作品译成英、法、意、阿拉伯文字，在国外刊发。三部小说搬上荧屏。在内陆及台湾出版《洞天》《天下文章》《天缺一角》《鱼渡》《李贯通小说精选》《无边波澜》《水性》《迷蒙之季》等 14 部著作。

一

二十五年前，我从微山湖畔的小城迁居济南。多少次游览趵突泉，我懂得泉是这个城市的灵魂。多少次游览大明湖，我懂得它是一面明镜，将这个城市的民心民意与日月云霞、山光物态温情交融并细心收藏。多少次登上千佛山，我懂得这是一个智慧的城市，佛光蒸蔚的暮鼓晨钟，是人们向真向善不息修行的韵律。我知道这是一个历史悠久，有着深厚文化积淀的城市。最不起眼的小院里，也许就藏有珍贵的孤本古籍；最幽深的弄墙上，也许就有着奇异的汉画像石……

爱一个城市，赤诚的行为之一是发现她的不完美。几年之后，我常对友人说出这样的遗憾：济南，怎么就没有北京的潘家园、上海的豫园、南京的夫子庙那样的文化市场呢？

二

大约二十年前的一个深秋。某个清晨，

城市还未从残梦中醒来。一夜秋风萧萧，英雄山北侧的马鞍山路，铺上了零乱的杨树叶，更多的落叶被风吹到了路两侧的沟里。一位环卫女工清理沟内的落叶堆成的小丘，却怎么也扫不动，推不动。她只好从丘顶一层层地扫开，使她大惊失色的是，竟然扫出一个衣着单薄、鼾声起伏、酒气飞扬的活人。

这人正是我的同事，一位诗人，也是出色的文物鉴赏家和收藏家。忘不了同事那些天的激动和兴奋。他对我说："英雄山下有文化市场了，是自发形成的！"那时候，山下的马鞍山路两侧还是空地，每天上午，卖土特产及小吃的摊贩就沿路经营着。正午一过，摊贩散去，只剩下几位遛鸟与健身的老人。文化市场在靠近山脚的地方，离路稍远一点，似乎就避开了尘世的浮华。最初，是八九个人散坐在地上，面前摆几件古玩、几幅字画。让人始料未及，只在短短几个月内，摊主就扩大为几十个、几百个，市场尽管是刚见雏形，然而游客已是人来熙往了。从八九人的市场开始，我的同事每天都会光顾这里。不论有无收获，他都要开怀畅饮。醉卧路沟的那一天，是因为他淘到一方古印，还见到了清代大画家恽南田的真迹。他自豪地对我说："有了这个市场，我底气足了。以往学的东西，好像一下子被激活了，'忽如一夜春风来，千树万树梨花开。'"尤其让我敬佩的，是他的预言："别小看这个市场，我敢断定，用不了多少年，它就会呈现出大家气象，成为全国赫赫有名的文化市场。"是的，仅仅三五年后，英雄山的每棵苍松翠柏，济南的市民，乃至全国各地的文化客商及文玩人士，都见证了同事的预言。如今的英雄山文化市场，已然成了占地三十多亩、建筑面积四万多平方米、经营品种八万多个、从业两千多人、日均客流量一万多人的超级大市场，当之无愧地进入全国四大文化市场之列。

三

正如，提及鲁迅，妇孺皆知的是"横眉冷对千夫指，俯首甘为孺子牛"；提及济南，天下人脱口而出的便是"四面荷花三面柳，一城山色半城湖"。我一向认为，铁保书丹的这副对联促进济南名扬天下，是济南及市民的幸运，同时，又使济南多少有些尴尬。对联突出的只是自然景观之一隅，只是历代济南人依据这一隅的自然物质而构建的人文景点。尽管它也昭示着人的文化能量与审美意识，以及天人合一的和谐之境。但是，它对于外地人的想象渗透着实会显得褊狭了，对于本地人因此联而生发的自豪，也容易忽略了深层的考量。

清末思想家龚自珍在他的《古史钩沉论》中说道："欲知大道，必先为史。灭人之国，必先去其史。"龚自珍的话，振聋发聩，警醒世人。一百多年后，法国有个叫福柯的哲学家又强调说："谁控制了人们的记忆，谁就控制了人们行为的脉动。"

史是什么？史是一国一城不可止息的命脉，不可移除的根基；史是一国一城凝聚力和传承创新的源泉，不可磨灭的文化记忆。

四

城市与城市的核心差别在哪里？不在大小，不在有多少钢筋水泥浇筑的商场，不在有多少人工雕琢的公园和机电武装的游乐场，差别只在文化。英雄山文化市场正是济南的文化大观园，是济南人文历史的最大的藏馆与展厅，它复活了济南所有的记忆，也演绎着春意盎然的未来。

我爱这个文化市场上的每一件青铜器、瓷器和玉器。用手抚摸一下，我就会感受到几千年的文化脉动。每一件器物都记录着时代的特征，融入了民间的智慧。青铜器，给我最多的感想不是祭祀之类，而是金戈铁马、朝代更替，以及彼时叱咤风云的济南人秦琼、辛弃疾们。我对青铜器的敬畏，则是因为曾躬耕济南的大舜帝。舜无私地重用仇敌的儿子禹，并让位于禹，使得后来的华夏大地屹立于世界民族之林。舜对禹的一用一让，是华夏有史以来最杰出最关键的举措，集天下青铜铸万丈之鼎不足以载颂其道德。济南这方水土的重公义、轻私利、宽厚待物的优秀品格，正是大舜的赐予。喜欢瓷器，便会穿越了时空，徜徉于把瓷器推举到艺术殿堂的盛唐，看房玄龄们把玩瓷瓶饮酒作诗。喜爱玉器、喜爱书画，难免一丝哀伤油然而生，济南人李清照与其丈夫赵明诚的命运，正是那个朝代的缩影。

喜爱这个文化市场的工艺品，文房四宝，还有越来越少见的古书。这里是多元文化的亲善之地。我的书架上，放有一套光绪年间的《康熙字典》，一串金刚菩提子手链，一个刻了阴阳图的笔筒，此三件都是从英雄山文化市场淘来。每每欣赏，心旷神怡，其代表的儒、释、道三教和合共生的正大气象，在书房里氤氲久久。

五

日均一万人的流量，有多少人是为了淘宝？我猜想，或许不到七八分之一。大多数人，是为了享受这里的文化盛宴而来的。男女老幼，有着走进庙堂的崇敬，有着悠游于海的自由，也有着登上极顶的喜悦。不论你工作和生活中有着怎样的不尽如人意，一走到这里就仿佛心生一莲，变得美好与安详。在这里，人人显得谦恭又自信，感受到了平等与和谐的温馨。人与人，人与物，物与物，都以不同的话语交流着，祝福着。我记不清来这里多少次了，也记不清有多少人感动过我：淘线装古籍的小伙，每逢周末就从福建赶来卖寿山石的厚道汉子，买了颗寿桃木雕送给老母的打工仔，能把虞世南等大师书法摹写得惟妙惟肖的美女书法爱好者，能把济南的

147

名人掌故讲得详尽生动的老汉……

古语"开卷有益"，英雄山文化市场，同样来则有益。至于这里的从业者，市场会尽最大努力使他们成功。20年前，一个叫孙立军的青年背井离乡、挈妇将雏，在舜玉南区租一间民房安家，每日推一小车到这里经营刻印。如今，他已是这个市场上的制印高手了，是润格最高的一位。他买了如意的房子，租了市场如意的门头房。他的篆刻作品多次在全国获奖，多年前他就成为中国书法家协会会员，是名副其实的篆刻家了。与他交谈，他对这个文化市场的感恩之情溢于言表。

与全国所有的文化市场一样，这里也难免有赝品。赝品对于真品固然是大不敬，却也显示出对真品的景仰，对于文化传承与传播也有一定的功力。还有，收入低微的群体买一个赝品，同样可以满足一下文化渴求，借以抒发一己之文化情怀。我不是文玩家，一直认为，凡是爱的就是真的。

六

英雄山文化市场特殊的地理位置，加重了它的使命感。英烈的在天之灵庇佑着、督促着。它不敢懈怠，它深知英烈们的遗愿，深知一座城、一个国家、一个民族的繁荣富强，靠的是充满蓬勃活力与无限张力的深厚的文化根基。就此而言，它还年轻，前面的路，永无尽头。

记住去年此月，习近平主席关于文化和文艺的重要讲话吧！

也不妨记住丘吉尔的名言："我宁愿失去一个印度，也不愿失去一个莎士比亚。"

还不妨记住拿破仑的一个命令："让将军和士兵走在两侧，让学者和驮书的驴子走在队伍中间。"

我在济南府找到了"东方商人"

■ 毕四海

毕四海　1949 出生，山东章丘人。中国作家协会会员，文学创作一级。曾任枣庄市文联副主席，山东省作协副主席，《山东文学》社社长、主编。著有长篇小说《东方商人》（上、下集）、《皮狐子路》、《财富与人性》等 6 部，《毕四海中短篇小说选》（上、下卷），《毕四海小说自选集》（上、下卷），散文集《一天云锦》，中篇小说《苦楝树》《都市里的家族》《泥砚》《选举》等数十部。

一

在我的老家章丘，有一个叫旧军的镇子，地方不大，也无甚可壮声名的古迹之类。然而近代以来，小镇却因出了一个庞大的孟氏商业家族而远近闻名。特别是"亚圣"孟子第六十九代孙孟洛川，其"瑞蚨祥"商号遍布济南、青岛、烟台、北京、天津、上海等长江南北的大城市，形成了名震华夏的"祥"字号连锁经营体系。具有儒家价值观、道德观的孟洛川，也因经营有方、管理有术，一跃成为中国北方的巨商富豪。

1868 年，瑞蚨祥的第一家门店就建在济南院西大街上（如今的金街泉城路中段路南）。那是一座临街的砖木结构二层楼房，新中国成立多年来一直为瑞蚨祥字号的母店，后改为远达文具店。可惜的是，这个有着 100 多年历史的老店于 1996 年被拆除。

所幸，济南作为瑞蚨祥的发祥之地，其在济南的门店不止老店一家。1923 年，孟洛川又在济南商埠区经二路北、纬三路纬四路之间（今市中区）新建门店，名瑞蚨祥鸿记。时至今日，这座具有中西结合建筑风格的商业建筑，依然保存完好，别致的造型和华丽的雕饰虽已显苍老，却仍能让人感受到它曾经的煊赫与辉煌。

二

我之所以能把孟洛川作为原型来创作我的《东方商人》，是经过了"众里寻他千百度，蓦然回首，那人却在，灯火阑珊处"的追寻过程的。作为一名作家，必须有属于自己的"领地"和"王国"。而我的领地、我的世界在哪里呢？我曾经那么执着地苦苦思索追寻，而答案却如天边的絮云，永远变幻不定。1984年的一个夏夜，列宁《哲学笔记》中的一句话闪电般不期而至，照亮了我昏暗的思维——原来，商人距离共产主义比农民要近得多——我承认，这句话让我所知道的中国历史，我所体味到的人间悲喜剧，我几十年的人生积累，我的全部才情智趣一股脑儿涌来。它们是不同空间的拼贴画，似乎抽去了时间的线索性。我的眼前呈现出荒芜不毛的千年商旅，我看到这片领土里荆棘丛生，枯枝败叶、屈魂冤鬼形成深厚无比的腐殖层和化石。文海浩渺，千帆竞发，却不见商旅的一叶小舟。一部文学史，几乎找不出一部以商人作为主人公的长篇小说。这是历史的结果，因为"重农抑商"的传统和中国文明一样古老。统治者们把商人看作"五蠹之民"。文人雅士则因其铜臭唯恐避之不及。殊不知，这里是窥视民族灵魂的最好窗口，是文明由传统向现代过渡的必不可少的桥梁。我惊喜于自己的发现，于是，老家章丘县那个乡贤——清末民初名震海内外的"丝绸大王"、亚圣公六十八代嫡孙孟洛川——进入到我的视野中来的时候，我更是一点点儿也不再怀疑了，我寻找到了我的世界。

三

为了确认"我的世界"，我特意一大早赶到泉城路上的远达文具店——曾经的瑞蚨祥母店。我在它的四周游走，仰视着二层楼中间雕刻着精细花饰的木腰线、100多年前的玻璃窗，想象着瑞蚨祥第一块牌匾的模样与神采……当我想到早于西方100年的世界第一家连锁店就是眼前这座百年老店时，在我的心目中，我的乡亲、东方商人孟洛川，是可以比肩世界任何一位功绩卓著的商界精英的。

真庆幸在它被拆除之前，我能得以"拜会"。

之后，我来到了商埠的瑞蚨祥鸿记店。这是一座三进院落的四合院，正院为绸缎店，东院似是茶庄。第一进正院店铺外观三层，内为二层带平顶罩棚的四合楼。罩棚为钢梁、钢檩条、瓦楞铁屋面，是济南市第一座采用钢结构的建筑。所用钢材据说是德国修建洛口铁路桥所剩下的。四合楼后为二进三合院，除后院两厢为平房外，其余皆是楼房。沿街铺面左右突出两个小间，顶上各修一小方亭，中间用平墙相连。入口处立两根西洋式短柱，内部则为朱红色列柱，天花、木雕，均加彩饰。

二层的环廊木栏板与平座装饰，富丽堂皇，是十足的民族风格。而一层店堂内，那饰有爱奥尼克柱头的立柱，则又是典型的西洋风格。与其周围的建筑相比，它显得奇特而更引人注目。店内生意还好，顾客络绎不绝；店员态度诚恳和气，大有瑞蚨祥早年遗风……那一刻，那个以忠恕为经营之道的儒商孟洛川，正笑吟吟地向我招手。那一刻，我立定了决心：让《东方商人》问世！

　　从一开始，我就没有把它当成一个传奇故事，而是把它当成一门学问一段历史一种文化，来研究来感觉来体味。我一头扎进了中国近代商史的浩繁记录和民间传说中去。我敢说，我对中国近代北方集市史、中国近代货币史、齐鲁红白公事史的研究超出了爱好者的水准。但是，更让我迷醉的却是历史灰尘掩盖着的一条曲线：历史冲突、经济冲突、文化冲突往往蜕化为种族、家族的冲突，更深层次则表现为不同气质、血质的肉体生命的较量。我发现，中国近代商史中丝绸、棉布方面的争夺，几乎是中国汉民族和日本大和民族的竞技，这一点在 1914 至 1919 年间表现得尤为突出。更具体地说，是中国的一个亚圣家族和日本的一个武士家族之间的竞技。我在历史的沉积中发现了这一对家族，我一点儿也没有犹豫，马上就把这条辫子似的线索做成了我的《东方商人》整体框架的中轴。这根轴串起了两个家族、一段历史、一些蜕变分裂着的灵魂、两种不同质的文化……

　　数年后，《东方商人》呱呱坠地。

济南的这个女子

■ 李木生

李木生 当过农民，当过兵，饭碗是新闻记者，最为热爱的还是文学。出版过诗集《翠谷》《野草的呼吸》，传记《布衣孔子》《人味孔子》《孔子传》和散文集《乔木森森》《午夜的阳光》《人之歌》《墙是一面镜子》等，所写散文曾获冰心散文奖、郭沫若散文随笔奖、泰山文艺奖等，并近百次被各种选刊、选本和大、中学生读本选用。被称为当代有着强健精神与批判意识的散文家。

济南的泉水，滋养了天下人的心府。一百年间，胡适、老舍、瞿秋白、沈从文、艾芜、孙犁、徐志摩、周作人……多少深情的襟怀，都曾经与这些泉水发生了深长的共鸣。上个世纪 50 年代末的一个夏日，对女子有着独到体贴的郭沫若，就在趵突泉边写下了这样的诗句："一代词人有旧居，半生漂泊憾何如？"（《题济南李清照故居》）一个"憾"字，诉尽了对于这个历下女子半生漂泊的无限同情。

曾于梦里寻找她的足迹，瘦瘦的月亮，正照着一城的清泉。

800 多年的烟云怎能模糊了她的容颜？这个夹在北宋南宋之间的女子，竟在当下这个月瘦泉绽的夜晚，如此的生动着。月色泉影里，轻轻地，仿佛有她的魂魄，还在徘徊复徘徊。

她是在独自思乡的煎熬中辞世的。这种独自的思乡，煎熬了她二十多年。一番番的风，一番番的雨，在她苍老的心上咬出斑驳的伤痕。当然还有如泣的蛩鸣和一下下捣衣的砧声，再把这斑驳的伤痕撕扯得血肉模糊。而一声一声无情的滴漏，更是拉长了无眠的夜，让她清醒在锐利的苦痛里，思乡的情绪也就越发如这泉水一样诉吟不已了。也许，让她能够在这种漫长而又无望的苦刑中活下去的支撑之一，就有这片甘醇而又从不枯竭的泉水。那时的泉水该不会叫"漱玉"吧？

所幸，年轻时她拥有过幸福。那是可以对于爱情自由向往的少年时代，那是与所爱的人赵明诚朝夕相处了10年的青年时代。

清的茶香是与明亮的笑声融在一起的。屋内身边，尽是两人竭其所有换来的金石书画。把玩展阅自不必说，当然还会有校勘、整理与题签。最为欢乐的时刻，还是以打赌的胜负决定喝茶先后的游戏。他随意说起一件事，便指着堆积的书史，让她说出在"某书、某卷、第几页、第几行"（《金石录后序》）。常常是连连被她言中，那茶也便会喝了又喝，竟至兴奋忘情地大笑着，将茶杯连同茶水一起倾覆在怀中。

虽然家族因为朝廷的政治斗争而正被残酷地打压，可是她却沉浸于自己的幸福之中。这是一个女人的幸福，没有任何奢望，更是与世无争，只需要爱人的陪伴。幸福是这样的刻骨铭心，以至于在潦倒得亲人、财产连同健康荡然无存的晚年，她还在一遍遍地忆起那个倾覆的茶杯，并死死地抱着归来堂时的那个念想：能与丈夫默默无闻地老死于乡间该有多好！

可是国破的时分，一个幸福的女子怎能不跌入悲剧的深渊？她曾经的幸福与欢乐，似乎只是为了加重、凸显这种悲剧的深切与沉重。

这是连星月也窒息的黑夜，只有这些清泉会在浓稠的黑暗里独自开放，睁着清清亮亮的眼睛，为这方土地留下不涸的光明。即使在冰天雪地、连人的心都冷成冰块的日子，这些泉水也会汩汩地涌着淌着，让那丝丝缕缕的暖意藤蔓般萌生了。

但是连这点光明与温暖，也与这个夹在北宋南宋之间的女子完全无关。在时骤时疏的金兵铁蹄的擂击声里，那样爱着的丈夫在她46岁的时候猝然病逝，连一心依赖的皇帝也逃得追不到踪影。真是靠山山倒，倚墙墙塌，无依无靠的女子独自惶恐在破碎的山河之中。

惶恐中，她也紧紧地守着与丈夫一起收藏的金石书画——那里有着丈夫的体温手泽和曾经的快活时光，当然还有着那只倾覆在怀中的盛满笑声的茶杯。

再是紧紧地守护，一双女人的手，又怎能守护得住？先是家中排满了十来间房屋的书册全部被金人付之一炬；继而，南奔时"连舻渡江"的两万卷书和两千卷金石书画，也在金人所占的洪州基本散为云烟。就在她为紧紧守护的金石书画损失殆尽而悲伤不已之时，朝廷却又传出丈夫曾经将一把玉壶送给金人的谣诼。为了给丈夫洗清冤屈，更为了避免灭顶之灾，悚怖之极的她只好尽将家中所藏古器，全部献给朝廷。只顾逃跑的皇帝哪里去寻？这些珍器最终尽皆落入官军之手。南奔时曾经载了15车的金石书画，等她流落到会稽赁居于一钟姓人家时，仅剩下五七箱便于携带、又最为夫妇二人所喜爱的书画砚墨。

再也不能有所闪失，就把它们放在卧榻的旁边吧，目能及，手能触。哪天不是一遍遍将箱子开开合合？哪怕只是看上它们一眼，凄惶孤苦的心也会稍稍得着些慰藉。谁知上苍竟是如此无情，他似乎觉得这个孤单的女人还没苦到极处，非要夺走她仅余的慰藉。在一个晚上，这仅存的书画砚墨，竟被人凿墙窃走五箱。必须记住这个窃贼的名字：卜居会稽时的邻居，钟复皓。

视同性命，意在与身俱存亡的书册卷轴及金石古器，转眼成空。

孑然的女子，孑然的恸伤，泣血的心和着寸断的肝肠。无助的泪眼盯向苍天，她问：可是我命菲福薄，不能享受这些尤物？瘦弱的身子俯在残零不全的三数种书册之上，颤抖如风中枯草。向着无尽的黑暗，她问：夫君，夫君，可是你太过爱惜这些凝着咱们生命的宝贝，才把它们拿走？不然，为什么费尽心血得到的人间珍品，却这样的易于失去呢？

带血的哀恸会让石头感动。数百年后，以厉苛、绝少人情味著称的明朝内阁大学士张居正，竟会因为这个女子的哀恸而错罚自己的部吏。那是在他见到一个有着浙江口音且姓钟的部吏时，他迅速想到了夹在北宋南宋之间的那个女子的哀恸，立刻追问对方是否是会稽人。当得到肯定的答复后，张居正勃然变色。虽然无辜的部吏赶紧解释自己的家是才从湖广搬来，但是无济于事，还是受到了贬谪处分。

丈夫辞世3年之后，被哀恸笼罩的女子终于病倒了。国破、家破、夫亡、己病，又没有自己的儿女，几乎绝望的女子，挣扎着也是赌注般地选择了再嫁之路。苦难似乎没有止境。曾经沧海难为水，更何况再嫁之人张汝舟竟然是一个只图她的金石书画的贪婪小人。贪婪必然凶残，当张汝舟知道花言巧语骗娶的女人已经没有多少收藏，并且仅存的一点也无法到手的时候，"遂肆侵凌，日加殴击"（《投翰林学士綦崇礼启》），拳脚相加之外还生出了杀人夺物的邪心。

共同生活了100天之后，这个身处无助困境且看似柔弱的女子，又做出了甚至比再婚还要惊世骇俗的举动：告发张汝舟妄增举数获取官职的罪行，宁肯坐牢也要坚决离婚（宋朝刑律明确规定：告发丈夫，不管对错是非，都要坐牢二年）。

再婚离婚，这个病中的弱女子，独自承当着身败名裂的人生结局。且不说尽失爱人赵明诚的亲朋怎样看待，要以曾经的千金之躯、贵妇之身去坐不堪设想的牢狱，她还有罄竹难书又百口莫辩的现世的诽谤与漫骂、蔑视与唾弃。她甚至因为看到了"败德败名"的"万世之讥"，而更让身心受着"愧"与"惭"的熬煎。这是可以将大山一样的男人挤为粉齑的空前的压力啊。

但是她挺身而起。

柔懦的身体里，其实流动着故乡那片泉水的神韵。那是自由的歌唱，那是光明粹净而又刚烈不挠的血脉。谁会理解一个孤独无助的女子的内心？对于家庭温暖的渴望，对于异性照抚的渴望，在那样风雨飘摇、国破家碎的时候，也就来得更加的殷切了。再嫁，这是一个正常而又正当的选择。正人君子们可能会觉得这是对于已故丈夫的背叛，何况他们有着那样深挚的情感。可是谁去顾及她的艰难、困苦、孤独、无助，还有她那细腻而又高贵的心弦上战栗的忧伤与寂寞？而离婚，则是她逃离深渊、争得宁静与洁净的唯一选择。

再嫁。离婚。固然是一个女子的无奈，却也看出即便是男人也绝少具备的磊落与胆魄，以及自由光明、粹净刚烈的心性。

她不会为了一个"贞节"的虚名，让生命在虚幻中无所凭依。但是她又绝不会为了不落骂名，而屈己苟活。对于贪婪残忍的张汝舟，她宁肯坐牢落下"万世之讥"，也不稍作让步。而对于前夫赵明诚，她则一往情深，有担待，能忍让，善回护，肯牺牲。渗透着他们共同心血的传世经典《金石录》，是她悉心保存、精心整理，而后署上丈夫的名字献给朝廷的。建炎三年，赵明诚曾在兵变之时与副职乘夜坠城逃跑。作为妻子，她有着很大的不满。她的"生当作人杰，死亦为鬼雄"的诗句，不光是对于朝廷只顾逃跑、不去抗战的不满，也有着对于丈夫的批评。批评着，却也爱着，这就是莫大的催促了，丈夫于兵荒马乱的溽热之际策马赴任的急切，不是也有着她的影子吗？没有生育，丈夫也一生没有娶妾，她是受着感动的。但是丈夫日久所生的怠慢，更有在任时与年轻女子的交往，都曾深深地刺伤了她。她痛苦悲伤，也怨也怪，却又真情地劝他，信任他，也给他改过的时间。尽管她有着天纵之才，写着天下第一好的词，写着天下第一等的美文，还留下了我国女性所作的第一篇文学评论、也是我国词史上最早产生重大影响的理论文章《词论》——但她更是个女人，从而也葆有着不被外在因素所异化的完整的人性。她没有奢求，只是要拥有这样一个人，厮守着，爱着他也让他爱着，不要富贵，不要出人头地，也不要光宗耀祖，两人就在这家乡故土默默无闻一生。甚至所拥有的金石书画也不重要，它们只不过是他们所爱的道具与见证罢了。在她的心中，所谓的经典《金石录》，哪有倾覆在怀中的那只茶杯分量重？有一个"归来堂"足矣，让生命本色地放置其中。"易安居士"的自谓，不正透露着她真实的心迹吗？

就是这样一个"易安"女子的平常心愿，在那时的中国，却绝难实现。虽然因为友人的搭救，她只在监狱中呆了 9 天。但是谁能说，她的后半生不都是在炼狱中度过的？据说她活到 73 岁，可是她的最后 20 年，在历史上几乎是一片空白，甚至连她到底死于何年何月也没有一个定论。

没人再去关注这样一个进入老境的女人，更无人知道她的心中到底盛着多少愁苦、伤痛与酸楚。偏安的朝廷与它的百官们早已醋醉在歌舞升平之中，丈夫墓前的柏树也该有半围粗细了。只有那颗心还在醒着，再多的酒也不能稍稍麻痹醒着的心。但是已经没有明天，只有回忆。即便是一番番的风、一番番的雨，也无法打断寂寞连着的寂寞。寂寞，寂寞，寂寞，不舍昼夜；袭来，袭来，袭来，不分昼夜。

偌大的中国，任凭这个憔悴无助的女子，将盛满着愁苦、伤痛与酸楚的心，沉落在寂寞的深渊里。

是走在凄风苦雨之夜的吧？没有月亮，没有子嗣，没有亲人，更没有可以指望的男人。无尽的寂寥与苦涩终于可以结束了，只有那不瞑的眼睛里，还向天闪着故乡泉水的光亮、溪亭的暮色。这光亮透着一个诗意灵魂的绵绵的幽怨、愤恨与不甘。二十年间，这样一个揣着人间第一挚情又有着人间第一才情的女子，竟然默默无语。是她再用撕毁自己的自戕方式，来宣泄无法与世人沟通的悲愤与幽怨吗？这是不鸣之鸣啊！我们今人承领着"进步"的称号，不再往这样一个女子的身上泼洒脏水，甚至还会有体谅、欣赏与同情。但是，那种彻入骨髓的幽怨与悲愤，我们能够感同身受吗？就如都看见着她故乡泉水的涌流，可是谁能知道它们地下的曲折与宏富？那个曾经为她抱憾的郭沫若，在 1968 年 4 月 22 日之后的三天里，却是心上滴答着血、哑默如石般地抄写爱子郭世英的日记，一连抄写了八大本。这个有着独立思想与自由灵魂的儿子，是被北京农业大学的造反派毒打刑讯了三天之后，反绑着冲出三楼的窗口摔地身亡。心上滴答着鲜血的郭沫若，是真切地体验到了国家命运与个人命运的息息相关。

如今，瘦瘦的月正照着这一地的清泉。

幽幽的泉水中，那颤动的月魂，可是她憔悴的容颜？潺潺的清泉，可是她的泪水在流？轻轻绽开又轻轻散落的泉珠，是她捻碎的梅花，还是她沾满泪水的碎了的心蕊？

就在我们无动于衷的时候，她的悲剧却感动了世界。上个世纪 70 年代末，世界天文界竟然用她的名字命名水星（又一个"水"字）的一道环形山脉。

这样看来，我们应当永远记住并爱戴这个女子——李清照，记住并珍视这片伴她成长且在中国独一无二的地方——济南与济南的泉水。

泉声山林中的养育

■ 李蔚红

李蔚红　女，作家，编辑，曾就读于南京大学和复旦大学，曾任少儿出版社编审。中国作家协会会员。长期从事女性行为、家庭现象研究及文学写作，著有《做一个女人》《远逝的美丽》《相爱的岁月》《让孩子成为真正的"动物"》《母性》《道德的指环》《心灵的养育》《做母亲36课》《作文的秘密》等文学和纪实作品，作品入选国内外多种版本图书，被各大网站转载。现居北京，从事母亲教育研究工作。

在泉声山林中养育起我的孩子，看着他背起行囊走向远方，济南就成为融入我们血脉里的故乡了。

生命在一代代地传承着，年轻的心也总是向往着远方。

我第一次来济南的时候，也刚刚成年。那时候，我在胶东半岛上的一个小山村里插队，来省城参加一个知青会，我们住到了珍珠泉宾馆。夜晚，我在月光下的珍珠泉边漫步，听着泉水清凌的声音，看着透过树木的月光与泉水相映在一起，闪动着银光，像是出入在神话世界的仙境中。清风轻轻地拂动着泉边婀娜的垂柳、伫立的白杨，飒飒的响声像是生灵们美妙的低语。

大学毕业后，我来到了济南工作，成了一位少儿图书编辑，人生也随之在这里扎下了根须，恋爱、结婚、安家、生育，点点滴滴地生长与繁育着。

济南又名泉城，是一座起伏着低矮山岭、到处喷涌着清冽泉水、有着悠久人文历史的中国东部古城。这里北濒黄河，南依泰山。泰山山脉丰富的地下水沿着石灰岩地层向北潜流，被一丛丛火成岩阻挡，便于市区

喷涌而出形成众多泉水，大者若轮，小如珍珠，闻名于世的就有趵突泉、珍珠泉、黑虎泉、五龙潭四大泉群。

这里也是闻名世界的史前文化——龙山文化的发祥地。在5000多年前，居住在这里的人们已经能用泥土制作乌黑发亮的陶碗、陶罐，由此形成了我国古代以黑陶为代表的龙山文化。至今可见的文物古迹依然众多，有新石器时期的龙山黑陶文化遗址；有被誉为"海内第一名塑"的灵岩寺宋代彩塑罗汉；有中国现存最早的地面房屋建筑——汉代孝堂山郭氏墓石祠；还有中国最古老的石塔——隋代柳埠四门塔。2600

年前，齐国就在这水土丰美、物产富饶的地方筑起了城市。

一处处的泉水流淌成河，岸边就生长起一棵棵耐涝的垂柳；一片片泉水积蓄成湖，湖中就滋育起田田的绿荷。清晨与黄昏时分，太阳倾斜的光线会将周围的山岭水墨画一样倒映在水中，真正形成了"四面荷花三面柳，一城山色半城湖"的景象。

我的家掩映在英雄山脉一处向阳的山坡上，这里遍布着北方山区惯见的矮松树，它们由于生长缓慢而分外坚韧、耐实，一簇簇的像一个个紧密的家族。山坡的空旷处，则生长着一些挺拔的白杨、参差的槐树和黄栌。白杨总是在初春就飘出团团白色的花絮，那是它们在放飞自己的种子；槐树总是在五月的雨后绽开米色的花朵，让整个山坡都弥漫着浓郁的芳香；而黄栌则在深秋的寒霜后，用鲜红的叶子点缀在长青的松树、柏树间，引人举目远望，感叹季节的变幻和美丽。一群群鸟儿在树林中飞来飞去，这里也是它们的家。灰鹊雀是这里最常见的一种吉祥鸟，它们银灰色的颈羽后是天蓝色的翅翼，在林中展翅飞翔的时候，是一抹天空的颜色，而停落在地面觅食的时候，则是土地的一部分，这是它们在这里长期的生存繁育中，进化出来的特殊保护机制。有两只年轻的灰鹊雀就在我家窗户前一棵高大粗壮的白杨树上落了户，一年年地忙碌、繁衍着它们的后代。这么多年了，它们成了我们共生相伴的邻居。

我的孩子就在这古城的泉声山林中诞生了，一天天、一年年地，他开始咿呀学语、蹒跚走路，进入幼儿园、小学、中学，然后走进了北京大学。泉声、山林、鹊雀、新旧交错的房屋，还有周围繁华的商场、书店、菜市场，都浸染、滋育着我们的人生，让我们的言谈、衣食、思想感情，都有了这里的风土、人情。

有一天，我写了一首诗，取名为《泉边的母亲》：

泉水，大地汩汩涌流的乳汁，
滋育着身边自古至今的生灵。
泉边一位位人类的母亲，
也用勤劳、智慧和慈爱，
养育起一代代儿女。
今天，我和孩子也坐在泉边，
弹琴、读书、仰望浩瀚的星空，
我小小的儿子盯着一只泉水上游动的鼋说：
我长大了要去找宇宙的边缘，
我还要像伦琴那样，
把发明创造无偿地让人们使用……
我看着他清纯的眼神回应，
好孩子，你美好的理想一定会实现的！

一年年过去了，我熟悉了这里的每一处地方：每一座公园的景色，每一所学校的校歌，通往每幢标志性建筑的公交车，哪条街区有什么地摊、美食，季节变换时哪家商场出售一些什么衣服……

济南的春天总是温暖、急促，几场雨后，树木感知了地温就开始萌发，人们往往冬装都没来得及脱下，就进入了炎热的夏天。秋天则明亮、悠长，阳光黄金一样在房屋、地面上挥洒、铺陈，清风飒飒，穿越所有的大街小巷。秋天是泉边山林里最美妙的季节，长长的清风从黄河岸边吹拂而来，沾满泉水的清甜，夹起林中的落叶，携着昆虫的低鸣，吹动着孩子们的红领巾、女人们的长裙、山脚下健身老人头上的白发，又从这里向更远处吹拂……这是济南独特的飒飒、清悠、绵长的秋风，它仿佛是四季的总结，宣示着春耕、夏播、秋收、冬藏之间连接与轮回的意义。

每天早晨，我走出家门，沿着林中的山路，就走到了我工作的地方。这里的街道按经纬划分，坐落着一些省直机关和政府部门。一所所百年老校环绕在我工作的大楼周围，它们培育着这座城市的光明、希望和未来。一群群的孩子走进去，又走出来，走向了更远方的学校，走向了全国各地和更为广阔的世界。站到窗户前，我就能看到我孩子就读过的小学，每天都传来一阵阵朗朗的读书声和孩子们的欢声笑语。

假日里，我会带着孩子去千佛山、大明湖、趵突泉、黄河岸边，去看那些穿越着古今时光的寺院、亭阁、楼榭，辨析那些文人墨客留下的诗文；去黄河岸边眺望奔腾东流的河水；去南山的果园里品尝荠菜、马齿苋、香椿芽的清香。

这里的每一处地方，都留下了我们生活的足迹和欢乐的心情。我们在这里接受着阳光清风的恩泽、人文的滋养，也尽心尽力地付出着。我们读书、工作，明礼知事，参与着社区的生活。每年春节，我们会带上水果、点心去看福利院的孩子。我们为在伊拉克战争中伤亡的人们难过，期望着世界能永久和平。儿子3岁时，总是把趵突泉旁边的宾馆读作趵突泉"兵宫"；15岁时，他经常与同学一起去福利院教残疾孩子做数学题；17岁时，他已经代表山东的中学生参加全国的物理竞赛了。儿子还喜欢在山林中种宝，他把一些玻璃珠、小石子、旧玩具等都埋到一棵棵大树下，说等他长大了再回来挖出来，它们一定都会变成宝物。

人生在时光中前行着，这座城市也一起前行着，它的树木由细弱到粗壮地生长着，城墙上的砖石风化剥落着，一幢幢现代的建筑拔地而起，只有泉声山林依然汩汩涌流、四季繁盛着。

只要热爱并且虔诚地参与了，世界上最美好的事情就会发生在我们的生活里。30多年来，那些生命中最美好的经历、养育，那些辛勤、努力、开心、喜悦和幸福，真的都发生和珍藏在这里。

这座城市是由于居住在这里的人们而存在，并且拥有了灵魂；而居住在这里的每个人也因这座城市拥有了人生的家园，拥有了往事与回忆。

一天，我在一场突来的大风急雨后，看到一只羽毛尚未丰满的小鹊雀被吹落到了地上，它惊恐、急切地啼叫着，用力地扑棱着小翅膀。周围树上的十几只鹊雀都飞落到它身边，它们喊喊喳喳地鸣叫着，安慰、陪伴着这只小鹊雀。正是上班的时段，路上不时地来往着车辆和行人，他们惊扰起了一只只鹊雀，小鹊雀的身边最后只剩下了一只大鹊雀。这一定是它的母亲了，它靠在小鹊雀的身边，置自己于危险之中，用喙梳理着小鹊雀的羽毛，用翅膀掩护着它。我跑回家取了一架铝制的梯子，招呼着一位高个子的行人，让他轻轻地托起地上的小鹊雀，放回到了树上的窝里。它的母亲也随之飞了上去。树上即刻传来了劫后重逢的阵阵欢快的喊喳声。

我为这感人的鸟类关系泪湿了眼睛。生命至深的爱与养育是无私的、父母给予的、万物相通的，它们也是生命的世界生生不息、美好事物永存的根本原因。鸟类是这样，人类是这样，所有的生灵都是这样。我们人与人之间的协作、友情、同情与怜悯、相助，那些宗教般的美好愿望，都是由此衍生而来。它们让我们在不时的生存竞争、邪恶与残杀中，永远心生着温暖、美好与向往！

我在心里祝福着这些鸟儿，它们是我友好的邻居呢。它们好，这里的自然环境就好。而自然的环境好，社会的环境好，我所居住的这座城市就好，置身其中的每个人的生活、感受就好。

21 世纪来临后的第一个春天，一家追逐金钱的开发公司砍倒了山坡上的一片松树，我和几位邻居决定走上前去责问。我们与砍伐的人员发生了冲突，有一位邻居甚至被他们扭伤、推倒在地。但我们都没有后退，与他们一起去了派出所。虽然我们最终没能阻止了他们的开发，但我们是泉声山林中的居民，是养育孩子的父亲、母亲，明知自己只有微弱之力，也要在需要保护自己家园的时候，挺身而出。

几乎所有养育孩子的父亲、母亲，都会为保护孩子与家园挺身而出、拼尽全力。很多年老无力了的父母，甚至会让自己的儿女去保家卫国。在英雄山上，就安息着很多这样的战士，这也是英雄山的来历。

从古至今，人类一直依水、傍林而居，形成、发展着生存的文明。水源和植物庇护、养育着我们，所以我们经常说，一方山水养育着一方生灵。清冽的泉水和苍翠的山林养育着济南，也一定给予了这里的人独特的身心气质，并且形成了独特的人文精神：如舀泉水兑药、治病济世的扁鹊；灵感萌动如泉水喷发的思想家邹衍；勇武过人的沙场名将秦琼；写下了"生当作人杰，死亦为鬼雄"的李清照。

我经常站在山坡的高处四处眺望，这连绵起伏的城市里的泉声山林，同更广大的时空连在一起。长长的清风从遥远的地方吹来，又向更遥远的地方吹去，似乎有着更深远的使命与意义。出差到外地，我也经常会在清晨、夜晚或者空闲时向济南的方向遥望，在一片白云蓝天下的泉声山林，是我青年、中年生活过的地方，是我生育、养育起了孩子的地方。它们已经随着岁月的流逝遍布着我的脚步、气息，也天天年年、点点滴滴地融入了我的血脉。

我的孩子也带着故乡的赋予出国留学，走向更广阔的生存地域了。他也许会在异国他乡成家立业，养育更多的子孙，但他一定也会经常向这里遥望，并且一次次地回到这里。这里有他童年的记忆，有给予了他养育的母亲，有他种下的宝，有涌流、回响在他生命深处的泉声、山林，有难忘的乡音和故土。

欢乐谷

■ 刘玉民

刘玉民 生于 1951 年，山东荣成人。中国作家协会会员，文学创作一级，享受国务院政府特殊津贴专家，第四届茅盾文学奖获得者。历任济南军区写作组成员、炮兵政治部文化干事、济南市文联副主席等职。著有长篇小说《骚动之秋》《羊角号》等，另有报告文学、影视文学、中短篇小说、散文集、诗歌集多部。

说济南有个英雄山，没人会提出异议；说济南有个欢乐谷，怕是很多人就茫茫然了。其实，英雄山就是欢乐谷，欢乐谷就是英雄山。

英雄山本名四里山，据说取的是距离老南门四里的意思。那名字出自何年何月何人之口无从考究，但从四里山之南还有五里山、六里山、七里山、八里洼一类的名字推断，极有可能是老城区市井百姓的惯常称谓。四里山更名英雄山，则出自于 1952 年秋天的一段传奇。其时，毛泽东主席在山东军区司令员许世友陪同下，前来祭扫当年的警卫员、山东军区政治部副主任黄祖炎的墓地，在得知这里埋葬着很多济南战役牺牲的烈士之后说："真是青山处处埋忠骨，有这么多的英烈长眠这里，四里山就成英雄山了。"

英雄山确有一股非凡的豪气和庄严，除了烈士墓园和高耸于山顶之上的革命烈士纪念碑，便是浓密丰茂、四时不凋的翠柏。上世纪六七十年代，英雄山是城外山，周围全是果园。每年清明节前后，穿过果园前来祭扫的人络绎不绝。1971年春，我来济南的第一张照片就是在英雄山拍下的：青山绿树衬映着一张青春刚毅的面庞，至今看来犹自令人喟叹不已。

英雄山变成欢乐谷始于上世纪80年代中期。改革开放提升了人们的生活水平和精神需求，休闲娱乐成了一件大事，英雄山也就成了许多人经常光顾的场所。但由于场地和设施的限制，全部活动加到一起也不过是爬爬山、放放风筝、跳跳交谊舞。直到1998年情况才发生了改变。其时英雄山已经变成城中山，周围居住着数十万市民，急需一个开放式的休闲中心，英雄山风景区就是在这种情况下推出来的：山下的果园变成了广场，周围的马鞍山、五里山、六里山、七里山等被纳入统一规划，活动场地一下子扩展了四五倍，成了济南市人气最旺、最受百姓称道的休闲场所。2013年有关部门又投资几千万，对景区进行了全面提升改建。由此，一个高品质的、更接地气也更受欢迎的"欢乐谷"，出现在我们面前了。

君若不信，请随我来。

如果你想跳舞，利民广场有两个下沉式的圆形舞池，可以同时容纳一百多对舞伴。舞池两边的林地也可容纳一百多人，清明广场和胜利广场，还有两个可以容纳三四百人的场地，每天早晚都是舞曲悠扬，舞影婆娑。

如果你想唱歌，英雄山内单是合唱团就有五个，多的数千人，少的也有几十人。他们或早或晚活跃在各个场地，你尽可随意加入。

如果你想练习太极拳或武术，利民广场北侧的林地里，每天早晨都有不少于几百人的队伍，雪松路和三棵树广场的林地里，你也可以找到同道的身影。

如果你想欣赏器乐演奏，赤霞广场和雪松路东侧的林荫下，每天都有不少练习者、演奏者。演练的曲目，从柴可夫斯基、肖邦的名曲到中国的民间小调，无所不有。

如果你想登高望远，你可以沿着英名路，经由192道台阶，登上革命烈士纪念碑耸立的山头，也可踏着林中四通八达的石板小路，爬上马鞍山或者五里山。就海拔而言，英雄山不高，马鞍山、五里山也不高。但置身其上，济南城日新月异、如诗似画，千佛山、郎茂山长龙奔腾、郁郁葱葱，朝云晚霞气象万千，纵使你有多少不开心的事儿也会被一扫而空。

如果你想瞻仰革命烈士，你可以前往陵园区，那里有王尽美、邓恩铭、刘谦初等风云人物的墓地，也是众多无名烈士的长眠之所。墓碑座座，翠柏森森，依旧能够把你带进一种追思怀远的境地。你还可以进入济南战役纪念馆，通过全景画馆，真实地感受一番当年血战的场景。

如果你想看看花草听听鸟鸣，赤霞广场的西府海棠，利民广场的玉兰，文化休闲区的紫薇，陵园区的丁香，都可以让你眼前一亮。赤霞广场、利民广场北侧的小树林里，总有几十只百灵、鹦鹉在啁啾不止。

如果你想带着孩子一起来，赤霞广场的溜冰场可以任其挥洒，山下山上几十上百处林园、展室、亭台、设施，足以让他（她）舒展筋骨、陶冶心性。

如果你想打打羽毛球、踢踢毽子……

然则这还只是平时，周六周日还有更精彩的活动在等着你。

活跃在英雄山的二十多个团队中，人数最多、声势最大的要数英雄山合唱团了。每逢周六周日，他们就从四面八方——不少人家在几十公里之外的郊区——汇聚而来，在济南战役纪念馆外的长阶上下排起阵列。他们经常演唱的歌曲有二百多首，无一例外是最能拨动中老年人心弦的红色歌曲、抒情歌曲。合唱团成员多时三四千人，少时也有上千人，其中爷爷奶奶辈占了绝大多数。与时下许多在正式场合《义勇军进行曲》也唱不响亮的情形相反，这里的歌声如江海澎湃、天雷激荡，时常让围观的听众心沸血热、泪眼迷离。在欢乐谷，最富异域风情的要数泉韵女子牛仔鼓乐队了。他们头戴西班牙牛仔帽，手敲非洲鼓，脚下跳的是新疆、西藏、内蒙的民族舞。这听起来有点奇葩，却总能引来众多市民和粉丝的喝彩。每年"五月放歌英雄山"，赤霞广场还会迎来不少外来团体。2015年5月，我看过省老干部活动中心合唱团表演的"游击队之歌"，印象是无论水平、队列，与专业文艺团体都大可一比。

在这里，组织者、参与者其乐融融。英雄山合唱团团长兼总指挥郭培镇自小喜好演唱艺术，年轻时报考前卫文工团，只因为有个"右派"的"社会关系"才没能如愿。退休前他是山东建设机械股份有限公司的员工，负责的是搅拌机的销售，整天忙忙碌碌，把大半辈子的爱好和追求全给埋没了。七年前他退休来到英雄山，结识了一伙志趣相投的朋友，便毅然买来音响，打起了合唱团的旗子。如今，67岁的他仿佛回到了十八九岁的时光，除了教唱、指挥，还时常带队外出慰问演出。"你看大家唱得多带劲儿！"郭培镇说，"合唱团能给大家带来这么多快乐，你说我活得还能不带劲吗？"泉韵女子牛仔鼓乐团团长王凤华经商多年，钱赚了不少，却总觉得没找到自我，心里窝憋得不行。2010年她买来牛仔鼓和服装、音响，带着一伙五十多岁的女人开始了新的追寻。而正是这新的追寻，让她生命的激情得到燃烧，也让那伙原本不是工人职员就是家庭妇女，大半辈子忙忙碌碌的团员们，获得了新生的体验。

在这里，观赏者、看热闹者同样其乐融融。在英雄山合唱团的演唱现场，每次总有不少围观的群众，他们或者默默地听、看，或者随着唱、舞、打着拍子，或者用照相机、手机拍照一通。前场指挥左侧的位置上每次总有几只轮椅，轮椅上无一例外都是白发稀疏、已经失去正常生活能力的老人或病人。他们从不缺席，即使三九天、三伏天也是如此。99岁的刘吉兰耳不聋眼不花，每个周末都让女儿陪着一起来。90岁的杜老太太耳聋眼花，每个周末照样准时到场。这已经成了规矩，四个儿子为此专门排了班。86岁的赵阿姨瘫了7年，无意中听了一场便喜欢上了，于是每逢周末，只要身体允许，英雄山她是必去无疑。因为离家远，每次都要女儿打的接送。大家演唱时她面无表情，一只脚却时不时地踏着节拍。87岁的罗大爷……对于这些老人，英雄山早已超越了休闲和娱乐，成了一种至高的、生命的企望和享受。

英雄山是纯净的，英雄山带给人们的欢乐是纯净的。这里没有级别、职称，没有领导者与被领导者，没有老板和打工仔，有的只是人——休闲的人，有的只是组织者与参与者，有的只是对于健康和欢乐的不懈追求。

这里没有铜臭，没有血腥，没有尔虞我诈，没有欺骗和谎言，有的只是随心、惬意、舒畅和欢乐。

欢乐，这个曾经被污名化的词汇，在这里被放到了至高的位置。的确，人的欢乐，千千万万老百姓的欢乐，不正是革命和改革开放的目标之一吗？一个富强、民主、文明、和谐的社会，怎么能够没有欢乐——千千万万老百姓的欢乐呢？

欢乐谷，我为你祝福！

165

马鞍山路，请接受我的致敬

■ 荣 斌

荣斌 男，1946 年出生于济南。济南社会科学院研究员。曾兼任中国李清照辛弃疾学会常务副会长、济南市文学学会会长、济南市文联顾问、济南市政协文史委员会顾问等。出版著作有《旷世才女李清照》《中国咏梅诗词集萃》等 43 种；与人合作编著图书 17 种；发表学术论文 40 余篇，散文、随笔、评论等 200 余篇。

日前，我将退休后写的 260 多篇关于济南的文章，取名《济南随笔》结集付梓了。有文友翻阅该书后打来电话说："老兄你写了那么多关于济南的文章，怎么就没写写身边的马鞍山路啊？"我一时语塞。朋友接着问："是不是因为'不识庐山真面目，只缘身在此山中'啊？"我吞吞吐吐地回答："也许是吧……应该不是……可能……"半天也没说出个"所以然"来。因为，我觉得朋友说的似乎有道理，可又不想承认自己"不识马鞍山路真面目"。

算起来，我住在马鞍山路已 31 年了，不写写马鞍山路确实是我欠它的一笔债。可是当我真坐在电脑前准备码字的时候，却忽然觉得，关于马鞍山路，我想说的话太多了，一时竟难以理出头绪来。是电脑桌旁一盆绿油油的吊兰启发了我，我想，如果只能选用一个字来概括马鞍山路之美，我只能选"绿"。那就从马鞍山路之绿说起吧。

在赤橙黄绿青蓝紫加黑白诸色中，绿色是一种很特别的颜色，它既不是冷色，也不是暖色，属于居中的颜色。绿色代表着清新、平静和希望，它最能给人以舒适、生机、安宁之感。在大自然中，绿色是生命的代表，哪里有绿色，哪里就有生命；哪里绿色浓郁，哪里一定生机盎然。有色彩心理学家曾指出，人们在短波长颜色（如绿色和蓝色）的环境下，会产生平静和安宁的感觉，而在长波长颜色（如红色和黄色）的环境下，更容易兴奋和激动。人固然有时会需要兴奋和激动，但在日常生活中更多需要的还是平静和安宁，所以，绿色是人类赖以生存的环境基色。于是，有人类学家指出，人类为了维护自己的生态安全，必须把储存"绿色资本"作为应对生态危机的共识和责任。

马鞍山路最值得骄傲的，就是它的"绿色资本"。这条东起舜耕路西到英雄山脚的城市次干路，是济南市最著名的林荫大道。路上让人过目难忘的，首先是两旁人行道上那些树龄五六十年的悬铃木（民间俗称"法桐"）。那些粗壮悬铃木伸出的枝丫，在空中交汇，搭成一道天然"凉棚"。那浓密的绿叶在太阳照射下，把原本黑色的沥青路面也染成了墨绿色。尤其在盛夏，人们行走在这里，如同在穿越一条绿色隧道，甭说那绿色有多养眼了，连你吸进鼻腔的空气都是凉丝丝的。人们行走在这浓荫里，再躁动的心也会沉静下来。清晨时分，当旭日东升后，会有一道道金色阳光从树叶缝隙洒向路面，使这条林荫道更是充满了童话般的色彩。

为悬铃木"助绿"的，还有它们外侧那两排高大的钻天杨。那些钻天杨也都一把年岁了，它们在悬铃木树冠两侧，又构筑了一道绿盾，对树荫起了加密加厚的作用。特别是那两排笔直竖挺的树干，在人行道上形成了一道规则的几何图形，从一端看去，简直就是一条望不到头的"树胡同"。树干上那些大大小小的"眼睛"，有的瞪着，有的眯着，好像对路上行人总也看不够似的。

悬铃木作为世界性的优良行道树，早已为世界各国所公认，素享"世界行道树之王"美誉。它树体雄伟，干直枝疏，树冠开展，叶子肥硕，夏天遮阴效果特别好。除了降温，它还有滞尘、降噪音、吸收有害气体、提高空气相对湿度等多项功能。可惜它也有缺点。每年5月前后，随风飘扬的果毛常常给人们带来很多不便，倘不小心吸入鼻腔或进入口腔，会让人感到不舒服，有的甚至会诱发过敏性鼻炎等疾病。因为毛迷眼发生交通事故的事情，也偶尔可见。杨树也一样，春天总有那么几天飞絮如飘雪。有人曾将这一自然现象当作环境污染诟病之，甚至有人主张，城市行道树应该彻底淘汰悬铃木、杨树、柳树等等。马鞍山路上也有一小段伐掉超龄杨树换栽了银杏树，只是那些银杏长得实在太慢，许多年了树冠也未能成荫，一棵棵无精打采地立在那里，显得十分可怜。其实，住在马鞍山路的人们对那飘絮还是十分宽容的，为了得到一夏天的浓荫和清凉，人们甘愿忍受那几天的"阵痛"。据说，目前

荣斌

园林专家已经找到了抑制杨柳飘絮和悬铃木落果毛的方法，通过药物注射或喷洒、高位嫁接等办法，可给雌株做"绝育"手术。如此佳讯，实在令人欣慰。

为马鞍山路"助绿"的，还有路两旁那些灌木树丛，它们多半被低矮的铁栏围护着，其中最多的是冬青和黄杨。园林工人总是把它们修剪得整整齐齐的，形同一道绿玉砌成的矮墙。特别是春天，那冬青和黄杨冒出的新叶芽像是抹了绿油一般，阳光下亮得晃人眼。

在济南，由悬铃木和钻天杨造就的林荫大道，当然不止马鞍山路一条，比如历山路南段、大纬二路南端以及老商埠经纬路的许多路段，都是绿荫宜人的街道。而马鞍山路之所以在济南林荫道中独领风骚，还有一个重要原因，就是它得地利之便，具有其他林荫道难享的"大绿"。

说起马鞍山路的"大绿"，如今得将东段和西段分开来说了。

马鞍山路的东段，路北是占地800多亩的泉城公园，路南是占地1000多亩的南郊宾馆，两处都是大片绿地。泉城公园的前身为济南植物园，始建于1986年。那里原先是一片苹果园，据说当时某省直大机关看中了这块宝地，要在那里盖办公楼和宿舍楼，而济南市却根据规划将此地改建成了植物园。新建成的植物园，栽种了植物80多科450种，计20多万株，在中国北方是仅次于北京香山植物园的第二大植物园。1997年9月，植物园向公众免费开放，2004年济南东部新植物园建成后，这里成了济南的城市中心公园——泉城公园。寒舍离泉城公园很近，出家门步行三五分钟，就可由西门进入公园了，想去那里散步小憩或赏绿观花，只需举步之劳。

南郊宾馆是山东省的国宾馆，素享"济南钓鱼台"之誉。宾馆庭院高规格的绿化美化，堪与对面的泉城公园相媲美。特别是那些高大雪松，或成行成列挺立在路旁楼前，或成组成片点缀于草坪之中，苍劲而不失秀雅，稳重而充满生机。人们漫步园中，如身置绿海，加上时可见灰鹊静栖枝头，松鼠跳跃树下，处处给人惬心怡神之感。自上世纪80年代中，原先门卫森严的南郊宾馆也对公众开放了，如今除进出二道门尚有限制外，雅致静谧的前院也成了人们休闲的绝佳去处。

说起马鞍山路西段的"大绿"，济南人都有美好的记忆。上世纪90年代之前，马鞍山路西段从英雄山脚到王庄路口，两侧除了路南有一家商业学校外，夹道全是林木苗圃和花圃。苗圃里栽种的多半是高档苗木，如侧柏、雪松、云杉、五角枫、龙爪槐等。各类苗木组成一个个整齐的"方阵"，就像举行阅兵式时排列在路旁等候检阅的部队。路南有一大片是牡丹、芍药花圃，每年四五月间，簇簇花枝顶着硕大花朵，一片姹紫嫣红。从马鞍山路上南望，路南的苗圃花圃似乎与翠绿的马鞍山连成了一片（其实，中间还隔着果品公司仓库和驻军某部，只是两家单位都被那一片绿色"淹没"了），恰似一大张绿地毯那端又树立了一道绿色屏风。它在正午逆光时看起来，色彩略显灰蒙，但在朝晖夕阳下看去，那道绿色屏风就太漂亮了。马鞍山路西段当时也是济南人的纳凉宝地，那时候空调还没有进入普通人家，市区住房拥挤，气温、湿度相对较高，这一片清凉之地，自然便成了人们避暑纳凉的极佳去处。盛夏酷暑时，路两旁大树下，时时可见从市区来的纳凉市民。人们铺一张凉席或被单，在习习凉风中或静卧养神，或默默读书，或围坐打扑克下象棋、聊天嘣木根儿。尤其是周日，有的人在这里一呆就是一整天。

说到马鞍山路，当然不能不说说英雄山文化市场。

我在马鞍山路一住 30 多年，除了不愿远离泉城公园、体育中心、马鞍山、英雄山等地之外，还有一个重要原因，就是被英雄山文化市场"拴住"了，因为那里是我几乎每周都要去转转的地方。每当周六周日，看到成千上万的人从大老远的地方赶着来逛文化市场时，我就会有一种"得天独厚"的自豪感。

去年，我的一位台湾朋友来山东大学访学，一次来我处小坐时，曾谈到周日他逛过芙蓉街，对那里"人气"之旺颇有感慨。我说："下周你再来吧，我带你去个更热闹的地方。"下个周日，朋友果然如约而至，我带他步行五分钟便拐进了文化市场。我看出，朋友一进入文化市场，那眼球就忙不过来了。他一边忙着打量那富有仿古特色的建筑、典雅的壁画，一边忙着浏览路两旁琳琅满目的摊位，还要一边忙着避让拥挤的游人。转了一个上午，当我帮朋友提着他的一路所获送他打的离开马鞍山路时，朋友连连说："今天算是开眼了，下周我还来！"

英雄山文化市场之所以这样有魅力，不仅仅因为它有"市场气"，更重要的是它有"文化气"。

英雄山文化市场的形成，说来话长。上世纪 80 年代初，在英雄山北面小树林下自发形成的小市场，逐渐汇聚了花鸟虫鱼、古旧图书、字画古玩、钱币票证等摊点，成了收藏爱好者的淘宝之地。1992 年 5 月，位于马鞍山脚下隶属于济南供销社的果品公司仓库，顺应市场经济潮流，果断将经营日衰的库区改造成了文化市场。起初，文化市场主营图书批发零售、字画文玩、奇石花卉，原小树林的文玩市场也顺理成章地转移到了这里。很快，这里便"火"了起来。最先火起来的是图书批发业，这里成了全省图书批发"二渠道"（即国营新华书店以外的批发业务）的大本营，甚至辐射到了河北、河南、江苏等地。据说最旺时，在这里有一间 10 来平方店面的店主，一天大都能进账几千甚至几万元。这里图书零售业也很旺，一是因为图书品类齐全，二是购书可以打折，所以济南市民都爱到这里买书。我的六七千册藏书中，差不多有十分之一就是从这里搬回家的。

迅速发展的英雄山文化市场，目前已有来自 15 个省市的经营业户、1500 余业主。经营种类涉及图书期刊、字画古玩、奇石玉器、花卉根雕、工艺陶瓷、笔墨纸砚、文体用品、红木家具、小商品九大类型，有近 4 万个品种。由于市场特色鲜明，交易灵活，既有门店，又有地摊，既有坐商，又有行商，满足了不同层次人们的需求。多种文化产品在这里相聚，纷而不杂、繁而不乱，既不失高雅，又很接地气。其独特的人文底蕴与良好的市场环境，不仅是济南市民文化休闲购物的极佳去处，也吸引了全国各地的淘宝者和游客。许多在济南的外国人或来济的外国游客也喜欢来英雄山文化市场逛逛，其中大多数是来看热闹的，也不乏专门来"淘宝"的。据说，如今的英雄山文化市场，已与北京的潘家园、上海的豫园、南京的夫子庙齐名，雄居"全国四大文化市场"之列了。

　　近年来，英雄山文化市场在不断提升改造，市场中 2014 年新建成的仿古特色街，古色古香，整洁秀雅；两组约 60 平方米的大型铜雕壁画《凤鸣历山》《儒行天下》和几十米长的青花瓷壁画《山水泉城》，典雅华美，气势恢宏，为市场营造了厚重的文化氛围。市场的管理也井井有条，处处体现着儒雅大气的文化精神。如今，英雄山文化市场已成了济南市的一张文化名片，也成了济南人的一个骄傲。

　　不经意间一下子码出了这么多字，把它们作为还马鞍山路的文债，却还远远不够。因为马鞍山路之大美，绝不是我这篇几千字的文章能够装得下的。还是赶紧写下自己最想说的一句话吧——

　　马鞍山路，请接受我的致敬！

趵突泉畔的随想

■ 荣 斌

天地之间最有灵气的是水；

诸水之中最有灵气的是泉；

泉中最有灵气的是它——济南趵突泉。

趵突泉之美，是举世无双的。美学家们所称道的阳刚美和阴柔美，被趵突泉巧妙地融合了起来，生动地展示了出来。

你看，它涌着雪浪从地心喷出，高高地腾起，又舒展地铺开；

它是那么欢快、那么兴奋，没有任何羞涩，却又显得那么端庄；

它是那么有力量、那么势不可挡，却又毫无张狂之气，身姿竟那么婀娜。

那三注喷泉充满了蓬勃的活力、昂扬的生机；那一池泉水澄澈得让人心醉；那激滟的波光会令人生发出无穷的遐想。

它是一组交响诗，它不同于江南丝竹，不同于西洋歌剧，更不同于现代摇滚——它是天籁之音！

它是一幅水墨画，它具有金碧山水的富丽，具有积墨山水的神秘，更具有青绿山水的高雅——它是人间造化！

它具有无可争议的美，那是因为它雍容华贵，令人赏心悦目；

它具有无可争议的美，那是因为它神奇壮观，令人荡气回肠；

它具有无可争议的美，那是因为它有丰厚的文化底蕴，意味蕴藉，魅力无穷。

它有着永远也不会耗尽的力量——尽管它有时会暂时歇息一下，但每次歇息都好像在积聚更大的力量；

它有着让人们永远也破译不了的神奇——尽管人们做过这样那样的测试，但任何测试都没有解开它的全部谜。

它让人们欣喜，让人们沉醉，让人们惊叹，让人们憧憬。

反正，谁见过它，就永远也忘不了它。

一代文豪蒲松龄，曾在趵突泉面前发出过这样的感叹："海内之名泉第一，齐门之胜地无双。"

这不是蒲翁慧眼独具，早在蒲翁之前，就有许多人为趵突泉写下无数赞歌了。

在趵突泉旁最容易动情的，当然是那些诗人们。你看——

有诗人把趵突泉比作三兄弟，说三兄弟在齐唱一首欢乐的歌；

有诗人把趵突泉比作三姐妹，说三姐妹在说着永远说不完的悄悄话；

有诗人把它比作三尊玉壶，有诗人把它比作三树冰花；

有诗人把它比作三朵青莲，有诗人把它比作三堆白雪；

还有的诗人把它比作三间老屋……

诗人们的想象力是丰富的，可是，哪位诗人的诗句能把趵突泉的美说尽呢？

诗人们的表达力总是有限的，还是当代人的记述更实在、更具体一些。

1932年，时在齐鲁大学任教的作家老舍先生，发表了一篇优美的散文——《趵突泉》。他是这样来描述趵突泉的：

> 看那三个大泉，一年四季，昼夜不停，老那么翻滚。你立定呆呆地看三分钟，你便觉出自然的伟大，使你再不敢正眼去看。永远那么纯洁，永远那么活泼，永远那么鲜明，冒，冒，冒，永不疲乏，永不退缩，只有自然有这样的力量！冬天更好，泉上起了一片热气，白而轻软，在深绿的长的水藻上飘荡着，不由你不想起一种似乎神秘的境界。

一个泉子美得让人"再不敢正眼去看"，那份美该是你无论如何想象都不会过分的。

不必再数点文人墨客们都说过什么了，反正只要你来到趵突泉边，趵突泉就会跳进你的心里。

你心里的趵突泉，就是一首永远也唱不完的诗。

据专家考证，早在3550年前，殷商甲骨文的卜辞中就有了关于趵突泉的记载。那是10万片甲骨中唯一关于济南地名的"濼"字。

"濼"是一条河名还是一个邑名，专家们还在讨论中，但古濼水的源头是趵突泉，却是专家们的共识。

我们的先人之所以把源于趵突泉的一条河称为"濼"，应该跟大舜的传说有关。

大舜是集诸多美德于一身的古代圣贤，而济南正是大舜的发祥之地。大舜精通琴瑟之道，据说他的琴曲能感动大象，能引来凤凰。由于大舜经常在河边操琴鼓瑟，所以人们在命名这条河时便使用了"樂"与"水"组成的一个字——

"濼"。

于是，济南人在趵突泉边为大舜和他的两个妃子娥皇、女英建造了祠堂。

当年的娥皇、女英，也许就是从趵突泉出发去追寻南巡的大舜，而最终泪洒潇湘的。那感天动地的爱情故事传颂了一代又一代，济南人还特地把源于趵突泉的一条小溪称之为"娥英水"。

关于趵突泉更清晰的文字记载，见诸《左传》。公元前694年，东方两个大国——齐国和鲁国的君主在趵突泉畔会盟。《左传》所记载的会盟地点就是"泺"。如果说，3350年前甲骨文的记载还有些扑朔迷离，那么，2700多年以前《左传》的记载则堪称翔实无疑了。

无论是三千多年前还是两千多年前，反正世界上那么早就有文字记载的泉子，只有济南趵突泉。

据统计，济南市辖区内计有10大泉群、800多个泉子。在仅仅几平方公里的老城区内，就有4大泉群、100多个泉子。而老城区4大泉群中，最大的是趵突泉泉群。

趵突泉泉群是一个显赫的组团，归属于这一泉群的名泉达28个。2004年济南市推选"新七十二名泉"时，趵突泉泉群在72个席位中占了14个。

在趵突泉泉群中，趵突泉是当之无愧的"大姐大"。在它的呵护下，那众多小姐妹们一个个也都出落得十分靓丽，秀色可餐。

你看那漱玉泉，一泓泉水果然如玉一般晶莹。古人曾以"漱石枕流"为雅事，是啊，谁能抵得住这碧玉一般的泉水的诱惑？据传，李清照就是在漱玉泉边长大的。她离开这泉水已经800多年了，但她留给人们的《漱玉词》，却跟这漱玉泉一样，与世长存。

你看那柳絮泉，当春风送暖之际，泉花与柳花共舞，那是多么的迷人！曾有人指认，李清照当年的家门就在柳絮泉边。也有人说，那只是前人的一个误会。但有一点是不争的事实：正是济南这美好的泉水，滋润了这位女诗人的才情。

你看那金线泉，一道金丝浮游于水面，或明或暗，或隐或现。它已记不清有多少人因看到那金线而惊喜了，当然，它也记不清有多少人为没看到那金线而遗憾。

你看那无忧泉，微风中，古柳的垂枝轻拂着水面，像是在逗引那些五颜六色的锦鲤；澄澈的泉池中倒映着白雪楼，像是在等待大诗人李攀龙的身影。

你看那马跑泉，那汩汩的泉水像是在讲述一个遥远的故事。那个故事告诉人们，即使在没有刀光剑影的年月，也不能忘记当年抗金英雄大刀关胜的壮烈。

你看那望水泉，它悄悄躲在幽雅的万竹园里，一边享受着难得的清静，一边回忆着被蒲松龄写进书中的殷天官（殷士儋）和在泉边结庐赋诗的王苹。

你看那皇华泉、卧牛泉、石湾泉、湛露泉、满井泉、登州泉、杜康泉……它们都露着笑靥在等着你呢。

还是回到趵突泉身边来吧，像老舍先生说的那样，呆呆地看上三分钟。当你把它的美悟透了之后，这三分钟会让你牢记一生。

我忽然想起了清代一位非著名诗人的两句诗："钱塘潮汛庐山瀑，不及家门趵突泉。"（龚章《趵突泉》）如果能穿越时空见到这位诗人，我一定会向他伸出大拇指，道一句："哥们，牛！"

到林汲泉去喝茶

■ 侯 林

作家，学者，济南日报高级编辑，曾任济南日报文艺部主任、济南市作家协会副主席等。著有文学评论集《洓上集》，散文集《看不见的风景》《倾听风吹过树梢的声音》，文史著作《孙中山与济南》《济南泉水诗补遗考释》《济南名泉史话》等。

站在佛峪被古人称作"夏屋"的岩壁下，你注定会惊叹大自然的神奇与创造：那壁立的巨石先是往上，等上到大约两三间平房的高度，却又向着你的方向——几乎成直角的——陡然伸展过来，形成一个庞大的、天然的"前出厦"，将你覆盖在它的身下。而这里正处于青山幽谷的深处，清凉之极，古人将其谓之"夏屋"——"屋"言其造型，"夏"言其清凉，真是再恰切不过了。

这夏屋是般若寺的旧址，石壁上镌满了古老而珍贵的造像石刻（乾隆《历城县志》云："寺创于隋文帝时，今考石壁上有开皇七年造佛像记，殆不诬也。"），而这些却正是当年般若寺的正墙呢。看到这会你该明白了，这殿纯以天然巨石为墙为顶！想想看，它的建造该是多么奇巧别致、匠心独具呀！

是盛夏时节。

我们一行人为拍摄一部反映济南市中形象的电视纪录片来到这里。山中酒家在夏屋之下支起圆桌，同行的兴隆办事处的宣传干事小王取出一包铁观音，酒家用大茶壶泡

175

上。少顷，服务员将茶水倒入粗瓷茶碗，想不到，那馥郁的茶香便在空气中迅速弥漫开来。于是，我们迫不及待地那么一啜，那香气一缕一缕的，先是在舌尖、在口中回旋，继之，它便香透了你的五脏六腑，甚至身上的每个毛孔。古人所谓"腋下生风"，正此意也。

一行人咸谓：这是平生喝过的最香最好喝的茶。

细思之，我曾喝过用趵突泉水、虎跑泉水，还有长寿之乡巴马的泉水沏过的茶，却都比不上这里的茶香。这里茶叶质量分明一般，茶具尤为粗糙，何以故？这时，服务员指着一个从山上接下的塑料水管说："这是用林汲泉水泡的茶呢！"我们顿时恍然大悟：原来如此！这正应了前代茶人的话语，是"三分茶七分水"呀！

此时，一阵仙风吹过，松叶涌动作波涛状，好是清爽。我不由想起古人诗句："忽觉秋风吹暑过，半瓯茶味本天然。"

此后，到林汲泉喝茶、取水，成了我们每年夏秋时节固定不移的项目与仪式。

到林汲泉去喝茶，你可以展开丰富的历史联想，走进悠远的文化情思和美好的诗意境界。

佛峪，林深壑美，飞泉流泻，竹月松风，清幽静谧。春来，艳阳高照，暖风初布，桃花半落，野花正芳，那罕有的山野情趣，令人彻底沉醉。而秋季更是这里最美的季节，那正是著名的"历城八景"之一的佛峪红叶呀。因而，自古以来，这里不知留下多少诗歌佳作。此外，佛峪更是"修落帽故事"的好去处，是文人雅士"诗意的栖居地"。仅在清代乾隆年间，便曾有三位济南府的进士于年轻时代在此隐居读书。他们分别是大名鼎鼎的周永年、郝允哲和方昂。周永年自号"林汲山人"，为翰林院编修，为《四库全书》纂修，大学者，中国历史上最早的"公共图书馆"——借书园的创办者，其嘉惠士林，对中国文化的创造性贡献自不待言；而方昂则官至江南布政使，其政绩与学养均为世人称道；独郝允哲英年早逝，令后人常有"千古文章未尽才"之叹。

周永年在京时，尤其在心情落寞的日子，常会涌起深深的思乡之情。他怀念"家家泉水，户户垂杨"的济南风光，更怀念年轻时读书其中的林汲山房。无奈之下，他请人画《林汲山房图》以慰乡思，并授意张庆源为之撰《林汲山房记》。记中有："周子名永年，历下学者。城之南三十里为白云山，山半为般若寺，寺后为林汲泉……周子尝读书寺中，为屋数椽，名之曰：'林汲山房'。时与二三友人盘桓于泉石间，领略山水真意。今老矣，此乐不可复得。忽忽忆之，弗能忘，为《林汲山房图》而命予记之。"

周永年之孙周宗熙有诗最为动人，令人潸然泪下：

身世茫茫万古情，遗编读罢泪纵横。

年来林汲泉边路，梦里分明到草亭。

闲暇，读点古人书，比什么都好。

眼前，是郝允秀的《松露书屋诗稿》。

济南的古代诗人，常以隐居读书的方式啸傲湖山，以读书为至乐，以生命为歌诗。

清代济南府齐河县诗人郝允哲、郝允秀弟兄，便长年读书于济南东南龙洞佛峪青山翠谷中。兄郝允哲为乾隆四十年（1775）进士，官候补知县。他少聪颖，读书过目成诵，积书万卷，手自校雠。其诗风雄放恣肆。而郝允秀 14 岁即以能诗闻名乡里，19 岁登泰山，刻有《拾翠囊诗》。他无世俗之好，以诗自娱。所写诗不下万首。著有《水村诗存》《松露书屋诗稿》《水竹居诗集》等。时人论其诗"意致清冷，多哀怨之音""天生诗人""流连景物，触绪怀人，音韵凄清，如闻冷雁哀猿，令人生感"。（参见《松露书屋诗序》）出于对诗歌和济南山水的深爱，郝允秀创作的泉水诗多达 35 首，成为创作济南泉水诗最多的诗人。尤为感人的是，郝允秀还在年老体弱的暮年于齐河老家写有《病后思饮林汲泉水不得因作长歌》一诗，诗中首先回顾他当年在林汲泉隐居时携瓶品茗的雅兴：

我昔在空谷，携瓶春树前。洗盏当落日，兽火欣烹煎。一吸消烦躁，再吸清尘缘。三吸四吸不自觉，恍如身在蓬壶巅。安期红枣未得食，空将玉液醉群仙。遍体清凉耳目爽，微微秀气盈丹田。

郝允秀在老病垂暮之年回到老家，这时，他唯一想喝的便是林汲泉水，家人在齐河打来最好的"金井"之水，但也无济于事："对茗胸如填"。他盼望着、渴念着能再到佛峪林汲泉头，再过过那笔床茶灶、枕石听泉的日子。诗的结尾说："太息人间名胜地，何时重上钓台倚石看潺湲！"淋漓尽致地表达了他对林汲泉超乎寻常的深情与挚爱，读后令人唏嘘不止。

读书至此，你方彻悟：到林汲泉去喝茶，不是你的独特发现，却原来自古便有知音在。

到林汲泉去喝茶，别忘了去凭吊一位 400 年前的济南名士怀晋先生。

佛峪西南侧，离它最近的山村，名曰钚村，青山绿树环抱，村东有怀晋墓。

无论是品行气节、道德文章，还是言行风度，甚至衣帽穿戴，怀晋都堪称咱济南人的典型代表，是标准的"济南范儿"。

明清鼎革之际，亦即怀晋48岁那年，清兵打到济南，他不愿当亡国奴，于是离开济南城，哭辞孔子庙，跋山涉水，来到崇山峻岭之中的铲村。如今这里修了上好的进山公路，我们从市里乘车到达铲村尚需几个小时的时间，想那时没有一天的时间，是绝对走不到的。怀晋初到铲村，就沾了他的名声的光。有一天许多强盗来抢劫他，但他们一听到怀晋的名字，全都肃然起敬，说："长者在此，恐为吾辈所惊，明日当送静地供饮馔。"怀晋的高风亮节在民间流传甚广，比如，怀晋继母改嫁后，继母的儿子来争田产，按当时的常理规则，怀晋完全可以断然拒绝，而怀晋丝毫不与计较，拿出钱来为他买田，兄弟友爱终身。

作为一名学者，怀晋著有《周易训蒙辑要四卷》《四书易解》《阴符经注》《怀晋文集》，堪称著作等身。他结庐铲村之阳，怡情泉石，绝口不言仕进，唯以穷经为务，而治《易》尤精。怀晋治学为文有独特风格，平易中见深沉，淡泊间存至味。他认为学者治学"多探索之劳，乏会心之乐"，他对自己的学生们说："夫《易》之道，乾坤而已；乾坤之理，易简而已；仍以易简求之，则广大精微，自有合也。"实在是深中肯綮，潇洒而超越。怀晋有《漫兴》诗："二十年来岁月深，几番欢笑几番颦。举头时见中秋月，向在天边今在身。"简易中含无限情味，论者称："亦《击壤》《白沙》之遗音也！"

怀晋是教育家，他一生最大的成就在教书育人。怀晋一生设教近五十年，他晚年住在历城堰头镇，执经受业者甚多，弟子中有后来成为刑部尚书的艾元徵及多名显要。有位名叫郑子铉的弟子这样说："自从怀先生游，凡邪念之萌，皆知自遏。"这就不单是一个传授学问的问题了，更重要的是人格的净化力、道德的感召力。怀晋不愧为学养深邃、道德高尚，犹如春风化雨的精神导师。

说怀晋是济南的范儿，还因为不唯怀晋的道德文章，甚至他的衣着穿戴、日常言行都成为济南老百姓的标杆。据当时济南著名诗人王苹的回忆，他在少时曾亲眼看到怀晋等人"褒衣大带，矩行规言，所至人皆让行避席，以为有盛世长者之风。"连出行都是一道亮丽的风景，实在不愧榜样的力量哟！

怀晋墓的面积很大，有"攀柏永怀"碑，墓碑上有时任山东布政使的卫既齐题写的碑文，还有其弟子韩毓桐等立的"一门节孝"碑。尤为抢眼的则是墓旁的那棵大树，那是一棵几个人都搂不过来的柏树，然而却被拦腰割断。你如果不细心看是看不出来的，因为被砍断的树干上，又重新长出了粗壮的枝丫，以及郁郁葱葱的枝叶。村里人告诉我们一个难以置信的真实故事：原来，前些年，有人看上了怀晋墓上的这棵大树，许诺用高价来买，而怀晋的一个不肖子孙竟然也就答应了。古树惨遭荼毒。然而，谁也想不到的奇迹同时也出现了：时隔不久，怀晋的那位不肖子孙暴病而亡，而被砍的大树更出人意料地长出新枝，更茁壮了。

到林汲泉喝茶，如果适逢深秋，你还可以看到佛峪红叶。去年，我与济南电视台新锐导演王文、泰山文化学者周郢及济南铁路局几位好友来到夏屋，在岩畔观泉品茗。当其时也，幽鸣声声，清风泠泠，好是令人惬意，但我们更大的收获还在于观赏了著名的佛峪红叶。但见那满山迎目的黄栌、柿树、枫树等经霜之后，变成一片火红，而其间的松柏却依然苍翠如滴。于是，整个天地便成了一幅硕大的彩色锦缎。在诗人眼里，这佛峪红叶比真正的鲜花还要夺目，还要娇艳。清代诗人濮文暹佛峪诗便有"误吟看花诗，聊作游山记（后两句为看红叶也）"的诗句，它极其生动地写出了佛峪红叶酷似花却又胜似花的神采。

吾友周郢先生观瞻之余，道是不作诗有负仙境之地，于是慨然而有作：

> 万叠青峰障梵居，故山果是好林庐。
> 壁喷泓碧皆思饮，孤转溪清竞羡渔。
> 七阁独传经史绝，一亭难觅画图馀。
> 我来满目丹黄色，犹似先生校异书。

诗题是《暮秋偕诸诗友登佛峪饮林汲泉怀周书昌先生》，用翁方纲《题林汲山房图》原韵。诗不仅对仗工稳，韵味悠长，且以秋之丹黄枫叶与周永年所校读之青灯黄卷相比，妙喻也，味之者无穷，闻之者动心也！

我有时会想：林汲、佛峪之山泉林壑，自古至今，何以会吸引如此之多的文人雅士来此，它的诱惑力究竟何在？显然，这里"林壑尤美"是重要因素。清代济南名士任弘远称其"松深昼似阴，泉飞晴若雨""下瞰直无物，夜声多是泉"。然而，仅仅"林壑尤美"是解释不了这一普遍现象的。比方说，正因其过于幽深静谧，反而令人生惧："寺中出白云，境静反生惧。"况且，在古代，这里从来不乏狼虫虎豹的出没。也许，这就是人类对自然既惧又爱，因惧反爱的情怀。这是因为，人是属于大自然的，它在血统上永远是大自然的一分子，是"自然之子"。只有大自然才是人类永久的归隐地、栖息地，而现代文明所带来的人与大自然的疏离，恰恰是最不人性的。

清人王初桐游佛峪诗有句"余据历下城，乃心在林壑"。

我们的祖先从林壑走出时，他们实际上有一件重要的东西并未带走。

"心在林壑"！

林壑，人类永远的家园情结与精神归宿之所在。

所以我始终坚信着这风水宝地的未来。

侯
林

青龙山上白鹭飞

■ 侯 林

白鹭，济南的市鸟，当然，它更是市中的区鸟了。

白鹭天生丽质、纯洁美丽，体态轻盈修长，是高洁优雅的象征。白鹭全身披着洁白如雪的羽毛，犹如一位高贵的白雪公主。她的嘴长、颈长、腿长，繁殖季节更加美丽动人，即使冬季蓑羽全部脱落，依然玉体洁白无瑕。白鹭眼睛金黄色，脸的裸露部分黄绿色；嘴黑色，胫和脚亦黑色；趾呈黄绿色。白鹭常曲缩一脚于腹下，仅以一脚"金鸡独立"。白天觅食，喜食小鱼、虾、蛙、昆虫和蜗牛等。繁殖时期白鹭成大群，常与其他鹭鸟营巢在一起。雌雄均参与营巢，次年常到旧巢处重新修补使用。

济南是泉城，是水乡，自古以来，便是鹭鸟的栖身之地。而且多在湖泉水涯之畔。

以诗为证。宋代，最著名的如李清照"争渡，争渡，惊起一滩鸥鹭"。元代赵孟頫的大明湖诗《湖上暮归》：

> 春阴柳絮不能飞，
> 雨足蒲芽绿正肥。
> 正恐前呵惊白鹭，
> 独骑款段绕湖归。

清新曼妙，文思遄飞，其中的警句隽语俯拾皆是。你看，诗人为了不惊动大明湖中的白鹭，索性不带出行的勤杂人员，独自骑马缓缓地绕湖归家呢！

清初，济南有名诗人黄文渊，以下是他的《过逯氏园亭》（六首之三）：

丛竹阴阴暑气微，主人迎客响紫扉。

翻愁人语声呼近，惊起池边白鹭飞。

逯园（今东流水、五龙潭一带）是济南著名的泉水园林、风景胜地。《过逯氏园亭》（六首），分别从环境、平池、丛竹、白鹭、莲塘、乔柯、泉流等各个侧面一一写来，充分展示了逯园的美丽与优雅。然而，明眼人可以看出，诗的不同之处在于，诗人聪明地把自己摆了进去，写景的同时也写自己的感受。写诗作文，有了人的心理，诗就活了。这首诗中说，在一个夏日，他来到逯园，主人前来迎客打开了门扉。按说主人的热情是客人求之不得的事情，然而，这时，客人亦即诗人的想法又产生了："这主人迎客的声音可千万别惊动了园内的白鹭，让它从池边飞走啊！"

这首诗，除展示景致的可爱，更显示了济南人与白鹭的深厚感情。

济南城东南隅城壕内有白石泉，它在黑虎泉北，西与九女泉相邻，泉边有洁白的自然石俯卧，泉流甚急，喷涌摇荡，冲击白石，发出轻响。白石泉水甘美如醴，清代，泉边建有"金山水煞"，筑亭台、楼阁、茶室等，人们可在此放舟垂钓，观白鹭戏水。

清代乾隆年间，悲剧诗人黄景仁来到白石泉畔，诗兴大发，欣然作《泉上》一诗，绘景绘色，简直美不胜收：

济出地为潨，百窍飞名泉。

初疑地脉碎，谁识天机全。

荡摇烟霭珠碧晕，激漱风石筝琵弦。

舜田仙袯倒晴翠，映带密樾交漪涟。

千头鱼戏影戢戢，一足鹭立姿翩翩。

宛然发兴在濠上，却笑庄惠多言诠。

世上小儿强解事，分次甲乙争喧阗。

谁知清济一而已，泉自不语流涓涓。

长瓶大瓮日来汲，几辈饮水知其源？

我家住近二泉侧，爱听蚓窍松风前。

区区较此但百一，便拟买宅居穷年。

手携桑苎经一卷，日日来放鳊鱼船。

古人认为，济南众泉皆为济水伏流所出，黄景仁也接受这种看法，而他进一步认为，这些名泉是上天对济南的眷顾与赏赐（"天机全"）。接下来，他用了数组联句来展示白石泉的美景与气质，实可谓大家手笔，出手不凡。其一："荡摇烟霭珠碧晕，激潄风石筝琵弦"，上句写泉之色，下句写泉之声。济南因清泉绿柳形成独特的烟霭景观，人称烟雨济南。这首诗首先就抓取了白石泉的这一美质，它说泉水荡漾形成的烟雾朦胧犹如珍珠碧玉的光晕，而泉水与风、石相撞击又发出如同筝和琵琶一般悦耳的音响；其二："千头鱼戏影戢戢，一足鹭立姿翩翩"，一个"戏"字，一个"立"字，更是将鱼鸟亲人、清泉宜人的鲜活情状展露无遗。值得一提的是，景仁写诗十分钟爱"立"字，但他以往多用立字写凄苦之情，如"不见故闻旧曲，水西楼下立多时"（《湖上杂感》其一），"似此星辰非昨夜，为谁风露立中宵"（《绮怀》其十五）。"立"字，识者认为，即无语、等待与孤独，这正是诗人飘零孤单的象征，也是心灵焦虑的外化。而在这首诗里，"一足鹭立姿翩翩"，这个"立"字，则完全成为白鹭姿态纯美的写照和化身。在这种人间仙境的感召下，黄景仁甚至想在这里"买宅"以安家落户，日日相伴清泉美景，终此一身。

古代，济南有关白鹭的佳句不胜枚举，如：方启英"白鹭青莎岸，红莲碧水湖"；余正西"翩翩白鹭下夕阳，铁笛一声惊飞去"；王大堉"或吟或啸或论文，白鹭惊飞破天碧"；施补华"鸥鹭旧相识，亭池今已荒"等等。

今天，我们在大明湖、小清河边和珍珠泉的法桐树上都能见到白鹭的身影。但是白鹭最为集中的地方，要数素有"江北第一鹭群"之称的济南城区市中区青龙山以及党家庄玉符河上的鹭鸟群。

而打开市中区的地图，恰似一只漂亮优雅的白鹭，翱翔蓝天，展翅高飞。这样的巧合亦令人喜不自禁。

青龙山这片白鹭栖息地一直是部队的营区。由于驻守在山下的济南军区某部官兵的精心保护，造就了白鹭难得的栖息环境，万余只白鹭栖息在一处，异常壮观。茂密的柏树林中，白鹭、灰鹭、苍鹭、夜鹭、白鹤、柳莺等30多种万余只成鸟筑巢繁衍。林间，窝巢密布，以白鹭为主的各色鸟儿压满枝头。时值7月，我们看到，新来的鸟儿正在筑新巢。而为保护这些珍稀候鸟，部队官兵可谓煞费苦心。比如，为解决鹭鸟饮水问题，战士们在山坡上修建了许多"鹭鸟饮水池"，定期清洗换水；干旱天气，专门抽调一台消防车定时为饮水池加水；战士们还制作了许多爱鸟护鸟警示牌，插挂在山下路口。青松翠柳之间，成片的白鹭在上下飞舞。据驻守在这里的士官秦岩平介绍，"五六月份这里的白鹭最多，每天早上大量的鹭鸟往济南北郊的水域、水田、湿地取食，傍晚飞回来。树下常常有白鹭掉落的食物，像小鱼、虾、青蛙、螃蟹等。"

1994年之前，周围的老百姓经常过来捡鸟蛋。后来为了保护白鹭，部队拉起了铁丝网，不再允许市民损害白鹭的栖息地，并且把禁拾鸟蛋作为驻守官兵的一个规矩。官兵们还每年坚持植树，新兵来了种棵"扎根树"，老兵退伍种棵"留念树"，新婚夫妇栽棵"幸福树"，官兵立功栽棵"荣誉树"，领导换届栽棵"交班树"……这个传统50多年了，官兵换了一茬又一茬，青龙山从一座秃山变成了青山。环境变好了，鸟儿更多了。巡山的士兵遇到掉落的幼鸟，主动送回树上。到了刮风下雨天，他们就到山上转一圈，救助摔下来的小鸟。

尤为感人的是，10年前，部队要建一座宿舍楼，首选位置就是鸟群西侧的一片开阔地。但最终还是"为鸟让地"。而济南动物园知道官兵们守护市鸟白鹭栖息地的事迹后，多次派技术人员到青龙山，与驻守官兵探讨保护环境和白鹭种群的措施，研究进一步保护白鹭繁殖环境的办法。

济南白鹭的另一个大型集聚地是玉符河，特别是市中区党家庄、渴马崖一带的河流中。这里水流缓慢，烟柳夹岸，水草丰满，白鹭纷飞，鱼虾成群。玉符河，《水经注》称之为玉水。它发源于历城南部山区的锦绣、锦阳、锦云三川。三川汇入玉符山与卧虎山之间的水库，流出水库后始称玉符河，北流入党家镇境内，经丰齐一带至古城村南，折向西北于北店子村注入黄河，全长约41公里，流域面积755平方公里。玉符河流经渴马崖时河水大量渗入地下，古人早就指出，这是济南诸泉的主要来源之一。如宋代济南太守曾巩便曾在《趵突泉》诗中吟道："一派遥从玉水分，暗来都洒历山尘"。由此可见，玉符河正是济南和济南泉水的母亲河呀！

如今，听说玉符河有了漂流运动的项目。游客可体验无动力橡皮艇全手动驾驭的乐趣，漂流在玉符河清澈的溪流中，缓急相间，浪花飞溅中更多了一分刺激。这项目尤受中青年人的喜爱，但不知白鹭可受惊扰否？

小巷故事

■ 严 民

严民 女，济南市文联一级作家，中国作协会员，中国通俗文艺研究会常务理事。著有小说、散文、报告文学及影视文学等1千万余字，作品多次获全国及省市文学奖，其中长篇小说《洗礼》《血祭》《蝶舞》获山东省精品工程奖及济南市精品工程奖；《老残游记新注本》获山东省新闻出版精品工程奖；《济南民俗》获泰山文艺奖。

风雅济南

小巷故事多，

名士真显赫，

五彩缤纷印灶王，

岁岁都快乐……

套用邓丽君的《小城故事》写下这段词，我就开始讲与之相关的小巷故事。

一般人听到盛唐这俩字，会误认为它与唐代有关，其实和唐朝并无关系。盛唐巷原名神堂巷，神堂是指清代佛伦的祠堂。

这位佛伦是满洲正白旗人，于康熙二十八年（1689）至三十一年（1692）任山东巡抚。在任期间，他干了不少好事：平均徭役、筹建粮仓、打击豪强、惩办贪污……被朝廷连连提拔，由山东巡抚调升川陕总督，仕至礼部尚书、文渊阁大学士。据说他调离升职时，咱山东老百姓还热情挽留呢！

到了清乾隆五十七年（1792），佛伦的族孙阿林保任山东盐运使，在大明湖北岸修建铁公祠的同时，又在位于济南西门外剪子巷内的小巷里修建了佛伦的祠堂。祠堂的由来证据确凿，不仅《续修历城县志》上有记载，还有1959年由祠堂原址——小巷路北中段出土的清代济南府德州名士田雯（山姜）的碑文为证。

当时，祠堂的香火兴旺，神主庇佑灵验，被老百姓奉为"神堂"，小巷也因此得名。

这条小巷东起剪子巷，西到城顶街，街面虽说不算太长，却出过不少名士呢！

小巷的东头路北（在我的记忆中应该是后来的盛唐巷9号），曾有一所悬挂着"太史第"金色匾额的豪宅——清朝两广总督毛鸿宾的故居。毛鸿宾字寄云，历城县人，道光年间的进士，由编修累擢御史。清代御史的主要职责是监督考察百官的言行政绩，我琢磨着应该相当于现在中纪委的工作吧！咸丰十一年（1861）他任湖南巡抚，同治二年（1863）升任两广总督。这位给道光、咸丰、同治三代皇帝服务过的毛大人，名声显赫，为小巷增光不少。

另几位名人就是俺老严家的了。据民国《续修历城县志卷四十二列传四》载："严书泰，字雨泉。善书工诗，著有《雨泉诗草》，中岁游幕，应临清州知州张积功之聘。咸丰四年粤匪至临清……城陷，犹巷战，遂与积功同死于难。"这位严书泰是我父亲的曾祖父，我应该称他为老老爷爷了。他殉难时，留在祖籍绍兴的家人并不知道。我的老爷爷严组璋寻父流落济南，以教私塾、行医为生。后来老爷爷给一位便服出游的大官治好顽疾，受其资助考中举人。据民国《续修历城县志卷四十》与《山东通志》记载：严组璋，字笠樵，咸丰八年戊午（1858）第二名举人，历署庐江、婺源、芜湖等县知县，尽心民事，案无留牍。光绪戊子、己丑，充江南乡试同考官，所得多知名士，保升直隶州知州。以积劳成疾，遂告归……但是这位老爷爷告老还乡，并没回祖籍绍兴，而是来到济南，在神堂巷建起了宅子。

到了民国时期，"神堂"早已拆除。为了破除迷信，1928年国民政府取"神堂"的谐音，把小巷改为了盛唐巷……

我在盛唐巷24号的老宅子里长大。不过，我出生在解放之后，没见过老辈人的生活，只知道咱小巷的普通人怎样过日子。

185

每天早上，晨星还没隐去，从花墙子街杜康泉里汲水的车夫，便拉着椭圆形的木车从小巷穿过，在青石板路上洒下湿漉漉的水迹。住在盛唐巷的人家却很少买水喝，勤快的人直接去剪子巷南头的杜康泉挑水，没壮劳力的人就喝院里的井水。那时候，家家院内都有一口水井，井水甘甜清冽，到了雨季，井水能溢出井口。人们常把买来的西瓜用白包袱皮包起，打结系上绳，续进井里"拔凉"，那"拔"过的瓜堪比今天的冰镇呢！

当第一缕阳光抹进小巷，街两旁的小商铺就开始卸门板，准备做买卖了。随着时代的变迁，旧时的显赫门第已不复存在，只有黑漆大门上的红字"忠厚传家远，诗书继世长"还保留着昔日的痕迹。小巷内继之兴起的是手工染纸业，有 30 多家门面，掌柜们大都来自东昌府（今山东聊城），自产自销，前店后作坊。每家铺前的摊上摆着五颜六色的花纸和各种学习本、信封、信纸，还有烧香敬神用的黄表纸、金银元宝壳子……

白天，勤劳的掌柜们在店里店外不停地忙碌着。这里全是夫妻店，一家人吃住都在店铺里。来了顾客他们笑脸相迎，其余时间便在案板上裁纸、糊信封或加工纸张。我最爱看他们染纸：用大排刷在染缸里浸透，均匀地刷在原白纸上，染完一张夹上竹竿，再挂到晒架上晾干。门前晒架上的纸五颜六色，小巷顿时变得五彩缤纷。

夜幕降临，当"茶鸡子儿，热鸡蛋"的叫卖声传来时，商铺的门板关闭，小巷才恢复了静谧……

盛唐巷最热闹的时候是在春节之前。一进腊月，纸作坊里就忙起来了，家家都印制灶王爷画像。大案板上摆着木板模子，上面刻着图像：灶王爷坐中间，两位奶奶居下方，上方有"招财童子""利市仙官"，两旁还有什么"八仙过海"等人物。不过这些图都是反着刻的，就像图章，印在纸上才是正面图案。案板旁边还放着三个大瓦盆，里面分别盛着红黄绿三种颜色。

掌柜们开始大显身手了！他们腰间系上油布围裙，先用大排刷蘸黄色水，在第一块模子上刷匀，把裁好了的软纸，铺在模子上，用干净的刷子扫背面，再手脚麻利地揭下着色的纸，夹在竹竿上晾干。然后依次去印绿色，晾干再印红色……一个身穿大红袍、绿靴子的黄脸灶王爷爷就印好了。

腊月二十三，灶王爷爷上西天，"上天言好事，回宫降吉祥"。济南人有"祭灶"的习俗，会提前两天来盛唐巷，热热闹闹地买香买纸，"请"一张灶王爷爷像回家，准备祭祀。

二十三的小年一过完，盛唐巷的第二拨热闹又来了！在原先"神堂"旧址的两旁竖起杉篙，扎起架子，成了临时的猪肉市场。济南近郊及各县的农民，络绎不绝地推车运来宰好的生猪，挂在架子上，论片儿或论斤出售。置办年货的济南百姓又一次涌进盛唐巷，摩肩接踵，吵吵嚷嚷，挑肉议价……直到年三十傍晚，卖肉的整装回家，小巷里竖起的架子拆除，这时年夜饭的爆竹声已经响起，噼噼啪啪此起彼伏，迎来岁岁平安……

岁岁平安的年月里，小巷有过三次重大变迁。

第一次变迁是公私合营。上世纪90年代末，我为撰写"济南老字号"进行采访时，得知在街东头有秦氏创办的广德栈，专门经营药材批发业务，被合进了济南药材公司；街西头的冯家纸作坊东聚泰，先被改进股份制的纸庄，又合进毛巾厂。这两家规模较大的商铺因此而消失……对于这第一次变迁，由于我年龄小，没什么记忆。咱还是以小见大，讲讲我的亲见亲闻吧！

第二次变迁是"文化大革命"。小巷未能幸免，30多家纸作坊都被"割了资本主义尾巴"，一扫而光，并进了街道生产组。受冲击最大的当数我家——因为我父亲严薇青教授是"反动学术权威"，他也是这条街上的最后一位名士。

正如济南文史专家张昆和先生在《泉城百年老照片》的序中所写："严薇青教授，青年时即为济南名士，中年以后是国内外知名的学者，老年是名重齐鲁的耆宿，他终生在高校执教，传道解惑60年，门墙桃李遍天下。他在授业与研究古典文学，勤于著述以外，在晚年饱含着爱国家爱济南的热情，写了许多济南地方文史笔记的名著。这些传世名著成为研究济南历史与文学的宝贵资料。"

祸端起自父亲的书房，它整整占了三间屋、三面墙。木雕的书架依墙而立，自下而上与山墙同高。书籍一层层摆满了书架，又以线装古书居多。薄薄的书页已经泛黄，自然成为"红卫兵"眼中的"黄色书籍"，被翻倒在地上，又抱出家门，撕成碎片再当街付之一炬……那天从下午开始焚书，火光冲天，一直持续到傍晚，小巷内充满烟雾，久久不散……

最后一次变迁是1992年，小巷住房全部拆迁，改为回民小区。其实，从80年代开始，巷内路北的平房已经拆除。街西头建起了电报大楼，街东头盖成了共青团路街道办事处的宿舍楼。那时电信还不发达，济南人发电报、打长途电话都来电报大楼，应该说盛唐巷也为济南电信事业的起步做了大贡献呢！

我在故事的开头讲过，小巷的西头是城顶街——咱济南回民的居住集中地。当年城市改造规划一出台，就把盛唐巷也归并进了回民小区。消息传开，小巷的居民心里乐开了花，终于可以住上新的楼房了！可是真到了要搬迁的时候，诸多不舍又涌上了心头：舍不得住了多年的近邻，大家不分彼此，密切交往，融洽相处，等到四处分散，搬进新楼，独门独户，再见面可就难啦！舍不得院里的花花草草，盆装的可以带走，那种植在院中的海棠、石榴，来年还能开花结果吗？……尽管有诸多的不舍，但真到了搬家的那天，人们还是欢天喜地，有的人家还点燃起喜庆的爆竹……

再见了盛唐巷！再见了这生我养我的地方！

按说故事到此就应该结束了，谁知峰回路转，凑巧了！还有个意想不到的结尾。

2000年，我带女儿逛英雄山文化市场，老远就听见一个中年男子在吆喝着卖老济南地图，刚走到跟前，那人就招徕道："买份老地图吧，这上面什么都有，知道吧？原来的盛唐巷叫神堂巷。"怕我不信，那人又拿起压在地图上的一本书，翻开早就折起的一页说："不骗你，你看《济南掌故》上都有，盛唐巷原名神堂巷……"

　　这书我太熟悉了！不等我张嘴，女儿抢先说道："这书是俺爷爷写的！"卖地图的人吃惊地张大嘴巴问："真的吗？"我只好点点头："俺家就住在盛唐巷。"这下可好了，那人非要送我一张图，咱哪能白要人家的呢？最后付了个半价5元钱……我们已经走远了，还能听到吆唤声："老地图唻！盛唐巷原名神堂巷，那是名人住的地方……"

　　哦！当年拆迁中的盛唐巷虽然消失了，但是它鲜活地留在了人们的记忆中，而能够长期在记忆中保存，就说明它依旧富有生命力——你瞧！它不是成了我给你讲的故事了吗？

马武寨秋思

■ 侯 琪

一

马武寨山在市中区七贤镇辖区内，北峰则在济南大学西校区南院中。据传其为东汉捕虏将军马武屯兵之处。我这土生土长近七十年的老济南，第一次登临兹山。

山是野山，并无石级可循。山势陡峭，状若卧马。东西麓皆绝壁，只能沿北麓依稀可辨的"小路"手脚并用向上攀登。一路之上，但见荆密茅长，乱石撑拒，偶有三两蝶儿翩飞，间闻几声秋虫凄唱。草木知秋，虫儿也该如此，所以在生命的最后时刻，还要竭力展示自己的生之辉煌和绝响吧！

气喘吁吁到得山顶，顿觉秋风入怀、热汗渐消。蓝天絮云，似乎闪烁着透明的光亮，让人不由生出摘取——不，是亲吻云朵的欣喜与欲望。山之南，是马武寨山另外两座东西向的山峰，形状与脚下的北峰极相似。三峰东侧，有两小峰嵌连于三峰之间，峰顶平坦呈长方形——那该是几千万年的马槽吧！"这连在一起的五座山，叫马骨山，老辈人都这样说，不知怎么叫讹了，就成了马武山了。"一位家住山下附近的村民告诉我。真庆幸遇到他，我解了心中一个谜团。据乾隆《历城县志》载"马武寨，在卧狼山（郎茂山）西。史称武未遇时，绿林渠寇，流劫至此，旗墩、石瓮犹存。"然查《后汉书·马武传》，马武为东汉中兴功臣，"云台二十八将"之一。武为河南南阳人，少时为避仇客居湖北江夏。王莽末投入反莽军营"后入绿林中"。据其传可知，马武早年的戎马历练和流寇生涯，就在河南南阳及湖北江夏一带，投奔光武帝后的叱咤征战、兵锋所至，亦未及济南附近。济南之马武寨，于史无据，物证亦缺，颇可疑。以马骨附会马武，是极有可能的，只是没了马骨这个肖形近神的山名，是十分可惜的！三峰之南，是隐约苍郁的南部群山和同样隐约的错落楼房，还有绕城高速路；山之西部，是皇上岭和一说不上名的青山；山之北，是青龙山、郎茂山以及被它们遮蔽一直绵延至城市中心地区的金鸡岭、七里山、六里山、五里山、英雄山、马鞍山诸山；山之东，是九曲庄一带数座山峰、东北向目力所及处，则是历下之千佛、佛慧、黄石崖、燕翅诸峰了。大大小小的山峰周围甚至山腰上，都是高低错落的楼群，济南该有多少人临山而居，是山在城中，亦是城在山中，"一城山色"之谓，绝非过誉之词。我家在英雄山附近，虽不若山居人家之清幽爽洁、超然自得，也不若倚山面山人家之鸟语花香、养眼惬意，但也因居所近山，便多了许多攀登优游的乐趣和悠然，还强健了体魄——这算是山的赐予吧！

当然，临山而居的安详适意，是以和平安定的社会环境为基础的，就如我脚下的马武寨山北峰。67年前，马武寨山是国民党济南守军的外围阵地，其三一三旅一部在此驻防，至今山顶仍可见残堡断壕、累累块石，在秋阳下闪着暗淡的光亮。据有关资料，这里的战事十分惨烈，解放军数次攻击，屡攻不下，死伤颇多，后集中炮兵协同步兵猛攻，终将马武寨山拿下。双方伤亡，均有一营兵力。

战乱年代，据险固守的要隘或山寨，易守难攻，却往往没有退路因而也可能是死地。兵匪尚且如此，何况据险避难却毫无守备能力的百姓。一旦遭受攻击，百姓百分之一百陷入死地，而马武寨，就是这样一座百姓避难的山寨。一睹其真容，就是我此行的目的了。

二

沿着北峰东南角的消防水管下行至"马槽"，在平坦的山脊上南行百余米，便到了中峰——马武寨主寨的山腰处。这里较北峰要险峻许多，更让人心生畏惧的是，在必经之路——唯一可以攀爬登顶的方位上——有高约4米的石壁，所幸竖立的岩层因风化剥蚀，在石壁上形成裂隙和断层，断层处多半足之宽。我只能手脚并用，贴身石壁，提心吊胆，始得爬上壁顶。冷兵器时代，这里确为"一夫当关"之处。既过此"关"余路已不足惧，不一会儿，我便到了峰顶——马武寨主寨。

峰顶是一东西长约百余米，宽约10余米，最宽约30余米的宽敞地带，较为平坦。由山顶下视，则东、南、西三面皆峭壁陡崖，形势极类鲁南众多称为"崮"的山峰。山顶东部，乱石丛莽中，有圆形石碉，虽残破圮败，仍屹然而立。山顶南沿，是断续的石垒寨墙，由尚且完整处估算，墙高约2米许，墙厚则约近1.5米。寨墙内，紧贴墙壁，自东而西有多处石屋，方屋圆顶，全部用石块、石板垒就。有狭小门窗口，却并无门窗。室内空间大多4平方米左右，举家避难一室，其局促窄迫，可以想见。这些临寨墙而建的石屋之北，是一条弯曲的通道，通向西部的寨门。通道中部稍西，是一小片开阔地，大约是寨中集会议事的地方。通道北侧，是主居住区。这里因形就势，纵横错落地散布着几十座石屋。还杂有成排而建的，则显得规整了许多，门前狭窄的隙地，就如小巷一般了。石屋多不大，与偎依寨墙而建的石屋相仿，但也有套间的，且墙缝有泥灰残留，想是富家居所。不少石屋已是断壁残基，荆棘丛生，只有少数尚算完整。这么一片有故实的"清代建筑"任由它们圮败湮灭，实在是太可惜了。

山寨门在山顶西部，石砌圆拱，并不高大，但还算坚固。寨门里不十步，有碑横亘于道。风雨剥蚀，人踏日晒，刻字已经漫漶莫辨。所幸前些年有人寻幽至此，将石碑清理干净拍照，又经电脑处理照片，可看出碑题为"马武寨避乱碑记"。碑文可辨字迹为："盖闻亘古以来，有一乱必有一治，有一兴必有一衰……躲灾避难之地……咸丰辛酉之岁南匪之乱……于此全活一方老幼，其山顶平面阔大，可容数万余人……凿深池以为饮食，建门户而便出入，修围墙以防患难……独力难成……共举善事，凡经数次而功成……"石碑落款有"大清同治六年七月上浣"字样。由残文可以推知，马武山寨是清咸丰辛酉（十一年）——也就是距今 150 多年前，当地百姓士绅为躲避捻军袭掠而建造的，且工程艰难浩繁，"独力难成"，经当地民众联手并举，数次兴建才告完工。好在效用颇佳，"于此全活一方老幼"。由此观之，山寨之建，功莫大焉，善莫大焉，是值得济南人珍惜保护以供凭吊怀远的古迹。

侯琪

191

然而，望着那断壁残垣和石屋顶上枯黄的衰草，心头涌起的一丝欣慰蓦然被无边的悲凉湮没——且不说 150 多年前那些济南先民，要用多大毅力，耗费多大人力物力来建寨，单说那么多人家蜗挤在仅可容身的石屋内，忍受严冬酷暑的冰冻炎蒸、饮食起居的极度艰辛，还要忍受不时袭来的担忧与恐惧——那不知何时可能降临的攻山屠寨、血光之灾……

所以，"于此存活一方老幼"，语意浅层显露的是幸运与欣慰，深潜的含义却是无助的煎熬与悲凉，那是乱世百姓命运的常态，是无可遁避的宿命。就如山下东北方的济南老城，于大明气数已尽的崇祯十二年（1639）被清兵攻破，因遭到守城军民官吏的殊死抵抗，城破之后，黎民百姓，遭杀掠无算，济南几成废墟。1928 年 5 月 3 日，济南城再遭血光之灾。驻扎在商埠区的日军发动突袭，疯狂屠杀中国军民达千人以上，其中包括外交部山东交涉员蔡公时等 17 名外交人员。数日之内，日军又炮轰济南城，血洗顺城街，奸杀烧掠，骇人听闻，此即震惊中外的"五三惨案"。据统计，惨案中济南军民死 6123 人，伤 1701 人，财产损失无法计算。

比起济南的两遭"屠城"，马武寨的避难者是幸运的；而比起与之同一时期又相距不远的黄崖山寨，他们就算得上幸运异常了。

黄崖山寨位于长清肥城的交界处，主导人物是一位继承泰州学派名为张积中的学者。因讲学及医病，这里聚集了数千名来自民间和官方的信奉者。他们举家在黄崖山周围及山上建房盖屋，一方面为追随张积中，一方面也是看中了偏僻幽深的黄崖山一带，的确是躲避战乱和匪患的绝佳之处。这较之马武寨的据险避难，其实是更为柔弱的选择。然而，由万余人组成，且有自己的教育、经济、医疗、防卫机制的聚落社团和带有宗教性质的信奉服从，还是引起清廷的戒惕，并最终导致了镇压：数千人被杀，不计其数的人落崖身亡，其中包括官员家庭 200 余户。张积中及其亲属、弟子约 200 人，在寨门被攻破时，从容自殉。山寨万余居民中，无一人投降。

黄崖惨案后，多方调查结果表明，张积中及山寨并无反叛的图谋与行动，屠寨完全是山东抚署的过激反应。时为山东巡抚的阎敬铭，一生宦海沉浮，清廉自守，政绩颇丰，然仅黄崖一件惨案，他的生前身后名，便与屠夫联系在一起。1893 年建于大明湖畔的阎公祠，不久即废，20 年后，便成了正谊中学的所在地。这其中，不是民意在起作用么？

鸽哨悠悠，从我头顶响起，几只信鸽翩然南飞，迅疾矫健。我猛然便又想到，我们中华民族，一个有着和合、和谐文化基因的民族，几千年有文字记载的历史中，战乱动荡的时间竟然远超和平安宁的时间。我们的祖先，曾经忍受了多少兵燹战乱、流离失所、朝不保夕的炼狱磨难？就如我脚下的马武寨、我眼前的济南城和目极之处的黄崖山。还有"扬州十日""嘉定三屠""南京大屠杀"……饱受战乱外侮之苦的中华民族，一次次涅槃重生，终于淬炼成珍爱和平、坚忍不拔的品性。所以，她特别"慎战"，尤其不会像屡有侵略他国丑名至今却恶性不改，或者以占人土地立国，借战争富国因而特别爱动武的"世界警察""亚洲警察"那样，到处耀武扬威，威胁他国。只有中国，才有屹立两千年、专司守卫国土的万里长城；只有中华文明，才能历经五千年风刀霜剑而不坠。大约，也只有一个珍爱和平而又坚忍不拔的民族，才能创造这样的世界奇迹吧！

兵圣孙武曾在其享誉世界的《孙子兵法》中提出了"非危不战"的战争原则；"苟能制侵陵，岂在多杀伤"，是诗圣杜甫代表人民发出的人道呼喊；"和平共处五项原则"，是举世公认的当代中国处理国际关系的基本原则。然而，性本平和的中国，却被有着侵凌"基因"的"世界警察"及"亚洲警察"贼喊捉贼诬为"潜在威胁"，并把这超级谎言装扮成绝对"真理"，以便为真刀实枪地到中国周边威胁中国找到借口。

这真是荒谬无耻的强盗逻辑，是祸心深藏的霸主心态。

泱泱中华，也许真的会再次临近民族危亡的时刻……

不过，非危不战的中国人民，到了横逆加身、不得不战的危亡时刻，是会决一死战的……

悠悠的鸽哨声，再次打断我的思绪。秋风飒然，抚平我心头翻滚的激情。放眼南峰，隐约可见断续的寨墙，虽阳光闪着微亮，然而见不到石屋。因体力已然不支，南峰只得作罢。我留恋地回望马武寨最后一眼，向山下走去。

同行者，女侄婿智慧。一路山行，多赖其护持左右，细心体贴，颇惬我意，故附记于此。

魅力市中的 N 种表情

■ 鞠 慧

鞠慧 女，山东济阳人，1964 年 3 月生。中国作协会员，山东省作协全委会委员，济南市作协副主席。曾获省、市"文艺精品工程"奖、泰山文艺奖、齐鲁文学奖、泉城文艺奖、济南文学奖等。部分作品与影视剧制作中心签订改编协议。作品入选《济南市 50 年优秀作品》《济南文学大系》《中国青少年分级阅读书系》《齐鲁文学作品年展》等。

山青、泉涌、花红、树绿的美丽市中，如一幅有着深厚历史文化底蕴的奇妙画卷，吸引着四面八方的人来到这里，休闲、旅游、投资、置业。市中是泉城的中心，也是山东省会的政治、经济、文化和金融中心。现在我们慢慢打开这幅五彩画卷，让市中的美丽与魅力，展开在您的眼前。

市中，是山东省委和济南军区等重要党政军机关的所在地。辖区内，驻有 130 余家国内外大型企业区域总部；山东财经大学、济南大学、山东大学南校区等高等院校和山东新华书店集团、山东出版传媒股份有限公司等大型文化企业荟萃于此，更为市中增添了雅致清新的书香气韵；坐落于英雄山下的文化市场，是江北地区最大的文化市场。

来到市中，对喜欢逛街的朋友来说，有 N 多的好去处不可不逛。每一处，都会让您忍不住啧啧称赞，流连忘返。意想不到的收获与激动，或如幽静山野丛林中突然探出头的小花；或似猛地跳到眼前的路面上，冲您做着鬼脸的调皮的小松鼠。那份突然而至的邂逅，让您忍不住地惊喜、好奇，甚至陶醉其中。

如果，您喜欢逛"大而全"的传统老

店，不妨去大观园、人民商场或银座八一店。那里，有数以万计的各色商品，等待着您去挑选、购买。如果，您想逛名品折扣店，建议您去位于英雄山路南首的奥特莱斯。一楼的鞋子、箱包，二楼的服装，全是打了折的名品。淘完了衣服、鞋帽，还可以顺便到超市逛一逛，把日常生活所需一站式购置齐全。如果，您想淘些便宜又时尚的小玩意儿，就请选择地下人防商城吧。人防的商品，五花八门，多得让您眼花缭乱、目不暇接。看到商品上的标签，请不要以为是商家点错了一位小数点，您喜欢的那件商品，其实就是价签上标的那个价格——便宜。但要想淘到既新颖时尚又货真价实的好东西，还要看您的眼力和砍价的本事；如果，您想逛文化氛围浓厚的地方，建议您顺路再到拥有"中国特色商业街"之称和"全国四大文化市场"之一的英雄山文化市场走走看看。古玩字画、奇石雕刻、陶瓷玉器、木雕铜器、文房四宝、古今中外工艺品及花鸟虫鱼、猫狗龟兔、小百货等商品琳琅满目、应有尽有。一圈逛下来，保证让您不虚此行、满载而归。如果您想逛那种新颖时尚，能逛、能买、能吃、能玩，早晨进门，晚上再出门还觉得没逛完没尽兴的地方，那就去万达广场吧。在这里，所有日常生活用品一应俱全。您可以去百货商场购置一份时尚，到超市感受日常生活的贴心与舒适。逛累了，可到市民广场感受亲情的和谐与温暖。与亲朋好友或亲密恋人相伴到电影院，看一场让心灵和身体都得到完全放松的电影。然后，到二楼或三楼的美食街，选一家称心合意的餐厅，在香气氤氲的氛围里，让美酒美食温暖地填满您的胃。您会觉得唇齿留香、回味悠长，生活都是如此甜美；走出万达广场，步行不到十分钟，303米的都市第一高楼——济南绿地中心，就矗立在您眼前了。这座高耸入云的大厦，位于济南市核心位置，在济南市古老商圈之上，聚集泉城历史文化百年的繁华，将牵手国际一线品牌，打造泉城济南新的景观名片——摩天象征下的购物公园。

来到市中，您想健身了，想观景了，想休闲了，英雄山风景区是个绝佳的去处。

美丽的英雄山，以泉城天然氧吧的身份，默默无言地奉献着自己。雪松、银杏、五角枫、黄栌等几十种苗木，以各自不同的姿颜，以蓬勃顽强的生命力，生根、发芽，茁壮成长在这座千姿百态的城中山上。

如果，您的脚步，是在明媚的春天踏上这片美丽的土地，满山嫩黄的迎春花、淡粉的桃花、粉红的杏花和如雪的梨花，会以各自的美丽馨香和姹紫嫣红，迎接着您的到来。五彩缤纷的花朵簇拥着您，时淡时浓的花香环绕着您，漫步花丛中，脚步轻轻的、柔柔的、缓缓的，生怕稍微大声，就会惊扰了花的香、春天的梦。如果，您到来的时候正是天高云淡的金秋，目光所及，青松翠柏间，黄栌、五角枫层叠的叶片把山染红了，把云染红了，连空气中，都流动着绚丽的色彩。一簇簇，一片片，如火似霞，美得让人恍若梦中，如同置身仙境。清初诗人王苹游英雄山后，曾留下脍炙人口的诗句，赞美英雄山上的红叶："黄叶下时牛背晚，青山缺处酒人行"。英雄山亦有另外一个美丽的名字——赤霞山，也就不为怪了。沿着铺满缤纷秋叶的山路，登至山顶。北眺黄河大桥，近观趵突泉、大明湖、千佛山等名胜，顿觉心胸敞亮开阔，目光所及，美不胜收。明朝诗人许邦才登临英雄山后，对山中美景赞不绝口，留下了"山头对酌夕阳斜，下见湖城十万家"的优美诗句。你还可以来到赤霞广场的标志性建筑——伟大领袖毛主席的塑像前，缅怀纪念一代伟人，敬仰之情就会油然而生。

来到市中，不品尝一下这里的美食，肯定是极大的遗憾。说到市中的美食，那实在是风味各异，品类齐全，数不胜数。

始创于 20 世纪 30 年代的济南老字号草包包子，不仅是一种美食，更是一种文化。天丰园的狗不理包子，传统名吃油旋，老济南的甜沫，便宜坊的锅贴，聚丰德的烤鸭、奶汤蒲菜、九转大肠……各种传统美食、特色佳肴，色味俱佳，脍炙人口，令您回味无穷。如果，您想感受一下泉城济南独有的霸气烧烤，那就在星月初上的傍晚时分，选一家人气旺盛的烧烤店，约一群好友，畅快淋漓地吃个够、喝个够、聊个够、嗨个够。如果，您想不走出市中，就尝遍全国各地的名优小吃，那就请到位于纬十一路的美食聚集地——中华名优小吃城来吧。在这条全市规模最大的美食街上，荟萃了大江南北的各色名优小吃、特色餐饮。来到这里，不论您是喜欢江南的清淡、川味的麻辣，还是东北的浓重、西北的粗犷，都会找得到适合您的美味，让您乘兴而来，满意而归。

来到市中，如果您是一位喜欢欣赏传统曲艺表演的人士，大观园晨光茶社是不可不去的地方。曾经，"南晨北启"（济南的晨光茶社，北京的启明茶社）的美誉，响彻大江南北。马三立、赵振铎、郭全宝等相声界泰斗，都曾多次来此登台表演。始创于 1943 年的大观园晨光茶社，经历了半个多世纪的风雨沧桑后，如今又焕发出新的魅力。如果您喜爱曲艺这门艺术，想感受一下大观园晨光茶社的与众不同，那就请在某个周六的傍晚，到晨光茶社来看免费的曲艺演出吧。晨光茶社创始人孙少林先生的第三代传人孙承林先生及其同仁，每个周六的晚上，都会在此免费义演。捧一杯香茗，让茶香伴着鼓乐、琴音，仿佛，又回到了老济南的曲山艺海中。

好吃的好玩的好看的都见识过了，让我们近距离地去亲近济南的特色文化名片，也就是我们济南的灵魂所在吧！

提到济南的灵魂，相信了解济南的您，脑海中马上就会闪现出两个字：泉水。对，泉水是咱济南的灵魂，这是众所周知且无任何异议的。现在想跟您一起来分享的，就是咱市中的泉了。

在市中区，有大大小小的泉子十余处。东北方向，有登州泉、望水泉、东高泉、杜康泉、西蜜脂泉、双桃泉和石湾泉七个名泉。市中区的南部，亦有多处泉眼。最著名的，要数位于青铜山顶部斗母泉村西首"七十二名泉"之一的斗母泉了。

斗母泉曾名窦姑泉。每年雨水丰沛的旺季，三股泉水汩汩而出，水流量大，因此又被称为"大泉"。此泉水口感清甜甘冽，据说还有"治病保健"的作用。附近村民说，在斗母泉的周围，"百米之内无虫"。众多大小泉眼前后左右散落，形成了以寄宝泉、豆腐泉、边庄泉、小泉、南圈泉和白花泉等泉组成的泉群。

斗母泉不仅是市中区的名泉，在济南市"七十二名泉"中，也独领风骚，占有极其重要的位置，其海拔 548.7 米，成为济南市"七十二名泉"中最高的泉。济南市最大的连根同生的车梁木和刺楸，就生长在这里。车梁木树龄 500 余年，胸径 120 厘米，树高 13.6 米；刺楸树龄 400 余年，胸径 72 厘米，树高 11.3 米，是济南市保护最好的一株古树木，被收录在《济南市古树名木志》中。

泉城济南历史文化底蕴深厚，秦琼、刘天民、刘亮采、王苹、老残、老舍、季羡林、方荣翔、舒同等诸多历史文化名人，与市中都有着不解之缘。他们或生于此长于此，或曾在此工作、生活，或在此寓居。他们为美丽的泉城留下了许多逸闻佳话，至今交口相传、绵绵不绝。

市中的美丽与魅力，不仅吸引了海内外众多商家前来投资开发建设，也吸引了众多外地人来此购房置业和生活居住。随着二环南路高架桥和南外环立交桥的建成通车，领秀城、中海国际、华润中央公园等大型社区，以其位置优越、配套完善、空气清新、交通便利的优势，越来越受到人们的关注和青睐。

历经三年的精心筹备和大规模建设，又一泉城文化新地标——位于市中区胜利大街 56 号的山东书城，亦于近日盛大启幕。在这美丽如画的金秋时节，书城的开业，为"书香泉城"建设事业和全民阅读推广工作增添了空前亮丽的一笔。

美丽魅力新市中，似一本沉甸甸的鸿篇巨制，每一页书稿里，都充溢着令人怦然心动的内容、精雕细琢的情节；如一幅多姿多彩的壮美画卷，每一笔或有意的浓墨重彩或看似不经意的简单勾勒，都是那么炫目、炫心、动人魂魄、引人入胜。认真捧读，读你千遍不厌倦；细细品味，品你万次更隽永。时读时新，意境高远，韵味悠长……

唇齿之间老商埠

■ 张继平

济南商埠自从它诞生之日，骨子里就注定是政治的、经济的、开放的。然而，在老百姓眼中，商埠则是热乎乎的、香喷喷的、甜蜜蜜的、笑眯眯的。民以食为天，老祖宗此言有个漏洞，就好像不是"民"的官员、贵族就不食人间烟火一样。实际上，官也罢，民也罢，土著也罢，洋鬼子也罢，"吃"肯定是"第一要务"。

于是乎，商埠区内大量中、西酒楼饭庄雨后春笋般应运而生。1914年出版的《济南指南》一书记载当时在商埠地区的中餐馆有：纬五路的泰丰楼，经二路的同华楼、鸿元楼、新华楼和百花村，纬四路的致美斋和十乐坊等；西餐馆有1904年前后在经一纬二路路口由德国人经营的石泰岩、商埠公园（今中山公园）里的海国春、纬四路的海天春以及十王殿（今馆驿街西口一带）的图连达等。那时，在中餐馆就餐可以点菜，也可包席。海参包席每桌十元左右，鱼翅包席每桌十三四元左右，酒价另加。西餐馆实行的是位餐制，每客价位从一元五角到四元不等。

到了20世纪20年代中期，商埠地区已是餐馆林立，这些餐馆与济南城里平房餐馆不同，多是"高大洋房，以门市为主，虽定价较昂，然甚清洁"（1927年《济南快览》）。中餐馆除了经营鲁菜之外，各地风味菜也纷纷面市，一大批新兴字号接踵亮相，如：经营浙江菜的聚丰园，"风味极美"；被誉为"酒席馆后起之秀"的宾宴春；京味儿餐馆大不同；中西餐兼售的三义楼；专营江苏菜的真不同；清元楼、中华楼、新丰楼、雅观园、庆余楼、济元楼等。西餐馆也新开了海会楼、式燕、亨利、仁记、美记、第一春、济南番菜馆等。

20世纪30年代中期，商埠地区餐馆饭庄已不计其数。除上述外，天一坊、第一美、文生园、和兴楼、第一村、同凤楼、春和轩、华丰恒、又一新等一批中菜馆相继开业。据记载，当时商埠很多中餐馆实行套餐制，客人可以根据人数多少自己选定，如五角钱可以吃到四菜一汤，一元可以吃到四碟两菜一汤，两元可以吃到四冷荤、两热炒、两大件两饭菜。包席则从七元到十五元不等。零点菜蔬，大致一元就可吃好吃饱。在一些小饭馆里，则每位客人三角五角即可。

1926 年，民国文人范烟桥曾来济南工作，并撰写了《历下烟云录》长文，其中点评济南商埠地区中、西餐馆特点，颇有才子味道，读来非常有意思。他评价说："论商埠诸菜馆，济元楼如半老徐娘，犹存风韵，倘为熟客，倍见温存；新丰楼如新女子，活泼泼地，自有天真，间效西风，更新耳目；三义楼如少妇靓妆，顿增光采，已除稚气，颇有慧思；百花村如北地胭脂，未经南化，偶乐尝试，别有风光；宝宴春如新嫁娘，腼腆已减，妩媚独胜，三朝羹汤，小心翼翼。此外，番菜亦有可以比拟者。青年会如东瀛女子，不施脂粉，贤妻良母；仁记如西班牙女子，其媚在眼，其秀在发；式燕如久居中国之侨妇，渐受同化，又如华妇侨外，亦沾夷风。"

商埠较著名的中餐馆中，聚丰德开业最晚，但至今仍在营业。与它几乎同时开业的还有位于经二路纬十二路的泰丰园和经二纬一（后迁至新市场内）的新梅村。聚丰德的原址在经三纬三路路南。1932 年天津人在此创办天一坊。不久，天一坊改名为惠萝春。1935 年前后，其由给韩复榘担任私厨的王金生接手，改名为紫阳春。日军侵入济南后，被日本人强占，其被改为长安饭店。日本投降后，王金生将饭店收回改回紫阳春。后因经营状况不好，由另一王姓接手，改名为同和轩，专门经营清真菜肴。1947 年，王兴南与程学祥、程学礼将饭店盘下，分别从聚宾园与泰丰楼中各取一字，又从北京全聚德中取一德字，改名为聚丰德饭店，沿用至今（其中"文革"时期曾改名工农兵饭店）。在烹饪技法上，聚丰德也是独取三家之长，即聚宾园的"爆"、泰丰楼的"烧"和全聚德的"烤"。其招牌菜是蟹黄鱼翅、葱烧海参、油爆双脆、九转大肠、糖醋鲤鱼以及济南烤鸭。1988 年 10 月 1 日，该店迁至经五路纬二路新址营业至今。

商埠地区西餐馆开业最早、营业时间最长的是石泰岩西餐店。石泰岩开业不久，胶济铁路饭店又宣告开业，它的西餐部以德式大菜为主，可承办大型宴会，光顾者多是德国人和国内军政要人。石泰

岩不但经营西餐，而且还兼营宾馆，是吃住一体的综合性饭店，许多来济的文人墨客多选择在此逗留。1934年春天，著名文人柳亚子偕夫人奉老母北游后转道济南，陪老母亲游览了趵突泉、龙洞、大明湖等名胜，下榻的地方就是石泰岩。柳亚子甚至还专门赋诗一首，赞颂石泰岩，诗云："一树棠梨红正酣，紫丁香发趁春暄。明窗净几堪容我，暂解行縢石泰岩。"

15年后的1949年初，柳亚子等27位民主人士应中共中央邀请北上，共商建国大业。3月14日，柳亚子一行抵达济南，受到刘顺元、廖荣标、姚仲明、夏征农等济南党政军首长以及中共济南市委机关报《新民主报》（今《济南日报》前身）恽逸群的隆重迎接。巧合的是，柳亚子一行下榻的地方还是石泰岩，此时石泰岩已经改为市委招待所。柳亚子在当晚日记中记道："六时下车，济南市长姚仲明、政委书记刘顺元、教育局长李澄之来迓，旋至石泰岩小憩，十五年旧游地也。"在济期间，柳亚子还意外地遇上了故友朱少屏的女儿朱青，并"同游大明湖、图书馆、博物馆、千佛山、华东大学，返至石泰岩进饭。"由于柳亚子大喜过望，席间竟"进土酒数杯"，欣然为朱青题诗一首，题记说："亡友朱少屏之爱女也。少屏为余四十三年盟社旧侣，抗战时牺牲于马尼拉者。"诗云："故人有女能前进，意外相逢在济南。埋血十年悲宿草，从戎万里胜奇男。"诗的后两句说的是，朱青在得知父亲被难的噩耗后，随即投笔从戎，参加新四军，担任陈毅军长的英文秘书。新中国成立后，她进入外交部，出任我国驻日内瓦总领事，是新中国第一位女总领事。当时，她是新华社华东分社记者，来采访柳亚子一行到济南的新闻。

过去，济南商埠地区的西餐店，经营菜品主要有：烤牛肉、烤对虾、牛排、羊排、猪排、咖喱鸡、牛奶布丁、牛尾汤、鲍鱼汤等；酒水类主要是啤酒、白兰地、香槟酒、薄荷酒、汽水等。而中餐店大致有广东菜、福建菜、川菜、云南菜等南菜菜品，鲁菜、豫菜、京津菜等北菜菜品，以及天津锅贴、天津包子、京味小吃等。其中，百花村的爆炒腰花颇为有名，装盘后的腰花，形同麦穗，红中透亮，色香味俱佳，望之便令人垂涎。泰丰楼还开了上菜时刻字摆花加以盘饰的先河。位于经二路纬三路路南的聚宾园，还曾在济南首倡"中餐西吃"的分餐制，受到顾客欢迎。

济南商埠真是个遍地传奇、遍地美食的地方。如今，带着一种怀旧的心情来尝新，才能领略个中真味。

八一立交桥寄怀

■ 韦辛夷

韦辛夷 中国美术家协会会员，国家一级美术师，享受国务院政府特殊津贴专家，山东省美术家协会副主席、山东书画学会副会长、济南市美术家协会主席。擅长中国人物画，其作品数十次获得国家及省部级专业奖项。出版美术专著《占有空间——韦辛夷水墨人物画创作心迹》《当代中国画精品集·韦辛夷》《金手指美术自学丛书·写意人物》《写意古装人物·仕女篇》《写意古装人物·钟馗篇》《中国画名家丛书人物名家·韦辛夷》《名家韦辛夷画高士》。出版文集《提篮小卖集》等。

在浩瀚宇宙中，有一个中等规模的星团叫银河系。在银河系里有一颗中等质量的恒星叫太阳。在太阳系适中位置有一颗中等个头的行星叫地球。在地球上有一片大陆叫中国。在中国中部偏东的地方有一座中型城市叫济南。济南有一个区叫市中区。在市中区有纵、横两条主要街道，把济南南北中分了，也东、西中分了。在中分的枢纽处，有一座贯通四个方向的立交桥，叫八一立交桥。

整整27年了，我至今记得这座立交桥建成通车的日子——1988年8月8日，是4个"8"连在一起的，好日子！那天桥上锣鼓喧天，彩旗飘扬，整个济南都热闹起来了，因为这是这座城市的第一座上下三层、四向八通、苜蓿叶型的立交桥。一时间这座立交桥成了这座城市人们热议的话题。从那以后，通衢大道就成了它恰如其分、名副其实的称呼。

今天恰恰又是8月8日，天气还燠热，但节令却是立秋了。为了那份不可名状的情愫，为了时空交汇后宿命中的那份缘，就在今天，我专程在这华灯初上时分沿着人行通道来到八一立交桥的中畔，手扶栏杆环顾四方：凡迎面驶来的车流汇成一条金色的灯链，凡驶往的车流淌成一条红色的灯链。如果说城市是一张琴，那么这道路就是琴上的弦，这车流就是琴弦奏出的和声，这金色和红色就是 D 调和 E 调了。此时此刻的我，心中隐然涌起欢乐颂般的乐章。

四周高楼上的 LED 霓虹灯在夜色的挑逗下一片片、一盘盘地亮了，在经意和不经意间变幻着颜色：有的似流线沿着设定的轨迹一层层、一遍遍地勾勒着高楼的轮廓；有的却眨着眼儿，时明时暗，在向人们讲述这座城市的故事。"赤橙黄绿青蓝紫，谁持彩练当空舞？"蓦地，车流如年，灯海如歌，我的肉身"钉"在了这立交桥的中央，我的真魂飞腾在了正上方，在八千八百八十八米处，思绪倏然回到了半个世纪前。那时候还没有这座立交桥，只是一个十字路口，就在这个十字路口周围竟然都是我的境遇和曾经。环顾之下，思绪霎然定格在了西南方向，也就顺时针地打开了记忆的闸门……

在现在联通大楼的位置，早在上世纪 60 年代中晚期，在一个 10 岁孩子的印象中只是一字排开的几座平房，有修车行，有国营菜店和几家小商铺。修车行门前有白布支撑的帐篷，是用来遮阳的。国营菜店的蔬菜蒿头耷脑不讲究，夏天，有时店里就在门口摆一堆快要烂的西红柿，穿着蓝布围裙的售货胖阿姨叫喊着："一毛一堆，一毛一堆……"也少有人光顾。冬天则在室内的水泥台上堆上土豆、大葱、白菜之类，三两个穿着套袖的女售货员嗑着瓜子，端着茶杯说笑着旁若无人，就这几样菜品，一直可以摆到来年开春。

从这排平房往南，现在华联商厦银座八一店的位置，是一座在孩子眼中颇有规模的百货大楼，有四层吧，这是济南军区的服务大楼，那时都简称叫"服务大楼"，一、二、三层卖百货，四楼是洗澡堂。当时我的父亲在济南军区供职，就住在西邻的政治部大院中，每个星期天父亲都要带我来洗澡，我总是要先到一楼的钟表修理摊前看上一些时候。隔着玻璃框，我踮着脚尖，静静地看着修表老师傅右眼皮上夹上一个圆形小显微镜，一块手表在掌间指间翻转着，真是帅极了。以至于后来母亲带我来购物，她只要把我"蹾"在修表摊前就可以去办货了，走时再唤我就行。

顶楼的洗澡堂是个热气腾腾的所在，纵横连排的床铺是洗澡客人脱换衣服和浴后小憩的地方。这里没有储物柜，客人把衣服脱下后，总会有一位光身扎着浴巾、穿着木拖鞋的服务生笑意盈盈地接过去，穿上衣撑，用一根长长的双齿挑杆固定好，喊一声"起！"这团衣服就挂在了天花板上的排钩上。成排的衣服挂起来，很是壮观，这既节省了空间也安全。这样景象当下的洗浴中心怕是看不到了。

父亲带我洗澡，他总是让我先站在淋浴头下让水流来冲，我就玩起了水花。待父亲洗得差不多了，把我抱过来，按在大浴池的水泥阶上，用一双大手在我身上来回搓，不多时，一条条泥虫就搓了出来，然后打肥皂再冲。至今我仍然记得父亲为我搓澡时那一脸严肃的样子。再后来，父亲调防，离服务大楼远了，但依然在本市，逢着周日洗澡，就骑小金鹿牌自行车把我拎在前横梁上驮我来，又延续了好些日子。后来这座服务大楼就扒了，有 20 年了吧，取而代之的是现在的银座八一店和高高的浙江大酒店，现在改名叫"小城故事"了。

思绪转到了西北方向。就在现在弯弧处高楼的位置，是当年八一礼堂的位置，八一立交桥的名字就是由这座礼堂来的。这座礼堂好哇，记忆尤深！为了给立交桥让路，就这么拆了，真是可惜！

在我的记忆里，这座八一礼堂是前苏联风格，典雅庄重，宏伟大气。狭长的窗户密密地排成两层，窗户隔断上都有花纹，每个窗户上都挂着红黑两色双层窗帘，为的是白天放电影遮光遮阳。走进大礼堂，迎面是大舞台，可以演出，可以当大会主席台，更多的时候是挂一张大银幕放电影。礼堂为上下两层，两侧回廊都有红柱子支撑，也是装饰。座椅是软包的，可以翻转，一人一椅，这在当时可是了不得的待遇，别忘了，其他影院和礼堂的座椅都是连排硬木座椅。这样的椅子在一个孩子的眼里又高档、又新鲜、又享受。

在八一大礼堂里电影可没有少看，少数是父亲带我和家人来的，多数是我和小伙伴来的。印象最深的，当然是样板戏的电影啦。有一年过春节，光是《智取威虎山》我就看了 4 遍。那时候小，不知为什么也看不腻，用现在通行的说法是文艺荒芜，只剩了 8 个样板戏，没别的看，只好看这个了，真是没有看腻。我还在这里看过朝鲜电影《卖花姑娘》，好多人都看哭了，我哭不出来，怕人家说没有阶级感情，也时不时地用手在眼眶下拂一下，黑影里有这么个动作也就够了。我还看过"老三战"，就是《地道战》《地雷战》《南征北战》，算起来这几部片子加在一起得看了上百遍吧（当然，包括在八一礼堂之外看的）。玩的时候小伙伴们争相背电影台词儿，谁背得多，背得像，就能成为大家的偶像。再后来，主角的台词背完了，我就开始学着背次要角色的台词儿，又成了炫耀的题目。想想看，快乐其实挡不住。

思绪转到了东北方向，就是现在八一礼堂的位置。这座礼堂从盖好那一天起我就不怎么喜欢，怎么看怎么像个地堡，灰墩墩的，远没有拆掉的那个精神。这是为了补偿拆了西侧的八一大礼堂重新盖的。就在这个位置，当年是一个硕大的广场，广场北面有一座高台，可以挂横条会标，也可以挂竖条标语，市民集会常常在这里。在"文革"期间这里成为大批判的主战场，红袖标、红卫兵、红旗、"红宝书"和各种动态的毛主席像汇成红色的海洋，成为时代特征。各路"战斗队"革命小将穿梭其间，再喊口号，再配上高音喇叭，气氛热烈极了，这往往是誓师大会的场景。再一类，是批判大会。十数名挂着打了红叉牌子的人，头上戴上纸糊的高帽，撮到椅子上站着，每人后面再有两名红卫兵小将，每人逮一条胳膊往上举，挂牌子的人自然就要弯腰低头，这叫"坐飞机"。然后一个"有身份"的人慷慨激昂地念稿子，时常有人在台侧插进来挥着拳头喊口号，台下的人群一呼百应，场面蔚为壮观。还有一类是公审大会，也是一排溜人站在台上，也挂着打了红叉叉的牌子，没有戴高帽，而是反剪双手五花大绑。台上人念一个人，就有人立马在捆着的人的后背上插一根亡命标，然后押上停在一侧的解放牌卡车上。两个人押一个，其中一人攥着一根套在犯人脖子上的短绳子，这是怕犯人喊反革命口号的应急措施，然后车队浩浩荡荡沿经十路向东面开去，据说是在20里地之外的燕子山畔正法枪决的。

这座广场还有一次留下了深刻印象，就是上世纪70年代初期，柬埔寨西哈努克亲王来济南视察。那次我所在的济南九中欢迎队伍恰巧就安排在了八一广场南首，也就是经十路的北侧。记得我们排练了好几天，还组织全市人民提前彩排了一次。正式欢迎那天有领头的说"来了"，我和同学们立刻举着纸花欢腾跳跃，边蹦边喊"欢迎欢迎、热烈欢迎！"大家都伸着脖子就想看看真的西哈努克的样子（因为当时在报纸上和电影"新闻简报"上没少看），只见车队"忽"地来了，又"忽"地走了，互相问问都说没看见。折腾了这么些日子，就为了这"忽"地一下子，现在看像是个玩笑，在当时这可是极其严肃的政治任务。

思绪最后定格在东南方向，就是现在雅悦酒店的位置，这里可是我安身立命所在。

自上世纪1986年始，我有16年的光阴是在这里度过的。这座雅悦酒店改装前的楼是一座六层简易宿舍楼，砖混预制板结构，为"文革"期间盖的，谈不上质量。改革开放后一半是市委招待所，一半由市里当作机关单位周转楼，也就是说，那些一时没有办公地点的单位，都集中在这里，待调剂出了办公地方再搬走。在我看来，能在这座楼上"周转"的单位，大多是非实权的单位，诸如……还是不说了罢，反正我所在的单位是最后一个搬出的。待我们单位搬走后的不长时间，这里的招待所和我们办公房间就改成了酒店。正因为每天要在这里工作，我也就成了八一立交桥前世今生的见证人。

盖立交桥之前，在十字路口的中心，一度建造过一个转盘，来往的车辆划着圆弧绕着走。再后来，在转盘中间立了一座大广告牌，圆钢支撑，离地三四米，有四个腿，在上面立了一个铁板焊成的四方框。每个面朝一个方向，再贴上花花绿绿的广告，远远望去，像是在一个巨大的四腿板凳上放了一个大鞋盒子，要多难看有多难看。

我供职的单位是济南市文联，四个科室，十几个文艺家协会，三四十号人就挤在两个单元各四层的宿舍结构的办公室里。每层一个厕所，厕所就一个蹲坑，男女混着用。我所在的协会部有十个协会，除作协在另一个单元外，其余的就挤在里外两间各二十来个平方面积的房间里，一个协会一张办公桌就齐活了。要是哪个协会搞活动，其他协会的驻会人员就挪出地方先济着搞活动的协会用。就这样，各个协会的工作也没有耽误，依然有声有色。再后来单位就搬到十六里河的文联大厦了，再后来又搬到龙奥大厦了。可我怎么越来越留恋那时的时光呢？那时大家心气儿多旺哇，各个协会驻会干部都是各行当的领军人物，到今天都成了德高望重、德艺双馨的艺术家。

八一立交桥的建造时间是1987年夏天，随着挖掘机进入工地，不几天就挖出了一个大坑，那座典雅庄重、宏伟大气的八一礼堂也在开工的同时轰然化为废墟。入夜，工地上灯火通明，机声隆隆，运输的车辆川流不息，一排排密集的支撑架拔地而起，眼见这座钢筋水泥支架上伸出四翼，再缓坡隐入地上，与四方道路相接。《济南日报》隔三差五报道工程进度，画家们也没有闲着，几番深入工地画速写，这些作品登在了1988年7月的《济南日报》上。终于这座寄托着济南人梦想的立交桥建成了。自从建成之日起，就成了济南人不可须臾分离之桥，成了与济南人的生活息息相关的通道。这座立交桥后来扩建了一次，维修过数次，每一次扩建维修就为她着了一次新衣，每一次扩建维修就是重新打扮。在我眼中，她早已由初做羹汤的少妇历练为楚楚动人的淑媛了。

八一立交桥，济南人的命脉之桥！川流不息的车辆涌过来，又走了。这车流白天是欢歌，夜晚是灯河，带着理想驶来，带着希望驶过。虽然她的规模早已被其他的立交桥替代，但她在我心中的文化承载却是历久弥新，不可消磨……

我收回思绪，眼前依然辉煌一片。瞩目苍穹，天幕上繁星点点；轻抚栏杆，脚底下灯海烁烁。刹那间我又身心穿越：已不辨今夕何夕，哪个是真我，哪个是假我？

你看见了吗——

在太阳系适中位置有一颗中等个头的行星叫地球。在地球上有一片大陆叫中国。在中国中部偏东的地方有一座中型城市叫济南。济南有一个区叫市中区。在市中区中部有一座立交桥。一个上世纪中叶出生的中年人在桥的中间沉思……

生命之灯

■ 逢金一

逢金一 1969 年生于山东胶南，博士后，中国作家协会会员、山东省作家协会全委会委员、山东省散文学会副会长、济南市作协副主席。曾获中国新闻奖报纸副刊作品复评金、银奖，全国报纸副刊专栏年赛一等奖，第一、二届山东省刘勰文艺评论奖，第二届山东新闻名专栏奖，第二届齐鲁文学奖，首届泉城文艺奖等多种奖项，出版有随笔、诗集等十部，现供职于济南日报。

在济南地图上，你一定能很快找到顺河高架路。它南北纵贯，状如一个发福中年男性的啤酒肚曲线。大约在这啤酒肚的肚脐眼处，由东向西挺出如小火柴棒一样的一条街，那就是馆驿街。

馆驿街是一条温暖的街。1987 年夏天，我第一次来到济南。济南给我留下最深印象的不是大明湖，不是趵突泉，不是千佛山，不是泉城路，而是馆驿街。

首次来济南是在父亲的陪护下。我至今还记得那次和父亲走过两个开满荷花的大池塘，那荷花拥拥挤挤却高高兴兴的样子，荷花长得好像比我还高，蝉在什么地方张扬地叫着。我还记得我们走过夏夜西门，记得那时就有乘凉跳舞的人们——她们应该被称作现在跳广场舞的中国大妈的前身。

最深的记忆就是馆驿街这个名字。父亲一字一顿地念："馆——驿——街，嗯，走走看。"

是啊，"馆驿"，多么有意思的一个名字。走走看，看有什么名堂。这是很奇怪的一种感觉。现在想想，大约是父亲与我对古典语言共有的一种天生的敏感。"馆驿"，与刚刚脱离的"文革"及当时所处的改革开放初期，是多么不合拍的一个特殊名称，它带着古文明的胎记，带着汉文字的神秘感，指向古代，指向了大多数当代人看不清的远方。

馆驿让我想到战国四公子之一孟尝君的门下冯谖。孟尝君最初将他"置于馆驿"，不甚重用，后来冯谖唱《长铗歌》，吐槽自己"食无鱼，出无车"，终成孟尝君的高级食客，并成功地为孟尝君"买义"薛邑、游说梁惠王任用孟尝君为宰相。著名成语"狡兔三窟"也源于此人。典称"孟尝君为相数十年，无纤介之祸者，冯谖之计也。"

馆驿让我想到商鞅。这是一个在生命的最后驿不得的可怜之人。他被迫逃亡到边境时，想投宿馆驿，却被以"商君之法，舍人无验者坐之"予以回绝，最终被逮捕遭车裂而死。

馆驿还让我想到杜牧那首著名诗作："长安回望绣成堆，山顶千门次第开。一骑红尘妃子笑，无人知是荔枝来。"此诗讽刺唐玄宗为了爱吃鲜荔枝的杨贵妃，动用国家驿站运输系统，从南方运送荔枝到长安。那的的马蹄声历久千年，犹自回响我耳畔。

父亲和我就是在那沙沙的长铗歌声中，在那慌慌的择路声中，在那隐隐的马蹄声中，像两簇小火，一步一步闪亮这根充满神秘感的火柴棒。

多少年后，当我终于在这座城市落户，而所居住的地方恰巧就在馆驿街附近时，就每每想到与父亲共在的那些宝贵时光。现在，这条路只能由我一个人去走了，火柴棒被我一次次孤独地擦亮，一次次映照出父亲那慈祥的笑容，淡淡的烟草气息与略带低沉的声音。

后来，我慢慢理解了这条街。

这是一根燃烧了六百多年的火柴棒。它最初出现在文字中是一条大道，俗称官道。那是在明洪武九年（1376），三司（布政司、按察司、都司）移于历城，此地始设馆驿，名曰谭城驿。这是传送公文，迎送官员的馆驿，百姓称"接官亭"。

这根火柴棒正式成为一条街，当是在清代。清乾隆三十六年（1771），《历城县志》将这一带称"十王殿街"。后来，在馆驿和十王殿之间形成街巷，才统称馆驿街。《续修历城县志》记载，馆驿街"北走燕冀，东通齐鲁，为济南咽喉重地。"

既为"咽喉"，那么我想，明代"后七子"领袖、大诗人李攀龙按理说也会从此街走过，如一枚秀丽的樱桃滑过我们的咽喉。因为他曾在今广东、山西、河北、河南、浙江、陕西等多地出任高官并多次回乡，一定有机会经过此街，而在极其重视迎送程序的古代中国，他在馆驿街上寒暄几句，当是必有的礼仪。

路有容。从历史资料来看，早先的馆驿街是条土路，后曾铺成碎石路。1929年加以翻修，1931年修成黑砂石路，1933年改作青花岗石板路，现为沥青路面。路也有色，这条街的特色也随着历史潮流而改变。20世纪初，这条街上有三多：人多、庙多、会馆多。到20世纪40年代，这里已演变成一条商业街，商品种类繁多，有农具、日用百货、筐子、篓子、建筑材料、粮食、布匹等。20世纪八九十年代，这里成了经营炊具、竹编、丝网、炉具等土杂品的特色一条街。总起来看是由官道而至商道的演变，我想这主要是由于上世纪初开埠的影响吧。

而当时父亲与我走过这条街时，路面是什么容色？已然记不清了，风吹走了什么。但我感觉是青石板路，至少是保留着某几块青石板的。要不，父亲那坚强有力的脚步声，为什么依然回响在我耳畔呢？

这根火柴棒的东端为英贤桥，西端，也即它的红色磷头，是红瓦坡顶的德式建筑津浦铁路宾馆。我们在说这座建筑的时候，其实应该降低了声调，因为它可是一位业已107岁的历史老人。

在这一百多年的时光中，津浦铁路宾馆有很多荣耀的时刻，孙中山、胡适、泰戈尔与徐志摩均曾在此住过。此处地近经一纬一，济南经线与纬线的始点，因而是一个历史性与地域性的交叉点，又因与津浦铁路站——济南老火车站，有一个路口之隔，此处又成为诸多人事的原点或标志性节点。

颇值得一提的是1922年胡适的济南之行。胡下榻在津浦铁路馆，为的是参加第八届全国教育联合会。而正是在此宾馆中，胡适草拟了会议草案并推动大会通过了这个草案，即《学制修正案》。这是中国现代教育史上影响最深刻的一次变革。它彻底放弃了沿袭日本的旧学制，转向英美学制，也就是将小学七年改为六年，将中学四年改为六年（初中三年，高中三年），即"六三三学制"。说这是中国近代中小学教育的一个原点，一点也不为过；说此地为中国近代中小学教育的重要见证处，一点也不会错。

这次济南之行，孙中山与胡适均曾抽时间游览了大明湖。从路线上考量，他们均可能走过馆驿街，只是未曾有确实的文字佐证而已。一条街就是一条街，它平躺着，只供人走来走去，未必非得让人记住它，不像湖山胜景，或以水的形式低下头去一脸娇羞，或以碑、塔、寺、观的形式仰起头来一脸的正能量，让人在俯仰之间流连忘返。一条街，以正直为本分，沉默是它的声音，寂寞是它的命运。

徐志摩曾三至济南，这在陈忠、王展兄与我合著的《徐志摩与济南》一书中已有详细记述。1924年，泰戈尔与徐志摩住进了这座宾馆。1931年11月19日，徐志摩遇难济南，他的灵柩就停放在馆驿街的"寿佛寺"。寿佛寺在馆驿街西段，"中州会馆"和"安徽乡祠"之间。此月22日，梁思成、金岳霖、张奚若、沈从文、闻一多、梁实秋、赵太侔等人赶到寿佛寺。梁思成当时带来一只用铁树叶作主体缀以白花的小花圈，这只具有希腊风格的小花圈，是林徽因和他流着泪编成的，徐志摩的一张照片镶嵌在中间。中国现代史上的这一干文化名流，含着泪，伴徐志摩在馆驿街走了最后一程。

从更大的视野上看去，这条街在现代史上，日本人的铁蹄踏过，国民党的军警皮靴响过，解放军的布鞋丈量过。720 米的长度，一部大历史的容量。

而今，我上下班都要穿过英贤桥，脚触馆驿街；我的孩子也曾每日路经馆驿街。而每次经过这条街，我都会有一种不一样的感受。我们称它为街，实则好似省略了什么。在我眼里，它是一座以直线形式存在的高山，是一条以硬土方式存在的长河。它甚至也可视为典型山东人的一个隐喻：外表平凡、平实、平和、平静，而目光久远、沉稳老练、处变不惊。

每个人都生活在自己的经验与记忆中。每个人的记忆中，一定有许许多多、各式各样燃烧着的火柴棒。它们默默燃烧，侍奉着岁月，滋养着时光。它们小到无名无姓，却大到能照亮一座城市，光耀一部历史。

它们，是能够点亮人们心海沉舟的生命之灯。

那些年商埠的摩登与时尚

■ 牛国栋

牛国栋 1961 年生于山东济南。长期从事旅游工作，致力于城市纪实摄影及城市传统文化的保护、继承与开发利用等课题的研究。其摄影文集《济南乎》是济南历史上第一部以街区文化为构架的城市人文地理专著。

济南开埠后，以铁路枢纽的优势，将山东的开放前沿从烟台、威海和青岛等沿海租借地拉到内地，犹如一架引擎，带动了山东腹地经济社会全面发展，使得在清末新政改革中已经走在全国前列的山东，进一步奠定了领先优势。济南也由原来政治中心城市逐步发展成为山东乃至华北的经济中心之一。而济南商埠地区，以新兴商业文化为标志，成为时尚文化的高地，引领着大半个山东的时尚潮流。

在短短的十几年间，商埠区逐步形成了以老火车站为中心向东南西三面辐射，以经二路为东西主线，以纬二路和纬四路为南北支架的新格局。商埠内地势平坦，街道纵横交织，排列有序，林荫夹道，树影婆娑，遮天蔽日。沿街商号洋行林立，建筑风格各异，多为西式模样，颇具异国情调。

商埠的建立，对济南百姓的日常生活产生了深刻的影响。济南的商业中心也从城里的芙蓉街、院西大街和西关、普利门一带逐步西移到了商埠一带。那时，城里人买东西都要到商埠逛一逛，就是因为这里商店多，商品种类齐全，质量也好。外地人来济南，商埠成为他们看街景、购商品的必到之地。据《山东各地乡土调查》记载，当时济南已有杂货铺、绸缎庄、钱庄、银行、药铺、铁器铺、钟表行、漆行、洋货铺等商行32类，达1995家之多，而其中的绝大部分集中在商埠。正像1914年叶春墀所著《济南指南》中描述的那样：商埠"津浦胶济铁路参错，气动鸣雷。挥汗成雨，灯辉不夜，道洒无尘，是以五方杂处，万货云集，经营伊始，发达如此"。

由于开发理念先进，又采取了免除土货出口税、裁减厘金、投入官款扶持实业开发等通商惠工政策发展本国贸易，并鼓励国人投资工商业与外商竞争，深得工商业界的欢迎和好评。1905年10月23日《东方杂志》载："济南开办商埠，设局勘界，均将就绪，近闻商贾铺户陆续注册者已多至千余家。"由于当时商埠已具有今天"特区"的某些特点，洋商在埠内有了"市场准入"和"国民待遇"，因此外国资本也纷纷从东部沿海涌入此地，仅1905年以后的三四年的时间里，洋行就达20多个，其中德、日、美、英居多。国内的官僚、买办和民族工商业者纷纷来此开办商号、银行和工厂。

一些民族资本也将投资重心从老城和西关转向商埠，如祥云寿百货店、同达鑫鞋帽店（后来的"永盛东"）、瑞蚨祥（鸿记）绸布店、隆祥（西记）绸布店、泰康食物公司、上海食物公司、泉祥（西记）茶庄、居仁堂中药店、亨得利、大西洋钟表店、三联书店、兴顺福酱园、洪顺服装店、神仙理发店、开明电料行（后来的红波无线电商店）等字号纷纷到以经二纬四路为中心的商圈扎堆，参与角力与竞争。

大量商号在商埠出现，不仅带来了新商品、新技术，为济南的经济发展注入了新鲜血液，同时新观念的冲击也带来社会意识形态的新变化。加之地方政府的政策扶持、社会心理的接纳以及价值取向的转移，从而还加速了济南民族资本的重新整合和民族工商业者的变革与转型。

早些时候，传统的商家，包括那些知名的老字号，即使在繁华的肆市扎堆，也都是独门独户独立门头，以邻为壑，各自为战，东家绝不管西家的事。而20世纪初的头30年，济南西关建起了劝业场（后称国货商场），商埠则先后涌现出了万字巷商场、新市场、西市场、萃卖场和大观园等所谓"七大商场"，成为济南的一道独特风景。这样的新兴大卖场无论经营规模，还是经营理念，甚至经营业态，在当时都是颠覆性的，从中也可看出今天地产业所津津乐道的"城市综合体"的雏形。这种大卖场不再只做单纯的百货零售与批发，而如同万宝囊，把光怪陆离、五颜六色、杂七麻八的东西放在同一个市场，方便顾客选择。这种商场的另一大亮点是增加了游艺娱乐等文化消费，同时满足人们的物质和精神两大需求。引得那些男女老幼的顾客们兴致盎然，乐此不疲，各有各的去处，各有各的归宿。旧中国历史最长、影响最大的报纸上海《申报》，1937年7月20日发表一篇名为《济南——平民娱乐场大观园暮晚的动态》的报道中说："大观园遂成了一般平民和少数有钱阶级的消

夏场所。每至暮晚，有千百的男男女女来此闲逛，大观园立即活跃起来。直到深夜十二时许，才渐渐沉寂了。"由此不难看出，大观园等商场在当时已经超出了一般市场的功能，成为展示济南时尚风情的舞台。

除百货零售业之外，商埠内的很多设施都是当时堪称济南"第一"或"之最"的。像济南的第一座公园，第一座商品陈列馆，第一家专业电影院，第一家立体电影院，规模最大的影剧院，设施最好的宾馆，最好的西餐厅，最早的女浴池，规模最大档次最高的浴池，最好的照相馆，最好的理发店，最早的外国银行，最早的外国领事馆，建筑体量最大的邮电局等等，无不吸引着济南人以及外地旅人的眼球。济南开埠时虽然条件有限，资金不足，却颇有眼光，体现了较为先进的城市建设理念。商埠开埠的同一年，就有了公园的规划，当时名为商埠公园，这也是济南第一座城市公园。公园西北部原有 1911 年建起的商品陈列馆，相当于现在的"会展中心"，这也是济南最早的商品陈列馆。为筹备参加 1915 年在美国旧金山举行的巴拿马太平洋万国博览会（时称巴拿马赛会），到国际舞台展示山东商品的实力，1914 年这里举办了为期一个月的山东省第一次物品展览会，上万种商品参加了展示，参观者每天都超过万人。这也成为济南乃至山东第一次大型的商品展览会。

随着商埠开辟，济南旅店业中心也从老城移向商埠。火车站、经一路和经二路一带不仅旅店客栈林立，水准也较城里的高了许多。当时，济南旅馆业档次最高的应属德国人经营的石泰岩饭店和日本人经营的金水旅馆、鹤家及常盘旅馆等。石泰岩的经营方式在当时完全是时尚化的，以满足欧美侨民的需求，如提供香煎牛排、生牛肉末、牛尾汤、铁扒鸡和冰激凌等西餐，还有四五十个干净整洁的床位，另外设有洗澡间等。纬一路的津浦宾馆和经一路纬三路口的胶济饭店则是两家高档的内资酒店。1912 年 9 月，孙中山以全国铁路督办的身份来济南视察时，津浦宾馆的前身津浦铁路管理局便成为他的行辕。1924 年 4 月，印度伟大诗人、刚刚获得诺贝尔文学奖的泰戈尔，在徐志摩和林徽因的陪同下来济南访问时也曾在此居住。而泰丰楼、聚丰园、百花村、悦宾楼、聚丰德、便宜坊、天丰园等老字号餐馆的相继建立，则成为济南人竞相追逐的美食乐园。

作为时尚生活标志之一的洗浴业，在商埠也有了长足发展。经二路的芳园池、万字巷的涌泉池相继建成纳客。尤其是经三路的卫生池、纬六路的新新园，空间宽敞，采用新式锅炉，安装了淋浴，有大池、小池和单独设立的浴盆（当时业内称官盆），而且卫生池还破天荒地开设了女池。30 年代初创办的铭新池因为规模大、设施好、服务佳，被誉为"华北第一池"。

上个世纪初在经三路纬二路口建立的小广寒电影院，是济南第一家专业影院，经营者最初为外国人，放映的《人猿泰山》等黑白默片紧跟好莱坞院线步伐。加之后来建起的"新济南（职工）""明星""大众""大观""天庆""胜利""和平""军人"等电影院，商埠成为济南影剧院最为密集的区域，占据着济南电影市场的大半江山。而大观影院还是济南第一家宽银幕电影和立体电影院。

上世纪五六十年代，随着济南大规模调整商业布局，尤其是老城内建起百货大楼后，泉城路与商埠大观园和经二纬四路一带形成济南三足鼎立的商业中心。直到80 年代初，经二纬四路和大观园内外，依然延续着旧日的繁华与热闹，可以说个个店面都是旺铺，顾客摩肩接踵，购销两旺。那时人们一提起逛商埠总感觉有些仪式感，很神圣，是件大事，比今天去听一场音乐会还要神气与快乐。

90 年代初开始，随着市场经济的不断深入和大纬二路的拓宽，济南商业重心也逐步东移，回归老城一带，老旧的商埠区开始变得萧条。虽然大观园、第一百货、西市场等相继进行了几次改造，但商埠的商业氛围依然没有较大起色。

2008 年，林祥街、魏家庄及新市场连片拆迁，万达广场豪迈崛起。加之以中山公园为核心的"老商埠"地产项目启动，老商埠区的时尚步伐又在加快，商埠作为曾经的时尚高地，重新回归到济南人的时尚生活之中也指日可待。

牛国栋

213

郎茂山居记

■ 魏 新

魏新　生于 1978 年，山东菏泽人，曾任《都市女报》编辑部主任。著有长篇小说《动物学》《我将青春付给了你》《命运教我变魔术》，历史随笔《水浒十一年》《东汉那些事儿》等。

济南南，有小山，名为"郎茂山"。据说，当年此地野草丛生，偏僻荒凉，沟峪山洞中有狼栖居，故称"狼茂山"。解放战争时期，为军事要塞，曾筑有堡垒。20 世纪 80 年代初，兴土木，建小区，人烟至，炊烟起。现如今，经几度枯荣，虽不算繁盛，却也楼林立、人喧嚷，属市中区，在外环内，狼的踪迹全无，天一黑，山坡上全是遛狗的人，走路不低头，常走狗屎运。

我于 2009 年迁到此处。当时买房转遍许多楼盘，都觉得不甚如意，不是小区太大，便是钱包太小；不是楼层太高，就是地势太低。县城长大的人，对高楼林立、人群密集之处有着天生的畏惧感，又一直不会开车，平日在城市里就迷路，一进那些像是城中城的小区，简直是谜中谜。还好，有位朋友介绍到郎茂山这边，半山腰上，小区不大，共 6 座楼，人少，路窄，弯多，幽静，我一见钟情。

出了小区门，就能上山。山不高，步子快的话，一刻钟就能登顶。上山的路有很多条，东西南北都修了台阶，山不陡，不走台阶的话，随便找一处，扒着石头，踩着荒草，也能上去。山顶有长廊、凉亭，一条平整开阔的路，还有一些健身器材。每天清晨，都有很多锻炼身体的人，有的爬到山顶，找一空旷处喊山，用尽所有力气，既像大侠空谷传音，又如公鸡早起打鸣。因此，想睡个懒觉，晚上必须关窗，否则会被自动叫醒。尤其是夏天，天蒙蒙亮就能听到喊山的声音。有次小区里离山最近的那一户被喊醒，忍无可忍，跑到阳台上，冲山顶大骂，山顶的人听到后，也不喊山了，冲山下回骂。你一句，我一句，毕竟有段距离，声音传输略有延迟，所以，节奏十分有趣，好像是你骂我，我耐心听完了，再骂你，你耐心听完，再骂回来。双方又只能动口，无法动手，按回合制，骂尚往来，颇有君子之风。

小区下面是大片老居民楼，即郎茂山小区。这是济南集中建设的最早最大的小区之一，分北区和南区，里面的路错综复杂，人形形色色，四处散发着浓郁的市井气息。

贯穿南区的一条斜上坡，两边挨着好几家小卖部。我一去大超市就心慌，尤其受不了在收银台前排队，因此，平常的生活用品都是在这里买。

这几家小卖部风格不同。我开始总去一家夫妻店，两口子很热情，每次不管买什么东西他们都会替你算一笔账，结果是你买的比别的地方都便宜。就算是买包方便面他也会告诉你，他们卖的方便里面多含一个卤蛋，别的店里是没有的。时间长了，我心里产生了深深的歉疚，觉得这样下去我欠人太多，难以偿还。再买东西，只好另换一家小卖部。

新换这家小卖部的老板是一名中年男子，精瘦，嗓门细高，话不多，身手特别利索，要条烟，不用再多说，他便连烟带找零一同拿来，递给你。他还是一个特别快乐的人，经常能听到他大声唱歌，比如《小白杨》《说句心里话》之类的，一边开演唱会，一边经营杂货汇："一颗呀小白杨，长在高岗上……你要啥？"

"来包'白将'。"

"好嘞……根儿深，叶儿壮守望着北疆……"

还都能接上。

偶尔也会遇到一些小麻烦，但他有特别巧妙的化解方式。有一次，一个大老爷们儿去他这里买鸡蛋，称了一袋，放在电动车前面的筐里。这个大老爷们估计平常很少买鸡蛋，骑上车不到五米，鸡蛋就颠碎了好几个，停下来一脸郁闷。他在小卖部门口喊："没事，回家也得磕！早磕了省事！"

那一刻，我真觉得他是一个哲学家。

小区的菜市场更为热闹。早晨有各种早点摊：包子油条、煎饼果子、炸肉盒、肉夹馍。最火的是一家牛肉烧饼，每天都排着长队。烧饼是现烤的，煮好的大块牛肉放在一个铁桶里，冒着滚滚热气，卖烧饼的把牛肉一块块从桶里取出，放到案板上，用刀剁碎，再把刚出炉的烧饼从中间划出一道口子，将剁好的牛肉夹进去。牛肉最好是七分瘦、三分肥，烧饼用老面发酵，皮酥脆，瓢微酸，和肉汤交融在一起，咬一口，奇香无比。

有段时间，我几乎每天在这里买一个牛肉烧饼，从5块钱涨到7块钱，生意依然火爆。后来有几次，我在排队时发现，偶尔会有来买烧饼的，是卖烧饼的熟人，不管队排了多长，卖烧饼的都会优先给他们，这让我感到不太舒服，就很少再去，再想吃牛肉烧饼，宁可去四五公里远的回民小区。

或许是因为对平等和秩序的要求过于强烈，我难以容忍这种事。让我感到欣慰的是，36路公交车的始发站在郎茂山，每天公交站牌，人们都在整齐地排队。我不知道在济南这座城市，自发排队上公交车的站点有多少，希望以后能够越来越多。

小区的大路边，还有一个修自行车的小摊，修车师傅浑身黝黑，摊边常年摆一副象棋，棋盘为木板所刻，和棋子一样，裹着一层黑色的油浆。修车的人不见有多少，却常年围着一圈下棋的人，都是四周居民。修车师傅有时也亲自上阵来一盘，袖子一捋，就坐到了马扎上。他们的棋局往往开始就是一通拼杀，吃得睁不开眼，等棋子剩下一半时，才开始点上一支烟，仔细斟酌。围观的人也经常支招，给一方支完给另一方支。支招的之间互相不服，干脆胡拉了残局，抢过马扎坐下，重下一盘，又在众人的支招中，拼个你死我活。

没事时我从这里路过，会停下来看一盘，比在网上下棋好玩多了。有时候想，自己将来退休了，就到这里来锤炼棋艺，也是件其乐融融的事。

就这样，我在郎茂山已住了6年。尽管没有上过几次山，但吹着山风，望着山景，闻着这座山的气息，看着这座山的枯荣，仿佛听到了这座山的心跳。

有山相伴，人能找到高处；有人相邻，山也不会孤独。

有年春节，父母从老家到济南过年。到了除夕夜12点，我和父亲就到郎茂山的山坡上，俯瞰着满城焰火的济南，绚如夏花，灿若星辰。那一幕，似乎在童年的梦里出现过。

我成长的那个县城地处平原，在到济南之前，我从未见过山。因此，从我打算留在济南之时，就想买一套离山近的房子，不光离山近，还要离人近，和自己熟悉的生活相近。住到郎茂山后，我发现，一切都很近。

自己，和另一个自己也很近；异乡，和故乡也很近。

在小广寒，慢慢品味旧时光

■ 陈 忠

陈忠 1960 年出生于济南，祖籍河北，曾在《金融导报》《中国妇女报》做过记者、编辑，系中国诗歌学会会员、山东省作协会员、山东散文学会副秘书长、济南市作协副秘书长。出版个人诗文集《在夜的旷野上》《漂泊的钢琴》《青苔上的月光》《徐志摩与济南》等，并在《诗选刊》《人民文学》等几十家国内外报刊发表诗歌、散文、小说。

"很多记忆都是和电影交织在一起的，因为许多经典的镜头与段落，总是能够一次又一次地触动内心最柔软的地方，以致让我们泪水盈眶，不可抑制。"当我和简默站在这座德式巴洛克风格的老电影院前时，突然想起了这段话。

许多次经过小广寒，都会泛起别样的心情。或许，这就是怀旧；或许，这就是回味。

"1904"四个醒目的阿拉伯数字，呈现在弧形的石饰门脸上。走近青石墙面，一种扑面而来的气息，仿佛是从这座老建筑砖缝里透出来的呼吸。倘若没有门楣上金黄色的 RESTAURANT，路人是看不出这是一家以电影为主题的餐厅的。

沿着红色木质楼梯，踏着窄小的台阶盘旋而上，仿佛穿行在旧日的黑白时光里，而脚下楼板发出的"吱呀"声音，好像是旧时光的回响。不经意间，你会遇见胡蝶、阮玲玉、王人美、周璇、白杨、王丹凤……她们优雅的身影，静静的，隔着光阴的纱幔，若即若离，或站或坐地隐现在壁炉旁、扶栏前或客厅的一角。窗外，幽静的人行道边，是茂盛的法国梧桐，撑起一方绿色的天空。斑驳的阳光，慵懒地撒落一地。

经三小纬二路的静，与大纬二路的闹相映成趣。

站在二层的"摩登时代"餐厅里向北望去，隐约可以看见西洋古典式建筑的济南邮电大楼，东北角有原济南德华银行德式建筑的屋顶阁楼和尖顶。假如济南老火车站不拆除的话，那伸向蓝天的高大钟楼也将映入眼帘。

好想悠闲地坐在这里品一杯茶，为的是慢慢梳理那一丝怀旧的情结。

我们从1905的《定军山》看到1982年的《城南旧事》和2000年的《花样年华》，又从《摩登时代》看到《罗马假日》《出水芙蓉》。走进每一个风格各异、中西杂糅的房间，你会感受到浪漫、典雅、时尚、古朴，你会自然而然地放轻脚步，唯恐惊扰了这里沉淀的安静。你会觉得这里的每一个拐角、每一张海报、每一面墙壁、每一方装饰、每一盏华灯、每一束鲜花都是那么的恰到好处，都与这座老建筑的风格相得益彰。就像这里的每一道菜，色味俱全且精致细腻。原本只是一件极普通的饰品和物件，如今在这里相遇，就像人与人之间的奇妙相逢，顷刻间，便有了说不出的亲近和道不尽的感慨。

有些美好，是无法用言辞来形容的。

这里的每一台电影放映机，都有一个传奇的故事；每一卷黑白胶片，都记录着繁华和旧梦；每一架留声机，都回放着与世隔绝的感觉。这里所有一切的一切，也将镂刻在每一个来访者关于这座建筑的美好回忆中。

曾与作家李洱、东西、张清华等朋友在"定军山"餐厅观看过前苏联电影《列宁在十月》。当老式放映机发出"嗒嗒嗒嗒"声响，银幕上推出"列宁在十月"的字幕时，我恍若回到了在山医大、工学院广场看露天电影的少年时代，回到了那些个抬头就能看见繁星满天的夜晚。影片中瓦西里那句著名的台词："牛奶会有的，面包会有的，一切都会有的！"至今，依然是我们这个年龄的人在处于困境时互相鼓励的一句日常用语，给我们带来希望和信心。

现在回想起来，是那些老电影给

我们这一代人清贫、枯燥的童年带来了快乐和幸福。记得有一位同学能惟妙惟肖地模仿列宁的演说台词和特有的习惯性动作，简直像极了！常常令我们捧腹大笑——

　　啊，关于粮食的问题，等一会儿我再回答你好吗？同志们，要维持一个政权，比夺取它还要难。我们的革命正在前进，正在发展和成长，可是我们的斗争也在发展着成长着。我接到一张纸条子，你们大家来听我念一念：你们的政权反正是不能维持的，你们的皮将要剥下来做鼓面。安静一点，安静一点同志们。我看出这些字不是工人的手所写的，恐怕写这张纸条子的人我看他未必有胆量敢跑出来站在这儿……对的，同志们！我猜他是不敢出来试一试的。

　　储存在黑白胶片里的时光，一眨眼，就流逝了。连同这座古城消失了的老火车站、山东省议会大厦、山东商业银行办公楼、剪子巷、万紫巷、宽厚所街、东流水街等等古色古香的老建筑和长街短巷。老建筑的消失，不仅仅在于富有文化底蕴的建筑本身，更重要的是它们承载的悠久的历史文化价值观的消失。当一座历史古城被高楼大厦的浮华所遮蔽时，就必然会导致这座城市的子孙后代，逐渐产生出对传统文化的漠视和摒弃。

　　"我们现在有的，你们将来都会有；而你们现在有的，我们永远不会有。"这是一位德国历史学家曾经说过的一句话。当我和简默离开小广寒时，不由得再一次回首伫望了很久。

　　在小广寒电影博物馆前，我们每个人都是观众，每个人也终将成为旧时光里的背景。

曲水亭之夜

■ 赵林云

最早一次去曲水亭街，还是很多年前，为了给当时所在的单位找一个经营项目，突发奇想，觉得在那里开个茶社不错，便找了个朋友，带着去考察。

那一趟看了好几处住户，记得最清楚的，是在一户人家院子里，看到一眼泉，有方方正正的石栏，满满一池泉水正旺。当时就想，要是自己院子里有这么一汪泉，此生足矣。

从经营的角度看，我相中的是刘氏泉旁的那一户人家。如果从门里出来，先要跨过一条水道上的石板，才能走到街上。院门左手就是刘氏泉，安安静静，不事张扬。右手是一个大致呈方形的水池子，连接着一条从西边来的约半米宽、几十米长的窄窄水道，泉水在这里稍做汇聚，接着转流向北。小方池子里，常有人在那里洗菜或洗衣，算是一景。遗憾的是，那次去，因为联系不上那家的主人，连门儿都没能进去。

当时，曲水亭街的保护和开发，各方没有达成一致的意见，很多事情也就没法推进，我们开茶社的想法自然也就搁了下来。

大约从那以后，我却养成一个习惯，凡外地来了朋友，差不多都会带他们去那里转一转、看一看，久而久之，也不知去了多少次。

这两年，曲水亭街的开发建设进入良性循环，去的人也渐渐多起来，整个一条街都活泛起来，小桥流水的景色重现，道路两边的小店鳞次栉比，粉白墙上多有歌颂济南的古诗词。再往南走，一大片老式民居修旧如旧，家家门上贴着风雅质朴的对联，字体与风格各异。一时间，那里成了年轻人和外地游客的必去之地。

有人说，曲水亭街很有几分丽江的味道。也有人说，因为有泉，它比丽江还要好。

到曲水亭街去，最好是从大明湖南门对面进去，左边是百花洲，右边是长长的石道，路边是许多木制的亭子屋，卖各种饰物、纪念品。再外面，清冽的流水上有几座造型独特的景观桥。

过了百花洲，再往前不远就是刘氏泉。一路走来，右边是各种小店，水道又变换到左边，有两三米宽，清澈无比，汩汩流淌。好看的是，水道里处处长着半米多长的水草，随着水流摇来摆去。一南一北，有两座玲珑的小桥横跨其上。水道靠东的一侧，开了很多家茶社，桌子紧挨着水边，坐在那里，水就在脚下流动，如果足够安静，能听到潺潺的水声。

好几个晚上，我曾和朋友在那里品茶、聊天，不知不觉，两三个小时就过去了，夜色正浓，行人也稀少。几棵高大的垂柳，枝条飘下来，几乎要拂到水面。它们像是历经千年的老者，默默地守护着这里的白天和夜晚。而小桥依然，流水依然。

那一段现在还都是石板路。很多年以前，老舍从家里出来，到大明湖去，必经这里。他写下的"一条条青石板砌成的道路在小巷子里延伸，掀开一块石板，就有泉水汩汩流出"，说的应该就是这段路吧。

再往前，就到了王府池子街，这是一片巷子群，曲曲弯弯，左拐右走，迷宫一般。和别处不一样的是，就在这迷宫般的民居群里，藏着大大小小众多的泉子，有的在街边，有的在房后，也有的干脆在老百姓的院子里。

腾蛟泉就是最有意思的一个。泉子不大，呈小小的长方形，大约半米多宽，在一个很小的丁字路口墙角，二三十公分深，水面平静如常，只要你伸头看，准能看到自己的倒影。它就那样待在那里，不知有多少年。奇怪的是，那泉水总是不多也不少，刚刚好，从来没有干涸过，你要舀了去喝，却又总也喝不完。就像传说中的聚宝盆，取之不尽，却不满不溢，出而有度。

最后的风景往往也最大，在这里自然就属于王府池子了，南北30多米长，东西20多米宽，水下多有泉眼，串串水泡从池子底汩汩地向上冒，如珍珠一般。王府池子又叫濯缨泉，原来在明代德王府院内，后来回到了民间，一直延续至今。每次去的时候，都能看到有人在那里游泳、洗衣服，天热时还有人站在水里打肥皂搓背。虽然很有生活气息，但多少也感觉有点煞了好风景。

今年夏天的一个晚上，在王府池子四号院餐厅二楼的露天餐位，我们几个人陪一对从俄罗斯回来的夫妇吃饭，男的是位歌唱家，济南人，在莫斯科一家歌舞剧院担任主唱，他的新婚妻子是一位俄罗斯姑娘，20多岁，金发碧眼，举止优雅，还能学着说两句中国话。喝到高兴处，在朋友恳请下，两个人亮嗓唱了起来。凉风习习，一片岑寂，那歌声悠扬升起，缠绵回环，仿佛要与夜色融为一体。天空中，一弯月牙正从西南向西北缓缓移动。

还有一次是深秋的一天，已是夜里11点多，我和哈尔滨来的一位诗人，兴之所至，来到曲水亭街。时间太晚，人大都散去，很多店铺早就打烊，有几家关门晚的，也正在准备收拾回家。

有一家小店，好有特色，从它门前经过，看见地上打着一片椭圆形的光影，"济南印象"几个字清晰可见。如此创意的招牌还是第一次见，我们耐不住诱惑，就进得门去。店主人是个女的，30多岁，温和，娴静。店里有一男一女两个客人，坐在那儿聊天。小屋一共不到10平方米，空间狭小而私密，却布置得琳琅满目，情调十足，不但不让人觉得繁乱，反而有到家的随意与亲切。进门处的条几上，摆着我朋友写的《济水之南》。

腾蛟泉往南的胡同里，出现一小片橘黄色的灯光，柔和，温馨，和四周的黑暗相依相存，界限模糊。毫无疑问，它让我第一次看到午夜灯光之美。

女诗人翟永明创办的白夜酒吧，在成都乃至全国都久负盛名，却很少有人知道，曲水亭街的一个胡同里，也有一家同名酒吧。相比之下，这个要小很多，统共也就能容纳四五个人，算是那一个的缩微版。

那天，我们最后来到白夜酒吧，在门口拍照。这时候，一辆三轮车从西边胡同里过来，四周黑黢黢一团，只有三轮车灯光直直地射过来，有些晃眼，它渐渐走近，然后刷地一下闪过去。不一会儿，又过来一辆摩托车，和先前的情形差不多，一只大灯将整个胡同和来路照得通亮，随着车身的震动，那个粗大的光柱，轻轻地左右摇摆着向我们奔来。那光圈越来越近，越来越大，像是要过来把我们全部笼罩。那一刻，周边浓重的黑暗迅速向四下退去。我忽然意识到什么，赶紧用手机对准它，想把它拍下来，但是，已经来不及了。

我意识到，这一次错过的，很可能是这一生都不会再拍到的一张照片。

来或不来，我都在济南等你

戏如人生，截取最感动、最豪迈、最悲壮、最雄浑、最荡气回肠的一段，被无数人、无数年、无数次在这里重复演绎。人生亦如戏，只是只有一出，且不可逆转，不可重来。在北洋大戏院，不管是杨家将的"穆桂英我家住在山东"，也不管是青天大老爷包拯的"将状纸压在爷的大堂上"，这里，她可以让我们的人生被无数次地推演、逆转、重来、感动。

只是为了那一刹那的怦然心动或者是泪流满面之后的酣畅淋漓，或者是心灵的訇然净化，再或者是刹那间的力量满身，因此我常常光顾北洋大戏院。

北洋大戏院不但是济南市最早的戏剧演出场所，而且还是山东省历史最悠久、至今仍在使用的专业戏剧演出场所。北洋大戏院兼具历史文化和戏剧色彩价值，单是大戏院的名字，也是在时间洪流里经过了颠沛流离地淘洗。这倒是像极了济南的城市性格，在千姿百态的文化激流冲击下，坚毅的济南从不掉队但也不会放任自己随波逐流，始终保持着自己的城市个性，同时又有着海纳百川的广博胸怀。

始建于清光绪三十一年（1905）的北洋大戏院最初的名字是"兴华茶园"，1923 年改建后又先后命名为"商乐舞台"和"聚华戏院"。建立之初，主演由济南"庆乐班"为班底的河北梆子，当时的班主是董希珍。后来随着大戏院一步步发展壮大，董班主的科班梆子、京剧的西皮和二黄两个声腔都几乎达到了炉火纯青的水平。而董班主手下的演员们更是个个悍将，他们功底扎实、戏路宽广，以至于在当年的济南舞台上出现了"梆子、皮黄两下锅"的格局，大戏院也因此名噪一时。一直到1934 年，济南历城人马寿荃出任大戏院的经理，才最终将大戏院定名为"北洋大戏院"。马经理还组织了 70 多人的演员班底，一方面协助外地艺人来济南流动演出，另一方面以接聘外地著名京剧演员而令北洋大戏院名震济南乃至整个中国江北。

一个人一旦有了名字便有了家，有了归宿，继而就会在灵魂深处萌生出浓浓的归属感，我将这份归属感理解为亲情。济南人为大戏院取了名字，那么济南便是北洋大戏院的归宿，便是北洋大戏院的家。北洋大戏院长在济南的故土里，即使战火硝烟的摧残也无法割断北洋大戏院与济南的血脉亲情。济南解放不久，山东省文化局便出资买下了北洋大戏院，并将其更名为"实验剧场"。1954年"实验剧场"翻建后又定名为"人民剧场"，直到1992年，大戏院又恢复了原来的名字："北洋大戏院"。

从1905年到2015年，整整110年的时间，谁曾想，北洋大戏院竟在济南飘摇了一个多世纪，在一个多世纪的风雨洗礼下，北洋大戏院竟没有湮没在济南这片土地上，这是何等的幸运。

济南也曾是与北京、天津齐名的曲艺"码头"，人称"曲山艺海"，名家云集，而当京剧在济南真正繁荣的时候，那也是1912年津浦铁路通车，济南老火车站的钟楼高耸而起的时候。那时候的北洋大戏院还叫做"兴华茶园"，默默伫立在距离济南老火车站仅仅几百米的地方，用7年的时间等待济南的璀璨。

戏曲舞台上从来都不缺乏优秀的艺人，台上一分钟台下十年功，唱、念、做、打，一招一式都是真功夫。在完成优秀艺人向成熟艺术家的跨越之前，北洋大戏院便为那些已经小有名气的流动艺人们敞开了大门，给予他们更多更好的机会，成为无数追梦者的龙门。

当然，北洋大戏院也会经常以重金礼聘著名演员前来演出。自20世纪二三十年代以来，著名老生艺术家余叔岩、马连良、高庆奎、李万春、谭富英、奚啸伯、杨宝森以及叶盛兰；京剧艺术大师尚小云、程砚秋、荀慧生；"四小名旦"之中的张君秋、毛世来；以及金少山、裘盛戎、袁世海、方荣翔；小白玉霜、新凤霞、王文鹃、徐玉兰、常香玉、马金凤、牛得草；侯宝林、马季等赫赫有名的名角儿都曾在北洋大戏院演出。

20世纪40年代，武生袁金凯、武旦俞砚霞、花脸蒋少奎加入了北洋大戏院的班底，这无疑令北洋大戏院如虎添翼。此时的北洋大戏院不仅一跃成为济南京剧界的执牛耳者，同时在海内外梨园界和广大戏迷中也享有很高的声誉。

提起京剧大师袁金凯，相信济南人无人不知，无人不晓，一出《金钱豹》更是红遍整个济南府。然而，论起袁金凯先生与济南的缘分，却不是从《金钱豹》开始的，而是要归功于当时在济南同样赫赫有名的"一撮毛"。"一撮毛"大名刘仲山，练得一手飞叉功夫，不管是单叉还是双叉，不管是单头叉还是双头叉，全都得心应手。刘仲山还特意在济南置备了一处宅院，每当他在院子里练叉、卖艺的时候，院子里总是挤满了观众。

袁金凯先生便是众多观众里的一员。只要有空，他就会到"一撮毛"的院子里看他练叉，那时候流行给卖艺人"打赏钱"，每当刘仲山舞到精彩处，袁金凯都带头喝彩给钱而且出手大方。后来，袁金凯和刘仲山交上了朋友，刘仲山才明白这位来

头不小的观众的真正目的：袁金凯自己创作了
一出京剧《金钱豹》，剧中有较多的需要
妖怪舞花叉的戏，袁金凯想拜刘仲山
先生为师，学习花叉。

刘仲山先生是一位武术大师，
更是一位开明的老师。他认为：
一位著名京剧演员学习花叉技艺
不要按"一日为师，终身为父"
的老规矩办。演员学叉仅是为了
表演，而不是街头卖艺。所以只
学单头单叉的手上和脖子上的功夫
就足够用了。他采取的是一次性收费
的新办法。当徒弟的也不用早起晚睡伺
候师傅，也不用为师傅养老送终。

民国时期人们谈生意都是从"硬通货"开
始：有金子，用金子谈生意，没有金子，用银子或银元
（大洋）谈生意。没有硬通货，用洋面谈生意也可以。袁金凯先生学花叉之事经中
间人反复磋商，最终成交价是：30袋洋面学单头单叉的手上和脖子上的花叉技艺。

袁金凯先生苦学不辍。为了练好花叉，他足不出戏院，晚上演戏，白天练功，
叉声琅琅，即使肩上、背上、腿上、手上多处被叉误伤，他仍然坚持练习。

凝聚着袁金凯先生心血和汗水的《金钱豹》一经在北洋大戏院演出，场场爆
满。重返北京更是名震京城。袁金凯先生在戏中扮演的豹精威武雄壮、凛气夺人，
其中的"飞叉大战"更是精彩绝伦，掷叉追刺，出手准确，惊险万分。观众直呼过
瘾！虽然京剧中的武生的确也是个个功夫了得，但是现实中的真武功一旦进入京剧，
这个剧种一下打开了自己的另一块天地，京剧真正成了实实在在的真功夫。我想，
这和获全国武术冠军的李连杰一拍"少林寺"便使电影一夜红遍大江南北如出一辙。
刘仲山先生虽没按老规矩收徒，袁金凯先生却是按老规矩行事的。袁先生每次演出
归来总要带着礼物和外地的特产前来看望师傅和师母。只要刘师傅有困难，第一个
登门的肯定是袁高徒。

无论是戏还是曲，无论是武生还是花脸，不管你是否成名，也不管你从何处来
往何处去，只要你愿意在济南停留，济南便给你机会，成就你的梦想。这是北洋大
戏院的慷慨与包容，更是济南的慷慨与包容。

是的，北洋大戏院像极了济南的性格，或者说，北洋大戏院的性格就是济南性
格的象征与缩影。从呱呱坠地到盖棺定论，我们走过的岁月是如此漫长，在这段岁

月的长河里，无数人生片段从我们身边掠过，最后能够被世人记住的唯有人生中的一个个高潮。北洋大戏院的舞台上，生旦净末丑，每时每刻都在演绎人生的高潮，大戏院将这些高潮收藏、升华，然后奉献给每一个济南人，供他们从中汲取生命的营养，最终内化成自己人生观与价值观的一部分。

所以说，济南是一座具有鲜活生命力的城市，而北洋大戏院的跃动正是这座城市在生命轮回里最强有力的心跳。济南这座城市具备属于自己的城市味道，而这种味道便是济南的生命力所在。北洋大戏院，她既是构成济南的最基本的元素之一，同时又是济南这座有生命的城市里不可或缺的文化基因。

很多人用辉煌来形容北洋大戏院，的确不夸张。我也不禁感叹济南这座城市特有的包容性以及北洋大戏院珍贵的文化价值，但与此同时，我又不得不为北洋大戏院在济南人心目中的不对等地位而感到痛心和惋惜。虽然近几年来，著名京剧表演艺术家于魁智、李胜素、张火丁，豫剧名家索海燕也曾应邀来到北洋大戏院演出，并得到了济南戏迷的喜爱和欢迎，但我们也不能否认，北洋大戏院确实与越来越多的济南人，特别是济南的年轻人，渐行渐远。

如今在年轻人眼中，去北洋大戏院欣赏一场精彩绝伦的京剧表演远不如看一场拥挤不堪的歌星演唱会来得有意义。他们挥霍着大把的时间和金钱，近乎疯狂地追逐着偶像，他们疯得离谱，他们听不懂北洋大戏院的伤心与彷徨。

叹一声文化之殇！倘若连济南也丢失了自己的历史记忆和文化个性，那么济南人又要从何处唤回我们对于这座城市的文化认同？

其实，我们之所以在人生路上无尽地追逐，皆是因为我们的人生不可重来。北洋大戏院让济南人的人生得以沉淀成一种境界，淡泊明志，宁静致远。一晃而过的激情永远比不了历久弥新的文化积淀。也许，现实的距离貌似远了，但是，心灵的距离却被无限拉近，济南人的心灵永远与北洋大戏院完美契合。

如果说一座城市的味道便是这座城市的生命力，那么一座城市的历史就当是这座城市非凡的气度。一座完整的城市应当兼具生命的力量与气度，换言之，一座健康的城市既要挖掘出自己独到的个性，又要守得住自己源远流长的历史。济南是一座具有悠久历史的文化古城，济南的城市文化是兼收并蓄的，从更深一层的角度上去理解便是一种中和的气度。

北洋大戏院是济南中和的城市气度与城市个性的结晶，在时代的放大镜下也曾被无限放大，聚焦取火直至燃烧。也许对于日新月异的新时代来讲，一百多岁高龄的北洋大戏院真的太老了。然而，越是年老我们就越是要尊重，不但要尊重，而且还要在尊重的基础上让其活得更加精彩。所谓活着并不是单纯的呼吸、心脏跳动，也不是仪器上的脑电波反应。活着，是北洋大戏院在济南的土地上留下新的足迹，要能回首看得见自己一路走来的脚印，并确信那些都是自己留下的印记，且不为之悔恨、遗憾，这才是真正意义上的活着。

北洋大戏院的一生即是济南人生的缩影，曾经默默无闻，曾经焕发生机，曾经无限辉煌，曾经落寞彷徨，但她始终不曾有过放弃。北洋大戏院更像是一个长在所有济南人心目中特有的弥足珍贵的城市符号，承载着流淌在济南人骨血里的文化基因，哪怕再过去无数个百年的时光，哪怕再经过多少次的翻修甚至重建，我们相信，北洋大戏院依然是济南的北洋大戏院，一个眼遇，便能让所有人感受到济南历史的厚重与磅礴，并为之振奋和自豪。

济南的光荣便是北洋大戏院的光荣，北洋大戏院的荣光就是济南的荣光。

济南的街道上依然人流涌动，车水马龙，济南人究竟能够赋予济南这座城市怎样的心跳与味道？有多少人曾为北洋大戏院停留，而北洋大戏院又会为谁停留？其实，答案早已经不重要了，我想，北洋大戏院唯一的夙愿就是像现在这样，站在昨天与今天的节点上展望明天，就是如此刻一般静立在济南街角的喧闹声中守护着每一个济南人心灵的一方净土。

不管你是不是角儿，也不管你来或者不来，北洋大戏院，永远都在济南，等你。

走，中山公园淘书去

■ 雍　坚

雍坚　1971 年生于山东武城，籍贯山东平度，1999 年毕业于山东大学文史哲研究所，哲学硕士。现任大众报业集团生活日报城市新闻部主任。为生活日报"老济南"专栏主创人，近年来致力于济南文献收藏和文史研究，被聘为济南市政协文史委特约文史委员，济南市文物保护与收藏协会、济南市史志学会、济南市名泉保护协会理事。著有《追问第一原因》《"城市特困"调查》《收藏老济南》等书，参编《济南文化通览》《济南泉水志》《济南老商埠》等多部文史著作。

星期六早晨 6 点，当很多人还在睡懒觉的时候，我已经悄悄起床，开车奔向中山公园旧书市场，在一个又一个的旧书摊位前挑来拣去。周末淘书，这个习惯我已经坚持了 13 年。当然，与其说坚持，不如说是享受。因为，每周这一刻的时光，是休闲和充满期待的，不经意中，就能发现一本或几本藏在故纸堆里专程等我去挑的宝贝。中山公园形成的书香气场，吸引了众多文朋书友前来，淘书之余，大家还能在一起拉拉文化圈里的家长里短，每个周末上午的休闲时光就这样在惬意中度过。

济南的旧书业在改革开放后悄然兴起。1985 年前后，英雄山早市上开始出现推着小车去卖书的人，卖书人都是有正式工作的，业余去早市摆摊只是赚个零花钱。1994 年，英雄山早市被取缔，卖旧书的摊点在果品市场、渤海文化市场、英雄山儿童乐园乃至山大山师门口聚聚散散，有关部门也没有把它当作一个业态来考量和尊重。

2002 年，中山公园免费对社会开放后，园内卖旧书的从无到有，渐成集散地，这或许和中山公园与市图书馆、经三路新华书店古旧书店相比邻有关。

大致同一时期，国棉四厂旁的成通文化市场东侧闲置摊位中（现在的眼镜市场），卖旧书的也开始在周末扎堆。加之当时英雄山文化市场的地摊区也有几家卖旧书的夹杂其中，济南的旧书业当时算是"三国割据"吧。

我是在2003年开始有意识地从旧书摊上搜集济南地方文献的。那时候的周六上午淘书，我一般情况下是骑辆轻便摩托车，先去国棉四厂，次去中山公园，时间来得及的话，最后再去英雄山。后来学会了开汽车，就大清早拉着朱德泉、姜波两位朋友搭伴去淘书。淘书前，还要先去小纬北路甜沫唐去排队喝碗热乎乎的甜沫。

大约在2004年春天，适逢国棉四厂成通文化城调整市场结构，聚集在那里的书贩转而流向中山公园。此时，中山公园旧书市场的集聚效应已明显增强，在英雄山撂地摆摊的数位旧书商也纷纷下山加盟。此后不久，值中山公园建园百年庆典之际，又增设了百十个铁皮书橱和三四十个简易门头房，其古旧书市场在规模上不仅一跃成为济南最大的，也成为全省最大的。由于中山公园的一统江湖，当时在济南的历山路北段、东外环散存的几家卖旧书的，很快便也过来投诚了。

自此，我的周末淘书就单一瞄准中山公园了。

淘书如拾荒，捡漏是经常遇到的。花10块钱买本定价六七百元的礼品书，在旧书市场上算不上捡漏。真正的捡漏，是意外买到那些在书店中难以买到而又非常有阅读或收藏价值的书。

2008年底，我在中山公园意外淘到了稿本《济南文物志初稿（上、下册）》。此书由济南市博物馆乔甦先生担任总纂，1986年完成初稿后，未能出版。尽管在后来出版的《山东省文物志》《济南市志》中能找到其中的部分内容，但《济南文物志初稿》中的多处记载要翔实得多，如关于北园大街镇武庙的文字记载，正式出版物中均未提及，而在此书中却能找到。

从此书页面痕迹推断，乔甦先生在手写初稿时，垫了两张复写纸，这样，写一遍后有三本稿本，除正本外，还有两套副本，我这套初稿恰是中间那套副本。虽不敢妄称孤本，可图书、档案、史志和文化文物部门均无存，绝对算得上稀罕。我的朋友、济南市考古研究所所长李铭获悉我淘到《济南文物志初稿》后，兴奋地来电说："我当年就参与了这本书的分章节撰写，可惜再没见到原稿本，没想到20多年后竟被你淘到了。"

如今，乔甦先生已然驾鹤西去，当年他所编的这本书的正本和另外一本副本下落何处，已难以知晓。

淘旧书是一种人弃我取的行为，至今可能还会为一些伪文化人认为是不入流的。其实，经常去图书馆、档案馆查资料的人都有体会，很多本该留存的书刊资料是不全甚至缺藏的。而旧书市场为弥补这种馆藏的空白提供了无限可能。如20世纪80

年代，济南市多数部门都根据上级要求编写了行业志初稿或行业志资料，由于种种原因，这些资料后来并没有刊印成书，有的仅油印了几十册或几百册供内部交流，至今已难得一见，图书馆、档案馆和史志办都难寻其踪。十几年来，我从中山公园的故纸堆中先后把《济南市卫生志资料》（全10辑）、《济南市园林志资料汇编》（全9辑）等数十种行业志资料一本本捞出来，凑成全套，还把《齐鲁文史》《济南文史》《春秋》《济南史志通讯》等十余种地方期刊全部集齐。

所淘到的书中，有不少是省图、市图馆藏目录中找不到的。如《济南市石油商业志》《济南电业志》《济南饮食行业志》《济南化工商业志》等等。

1958—1963年期间，所出版的《山东省志资料》共有20册。到省图、市图网站上检索一下，两馆所藏的《山东省志资料》加起来都凑不成一整套，只有十多册。而我，却把它们全部淘入囊中。令很多淘友妒忌的是，这20册中，有3册我是在孔夫子旧书网上陆续买到的，其余17册竟是在中山公园一个书摊上批量购得，总共才花了50元。

2006年3月在新浪开博后，我把自己淘书目录发到网上，做了一个虚拟的"老济南图书馆"，并定期更新：2006年3月，400册；2007年4月，1100册；2008年5月，2500册……至2015年10月，已逾5300册。

经常有朋友或网友来电、留言，要求我为他们翻拍某本书中的某章节，这里面，有文史爱好者、学生和资深学者。为自己找资料和为别人找文献，都是一件快乐的事情。

2010年5月底，我在中山公园看到，一宗泛黄的打印稿被散乱地堆在柜台上，由生锈的曲别针分割成五六打。我翻了翻，竟是1957年政协济南市第二届一次全体会议上的发言材料，数一数，有近百位政协委员单独或联合发言，总计约150页。仔细看看内容，从讨论避孕套是否只适用于机关干部，到基督教青年能否入团、济南重要文物没有受到很好保护等，可谓是五花八门，什么都有。这宗大鸣大放时期的发言稿，正是当年反右运动的"前奏"。让我窃喜的是，这宗文献当时书商只要价7块。我回家后发现不全，再返回中山公园，从书市环卫工手里花3元钱买下另外一打散碎的发言材料。这宗总共只花10元的老文献被我珍藏下来。2015年，济南市政协文史委副主任许延廷将筹建济南市文史馆的消息告诉我，委托我帮忙搜集改革开放前的散失的市政协文献，我把这宗文献无偿捐献，许主任大喜过望。

《老残游记》中，最精彩的莫过于黑妞白妞说唱山东梨花大鼓那一段。从民国到当代，将山东大鼓发扬光大的是"四大玉。""四大玉"中，最有名的是黑白妞的再传弟子谢大玉。谢大玉先生不识字，但能熟记180多个唱段。从1961年起，济南曲艺团编导徐志刚先后将这些唱段从七旬高龄的谢大玉口中逐字记录下来，交给曲艺团领导，准备出版。可"文革"来了，那厚厚一摞稿本竟然下落不明。在题为《回忆谢大玉》的一篇署名文章中，徐志刚痛切地写道："时至今日，已不知落于何人之手！这是谢老的艺术结晶，也凝聚着我多少辛勤汗水呀！如果真的丢失了，那将永远泯灭了，怎不令人非常遗憾，非常痛心。"

2014年6月14日，一个偶然的机会，在旧书市场，我邂逅了一册山东大鼓稿本，共包括《皮袄记》《吕蒙正赶斋》《胡迪骂阎》。这不正是当年记录的谢大玉唱词中的一部分吗？每部唱词首页还钤有徐志刚名章，印有"1962.8.1"的时间记录。

买下谢大玉的鼓书唱词稿本后，我即在网上发博文声明——"如有山东大鼓艺人想复活这三部唱词，俺也可提供。"

时隔1年零5个月，谢大玉先生的关门弟子、国家级非遗项目山东大鼓代表传承人左玉华老师终于辗转联系到了我。2015年11月18日，我把这本险些失传的稿本送交到左玉华老师手中。左老师当时那个激动呀，我不说大家也能猜得出。

2013年6月下旬，因彩钢板房消防不达标。中山公园旧书市场被迫歇业重建，百余业户花果飘零，部分回家待业或一心经营网店，部分分散到七贤、成通和药王楼等文化市场或路边摊上惨淡经营。和很多书友的感受一样，这一段时间的周末，我感觉心里空落落的。而有时在药王楼或某个路边摊上邂逅中山公园昔日卖书人时，即便喊不出对方姓名，也会很热情地走上去寒暄半天。十年书缘，周周见面，岂不都成了不折不扣的老朋友。

2014年5月中山公园旧书市场终于重新开始，并更名为"中山书苑"。基于消防要求，复建后的书市去掉彩钢板房，所有书商都统一用铁皮柜台。虽然这在某种程度上，限制了书商们的上书量，但没有影响到书友们的造访。短短几周内，中山书苑再聚人气，而搬去其他市场的卖书人，多数又回到了这里。

电商流行时代，很多行业因此受到颠覆性冲击。孔夫子旧书网等网上平台虽然抢走了很大一块旧书交易市场，可我觉得，现实中的中山公园旧书市场依然具有很强的生存优势。因为，这里有网上淘不到的淘趣和人气。在这里，你不仅可以捡漏，还可与书友们谈天说地。

不啰唆啦，走，中山公园淘书去！

梦回海棠院

■ 娃 子

娃子 本名朱春娃，生于20世纪50年代。祖籍山东寿光，现居济南，报纸副刊编辑。作品获全国、华东地区、山东省报纸副刊评选一等奖数次，获中国新闻奖、山东新闻奖等多项。

海棠院——一个美当其名的精致典雅的院落，如今被收藏于济南趵突泉公园一隅，让游客在饱览"天下第一泉"的盛景之后，有了一处凝神静气的清心之地。这是闻名遐迩的万竹园建筑群的一个园中之园，现在是李苦禅纪念馆的一部分。很少有人知道，30多年前，这里曾是山东省人民检察院恢复重建后的办公地点。30多年过去了，作为在建院之初进入检察机关的一个普通工作人员，我和所有那个时期为山东检察事业倾注过心血的人们一样，对当年发生在海棠院的一切，都还记忆犹新。真是故园近在咫尺，故人还在心头……

1979年初冬的泉城，在人们的感觉中，天空似乎比往年还要晴朗。在冬日暖阳格外的关照下，剪子巷的青石板路也变得温润起来。走在路上的行人，服装的色彩已不再单一，而高跟鞋轻松地敲打着路面，也不会再招来异样的目光。从北京吹来的春风，在刚刚过去的一年中，让中国大地发生了巨大的变化——国家在十年动乱之后，正在步入有序的建设和发展之中，其中一个重要的组成部分，就是法制建设被纳入正常轨道。刚刚调入山东省人民检察院的我，怀揣青春的法律梦想，穿过古朴的剪子巷，来到了位于万竹园内的海棠院——恢复重建后的山东省院大本营所在地。

历经时代变迁，海棠院和万竹园内其他院落一样，虽然保留着颇似京城王公府第的建筑格调，却没有了高高在上的逼人气势。世事沧桑，一次次送走远去的身影，又一次次迎来渐近的脚步，院落变得内敛而宽容。青石台阶和地面方砖已被打磨成镜面般的光滑，油漆剥落的廊柱和坐栏已露出原木本色。无人知晓院中曾深藏了多少故事，只有庭院中那几株为它赠名的海棠，花开花落之间，为它数算着冬去春来的年轮。当年权倾一方的山东督军张怀芝，动用大江南北的能工巧匠，历经十年的精雕细琢，在古万竹园之上，营建私宅。他绝对不会想到，一个个园中之园，仅仅在数十年之后，会成为多个单位的临时办公场所。正如当年用来接待达官显贵的海棠院，在 20 世纪 70 年代末，居然成为山东法制建设史上一个重要节点的见证者。

当年的省院，办公条件非常简陋。且不说两人合用一张旧桌子了，就连几位年近花甲的副检察长，也经常是骑自行车上下班。几个处室散落在城内四五处，相距十几公里，偶尔开个全院大会，几十个人就站在海棠院不大的庭院里。记得 1980 年的"三八"节，全院十几位女同志，应邀从四面八方来到重建后首任检察长刘干同志的办公室，吃着这位慈祥长者自己掏钱买来的糖果，喝着他从家里带来的香茶，度过了一个温馨而难忘的节日。那时的人际关系就是如此简单却又如此融洽。这间办公室据说是当时张怀芝公馆中唯一一处装修成西式风格的房间。精美的壁炉，虽然已经成为摆设，却依然保持着当年的原貌。看来，清末民初的权贵们，在个人享乐上，观念倒是先行一步的。我清楚地记得，有时同志们会借用刘检察长的办公室开会或研究案子，每逢这时，刘检察长总是拿起手头的文件，到其他人的房间随便找个地方一坐，戴上老花镜继续工作。那情景，至今让人想起来心里都热乎乎的。

尽管如此，人们的工作热情和办事效率却是非常之高。这是时代的客观需要——国家亟待拨乱反正，大量的冤假错案等待纠正，繁重的机关建设任务有待完成；这也是人们的主观追求——人心崇尚依法治国。当年省院不少工作人员是带着累累伤痕重返检察队伍的，他们深知健全的法制对于国家和人民意味着什么。还有人是带着神圣的理想跨进这个大门的，他们希望在中国的民主与法制建设开始新的起步时，也能开始自己的一份实践与贡献。多年之后回望那一代人，可能他们不那么高大，不那么完美，不那么精英，他们只是山东检察机关重建之路上的铺路石，默默无闻，却为后来的检察事业发展，打下了最坚实的基础。30 多年过去了，人们很难再想起他们每一个人的名字，但这个群体和他们所处的时代，以及那个时代所拥有的精神，已被历史所珍藏。正如海棠院中那几株阅尽沧桑的海棠树，繁华落尽之后，那从骨子里透出的清香，依然芬芳着这座见证着百年风云的园林。

在海棠院，我开始了自己的法律启蒙——民主与法制的关系，法制与法治的区别；在这里，我建立了不可动摇的理念——社会和谐的前提是有序，有序的前提是守法，守法的前提是法制的健全和健康。30多年过去了，实践帮我验证着这个理念的科学性，为此，我尊重海棠院。

海棠院，也曾给予我追求正义的希望和勇气——法律是神圣的，它的神圣就在于它让人拥有不可侵犯的尊严和不容剥夺的权利。"秋菊"可以打官司，"冬梅"可以上法庭，"春兰"有沐浴阳光和雨露的自由，"夏荷"有维护自己圣洁的权利。公平正义的法律，清正廉明的社会，是绝大多数人理想的生存环境，也是我们法律监督机关工作人员共同的追求。那时，我们善待着每一个含冤上访的人。时时地，我们提着暖瓶给衣衫褴褛的他们倒杯热水；常常地，我们把刚买的午饭（两个烧饼或几个包子）递到身无分文的他们手上。是一种责任使然，也是一种感同身受，因为我的一些领导和同事，本身就是从冤狱中走出来的。就在那之后不久，基于对正义的向往和对法律的信任，我踏上了进京上访之路，为蒙冤十余载的爹娘讨回了公道。为此，我感谢海棠院。

海棠院的日子让我确信，公民法制意识的建立和强化，是社会文明和进步不可或缺的基础保障。难以想象，一个无视红绿灯规则的人，会为个人行为设置道德底线；一个抱守法不责众观念的人，一旦遇上合适的土壤或潜在的契机，会给社会带来多大的危害。总有一些不容乐观的现象出现在我们眼前，譬如屡有所闻的非法欠薪与非正常讨薪，屡禁不止的非法定存在，频发的网络暴力事件，恶意的操控和蒙昧的被操控……总有一种隐忧在心头，为什么会有人置国家法律于不顾，一些最应该懂法守法的人却知法犯法。30年未了的观察与思考，知我者谓我心忧，不知我者谓我何求。我想，这应该是海棠院给我打上的抹不去的印迹，所谓法制情结吧。

闲暇之时，我曾循着院中的回廊和夹道探访过海棠院周边的建筑，尚未对外开放的万竹园，在设计上确实有独到之处，绣楼的神秘，泉亭的幽雅，小桥的精美，泉流的巧用。特别是那座现代人很少见到的绣楼，紧挨着我们午休的楼房（原后宅主人楼）。原本很年轻的建筑，却让人感受不到一丝青春奔放的气息。紧闭的房门，锁住了尘封的女儿心事，为后人留下了神秘的想象空间。那个时期，有电影厂的摄制组以万竹园为外景，来拍摄过两部民国时代背景的电影。因为穿过海棠院北屋中厅，就是泉池院和精巧的六面亭，所以在这里取景最多。记得其中一部电影的女主人公原型，恰好是我一位同事的母亲。那时，窗外是化装成历史人物的演员在认真演戏，屋内是同事向我讲述着那埋藏心底多年的母亲的青春故事。一时间，真有时空穿越的感觉。同事大我十几岁，听她讲那段在山东党史上占有重要地位的历史，真是惊心动魄，惨烈悲壮。我常常在想，一个有信仰的人，为了她所献身的事业，会产生多大的勇气来牺牲自己，而所有的牺牲，都是为了他人和理想。如今再回忆起那一幕幕，已是恍如隔世了。

30多年过去，海棠院早由暂时的办公场所回归它的园林本色。红廊柱绿轩窗，青石阶灰砖墙，波澜不惊地观望着不远处三股水的涌动和静止，默默守望着过去的岁月和那些渐行渐远的身影。春暖花开的日子，我会去那里转转。我知道，那明净如初的玻璃窗后不会再有亲切的面孔闪现，那粉饰一新的廊檐下也不会再有熟悉的笑声飞出，留住我脚步的，是那能让人忘记岁月流逝的阵阵芬芳。

海棠依旧，往事如昨……

抚今怀古钦英风

——杆石桥写真

■ 王 文

王文 济南广播电视台国际部编导、制片人。大学毕业后在泰安电视台任编导。主创《寻访泰山人家》《守望泰山》《大汶口文化之谜》等多部泰山历史文化作品。2005 年进入济南广播电视台，作品有《天下泉城》《孙中山与济南》《我的济南老家——季羡林》《风雅济南》《来自莱蒙湖畔的泉水清音》《铜像背后的故事》《古城新生》《魅力市中》等。作品多次获中国广播影视大奖、山东广播影视大奖、全国电视文艺"百家奖"、泰山文艺奖、山东省电视艺术"牡丹奖"等。2013 年获济南市"泉水文化之星"称号。2015 年评为济南市第六届青年学术带头人。

在广厦林立、立交纵横的都市里，它的外貌普通得太不起眼了。当初高耸的带有弧度的桥面已与马路拉平，而铁制的桥栏杆老漆斑驳，伫立在凄风苦雨之中，像是建筑工地上降低了高度的脚手架。

它老了。

它老得已经不成样子。

因此，人们很难看出它是一座桥来，尤其在高高的高架路下。

它也许已经记不得自己昔日的风光与辉煌了。

只是，如今，它依然像头负重艰行的老牛，不，是钢打铁铸的猛士，承载着它脊背之上的济南南北通衢的交通大动脉——高架路，让如同浩浩流水的车们远走京沪，东奔沧海……

它一定还记得自己当年的形象。

打开电脑，你只消点击"永绥门"三字，它便出现了。

好一个巍峨高耸、固若金汤的漂亮城楼呀，而楼下那个雄伟壮观、英气勃勃的石桥就是你了。桥面宽且长，有优雅漂亮的弧度，从照片上看，那桥孔至少也有五个哟！

那水红色的城墙与土黄色的桥面相映成趣，在夕阳照耀下熠熠生辉。

永绥门是济南的西圩子门，济南人叫它杆石桥圩子门。

永绥门建于清咸丰同治年间，是为了防止捻军而修建的。而杆石桥的历史还要久远。据乾隆《历城县志》"捍（杆）石桥，在西关，跨锦缠沟，嘉靖元年重修。"明嘉靖元年，即 1522 年，距今已有 490 余年的历史，但它只是"重修"，初建的历史当然更久远。也许今已难考。

杆石桥下的河不叫河，叫沟，那名字美丽得令人陶醉：锦缠沟，那可是济南有来历有故事的地儿哟！

清人王初桐有诗云：

四凤闸口汇川头，处处回环碧玉流。
试看夹河桥畔柳，飞花浮到锦缠沟。

从济南东郊四凤闸的辛稼轩故居，到趵突泉东的汇川桥，再到趵突泉流下游的夹河桥，济南的泉水犹如回环的碧玉流淌，河畔绿柳摇曳，而水中飞花则一直飘动缠绕到锦缠沟来，真是红花绿叶如五色锦绣，难怪有锦缠之美名呀！

然而，杆石桥、锦缠沟的魅力不仅在优美的景致，自古以来，它便是文人荟萃的风雅之地。

清代诗人董芸《广齐音》中，有"锦缠沟"一诗：

锦缠沟畔柳毵毵，未老抽簪野兴酣。
忽忆南山佳绝处，青鞋布袜吊枝庵。

诗咏的是明代名宦、济南诗人刘天民。诗中有注：捍石桥在西关，跨锦缠沟。刘吏部希尹天民家西岸上。又有别墅在龙窝。晚年乃卜居南山吊枝庵。

刘天民（1486—?），字希尹，号函山。刘氏世居济南锦缠沟西岸。正德九年（1514）刘天民中进士。授户部福建司主事，不久又调任吏部，历任文选司员外郎、署稽勋司郎中、文选司郎中。政绩卓著，却仕途坎坷，时遭不测。嘉靖四年，外谪寿州知州。八年，迁南京刑部郎中，河南按察司副使。嘉靖十四年（1535），致仕回乡。

刘天民诗文风格独具，时人称其诗"多关时事，颇有杜甫之风。"（乾隆《历城县志》）。他与边贡、李攀龙并称为"历下三绝"。

如今，每次走过杆石桥，我便禁不住浮想联翩，五百年前刘天民在这离家门只有数步之地的杆石桥边、锦缠沟畔折杨柳、捉蟋蟀、扑蜻蜓，该有多少童年的欢乐与记忆！之后的少年乃至青年时代，他又多少次踌躇满志地漫步在这座桥上，设想着有朝一日功成名就，以实现保国安民的志向与宏愿。一句"锦缠沟畔柳莛莛"，不仅写桃红柳绿的景致，它还包含着刘天民与家乡风情相契合的昂扬心态。

据史载，刘天民的晚年生活十分快活适意。他回到锦缠沟别墅，四方贤士多来拜访，座上客常满。他又常到南山秀丽处之吊枝庵隐居读书，自嘉靖十四年致仕回济南，老于烟霞垂二十年。也许正是经历了官宦生涯与官场磨难，使刘天民不独见多识广、阅历丰富，而且有了诸多的生命体验与人生感悟。家居后，他又有了更多的自由心态和读书时间。这对于作为诗家的刘天民来说反而是件好事。

从杆石桥顺着锦缠沟迤逦北行，约里许，是普利门大街，这便到了另一位明代大诗人李攀龙的故居地。

李攀龙与刘天民是同时代人，刘年长李20余岁。不过，那时的普利门不叫普利门，它的位置叫柴市，据乾隆《历城县志》古迹考一："李攀龙宅，西关柴市路南。"原来，李攀龙祖父李端自历城龙山镇，"奉母再徙郡西门……遂为西门大贾矣"（殷士儋《诰封赠中宪大夫顺德知府李公合葬墓志铭》）。李攀龙的名气绝非刘天民可比，他为明代冠冕、后七子领袖，是整个明代的第一号诗人。李攀龙一生创作了1400余首诗歌，各体兼备，尤以七律成就最高，高华矜贵，脱弃凡庸。王世贞誉其诗品之高为"峨眉天半雪中看"（《漫兴十绝》），胡应麟称为"高华杰起，一代宗风"（《诗薮》）。李攀龙在济南的居所有鲍山白雪楼、湖上白雪楼等，他与好友殷士儋、许邦才等人累日不倦，诗酒酬答，优游于湖光山色之间，而柴市则算得上他的最珍重的祖产了。直到李攀龙过世，他的爱妾蔡姬还生活在这里，不过，那已经是一个十分悲凉的故事。据王象春《齐音·白雪楼》一诗注文："于鳞身后，不但堂构失守，并禋祀绝续，我朝文人天福之薄，未有甚此者。蔡姬乃其侍儿之最慧者，不减苏老朝云，至癸卯年已七十余，尚存，在西郊卖饼。余闻之急往视，则颓然老丑耳。因为泣下，周焉。"而这首白雪楼诗亦写得悲壮哀艳，堪称字字血泪：

　　荒草深埋一代文，蔡姬典尽旧罗裙。

　　可怜天半峨嵋雪，空自颓楼冷暮云。

蔡姬在西郊卖饼，西郊，显然即李攀龙的故居柴市亦即普利门。如今，它的位置即在绿地中心的北端，或者已经被绿地中心所覆没。

自古而今，很少有像杆石桥那样的处所，留下如此众多文人雅士的旧影足音，同时积聚了那么深厚悠远的郁然文气。

20世纪30年代，在原山东师范学堂的旧址，出现了一所著名的中等学堂——济南高中（还有和它相毗邻的济南一中）。

全国著名作家纷纷来此任教，形成济南也是全省全国的一个文学创作和革命文艺的中心。

在此任教的作家有：胡也频、楚图南、李何林、卞之琳、董秋芳、董每戡、李广田、夏莱蒂、王祝晨、季羡林等。丁玲也曾来到此校，与学生多有交流。

这么多的文人雅士聚集在杆石桥侧，人们会用今天的话说，简直是人才爆炸。值得一提的还有，著名诗人卞之琳代表性作品《断章》：

> 你站在桥上看风景，
> 看风景人在楼上看你。
>
> 明月装饰了你的窗子，
> 你装饰了别人的梦。

这首诗写于 1935 年 10 月，显然是卞之琳在济南的作品（卞之琳是这年的暑假后到济南高中任教的）。诗中的桥应该指的就是杆石桥，其一，它离卞之琳所在的学校最近，卞之琳茶余饭后肯定会时常徘徊在桥的周围散步、观景；其二，卞之琳与杆石桥有着深厚的情谊，比如，他写于济南的散文《"不如归去"谈》在文后特意注明"杆石桥 1936 年 5 月 12 日"。

杆石桥，以它美丽而富有韵味的景致，以及桥与城楼相映成趣的美丽造型，成就了中国文学史上永垂青史的文学佳作。

济南地势南高北低，夏秋连日阴雨，南山诸水暴涨，山洪直泻而下，漂没田庐，多少年来，所幸有杆石桥。杆石桥，县志、府志均作"捍石桥"，"捍"，抵御、护卫也，又作坚实、强悍解。事实真如其名。你看它忠勇地、坚韧地、砥柱中流一般地，用一块块巨石排成了坚如城墙的臂膀，阻挡住南来的山洪，让洪水滚滚涛涛地由趵突泉南延袤二里余的二里坝流入杆石桥下的锦缠沟中，然后，一路向北，经迎仙桥（今英贤桥），自标山东注于泺水，使济南免受洪涝之害，为黎民带来福祉。因此，这杆石桥又是名副其实的为人民大众排患解难的屏害桥、惠民桥。

据 20 世纪 30 年代出版的《济南大观》（1934 年）一书中《雨水排泄》工程中的工务局规划水流区域："经七路以南之水，由经七路沟渠分向东、西两端宣泄，小纬六路处为分水之行，其西端径泄于天然沟中，其东端由杆石桥街泄入城壕，而经七经五路间、小纬二路以东之水亦由纬一路转入杆石桥。"这说明，30 年代的雨水排泄规划，必须依靠杆石桥与锦缠沟。

《礼记·祭法》云："能捍大患则祀之"。懂得感恩图报的济南人，实在应该以最虔诚最尊崇的态度，为杆石桥立一座千秋不朽的丰碑呀！

杆石桥的不朽功绩还有许多。

1911年武昌起义爆发后，山东宣布独立，但仅仅过了10天即取消独立名号，这幕后的总导演不是别人，正是袁世凯本人。原来11月13日，山东宣布独立之日，也正是清廷重新启用袁世凯为内阁总理大臣、袁世凯率领大批卫队浩浩荡荡抵达北京之日。而他最先开始的紧要大事，即是千方百计阻止山东独立。他一面对被迫宣布独立的山东巡抚孙宝琦实施拉拢、利诱，迫其取消独立名号，恢复清廷旧制；一面派出亲信，爪牙张广建、吴炳湘到济南控制山东军政大权，对革命党人大打出手。济南城顿时黑云压城，血雨腥风。济南人将颠顸凶暴的张、吴二人呼为二贼。据丁惟汾《山东革命党史稿·卷五山东独立》："留省学生剪发者往往遇害，王讷等亦阴为吏所监，齐鲁公报尤以持论严正而遭禁闭"。那时，有一个革命志士舍生忘死，挺身而出，我们应该永远记住这个人的名字：刘保福。

刘保福（？—1915），字梅五，中国同盟会会员，山东省寿光市胡营乡胡营村人。常备军随营学校毕业。膂力过人，且精武技，翻墙越脊，长于轻功，艺高胆大，颇有侠风。

刘梅五与同志密谋，决定先炸巡警道吴炳湘，以杀其淫威。当时《齐鲁公报》被查封，张广建、吴炳湘大备宴席，在趵突泉公园宴请地方人士。革命党人刘梅五、邵沧澜、徐炳炎、王毓芬、姜华庭等挟炸弹分别埋伏永绥门外杆石桥边，以图炸死吴炳湘。吴炳湘过桥，刘梅五等以弹投之，不幸未中，因炸力弱，仅伤卫卒二人，而邵沧澜、姜华庭二人则身负重伤，喋血桥头。官方戒严捉拿，刘梅五施展武技躲入高烟囱中，遂得潜逃。此事引发全城乃至全国震惊。吴炳湘虽仓皇逃脱，"然袁党气少沮矣"（参见丁惟汾《山东革命党史稿》）。

刘梅五还有更为精彩的壮举是为战友、辛亥志士赵魏复仇。赵魏是辛亥革命时青州之师的首领——光复青州司令，也是刘梅五的挚友。民国元年一月十八日，赵魏午后抵青州下车，准备攻打清军占领的青州。北城满营头目瑞增狡诈阴毒，对赵魏"潜尾之，行至夏庄出手枪自后击之，贯其颅，魏遂死。"刘梅五闻之痛哭失声，发誓为赵魏报仇。1913年，在千佛山手毙暗杀革命志士赵魏的瑞增，大快人心。丁惟汾在《山东革命党史稿》有这样一段记载，堪称绝妙："时刘梅五闻魏为瑞增所贼，曲意交欢瑞增，后引之游济南千佛山，登绝顶而杀之。大笑曰'吾得以报魏矣'。"从"曲意交欢"到"登绝顶而杀之"，这期间蕴含着多少委屈、痛苦、幽愤乃至血泪呀！

刘梅五终于1915年6月2日被袁系陆军第五师所捕，9月30日在寿光小西门外就义。寿光辛亥革命志士赵化溥（即赵魏之父）曾作《十月十七日移菊哭刘梅五》诗哀悼之：

严威肃杀毙群芳，秋风秋雨渐履霜。

独有黄花容不改，几经迁徙晚犹香。

壮士喋血义赴国难，英雄扼腕泪洒胸襟，在这样一座惩奸除恶、碧血忠烈的英雄桥、正义桥上，我们能说些什么做些什么呢？我思虑再三，遂成诗一首，题名《桥与沟》：

　　　　这桥
　　　　曾装帧李攀龙的璀璨诗境
　　　　人道是
　　　　峨眉天半雪中看
　　　　高华矜贵
　　　　一代宗风

　　　　这水
　　　　曾照亮刘吏部的雅兴
　　　　却原来
　　　　函山翁未老抽簪解甲归田
　　　　锦缠沟桃花半落
　　　　野芳正酣

　　　　桥上，楼上
　　　　那是卞之琳见过的风景
　　　　关于《断章》的象征故事
　　　　当年门楼上的一轮明月
　　　　装饰了诗人缠绵的梦

　　　　来到这里
　　　　我深鞠一躬

使一个人生命更有光辉

——山东剧院印象记

■ 逄春阶

逄春阶　1965年生于安丘市景芝镇，中国作协会员、中国报告文学学会会员、山东省文艺评论家协会副主席、享受国务院政府特殊津贴专家，山东省首批签约艺术评论家。1986年开始发表散文、小说等，其中散文《坟上葵花开》获老舍散文奖。2004年起在《大众日报》开设文艺评论"小逄观星"专栏至今。出版有《人间星话》、《人间星话》（第二辑）、《国家使命》等书。现供职于大众日报社。

一个酒吧，就是一个酒吧；一座栈桥，就是一座栈桥；一杯酒，就是一杯酒。可是因为大师偶尔的一住，偶尔的一走，偶尔的一喝，这个酒吧，这座栈桥，这杯酒，就非同小可了。

习近平主席今年9月访美，首站在西雅图，他演讲说："海明威《老人与海》对狂风和暴雨、巨浪和小船、老人和鲨鱼的描写给我留下了深刻印象。我第一次去古巴，专程去了海明威当年写《老人与海》的栈桥边。第二次去古巴，我去了海明威经常去的酒吧，点了海明威爱喝的朗姆酒配薄荷叶加冰块。我想体验一下当年海明威写下那些故事时的精神世界和实地氛围。"

朴实的话语，勾起了我去古巴的欲望。我想，习近平主席演讲完，那酒吧、那栈桥、那朗姆酒会更加有魅力了吧。

体验当年海明威写下那些故事时的精神世界和实地氛围，就让普通的实物，变得神圣和庄严，变得高雅和有趣，变得立体和醇厚绵长。酒吧、栈桥、酒，承载的故事，弥漫着浓浓的文化气息。所谓"山不在高，有仙则名；水不在深，有龙则灵"。

我想到了矗立在泉城的山东剧院，这座默默陪伴泉城人民整整 60 载的仿古建筑，坐落在济南市中区，曾经是泉城济南乃至山东的文化地标，直迄今日，还在不遗余力地滋润着齐鲁儿女的心灵。

她正面是四根朱红色的门柱擎着高大的屋宇，灰瓦覆顶，檐下描绘着古色古香的装饰花纹，屋脊上排列着民族崇尚的图腾。前厅三面是雕花扶手转廊，两壁画有国画数幅。

60 载倏忽而过，这座坐北朝南的仿古建筑，目睹了多少大师的音容，数不胜数。京剧大师梅兰芳、尚小云、荀慧生、周信芳、张君秋、方荣翔等在此镌刻下音容，舞蹈大师陈爱莲，豫剧大师常香玉，中国美声声乐教育大师、被赞誉为"中国之莺"的周小燕都在此留下了足迹。大师在山东剧院的点点滴滴，如散落着的粒粒珍珠，岁月之刀再锋利，也割不去其独特光泽……

我还在《从文家书》中发现，1956 年 10 月 8 日，文学大师沈从文曾在山东剧院旁边的小楼上，在给妻子张兆和的信中，专门提到山东剧院。大师还饶有兴致地品味了山东剧院的周围："济南住家才真像住家，和苏州差不多，静得很……有些人家门里边花木青青的，干净得无一点尘土，墙边都长了霉苔。可以从这里知道许多人生活一定相当静寂，不大受社会变化的风暴摇撼。但是一个能思索的人，极显然这种环境是有助于思索的。它是能帮助人消化一切有益的精神营养，而使一个人生命更有光辉的。"

大师就是大师，几笔就抓住了精髓，品味出了济南和山东剧院周围的"地气"和"灵气"。而山东剧院也的确让每一个艺术家在这里发出夺目的光泽，帮助泉城百姓消化一切有益的精神营养。

山东剧院破土动工在 1953 年 5 月 13 日，由山东省建筑设计院总工程师倪欣本设计，山东省建筑公司施工。占地 16.5 亩，建筑面积 5709 平方米。时任山东省文化局处长的周正受命筹建山东剧院，并任建成后剧院的首任经理。

1955 年元旦，山东剧院竣工营业。这可是山东文化发展史上的大事，得请艺术大师来助兴。周正专程赴北京，与正在京开会的著名作家、省文化局局长王统照一起去了护国寺街梅兰芳先生寓所。不巧，梅先生不在北京。王统照给梅先生留了一封信札，言辞恳切地邀请大师拨冗到山东剧院献艺。

好事多磨，转眼到了 1960 年，这年春，周正又一次到了北京梅先生家。进屋落座后，周正向梅先生转达了观众热切期盼梅先生到山东演出的愿望。梅先生说，王统照先生的信见到了，山东很多年没去，今年无论如何一定要去山东演出。

周正先生的儿子周雪平有这样的回忆：

"1960 年 10 月 14 日梅先生亲率梅剧团来到济南。省文化局领导安排父亲担当梅剧团的主要接待工作。此次梅剧团来山东演出阵容整齐，名角荟萃。梅兰芳先生出演的剧目有《贵妃醉酒》《霸王别姬》《凤还巢》《穆桂英挂帅》，都是精华之作。另有3出大戏及部分折子戏。演出自10月15日至10月31日，包括两场招待晚会和两个日场，17天演出19场，场场爆满。"

"梅剧团在济南演出期间，父亲向梅先生转述了山东剧院职工想与梅兰芳先生及梅剧团主要演员合影的愿望。梅先生说，'小同志们工作很辛苦，我们相处得很愉快，是该合个影留念，你安排就是。'这样，剧院职工们如愿以偿地与梅兰芳先生、梅剧团主要演员合了影。梅先生待人和蔼可亲，没有一点名人架子，在大家心目中留下深刻印象。"

"父亲周正与梅兰芳先生的这帧合影，是请济南皇宫照相馆的摄影师来山东剧院拍摄剧照时在舞台上拍摄的。如今93岁的父亲，提起当年仍是记忆清晰，满怀感慨。这期间的10月22日，梅兰芳先生愉快地在济南度过了66周岁生日。谁也不曾料到的是，次年即1961年8月8日，梅先生因病在京逝世。"（引自2015年6月11日《齐鲁晚报》）

梅兰芳先生的最后一个生日，是在山东剧院过的，生日宴上的佳话，已无从查考。但好客的山东人和山东剧院，肯定给梅先生留下了美好的印象，这个故事有待进一步挖掘。

一个杰出的艺术家，应该是艺术英雄、文化英雄，他们是心灵上的路标，精神上的探险者。大师的价值不可估量，英国的丘吉尔说过：英国宁肯牺牲印度，但不肯牺牲一个莎士比亚。足见莎士比亚在英国人心中的分量之重。从一定意义上讲，艺术大师的价值超越时空，那是一种规范，是一种宝贵的滋润心灵的精神资源，给人以创造性的熏染和不断反刍的空间，是永不枯竭的汩汩活泉。我期望山东剧院能有一面艺术大师的故事墙或电子触摸屏，让来山东剧院的大师永远留在这里。

对活着的艺术大师，山东剧院张开温暖而宽广的怀抱；对逝去的艺术大师，山东剧院依然如此。2007年5月27日至30日，山东剧院为纪念张君秋先生逝世十周年举办系列演唱会，就是最好的明证。

我与张君秋先生缘悭一面，但山东剧院搞的系列演出，我全程参与采访报道，感到很幸运。那几天山东剧院星光灿烂，京剧名家梅葆玖、尚长荣、谭元寿、叶少兰、张学津、王蓉蓉、董翠娜、张萍、赵秀君等纷纷前来，赵群出演的《望江亭·庙遇》、万晓慧出演的《西厢记·赖婚》、翟萍出演的《二进宫》、王蓉蓉出演的《诗文会·考场监试》、董翠娜出演的《状元媒·深宫》等，让泉城"张派"戏迷大饱耳福和眼福。

有论者曰："国民之魂，文以化之；国家之神，文以铸之。"艺术大师就是"神""魂"，他们需要某种形式来将其激活。山东剧院搞的纪念活动就是一种形式，这种形式就是对大师身影的一次集中描摹，而必要的形式则能加重内容的分量。有了标志，才有了纪念的方向感，才能唤起更多的人关注大师，亲近大师，欣赏大师。我想，最好的纪念是传承，最好的纪念是行动。谦和的山东剧院能包容，不仅仅奉一家一派为圭臬，不自囚笼罟，展现出更自觉地向着更广更高的境界迈进的积极姿态。

我在山东剧院欣赏过山东歌舞剧院出品的歌剧《孔子》、辽宁人民艺术剧院的话剧《郭明义》等多出剧目，也观看过许多精彩的文艺演出，但印象最深的是在这里感受到了中国美声声乐教育大师、被赞誉为"中国之莺"的周小燕教授的独特风采。

老太太周小燕，又瘦又小，可是教起学生来，用活力四射来形容，一点不夸张。那眼神，那手势，那饱满的情感，那充沛的气息，怎么看也不像快90岁的老人。周先生来山东剧院讲座，现场指导学生。我不懂音乐，本来完成报道任务，就可以走人，但是我却从头听到尾，说实话，我还没听够。周先生的魅力来自哪里呢？魅力来自她的"老实"。她没有某些所谓大师的做派，不故弄玄虚，不云山雾罩，不故意夹杂几句洋文以显摆自己。她老老实实讲，一是一，二是二。比如她说，"唱歌嘛，首先是自己感到舒服，然后呢，让大家听着舒服。你唱得脸红脖子粗的，自己难受，别人看着听着也难受，何苦呢？要自然，要放松，要欢快，哪怕是唱悲歌，也别让脸变形，让大家感到的是美。""看谱唱歌，看似简单，但很少人能做到，大都是模仿首唱者。其实，首唱者唱得不一定准。我从前也不大注意，年纪大一些了，发现看谱唱歌才是最重要的。我们要尊重作曲家呀。"魅力来自她的"妙手"。在指导歌手时，她用自己的手摁住学生的肚子，学生的声音顿时判若两人。然后，看到她的手臂使劲挥向前方，嘴里命令学生："别后退，放……放……"，学生的声音充满山东剧院的大厅，效果真是立竿见影。

这是我亲眼目睹的2006年5月底的事儿。这是山东剧院的幸运，它保留了大师难得的细节，这也必将成为山东剧院的风采，成为山东剧院的光荣。大师深深藏在山东剧院的角角落落，我们怎可遗忘。

"使一个人生命更有光辉"，山东剧院垂青艺术大师，也垂青年轻人。雷岩就是山东剧院的舞台一步步培养起来的。1985 年，山东准备选拔一两名有前途的声乐青年到上海培养。周小燕先生应邀来济南挑学生。"五一"节那天，从全省初选出的十几个年轻人，都坐在前排等候面试。周小燕先生说："谁先唱?"大家互相谦让。周小燕环顾一下会场，座无虚席，她突然说："谁想唱，谁举手。"会场一片寂静。当时，山东歌舞剧院的青年演员雷岩不知哪来的勇气，高高举起了手。大家都把目光投向了他。雷岩忐忑着走上舞台，唱的是《我的祖国妈妈》和《伊万苏萨宁》。周先生一直微笑着听他唱完，问了他几个问题，最终选择了他。雷岩就跟着周先生到上海学了 6 年。

雷岩不负周先生期望，1988 年在第 34 届法国图鲁兹国际声乐比赛中荣获第三名。1989 年在沪演出歌剧《弄臣》，荣获当年《上海戏剧》白玉兰奖。

雷岩说："山东剧院的舞台，是我产生灵感的地方。"他参与演出的歌剧《原野》《徐福》《孔子》等都是在山东剧院首演的。

说不尽的山东剧院，她从建成初期济南市民主要的文化娱乐场所，到 20 世纪 80 年代各类经典演出剧目的频频落地；从传统意义上的剧院的形式，逐渐演变成为多元化、综合性的文化展演阵地……说不尽的山东剧院，她经历了 60 年风雨岁月，接待过全省舞蹈、戏曲、杂技会演，华东 5 省市地方戏会演和来自 20 多个国家艺术团的访问演出。"文博会""十艺节"皆可圈可点……

因为工作关系，我一年不知要多少次来到山东剧院，每次来都感到这里亲切自然。写新闻稿的时候，笔力往往集中在演出活动和艺术家身上，而忽略了山东剧院的存在。但山东剧院和这里的人们，依然保持着自己的淡定和从容，默默地服务着、奉献着，日日夜夜，孜孜矻矻。

我要说，来济南登千佛山、看大明湖、赏趵突泉，还可加一项，品山东剧院。这里的"品"，不仅仅是欣赏演出，到这里来看看，听一听大师们与山东剧院的故事，就很好。山东剧院，本身就是一个值得驻足的景点，因为这个地方，"是能帮助人消化一切有益的精神营养，而使一个人生命更有光辉的"。

玉函山的彼岸

■ 郑连根

郑连根　文史学者，作家。已经出版的著作有《故纸眉批——一个传媒人的读史心得》《新闻往事——激荡的中国新闻界》《昨夜西风——那些活跃在近代中国的传教士》《尘埃尚未落定》《兼容并蓄长者风——蔡元培》《春秋范儿——春秋时代的人与事》等。其中，《春秋范儿——春秋时代的人与事》一书刚出版即登上京东网畅销书榜，随后又荣登《中国新闻出版报》2015年2月社科类图书畅销榜。

济南南部多山，玉函山就是其中之一。这是一座风景秀丽的山，也是一座很有文化内涵的山，甚至还是一座有彼岸意识的山。

风景秀丽就不用说了，大家实地去看看就都会认同，文化内涵等你了解了玉函山的相关历史也会明白。我们不妨就先从彼岸意识谈起。

玉函山公墓对济南人来说知名度很高。每年的清明节，都有很多人来这里祭祀先人。许许多多济南人的人生在这座青山之下画下了句号。他们曾在山下的都市里奔波劳碌，一生打拼。拼不动的时候，病痛找上门来，他们开始频繁地出入医院，最后，他们进了医院就没能再出来，或者还没能赶到医院就在路上永远闭上了双眼。这时，他们再也不用去打拼了，他们甚至不需要再回到自己熟悉的家。灵车载着他们，先驶向济南北部的粟山路，那里有殡仪馆、火葬场。在亲友们的哭泣和缅怀中，他们的形体化作了骨灰，装在一个盒子里，"函之"。最后，他们来到济南南部的玉函山，在公墓中永远安息。

中国古代的贵族，去世的时候嘴里会含

郑连根

着一块玉，名为"饭含"，也就是"含玉"之意。现在，许多济南人去世后，安息玉函山。含玉也好，玉函也罢，都跟玉有关，都跟此生的终结有关。"君子如玉"，在不能"含玉"而死的年代里，能在玉函山里安息也算是一种慰藉吧。

什么叫彼岸意识？如果说在红尘奔波是此岸，那么"含玉"而死或安息玉函山就是彼岸；如果说今生是此岸，那么来世就是彼岸；如果说应付生活中的柴米油盐是此岸，那么寻求精神的超脱与飞扬就是彼岸；如果说上班下班以及不得已的妥协和苟且是此岸，那么诗和远方就是彼岸。此岸和彼岸并不是完全对立的，而是可以彼此观照、相互影响的。作家王小波曾说："一个人拥有此生是不够的，他还需要一个诗意的世界。"这个"诗意的世界"就是一种彼岸。没有这种彼岸意识做支撑，此岸的今生就很容易堕落为"苟且"，再也寻不到诗和远方，因为你根本就没想象过另一种可能。

说到底，人生总是要有点超越性的，在任何情况下都不能丧失了想象另一种可能的能力。比如说，相对于人生短暂，长生不老就是另一种可能。在中国历史上，不少皇帝都想长生不老，甚至还为此求仙炼丹，但他们最终都失败了。他们求仙炼丹的种种行为当然是愚昧的、不可取的，可是他们有关长生不老的种种想象却给后人留下了很多美丽的传说。

汉武帝与玉函山的故事就是其中之一。据说，汉武帝当年到泰山封禅，经过这里，得到了仙人西王母的玉函（用玉做的一个小盒子），函中有长生药。汉武帝一直就想着长生不老，得到玉函和长生药之后大喜过望，越发就觉得自己伟大得不得了。可以想象，如果那时就有电视的话，那么，大汉帝国的臣民在观看封禅大典的日子就又多了一个玉函和长生药的聊天话题。连仙人西王母都携厚礼来给皇帝捧场，皇帝之英明神武岂不更加确凿无疑？我甚至还想，如果那时就有了微信的话，那么，一个美轮美奂的玉函照片及说明文字肯定也会获得汉朝文武百官的点赞和转发。

可惜，好景不长。当汉武帝下山时，这个装着长生不老药的玉函突然化作青鸟飞走了。原来，这只青鸟是西王母的使者，它的使命就是守护好玉函和里面的长生不老药。可能是它守护的时候打了个盹儿，清醒过后竟发现玉函不见了，四处寻找，又发现它到了汉武帝的手里。如此看来，这玉函到底是西王母送给汉武帝的还是汉武帝借封禅之际偷窃的呢？这还真是一件需要调查的事。不过，当时神探狄仁杰还没有出生，关涉皇帝和仙人的案子也没人敢查，此事遂成悬案。汉武帝在人间社会说一不二，可一旦跟仙人争起玉函来却一点便宜也占不到。这个故事说明一个很深刻的道理：做人千万不能太嚣张，你一嚣张，多半就有更牛的人来收拾你。你嚣张成泼皮牛二，就有青面兽杨志等着你；你嚣张成西门庆，就有武松等着你；你嚣张成了巨贪，就有中纪委等着你；你即便嚣张成汉武大帝，都是皇帝了，都封禅了，也休想把不属于自己的玉函拿回家。如果你敢拿，那西王母派只鸟就能搞定你，或者，那个玉函干脆就变成青鸟，连招呼都不跟你打就飞走了。

汉武帝没有得到西王母的玉函，可济南南部的这座山却由此得名。汉武帝想长生不老不可得，济南人死后想长眠于此还是可以做到的。我猜测，西王母的本意或许是：玉函与其让好大喜功的汉武帝独占，还不如赐予济南这片土地，让万民共享。

人不可能长生不老，但人仍要努力冲破此生此世的局限，去追求一种超越性的精神，于是有了宗教，有了死后的天堂与地狱，有了"六道轮回"和"极乐世界"。在各种宗教中，佛教进入中国的历史最长，与中国文化的结合程度也最高，"中国化"得也最彻底。发展到今天，佛教的中心已然不在印度，而是到了中国。佛教在魏晋南北朝时期传到济南，至隋唐时期大盛。玉函山上的摩崖石刻可算是佛教文化留在济南的一处深深印记。

玉函山北面山腰有巨石，上刻"佛峪"，佛峪东不远处即是摩崖造像。造像89尊，上下五层。第一层有11尊佛像，第二、三层有33尊，第四层多达32尊，第五层为13尊。所占面积长13米多，高近7米。有佛有菩萨，有站有坐，还有5座大型石龛。造像最高者达1.3米，最低者约25厘米。这里的摩崖造像和石窟造像多为隋代作品，造像题刻记载，一位叫做杨静太的佛教信徒于开皇四年（584）首先在这里开凿了佛像；随后，另一个叫刘洛的人紧随而来，也在这里开凿了佛像；再之后，夏树、殷洪纂、罗江、王景遵、傅郎振、罗宝奴、张竣母桓、颜海夫妇、僧人智定等先后在这里敬造佛像。这个造像过程一直持续了近三百年，直到唐大中（847—859）年间才宣告结束。如此众多的隋唐摩崖造像集中于一处，无论是从文物保护方面来说还是从学术研究来讲，玉函山都应该有它的一席之地。

美丽传说的诞生之地，摩崖石刻承载的佛教文化之地，也是济南人的长久安息之地。这个地方就叫做玉函山，一座风景秀丽的山，一座承载着人们生死追问和灵魂解脱的山。这座山的实际海拔并不高，只有五百多米，但这座山的精神海拔很高，高到很多人要用一辈子去攀登。因为那是一段从生到死的距离，一段由此岸到彼岸的跨越。

在古村落，阅读乡愁

——市中古村落三题

■ 钱欢青

钱欢青　浙江诸暨人。2002 年毕业于山东大学文学与新闻传播学院。现为济南时报副刊部副主任，济南市作家协会会员。长期从事文物、考古报道，曾获 2003 年度全国晚报文化好新闻一等奖，2005 年度山东省文化艺术科学优秀成果二等奖，2007 年度山东新闻奖报纸副刊作品金奖，第七届山东省刘勰文艺评论奖等。散文《夏天，母亲》入选《山东散文选（1978—2008）》。著有《济南老建筑寻踪》《考古济南：探寻一座城的文明坐标》《齐鲁国宝传奇》等。

因为正在修高架，二环南路飞土扬尘，但从市中区兴隆片区往南不多远，就是连绵群山。在这里，旺盛的植被阻隔了尘土和喧嚣。日光透过水泥路两边的树木洒下来，金光点点、树影斑驳。骑着摩托车，独行群山之中，清风拂面，让人觉得神清气爽。

每一次我都骑着摩托车去，每一次我都悄悄地进到一个古村落，悄悄地寻访古意，轻声细语地和村人交谈。我怕声音太大，会惊破村落的宁静——它们千百年来安然伫立，自有其需要任何人都细心呵护的岁月静好。没想到，在古村落，阅读历史，体味美景交织起的乡愁，会是一件如此美好的事情。

矿村——庙观映山色，古村眠高士

过白土岗村不远，路分两支，往左不远就是矿村。需要说明的是，矿村村名，原本是金字旁加一个"广"，念"gong"，后来为了使用方便，才叫矿村。到村口，熙熙攘攘的人群正在赶集。乡间的集市有一种格外的蓬勃气息，聊天声、叫卖声、讨价还价声，各种声音混合在一起，以集市为中心向周围扩散，仿佛海边不远处一个隐而不发又力量惊人的漩涡。最有意思的是那些一言不发的人，他们守在自己的货物后面，安静得就像一块礁石。他们知道总会有人来买自己的东西，或者即使没人来买也无所谓，他们一脸波澜不惊，却也许隐藏着一江波澜人生。

他们就像矿村这样的老村，仿佛一本静默的、内涵丰富的大书，等待惺惺相惜者的阅读。

去矿村，第一想拜谒的是怀晋墓。怀晋是明末清初济南著名的高士。高士者，高尚出俗之士也，指的是志趣、品行高尚之人，多指隐士。怀晋是名副其实的高士，48岁时明代灭亡，他"哭辞孔子庙，隐山中"。怀晋所隐之处，就是矿村山中。道光《济南府志》记载过一件很有意思的事，说是他刚到矿村隐居时，来了帮强盗，得知他是一位高士，又见他气度不凡，就跟他说："您是长者，我们不想惊扰了您，所以明儿我们把您送到一个安静的地儿去，供您吃喝。"怀晋不为所动，当天晚上，强盗们就跑了。

怀晋道德文章，令人敬仰，他长年隐居山中教育学生，教出过艾元征、王盛唐等众多知名学生，其中艾元征还在康熙年间当过刑部尚书。跟随怀晋时间最久的郑子铉曾经说，"从先生游，邪念之萌皆自遏。"有意思的是，道光《济南府志》还记载怀晋"年八十，预知死期，至期沐浴而卒"。

怀晋死后葬在矿村东南角邋遢岭下，一直到如今，墓地依然保存完好。坟前墓碑，上写有"清故处士怀公暨妣房氏墓"几个大字，下有"不孝男万邦奉，不孝仲男世昌立"字样。墓上六棵大柏树郁郁葱葱。村人说，有关这柏树，还有一个神奇的传说，传说怀晋后世的某个子孙砍了柏树去卖钱，结果驮树的马死了，这个子孙也得病死了。更为神奇的是，一般柏树被砍后只能长个新芽再难成树，怀晋墓上的柏树却重新长成了参天大树。

墓前两侧还有两块康熙年间的巨大卧碑，分别刻有"攀柏永怀"和"一门节孝"几个大字。"攀柏永怀"碑由山东承宣布政使卫既齐所题，碑上还记录了怀晋次子怀世昌"悼父志之苦，痛母节之贞""庐墓修坟，年经六载"的故事。"一门节孝"碑由文林郎知历城县事王苴隆题，碑上既记录了怀晋的事迹，也刻下了怀世昌不管"大风雷雨烈日严霜"都修坟守墓的故事。

从怀晋墓回村，我又找到了怀晋的第八代孙怀居友。怀居友今年58岁，在村中小学任数学老师。他手中有一套《怀氏族谱》，据其记载，怀氏先祖原姓槐，原居山西洪洞县，后迁至河北枣强，明洪武二年，其中一支迁到如今的天桥区桑梓店怀庄。怀居友手中的族谱是去年桑梓店怀氏宗亲送给他的，但族谱记载的矿村这一支，止于怀晋。怀居友于是四处搜集，自己编了一本《矿村怀氏家谱》。此外，怀居友还和陈庆双一起，整理了一本《怀晋先生神话传说》的小册子，希望别被后人忘了。

行走在矿村，原始的老房子已经很少，村中一处一处，都是用黄砖新盖的楼房。但有意思的是，村中庙观众多，既有白云观，又有龙王庙、关帝庙、三义庙，极其鲜明地体现了农村信仰的多元化。

始建于隋唐时期的白云观在村中广场的东侧，观内一棵有着 1300 多年树龄的银杏树格外引人注目。这是一棵雌雄同体的银杏树，雄树紧紧怀抱雌树，盎然向上，遮出一片浓荫。观中的弘扬道人告诉我，早前白云观规模宏大，三清殿、碧霞殿、真武殿、灵官殿等一应俱全，历经"文革"，只剩下三清殿和银杏树，尤其可惜的是，院子里原来还有四棵大柏树和一棵大松树，也被破坏了。2008 年，受济南市道教协会的委托，弘扬道人入驻白云观，几年下来，很多殿堂得以恢复重建。不仅如此，弘扬道人还将儒道合一，既供奉元始天尊、道德天尊和灵宝天尊等道教神灵，也供奉孔子。

此外，村中东部，柳树古井旁，还有一座小小的龙王庙，供奉四海龙王。离龙王庙不远，是一座关帝庙，上刻"伏魔大帝"四个字，一块立于乾隆年间的"重修关帝庙碑记"还说"此庙虽小却灵验无比"。

村中西部一汪池塘边，还有一座三义庙，供奉着刘备、关羽和张飞。掌管三义庙的黄景河老人，今年已经 75 岁。他说小时候这庙非常巍峨，立于八十多级台阶之上。而在三义庙旁另一个高台之上，还有一座五圣堂。可惜到了"大跃进"的时候，三义庙和五圣堂都被扒了，原来的高台也被铲平挖了个池塘。直到 1974 年，村人才自发捐钱，又重建了三义庙。

令人惊喜的是，著名的佛峪就在矿村北边不远。在矿村老主任郭安元的引领下，我们穿山越岭，遍赏"林壑尤美"的佛峪风光。一路行走，听山风松涛，游环翠亭、观音堂，品林汲泉水，看风光无限，还在龙峪观里喝了一壶李道长亲自沏上的热茶，听了这位白发道长传奇的人生故事。

"太息人间名胜地，何时重上钓台，倚石看涟漪。"所谓风景，或许真的只是山风鼓荡中，一池撩动人心的涟漪。

涝坡村——碑刻零落庙孤寂，只有山色浓

从二环南路兴隆庄往南，跟着 K121 路公交车的站牌，很容易就能找到涝坡村。涝坡村的村碑，却是在"四棵柏树"站牌的旁边。我在村碑下停下摩托，抬头看，路边果然柏树森森，列队而立，数一数，却明明是五棵。

村碑上写的是："涝坡，位于东十六里河东 9.5 公里，月牙山南，相传明崇祯年间建村。因地处山的倾斜面故名老坡，后沿称涝坡。"从村碑右侧斜坡往下，几步就进入了村中街道。午后的烈日照下来，街道上影子斑驳。村子出奇的安静，仿佛

害怕惊动四周浓郁的山色而屏住了呼吸。

和矿村一样，涝坡村也处处都是用黄砖新盖的楼房。不少新楼房，都是在老的石头地基上改建。老房子虽也有，却十分零星。村人说，要看老房子，你来晚了，搁十年前，整个村里都是石头老房，和朱家峪一个样！

饶是如此，涝坡村的历史气息和岁月沧桑依然掩盖不住。惊喜出现在村中街道的拐角处，一块有着仿屋顶形制的影壁赫然而立。影壁全由石块砌成，仿屋顶而建的影壁顶部雕刻精美，影壁中间砌有两块石碑，上面一块刻有"浩然正气"四个大字，每个字的笔画都被人用黑线描了一下。下面一块则刻着一篇《重修关帝、龙神二庙碑记》，这块碑立于光绪二十年（1894），碑的正中部位，被人刷上了卖鞭炮三个字。

顶着日头，我靠在碑上一字字辨认碑文，不晓得从哪儿飘来一股淡淡的臭味。偶有农用三轮车载着建筑材料"突突突"开过，卷起尘土一片。碑文算不上是优秀的文章，却将修庙的缘由交代得很清楚，且有态度、有情怀，字也刻得工整俊秀。这二百多字，让人清楚地触摸到了一百多年前的乡村生活——"闻之由兴为废也易，转衰为盛也难，循环纵缘于气数，而经营实藉乎人力也。吾庄关帝、龙神二庙不知创自何时，嘉庆之祀业已重修，但垣墉未建，山门未立，虽屏山带河，究觉外观之无耀。光绪继元，首事等议将公项历年所积，不留羡余，砌街补路、建垣立门，而庙貌犹仍旧焉。近来二庙神像寥落，瓦石崩裂，重修以来未及百载而倾覆又将甚焉。合庄耆艾目睹心恻，思欲转旧为新，以壮一乡之观，而无弗欲者。于是首事等首先倡捐，乐施者量力资助，鸠工兴起、水陆并作，积成狐腋之资，用焕翚飞之彩。不数旬而工告竣焉。然是举也，虽未能大厦增修而诸事毕举，岂非吾乡仁厚之风有以致之哉？爰勒贞砥以志不朽云云。"

照例，碑文的后半部分是捐款者的姓名和所捐之钱数。从碑文内容来看，早在嘉庆年间，村里就曾修过关帝庙和龙神庙。村人说，原本的关帝庙就在影壁的后面，"文革"的时候被扒了。

关帝庙虽已被扒，龙神庙却很幸运地被保存了下来。从关帝庙影壁往东走，街边一块"泰山石敢当"十分惹人注目，仔细一看，上面还刻着"咸丰二年"四个字，算起来，到如今，它已在这里立了163年。

正在这石敢当家门前闲坐的韩大娘告诉我，这石敢当所在位置是村子的中心地带，"原本是个十字路口，早前还有棵大槐树。"韩大娘说："1958年以后那几年最困难，在生产队劳动挣工分，一年到头分不到多少粮食。山上的野菜都采光了。村里还有混不上吃的出去逃荒要饭的。"

龙神庙就在石敢当往南斜坡下。韩大娘拿着庙门钥匙给我带路，一边走一边说："每年二月二龙抬头，村里都会为龙神庙唱大戏。早前村里有庄户剧团，后来剧团解散，就请外面人来唱。这边龙神庙里封庙、进香、压钱，那边大场就开始唱戏！不过，每年请人唱戏的钱都是村里热心人自发捐的，龙神庙的管理也是老百姓的自发行为，哪里漏了、塌了，几个好心人就凑凑钱、出出力，有的买点瓦买点木头，有的出点啤酒，出点工。"

龙神庙在一个石砌高台之上，正殿亦由石砌，体量很小，唯一门两窗。门额写"沛然降雨"四个字，左右一副对联，写得颇有气势——"九江八河主，五湖四海神"。殿内有龙王塑像，墙壁上还有彩绘。

有意思的是，龙神庙院子里还有三块碑刻，一块立于"大清嘉庆十二年"的"老坡庄重修龙神庙碑"，另两块分别是砌于西侧小房墙中的乾隆年间和光绪年间的"重修道房碑"，其中光绪年间的碑上还刻着"善人秦玳重修西道房二间，长男士远捐资"几个字。

庙门口还躺着两块石碑，一块立于"大清光绪二十年"，刻有一篇《老坡庄公项怡然堂所买宅田文契碑记》，另一块立于"大清宣统三年"，刻的是《涝坡庄怡然堂四至碑记》。从这两块碑上刻的庄名可以看出，至少从宣统三年开始，"老坡"已变成了"涝坡"。

从龙神庙继续往东，村中健身广场的一侧，有一块更大的影壁。村人说这块影壁应该立于"文革"时期，原来上面还有毛主席像。而在路旁石壁中，还砌着光绪年间所立的"创修庆合桥碑"，不过村人告诉我，1962年，庆合桥就被大水给冲毁了。

继续往东，到村人口中的南峪山脚，一口古井旁边，还有一块光绪二十二年所立石碑，碑上刻有一篇《创建兴龙桥碑记》。继续往东，在一个大坝旁边，还立着一块民国二十三年的"蓄水池功德碑"。可惜，这个当年号称山东第一蓄水池的池塘，因为干旱，已基本见底。

如果把"泰山石敢当"也算上，村里散落的碑刻多达11块。我想多跑几趟，把这些碑刻上的字一个一个都辨认清楚，抄写下来。

斗母泉村——泉涓涓而清流，云深深而触起

在通往斗母泉村的盘山路上骑车，真得十二分小心，那真是九曲十八弯的山路，有的弯接近三百六十度；但在这样的山路上骑车，也的确有一种开车替代不了的享受，那真是一步一景，山峦起伏，层次分明，在绿意浓重的树海俯瞰群山环抱的村落，让人恍然间生出荡胸生层云的阔达来。

斗母泉村不在山下，在山上。一个几乎立于群山之巅的小村落，一个因为拥有七十二名泉中海拔最高者——斗母泉而闻名的小村落，同样也是一个收藏着诸多古迹和人生故事的小村落。

斗母泉几乎位于村子的最高点，崖壁之下淌清泉，群山之下烟云渺，真可谓"泉涓涓而清流，云深深而触起"。泉子后面一棵古老的车梁木，更添几分盎然古意。

但也许因为太有名，泉子周边建的台阶、栏杆和背景墙却稍显繁琐，仿佛原本一个淳朴的山里姑娘，进了城却浓妆艳抹起来。一把大锁，把取水口给锁住了，旁边是一张冷冰冰的告示："灌水者罚款 200 元"。

看泉边墙上所写之介绍，斗母泉原名窦姑泉，别名大泉。清乾隆《历城县志》、道光《济南府志》和清郝植恭的《济南七十二泉记》均有记载。该泉常年涌流，四季不涸。

独自在泉边平台卖山货的石大娘说，自从一把大锁锁住了取水口，从城里来的游客就变少了，山货也很难卖了。石大娘今年 64 岁，每天会来泉边卖点咸鸡蛋、小白菜，都是自己家吃不了的，扔了可惜。19 岁从山下的矿村嫁到山上的斗母泉村，结婚那天，新娘子是骑着驴上的山。到今年，40 岁的儿子早已在城里工作，9 岁的孙子由她老两口带着住在村里。聊到大约下午 4 点，石大娘的老伴骑着一辆三轮车下山去接孙子了，孙子在山下矿村路口的秀山小学读书。

斗母泉下，一路之隔，是斗母宫。斗母宫虽然不大，院子里却立着很多块石碑。进院子迎面一块影壁，影壁背面所刻文字，乃是刻于大清同治十一年，可惜被一个大香炉挡住，无法看清碑刻全貌。众碑之中，年代最早者当属大清康熙十五年之"重修斗母殿"碑。余者有嘉庆年间之"重修斗母庙"碑，光绪六年之"建立道房"碑等等。"建立道房"碑用"泉涓涓而清流，云深深而触起"描写斗母庙所处之胜境，且记录了六个庄的"主庙者"，碑上所刻的六个庄分别是王家窝铺、郭家窝铺、郑家窝铺、贾侯二庄和斗母泉村。

院子北侧是最重要的斗母宫大殿，大门口一副对联，写的是"移星布斗调正阴阳四时，济悲济世历劫护国救民"。殿内供奉着"先天斗姥大圣元君"。据说斗姥乃星斗之母，法力无边。其信仰缘起于古先民对星辰的崇拜，后来为道教所信奉。

79 岁的谢福祥老人告诉我，小时候他就听爷爷说过，先祖上山来时就有一座很小的斗母庙，后来经过一次次修建才逐渐变大。20 世纪 50 年代庙被拆了，"到1996 年，村里的部分群众想重新把庙修起来，我觉得修庙是个好事，但村干部不敢，不出钱，我就在村里组织了八个人，每个人出五百块，凑了四千块钱，把庙给修了起来。起初我们打算用石头修庙，后来我儿子听说这事后，就从山下给拉了三车青砖上来。"

谢福祥说："斗母庙既是康熙十五年重修，所以始建年代应该更早，据说是有了庙才逐渐形成的村。最早来的是孙家和谢家，谢家到我这里已经是第七代了。我爹曾跟我说过，我们谢家祖上是从济南华山北面的冷水沟小桥子那儿搬来的。"

谢福祥属鼠，出生于 1936 年。兄弟两个，他是老二。山里的岁月，日子很苦，他说："11岁那年国民党到村里来，让村里人集中站在斗母泉边上的山崖下，举手站着，他们去家里抢粮抢衣裳。岭南边就有解放军。六月初十，大旱，一个村民到前坡去锄地，国民党的士兵远远看见，以为是解放军，就喊话让他站住，他回头弯腰想拿锄头的工夫，就被一枪打死了。"

1948年，12岁的谢福祥被国民党抽去东八里洼修炮楼，一群半大小孩被赶着干活，一打盹就会挨上一棍子，"其中一天，我整整挨了排长24棍"，"那时候南边就有解放军，晚上也不敢在村里住，下午五点多散了工，赶紧从一个泥湾子里舀上一缸子水，就跑到东边山洞里住，扯几片树叶铺床睡觉。那一缸用来喝的水，里面都有小虫子！"

"17岁，住我家北面的邻居劝我爹，说得让你们家老二念几天书，要不然，要是去当兵，连封信也写不了。亏得他，我17岁终于上了学，念了两年初小，一年高小。1957年村里要搞高级合作社，找不到有文化的人，就让我回家当了村里的会计。"

此后，谢福祥一直在村里当干部，直到退休。如今，老人的重孙子都已经五岁了，而谢家来山上，也已经到了第十代。

找到谢福祥的时候，老人正在自家屋后边山坡上的地里种芸豆，听说我想了解村子的历史，老人停下手里的活儿，让我和他坐在地里的两块条石上，细细跟我聊了起来。我们背靠着大青桐山，面前是一片群山幽壑。老人脸上皱纹纵横但身体健朗。听得出，他一辈子吃了很多苦，但一辈子都很要强。他把一切艰难纳进胸膛，他说他还想再多活几年，看看社会的发展。

小广寒的老电影

■ 简 默

简默 本名王忠，男，祖籍山东费县，1970 年 6 月生人。现为枣庄市文联文学创联部副主任、枣庄市作家协会副主席、中国作协会员。作品散见于《中国作家》《人民文学》《人民日报》等报刊以及各种选刊、选本曾获全国煤矿文学乌金奖、冰心散文奖、孙犁散文奖、林语堂散文奖、山东省泰山文艺奖（文学创作奖）、山东省文艺精品工程奖等奖项。出版有散文集《活在时光中的灯》《身上有锈》，长篇小说《太阳开门》等。

一

三十多年前，藏在黔南群山中的沙包堡镇，一年四季，许多个夜晚，唯一的娱乐和消遣方式是看露天电影。

天，终于黑了，浓如供销社颜色最深的酱油。头顶的天上缀满大如钻石的星星，地上许多只烟头闪烁着耀眼的火红，还有嘈杂喧嚣像蚊虫一样纷飞的说笑声。在我们的后脑勺后头，放映房上方的两个大灯箱亮了，一道光柱像一条深邃的隧道，迅速而笔直地冲决开黑暗，悬挂在我们的头顶上。我清楚地看见无数蚊子、飞蛾、小咬身不由己地飞扑在光束中。伴随着一声低沉的提示音，银幕一刹那亮如白昼，片头闪现出金光四射的红五星或转动的工农兵塑像，场内渐渐地安静了，四下乱跑的孩子们猫下腰，回到了各自的位置。

露天电影在广阔的天地中，带给我的童年最初的快乐和满足，也潜移默化地给了我最初的情感启蒙和美学教育。在我童年光洁单纯的记忆肌体上，它像一柄烙铁，深深浅浅地烙下了痕迹，它与我小时候吃过的东西、玩过的玩具、做过的游戏等，共同组成了深埋在我体内的乡愁。那时候，由于片目有限，每部电影隔上一段时间便会放上一遍，这让我们就要将它们遗忘时，又重温如昨，在与时光坚持不懈的拔河中，我们牢固而准确地记住了它们的名字、情节和主人公，记住了里面的经典对话、片中的歌曲。像《小花》《上甘岭》《朝阳沟》《一江春水向东流》《从奴隶到将军》《洪湖赤卫队》《闪闪的红星》《渡江侦察记》《南征北战》等。我们会恶作剧地将《瓦尔特保卫萨拉热窝》改为"瓦尔特保卫热被窝"，会学着瓦西里说："牛奶会有的，面包会有的，一切都会有的"，会哼几句"妹妹找哥泪花流""花儿为什么这样红"……在我中年的沧桑里，那些露天中反复放映的老电影，就像一个开关，轻轻触碰，哗哗涌出的是灰尘中的旧时光，中间站立着幼小的我，一脸稚嫩，却朝气蓬勃。

二

我必须承认，我已经很久没进电影院看电影了。

虽然仿佛一夜之间冒出的那些影城，设施豪华，音响一流，但我从未进去过，我就是没有兴趣。

我是一个喜欢怀旧的人，我怀念童年的露天电影，但我清楚在寸土寸金的城市，已经很难有一块地方，甚至一方天空，安放得下那巨大的银幕。我也怀念少年的电影院，那儿有我的初恋，我留恋射自我后脑勺后的昏黄灯光，由内向外渐呈阶梯状的观众席，起身时齐刷刷地倒向椅背的木板椅子……

在这座以泉水著名的城市，在她经纬分明的怀抱中，我嗅着曾经熟悉的气息，那如真似幻的老胶片泛着雪花的光影，带着伴有杂音的对白……走近了小广寒。

眼前的小广寒是座德式巴洛克风格建筑，前门脸底层旧青石的矩形门，两边同样是旧青石的墙面，二层一溜儿四扇平圆券窗子，房顶呈叠落的曲线状山尖，上头浮现出"1904"四个标志性数字，这是小广寒动工兴建的时间，也是它的身世和年龄。它的身旁是一座二层青砖塔楼，过去是配电楼，现在已失去了其实用意义。

小广寒最早是一家电影院，如今首先是一家电影博物馆，同时也是一家以电影为主题的餐厅，我说它是能吃的博物馆。电影在这儿是一条目的明确的线索，串起了方方面面，角角落落。沿着墙上电影胶片做成的指示牌，走进每一个房间，它们都以老电影命名，从中国第一部无声电影《定军山》到《城南旧事》《花样年华》，再到国外的经典影片《摩登时代》《罗马假日》《出水芙蓉》。在各个房间的角落和墙上的橱窗里，陈列着主人收藏的一百多台老式电影放映机，它们分属于不同的年代，次第排列组合下来，就是百年电影的变迁史。它们中有当年国内电影院普遍使用的长城、长江、解放等品牌的大型放映机，有适合家庭用的小型精致放映机，也有费尽周折从国外淘来的西门子胶片放映机，有的还挺立着散热用的烟囱。它们这样安静地陈列着，无声地讲述着流金岁月的光影魅力。每部机器上都装着规格不一的胶片，只要你愿意，它们随时能绽放光影、开口说话、表达情感，包括那台能够放映无声电影的8mm放映机。你尽可以探手抚摸它们，零距离地亲密接触它们，感受它们尚存的体温，甚至动手操作。

那些一层一层地并肩摆放的电影胶片，足有两千多部，也是漫漫时光的珍藏。我看见了童年装着拷贝的扁圆铁盒，第一次知道那时一部电影的拷贝需要这样四五个铁盒才能装下，也看见了一部又一部熟悉的片名，它们属于露天，属于星盏，属于月亮，属于我的童年。

坐在这个叫"定军山"的房间，面朝这块四周镶着黑边儿的银幕，我恍若穿过时光隧道，回到了我的童年，这块银幕就是那一块银幕，只是它不够巨大。我选了《冰山上的来客》，老式放映机执著而忠实地放映着，过胶片发出"咔哒咔哒"声，画面落着细密的"雪花"，对白掺着吱吱啦啦的杂音。让我感动的是，那时的人们怎么就那么有理想、有激情，他们在黑白胶片和银幕上投入地扮演着各自的角色，纯朴、饱满、自然、真实、热情，像一粒粒汁液充盈的葡萄，像激荡着一条情感的河流。当"花儿为什么这样红"的歌声随着热瓦普的旋律响起来，当"阿米尔，冲！"从杨排长的口中喊出来，我不由得站了起来，泪水夺眶涌出，恣肆地流过脸庞。

是老电影，此刻以它正在行进的胶片，让我怀上了一种遥远的旧，我重返故乡那座黔南山城，在天寒地冻中，坐在露天搓着有些冻僵的腿，等待着影片中"真神"的原形毕露。时光被黑白胶片悄悄地带走了，就像每一个流逝的白天和黑夜。

三

清光绪三十年（1904）。这一年，作为内陆城市的济南正式自主开埠，在全国首开自主开埠之风气。这背后没有坚船利炮，没有被动的屈辱和不甘，也没有不平等条约的胁迫。济南商埠是完全由中国人自主建立并拥有全部主权的商业区，它成功地捍卫了中国的主权，成为清末城市自我发展的一个典范，在中国近代史上有着非凡的意义。

自开商埠招商引资后，外国势力大举进入济南，带来了包括电影在内的诸多新鲜事物，教堂、领事馆、洋行、银行、医院、修道院等西式建筑相继落成。同年，一个德国人瞅准了电影中蕴藏的商机，在经三纬二路开始建设山东第一家、当时中国第二家专业电影院，至1906年开始营业。因为每晚8点到11点放映电影时，正是月亮当空之时，而影院内一片漆黑，仿佛夜幕降临，银幕上的黑白光影也很容易让人联想到神话传说中月亮上的广寒宫，故取名为"小广寒"。

此时，距世界电影诞生日不过十年光景。在此后的近二十年间，济南的专业电影院唯有小广寒一家，所以它的上座率一直很高。

小广寒初期使用的是手摇提包放映机，放映的是无声电影。开始时电影时间很短，渐渐地出现了较长的电影，主要是西洋风景片、魔术片和滑稽片，大多配有中文字幕，像卓别林主演的滑稽片。后来故事片也放映了，像《孤儿飘零记》《银汉红墙》。为了换片，每放映完一集，灯亮一次，这时观众可以喝茶、休息。夏天时就搬到露天放映。门票分为包厢三元，楼座一元，池座五角，楼下三角。当时的一元钱可买一担米，在北京吃一顿涮羊肉，五元钱可买一头牛。因此在小广寒看电影属于"高消费"。观众中不乏外国人，本地观众则多是职员、军人（享受半价）和有些文化的人。

那块不大的银幕悬挂在观众面前，为济南人打开了一扇新奇的窗子，他们借此足不出国门地了解了外面的世界，也见证了济南自主开埠后的时代变迁，更记录了电影一路走过的传奇历程。

此后的小广寒随着时代的变迁几度更名，也曾作为卫生教育馆，举办过计划生育类的展览。终因年久失修，它和旁边的民居一样破败不堪，处于废弃闲置状态。

四

我童年的露天电影继续放映着，谜底即将揭开，谁将是真正的特务？电影中那只邪恶的猫头鹰形状的挂钟放大了自己的心跳，世界静极了，我们屏住呼吸，等待着，等待着……

突然，银幕一片黑暗，悄无声息——是断片了。

观众不约而同地起哄，我们这些孩子也扯着稚嫩的嗓子大声喊叫。放映室中的放映员见惯不惊地在灯下忙碌着，他将胶片的感光药膜面刮掉，露出片基，接着刮出毛茬，用特制的胶水将烧化的部分衔接起来。银幕重新亮堂起来，声音重新响亮起来，结局自然注定，一切仿佛都没有痕迹。

建筑当然不比电影。当一座有生命、会呼吸、懂得讲述的老建筑，在时代的更迭中被粗暴地推倒、破坏后，我们能够像对待一卷胶片一样，仅仅靠着简单的工具和胶水，将它重新衔接和延续，确保它的每一个细节起承转合，自然过渡，继续在时光深处发出属于自己的喟叹和吟咏吗？

面对眼前岌岌可危、仅靠四面墙壁苦苦支撑、在寒风中哀号的小广寒，有关部门的加固是必要的，这有效地防止它继续倾覆重归一堆砖木，但破坏了这座巴洛克式老建筑原有的风貌和美感。加固后的小广寒开始向全社会招商。有人相中了它优越的地理位置，想拆除它开发房地产，有人想包装它开会所或星巴克咖啡厅。这时，一位对老建筑和老电影情有独钟的餐饮业商人来了，他和他的合伙人——一位建筑设计师接手了小广寒。他们都没见过原汁原味的小广寒，这座国内现存最老的电影院建筑，已历经一百多年的风雨沧桑，是一座有着一百多年历史的房子。仅依据一张拍摄于1988年的照片，不知能否从岁月的沉河下打捞起最具本真的小广寒。

在专家指导下，他们开始了艰难的修复。小广寒内外墙面上的旧青石和老青砖，来自当时正在拆迁的济南普利街和魏家庄片区的老建筑。它们融入到小广寒的身体中，成为它的一块块骨骼，触之似有温热的血液在汩汩流动，这是呼吸的不绝接续，也是生命的不懈轮回。

在内部，他们保留了原有的十二根钢柱。这些柱子一遍遍地涂了各色油漆，在百年时光中自然脱落、静静爆裂了，斑驳如油画。没有人听见，只有它们自己听得到。它们的内心却不慌乱，依旧忠实地站在那儿。由楼下上到二楼，那架红色的木楼梯扶手曲折逶迤，脚下是镶着长长钢板的红色木楼梯，虽略显窄小，踏上去也有些吱呀作响，仿佛不堪负重，却是从旧时光里传来的回响。

由于原来的铁皮屋顶损毁了三分之一左右，在维修中重新铺设了新的铁皮屋顶，为保持原貌，又将原屋顶盖在了新屋顶的上面。

经过两年半的修复，小广寒终于惊艳面世。至此，一个集建筑、历史和藏品于一体的小广寒被基本还原了。

现在的小广寒作为老建筑保护利用的典范，巧妙地将文物保护和商业化运营有机结合起来，最大限度保留了历史原貌。整个建筑的结构、横梁、老楼梯、老栏杆和木地板等都经过了百年岁月的淘洗保存至今，由里向外散发着浓厚的沧桑感和历史感。

小广寒每天敞开拱门，不管你用不用餐，哪怕只是作为一个过客式的参观者，也会受到应有的礼遇，你可以随便自由地到处走走看看，停下脚步听听讲解，怀旧者、亲历者、好奇者、学习者都在这儿寻找到了他们想要的东西。因为，它首先是一座博物馆，建筑的、电影的，然后才是其他的。聆听着老式留声机的唱针下黑胶唱片中周璇甜美的歌声，时光仿佛转头倒流了，你不小心落到了民国的某段时光某个角落。有一位八旬老人来到小广寒，站在当时的舞台前，眼泪哗地流了下来，他年轻时曾在这儿看过电影《火烧红莲寺》《家》等，他指点着眼前的小广寒，滔滔不绝地讲述着记忆中的小广寒，反复地说很有原来的味道。

五

随着数字化技术的迅猛发展，老电影胶片带着它的质感和体温退出了我们的生活，离我们越来越远。终有一天，它会成为遥远的绝响，只存在于我们的记忆和博物馆中。

作为电影可以由胶片飞跃到数字电影，而老建筑呢？一座老建筑拆除了再重建，还有原来的气息、痕迹和味道吗？许多年来，我们仿佛习惯了拆了古建筑建仿古建筑的思维和做法，一座座老建筑在我们眼皮底下倒掉了，一座座仿古建筑矗立起来了。我们曾为此沾沾自喜，却再也找不到血脉相连的历史，找不到温暖亲切的怀旧，找不到回首往事的家园，找不到我们出发和路过的地方，我们甚至没了乡愁的冲动和寄托。

对每一座城市，钢筋水泥铸就的摩天大楼都不是挂在它胸前的勋章，只有那些在时光的显影液中浸泡过、在历史的长河中冲刷下来的老建筑，才是时间最珍贵的馈赠，是我们最初的家园和乡愁的源头。时光和岁月像明矾，将它们一点一点地沉淀、澄清、纯净，凸显了它们的绝世风华，以及愈来愈浓郁的味道和魅力。

小广寒的"活化"不失为一条较好的保护之路。对一座老建筑，修复做的只是基础性工作，如果修复之后将它封存，没有人气的滋养，随着时间的流逝，它最终仍将重返颓败。只有"活化"它，科学合理地利用它，赋予它新的使命，同时给予它贴心的保护，才能使它不断地焕发生机和活力。

老建筑是最久远最直观的存在，也是凝固的老电影，像那种黑白默片，简单中包容着繁复，朴拙中游弋着灵动，永远在为远逝的往事和记忆作证。

伴随着一声低沉的提示音，放映房上方的两个大灯箱亮了，电影散场了，性急的人们纷纷起身提着凳子准备离开，我紧紧地攥着母亲的衣角，生怕被汹涌澎湃的时光和人群冲散……

锦缠沟畔的祖孙名士

■ 侯 环

侯环 济南大学讲师，著有《济南名泉史话》《名士临泉》等书。参与《济南泉水志》编纂工作。负责济南泉水申遗著作《大美泉城》第二章、第三章撰写。曾发表《天下泉城与泉水文化》《〈乡园忆旧录〉中的济南名士风采》《流风余韵话济南》《〈家言随记〉与〈七十二泉考〉》《泉水，济南的生命之根》《鹊华意象的价值分析及当代打造》等文章。

我曾住在济南市市中区的复兴大街济南日报宿舍，向东出行的时候时常要经过杆石桥。

现在的杆石桥，上面是大道通衢的高架路，每日人车川流不息，已经看不出桥的模样。然而数百年前，它可是一座实实在在的石桥，连接济南西南圩子门、永绥门和长清的官道。据清乾隆《历城县志》"捍石桥（杆石桥）跨锦缠沟，嘉靖元年重修"，就足见此桥历史之久远。

从这座桥经过，一直行色匆匆，心无旁骛，甚至会忘了是行走在一座桥上。直到后来读志书，发现一位济南乡贤，恰好也是住在锦缠沟西侧、杆石桥的旁边，倒是小吃了一惊，没想到居然与这位被称为"历下三绝"之一的著名人物，做了跨越几百年时光的邻居呀！

这位乡梓先贤，就是明代的诗人刘天民。

所谓"历下三绝"，首倡者是明代章丘知县、政声文名都颇为卓著的董复亨。他在《繁露园集》中提到："予读边、李二公及《函山文集》，庭实若泺上之泉，于鳞若华不注，函山则大明湖，槐柳婆娑，蒲荷荟蔚，何若不有？先生与庭实同时，于鳞之名则先生所命，可称'历下三绝'"。董复亨将边贡（字庭实）比作趵突泉，将李攀龙（字于鳞）比作华不注山。而他董复亨读了刘天民的《函山文集》之后，在他眼中的刘天民已经可以媲美大明湖。边贡和李攀龙都是明代第一流的文人，分别位列"前七子"与"后七子"，董复亨将刘天民与此二人并列，这是对刘天民极大的赞美。

不过在当时，刘天民倒并不是以文名著称，而是政声卓著，在吏部任职期间，他的刚直果敢在朝野上下尽人皆知。

正德十四年，大明已是危机暗伏，明武宗朱厚照不思励精图治，专一宠幸佞臣，游艺玩乐。在这一年突发奇想，要巡视两畿、山东。群臣纷纷上书规劝，其中就有刘天民。明武宗兴头被阻，勃然大怒，狠狠惩治上书直言的群臣，刘天民被罚跪五日，廷杖三十。

按理说，刘天民单衣寒食罚跪五日，再加上三十廷杖，十成性命也去了五成，这个教训应该足够深刻。然而过了数年，到了嘉靖三年，他竟然又再次为了礼仪之争而犯颜直谏。当时，明世宗为了大礼仪，与朝臣之间已经打了几年的拉锯战，在嘉靖三年头上，权倾一时的内阁首辅杨廷和都被迫致仕，已经显露出明世宗对礼仪之争势在必得的决心，但刘天民依旧在这个时候毅然上书，对抗羽翼渐丰的嘉靖皇帝，结果再次被廷杖三十。

刘天民精于政事，不管是担任稽勋司郎中，还是文选司郎中，都有能吏的名声，政治智慧绝不会低，他应当料想得到触怒皇帝是什么样的下场。在他之前，已经不断有官员因为大礼仪之争而下狱，乃至杖死，但刘天民还是依据本心，在生死仕途和他所坚持的大义之间做出了自己的选择。明代的大臣常常有"直谏以邀名"的评价，为了成就忠直的名声，不惜对抗皇权，但刘天民显然不是这样的人。如果说要名声，第一次被廷杖，他已经是"直声震于一时"，没有必要赌上政治生涯甚至生命再来一次。他之所以这样做，完全是刚正不阿的品德撑起了他的脊梁。

说起来，类似的情形，也在其他济南名士身上反复出现。

譬如被董复亨比作华不注山的李攀龙，在做山西按察司提学副使的时候，被上司借权势下檄文，强要他写文章，而李攀龙却不愿为五斗米折腰，断然辞官而去，回济南筑白雪楼，与权贵绝交，赢得了天下人的敬仰，并被视为海内文宗。

再譬如明代嘉靖、隆庆年间，历任礼部尚书、大学士的济南人殷士儋，因为不满首辅高拱搬弄权术，在内阁议事的时候，按捺不下心中愤怒，当面和高拱争吵，以至于挽起袖子，要教训高拱这个一人之下、万万人之上的权臣，直把围观的官员吓得目瞪口呆。事发之后，殷士儋自然也因为御史弹劾，便上书数次请辞，最终去官归乡。

无论是名满天下的李攀龙、殷士儋，还是名望稍逊的刘天民，身上都有一股济南人很熟悉的品性，那就是刚介耿直、重义轻利。一方水土养一方人，并非说其他地方的人就没有如此的品性，但就济南而言，这种性格好像植入骨子里一样，成为与生俱来的一部分，成为济南人的立身之本。济南人心直口快、刚正率真，从来不搞"弯弯绕"，从古至今，这应该是济南人最容易被辨别出来的品质。

　　当然，在官场上，刚直的性格最不容易讨得好处，嘉靖三年之后，刘天民很快就被人恶意中伤，贬出京城。离开京城的时候又发生一件趣事。当时有一个风俗，京官被贬到地方，出城门的时候要以眼纱遮面，这样遮遮掩掩的目的，似乎是要表明自己是愧别此地，无颜见京城父老的意思。开始的时候，刘天民想必也没打算违背世情，眼纱也是准备了一条，然而出城之时，他很快就被闻讯而来的吏员包围，他们都是受过刘天民恩惠的吏员，为刘天民大呼不平。见此情景，刘天民顿时意气勃发，将遮住面目的眼纱一扔，慨然道："我做事无愧于朝廷，面目让诸君看了又何妨呢？"

　　依然是这样爽直的性子，只要俯仰无愧，对得起心中的大义，即便是贬官出京，这清清白白的面目，又有什么不能见人的？

　　此后，刘天民的仕途一直不算顺达，直到嘉靖十四年，终于还是在官场的倾轧之下致仕还乡。不过，官场中的失意并不是他人生篇章的终结，返乡后，他寄情山水，著书作文，反而开创了一番新的天地。

　　对于刘天民的文学成就，之前董复亨已有评语。但将刘天民与边贡、李攀龙相提并论，似乎有些高抬的嫌疑，毕竟与后两者比起来，刘天民的文名并非那么引人注目。但和董复亨持类似评价的，还有清代文宗王士禛，他深为刘天民的文名不彰而抱不平，认为刘天民的古诗还在边贡之上，只是近体诗不及边诗，双方各擅胜场。

　　譬如这一首《江村》：

　　　　云白江干路，烟青野老庄。
　　　　松盘维岸柳，茅屋隐丛篁。
　　　　自在莺啼树，癫狂鸭浴塘。
　　　　比邻多酒伴，来往醉壶觞。

　　文字清丽，意态自如，安闲舒适的田园村居图景如在眼前。看来刘天民是得了此中真趣味的。

　　所谓"用舍由时，行藏在我"。朝堂之上，他可以慷慨激昂，面折廷争，回归田园，他又能云淡风轻，安享田园生活，刚直不阿与洒脱超越这两种人格，在他身上得到了完美的融合。古中国的知识分子，达则兼济天下，穷也独善其身，对人生价值的评断，并非一味拘泥于功名上的显达。当无法治国平天下的时候，他们回到田园，邀风揽月，铺纸研墨，将一腔心意挥洒在方寸之间，获得的同样是人生的完满。这是中国士大夫理想的人生境界，是与他国知识分子迥乎不同的人格与风格。

继承了刘天民人格之中洒脱超越这一面的，还得说刘家的另一位济南名士刘天民的孙子刘亮采。

刘亮采为人所知，要得益于《聊斋志异》里面的《刘亮采》一文。蒲公在此文中探究了刘亮采的不凡来历：刘父与一胡姓人相识，交情日厚，后来胡姓人自言是山中老狐，死后将投生到刘家为子，就是刘亮采本人了。

有何证据说刘亮采是狐狸投胎呢？蒲公言道："公（亮采）既长，身短，言辞敏谐，绝类胡。"原来刘亮采个子矮小，性格诙谐，和胡姓人很类似。《济南府志》也肯定了刘亮采的这些特质："（刘亮采）侏儒滑稽，长于诗词，嬉笑怒骂皆成文章。"

《聊斋志异》之说自然不能作为信史，不过刘亮采出身书香门第，才华确实不凡，犹如天授。在科举功名上，举人、进士一蹴而就，历任鹿邑、兰阳知县。在任之时，无论是清理户籍，还是治理河患，这些纷繁复杂的实务，一到刘亮采手中，就能处理得清清爽爽，显露出了过人的理政才能。然而就在因为卓越的政绩而被提拔入京做户部主事、前途一片大好的时候，他却洒然辞官，称病还乡，从此绝了仕途。

因为喜爱灵岩寺的山林泉石，刘亮采就在此向僧人买了山地，营造屋舍，取名"面壁斋"，葛巾道服终老于此。据《灵岩志》记载，刘亮采面壁斋的具体位置在独孤泉。它位于转轮藏东路南。刘亮采于此构面壁斋，不喜欢独孤之名，遂改名曰："印泉"。

断绝仕途，悠游山林的日子，刘亮采过得如何呢？且观这首《甘露泉独酌》诗：

> 甘露泉头石，偏宜月下凭。
> 云归山一色，水落涧多层。
> 幽壑栖灵物，长林散佛灯。
> 吾生有习气，每欲作诗僧。

看，这已经是宠辱皆忘，飘然出世了。

悠游山林之余，刘亮采在济南秀美山水的熏陶下，诗词、书法、画工、音律方面的造诣渐渐显露，广为人知。

王象春在他的《刘公严画》诗中就如此评价："烟霞供养此癯翁，怪道生绡有化工。不法临淄兼北苑，但凭济水望秋空。"果然，是济南的美景才能培育出刘亮采过人的绘画才华，无需技法堆砌，只把济水与秋空搬上画纸，就是一副传世名画了。

刘亮采工词曲，通音律，撰有《咸酸勾肆余音》。他还会用舌头抵住上颚，能和乐器和音，声音绝妙，倒是为"丝不如竹，竹不如肉"的老话做了另一重注解。

这样一个多才多艺、潇洒自如的人物，就连离开人世的方式都那么不同寻常。他是梦到神人授诗，醒后详解其意，却发现原来是神人告知他阳寿已终，于是返回济南，就此寿终正寝。如此仙逸的隐居人生，如此传奇的离世方式，不由让俗人视之为神异，慢慢在民间变作故事流传，最终入了蒲公的法眼，将其采入了《聊斋志异》。

自明至今，已经是五六个世纪过去了，刘天民与刘亮采在济南留下的痕迹，也已经被岁月辗转消磨。捍石桥在众人口中渐渐变作了杆石桥，桥端的永绥门、古城墙都被战火和拆迁磨灭了踪迹，更不要说数百年前在桥畔沟边的刘家老宅了。就算是山中净地的面壁斋也早就化作土灰，就连印泉也被改作了"袈裟"之名，往昔被济南士人钦慕的神仙隐逸生活，也已统统化作了历史绝响。

但总有些东西是岁月难以磨灭的。

刘天民和刘亮采这出自一家的两名士，是济南这一方水土养育出来的典型的济南人。他们表现出来的对文化的热爱与研习，在强权面前的自尊与自信，对名利与公义的取舍权衡，对家乡故土的热爱与深情，凡此种种，并未因为时间的流逝而消逝。城市文化因人而存在，却不因人去而磨灭。刘氏祖孙的精神，已经汇入了济南文化的源流，流淌在济南人的血脉之中，并将继续传承下去。

德华银行：历史尘落一粒金

■ 晋葆纯

晋葆纯 中德关系史与山东民俗史专家，在各类刊物上发表相关文章百余篇。著有《济南古建筑轶事》（山东大学出版社出版）等，常年在济南广播电台"方言客栈"节目讲述济南往事。

每座城市，都有她特有的象征，或山川风物，或人文盛景，无论哪一种，一定是独特的——独特的来历，独特的形状，独特的韵味。历史留给济南许多样式各异的西式建筑，看老济南城就像是欣赏一座座建筑博物馆，或者说济南应该有建筑博物馆，让现代人去体味历史与现代的重逢。

德华银行，当我们再一次细细打量这座日耳曼风格的德式建筑时，历史已经在她身上留下了诸多痕迹。她是城市棋盘中微小的一分子，但毋庸置疑，她是那个时代的绝版，是不可复制的文化瑰宝，是济南最早的外国银行老建筑。单是"德华"这个名字，就交融出一段漫长的百年历史与岁月沧桑。我们大多数人都听闻过胶济铁路、津浦铁路、济南老火车站，却不清楚在他们的背后是一个巨大财团的支撑，而这个财团便是德华银行。

德国政府在中国设立的任何一个权力机构都曾引起过世界性的关注，设在济南的领事馆和德华银行也自不例外。

矗立于中国山东省济南市市中区经二路

193号院内的原德国领事馆堪称济南地区的德国式建筑之王。德国领事馆的建成预示着济南地区半殖民地时期的开始。而位于经二路、大纬二路路口东北角经二路191号院内的原德华银行可谓众多的德国式建筑之母。有了德华银行的贷款，才有了众多的德国式建筑。我自幼随父学习德语，从事德语翻译工作，研究中德关系史几十年，对德式建筑情有独钟。

德华银行设计巧妙，造型优美，最上层是阁楼，下有地下室，在当时是济南地区最大的哥特式建筑，同时又是该地区最早建有室内游泳池的建筑物。它为德国政府和德资企业，为中国政府和中资企业提供过大量的贷款，被德国政府视为在华之经济命脉。现如今它是中国人民银行的金库。

德华银行是德商在济南设立的第一家外资银行，初期的主要业务便是为清政府提供大笔的贷款和筹划在中国设立铁路公司及矿务公司的事项。1890年4月，山东巡抚张曜向该行贷款40万两白银，作为山东河工用款，向德国购买挖泥轮机，其后烟台道的贷款，闽浙总督和开平矿局的贷款也接连不断。

1897年后，德国金融学家们认为在中国，特别是在山东投资办银行的条件已经成熟，而促成条件成熟的最有力的砝码便是《中德胶澳租借条约》的签订。此约签订后，德国人在山东省攫取到了大量的租借地，开始了他们的扩张。在德华银行成立后的二十年中，先后在汉口、青岛、天津、香港、济南、北京、广州等地设立分行。

后来，由于资金不足，德华银行开始吸收中国人的股份，德华山东铁路公司、德华山东矿务公司相继成立，这其中，德国人利用了大量的中国人在德华银行的私人存款。凭借与生俱来的商业智慧，德国人自如地应对了与其他列强的竞争，这一点让人不得不佩服。

德国人在华利益的分割，德华银行起到了推波助澜的作用，当然它对于推进中国近现代的进程也

李鸿章

起到一定的作用。无论在邮政贷款，还是水下工程，德华银行在山东省范围内的贷款项目之多之广难计其数，如：矿业贷款、大港小港贷款、青岛市区的道路贷款、上水道贷款、下水道贷款、电力贷款、屠宰场贷款、船坞设备贷款和军营、总督府、医院、观象台、教堂、学校、火车站、公墓、弹药库、疗养院等等。

20世纪初叶，时势瞬变，济南在中国的位置变得极为特殊与重要。一方面，租界是天然的政治避风港；另一方面，山东得地理、交通与海关之便，商机充盈。谁都难以想象，一个内陆城市开全国自主开埠之风气，一声汽笛划破济南老城的宁静。

自1840年以来，东西方文化激烈冲撞，洋人的利炮轰开了大清帝国的大门。不平等条约叠加而起，中华民族苦不堪言。腐败的朝廷似从愚昧中慢慢醒来，逐渐意识到兴修铁路的重要性。《津浦铁路贷款合同》规定，从天津至山东省峄县韩庄附近的省界，全长393英里的铁路使用德国贷款；从北线的南端至江苏省的浦口，全长250英里的铁路使用英国贷款。此后中国津浦铁路公司落户济南，她坐落于纬一路北部，坐西朝东，与古老的馆驿街相对。

津浦铁路于1908年6月开始建造，1912年12月完工。这条在当时最先进的铁路开通了，铁路两旁的德国式火车站从此作为时代的标志矗立在中国的土地上。

济南火车站建成后，引来了无数的参观者。后来赫式建筑遍及欧洲，遍及世界，而他的处女作却在济南这座经历过多次地震的摧残、战火的洗礼的文明古城内矗立百年。济南火车站虽经历过北伐战争、中原大战、抗日战争、解放战争和多次地震，她依然无所畏惧。她忍受着地震和战火带来的伤痛，枝迎南北鸟、夜舞往来风，潇洒自如地迎八方来客，送四海宾朋。

百年商埠看济南，现在很大程度上要看她的小洋楼了。名城多故事，掩映在小洋楼里的故事更添了一丝悬念的味道。德华银行是一位民国史的导游。归隐的静寂，思潮的预热，丰美的物象，深邃的杂糅能够在里面一一找到对应物。特色的小洋楼建筑群把一段屈辱史斑斓记下，融合而成济南的租界文化。

究竟什么是一座城市的积淀？对于一座城市来说，摩天大楼等地标性建筑从来都不能真正体现她的美，只有经过历史沉淀下来的富有文化底蕴的建筑才让人越看越有味道。因而，真正的积淀一定来自不同文化的撞击。

中日甲午战争后，日本人占领了中国辽宁省的东部，后经俄国、德国和法国出面干涉，日本人不得不把辽东归还中国，史称"三国干涉还辽"。其后，这三个国家都向中国索要好处。在干涉还辽的过程中，德国以迫日还辽有功同清政府签订了《中德胶澳租借条约》。

德国人占领中国山东省胶州湾的真实原因是要"干涉还辽"的人情，而绝不仅是因"巨野教案"而出兵。被国际社会誉为"世界第一铁血宰相"的李鸿章早在赴日谈判之前就为干涉还辽埋下了伏笔。从小到大我们在历史课本中，得到的统一结论是：李鸿章是卖国贼。然而如果还原那段历史，却不尽然。这其中，充斥着丧国和爱国的纠结与损伤最小化的均衡。

在一系列争夺战的背后，中国领土和主权的完整遭到破坏，同时也已经丧失了政治上的独立地位。随着武昌起义的一声炮响，不甘多重压迫的中国人终于开始觉醒了。

一举爆发的辛亥革命，推翻了清廷的统治，八旗子弟沦为庶民，王爷贝勒们被撵出了王府，那些饱噬人民血肉的贪官污吏们为寻求外国列强的保护而云集青岛，民国时期被打倒的军阀们也步清廷贪官们的后尘

进入胶州湾，寻求列强的保护。他们把各自的万贯家底存入德华银行，所得厘利就足够他们花天酒地一辈子了。他们或许不知道，德华银行正是用他们的存款向中国放贷，赚取中国人的利息之银的！

那是酸涩的欧风美雨。然而西装革履的生意人胸脯向前，在各式的西式建筑中繁忙穿梭，更有"财神爷"之称的清廷大臣盛宣怀被德国人请入欧人区定居。

斯人已去，物是人非，历史的车轮还在前行。老商埠见证了济南自开埠至

271

今的历史，那里具有异域风情的西洋建筑、古今交融的景致、中西合璧的风范，让人似乎走进了历史中。战争从本质来说是一种破坏力，而古代建筑的华丽往往是历经数个世纪历史才打造出来，但是它的毁灭却只需按下按钮或触动扳机便灰飞烟灭。因兵燹战乱老建筑被摧毁无数，存留下来的便是对这个时代最好的慰藉吧。

1914年，日、英、德之间发起了青岛争夺战。第一次世界大战期间，中德断交。1917年8月14日，北京政府发表对德国和奥地利两国的宣战布告。1919年9月15日，徐世昌大总统以北京政府大总统的名义颁发布告，宣布终止对德、奥两国的战争状态。1921年7月1日，北京政府外交总长颜惠庆和德国政府代表卜尔熙签署了中德关系史上第一个平等条约《中德协约》。此后，位于济南市市中区的原德国领事馆、德华银行、德华山东胶济铁路公司、津浦铁路公司、胶济铁路火车站、津浦铁路火车站和各类洋行等德国式建筑均回到中国人民的怀抱。

历史的风云变幻莫测，是非成败转头空，唯有这座独具日耳曼风格的德式建筑百年来矗立于泉城济南，笑看秋月春风，为古老的省城增添了几分异国情调。

济南有两大品牌，一是历史文化名城，二是泉水。泉水的保护自不用说，保护好历史文化名城的重中之重就是保护好老建筑。人们常说济南的老建筑保护工作做得不尽如人意，好多历史悠久的老房子都隐没在街头巷尾无处可寻。然而只要你稍加留意，就会在小街的转角处遇到惊喜。

济南的近代建筑，一部分反映了当时世界上诸多不同风格的建筑特色；一部分则是中国传统风格与外来风格相结合的产物，既有西方式的宗教建筑，也有近代商业性建筑。它们大都分布于古城区之外，是济南近代对外开放的象征。其实，济南许多优秀建筑，只要把周围的环境加以治理，留出一定的空间，展示出它们的容貌和魅力，就会成为很有历史文化韵味的亮点。如一个人的穿衣打扮，一个城市的建筑如果混搭得好，便会增添别样的风韵。

在古城区以西、火车站以南的广大地区，保留下不少欧式建筑。虽然从外表上看，他们为济南城市建筑增添了一些异国情调，但仍未发挥出更深层次的作用。倘若我们加大力度保护这些建筑，配合火车站的改造，留出一座欧式建筑成立博物馆，在济南组建一座银行金融方面的专题博物馆，那斑驳在老建筑内外的尘土也该微笑示人了。

济南是个洋气的城市，这种洋气恰是济南多元文化的表征。100年前，这种洋气沿铁路线输入；100年后，济南声音由高铁输出，并且以其新锐的能量和昂扬的姿态，将这种声音不断放大，传响世界。济南市未来发展目标要把济南建成华北地区的金融中心，如果能将保护老建筑与实现老建筑的现代价值这两者结合起来，统筹规划，一定会产生非常好的效应，为吸引更多的金融企业来济南创造条件。

城市是人类活动的中心，每座城市都会被打上深刻的时代印迹，每个时代也都会留给人们一片片的建筑群落。旧的时代过去，新的时代到来，城市里的建筑也会新旧叠加在一起，为历史增加一页具象的书页。

　　历史的尘埃已经落定，拼凑历史的碎片，学史用史，海底扬沙，秉笔直书，还历史的本来面目，弘扬爱国主义精神，乃吾辈之责也。

巅峰之憾

■ 逢杭之

逢杭之 第七届"雨花杯"全国十佳文学少年、第十二届"叶圣陶杯"全国十佳小作家、第四届"文心雕龙杯"全国新课标写作才艺大赛"全国校园写作才艺之星"。在《萌芽》《意林》《文艺报》《中国校园文学》等正式报刊发表作品 300 余篇，18 次在全国性作文比赛中获一等奖或金奖。9 岁赴美，17 岁公费留学新加坡，现为新加坡国立大学学生。出版有散文集《我是 95 后》《风之语，轻轻听》。

李攀龙这个名字在明代文坛声名显赫。打个比方，他恰如今日之莫言、王蒙、铁凝之类的人物。明代诗歌界最有名的是"前七子"与"后七子"，而李攀龙是后者的领袖，影响明代文坛数十年。

李攀龙是地道的济南人。他最早是以一位个性十足的学霸形象呈现的。他喜读书，读书不是出于实用目的，而是真心喜欢，不为了考试而考试，不是为了功名富贵。他尤其喜欢读《左传》《史记》，而这些书都不在当时科举考试范围内。他又不喜欢与人交往，别人也听不懂他的咏读，因此被视为狂生。李攀龙则不屑一顾，反而颇为自负地说："吾而不狂，谁当狂者？"因为他的文风、思想都不合时宜，所以每每参加童子试、乡试都不被考官看好。但这期间，李攀龙还是崭露头角，显示出才华横溢、博学强记的一面。当时县学中流传着一句话，"伏（指汉初人伏生）授《书》，终（汉人终军）弃繻，李生不滥竽"，可见李攀龙在郡诸生中已相当有才名。

学霸李攀龙表面看为人傲骄，实则正显示出了他的大志向。同学少年中与之相友善的人不多，只有殷士儋、许邦才是他的至交。三人常一起纵酒谈笑，"扼腕之间，无不志在千里"。

学霸李攀龙九岁丧父，照现在说，他属于单亲家庭。这一点与孟子一样。他还有一点与孟子类似的是，他的母亲也迁过几次住处，多是为生存，也是为上学计。放到现在来说，孟母可谓择校先驱，李母也是择校达人。李母曾举家迁于老济南的学宫附近，令李攀龙就近请教塾师。家里穷困，有一次，母亲不得不把自己的簪珥首饰典当，才交足了李攀龙的学费。

学霸李攀龙经常秉烛夜读，用现代话说，那就是熬夜苦读。有一次，许母让许邦才送来几百文钱，李攀龙赶紧用这些钱买了几升燃灯用的膏油。李攀龙对此甚为感激，一直记挂在心头，到他成名了，还专门为此事感谢许母。

李攀龙工作后，分配在刑部。但等待着他的是怎样的政治环境呢？那正是严嵩父子擅权之时，权相气焰熏天，朝官靡服，可以说就是腐败透顶的一个职场环境。

工作之后的李攀龙依然是学霸本色，时刻不忘记读书。他利用业余时间狂读先秦两汉的名著，诸如《尚书》《庄子》《檀弓》《考工》《史记》等。这些优秀著作使他深深折服，逐渐形成一种思想，"以为纪述之文，厄于东京，班氏姑其狡狡者耳。"而先秦两汉的古籍"其成言班如也，法则森如也，吾摭其华而裁其衷，琢字成辞，属辞成篇，以求当于古之作者而已。"意思是说，中国的好文章，集中在先秦两汉，写文章就要以它们为典范，写得如他们一样即为成功。初在刑部的几年，他还参与同事诸僚诗社和同乡会，在聚集唱和中，创作了大量诗歌，由此而声名鹊起。

其实过去的许多奸臣也是很有文化的。比如当时擅权的严嵩也喜欢赋诗作文，并且也愿意执文坛牛耳，使天下风雅之士尽归囊中。但学霸李攀龙不以诗结交权贵，且在审理案件中，因不买严世蕃的账而得罪了严氏。于是李攀龙请求外任。

"穷则独善其身，达则兼善天下"，如果为官不能造福一方，李攀龙宁愿过闲云野鹤般的悠闲生活。多年的宦海生涯，使他更加认识到乡居赋闲生活的可贵。

辞归后，李攀龙想跟污浊的官场彻底

划清界限，尤其那些与他志趣不合者，更是闭门不见。传说他修筑的读书楼为四周环水的阁子，自己吟读其上，一般只有蔡姬服侍，有欲求见者，先以诗为"名片"，李攀龙以其诗之优劣决定是否接见。我们不否定这里兴许有后人杜撰的成分，以渲染李攀龙文人孤傲的个性，但李攀龙在当时确实是获"简贵"之称的。

攀龙归乡后在鲍山前筹建鲍山楼，亦称鲍山山庄，后更名白雪楼。晚年时，他又在大明湖南岸、百花洲以北碧霞宫附近修建了第二座读书楼，人称湖上白雪楼。而我们现在所见的白雪楼是在趵突泉公园里，那是后人为敬仰他而修建的。

李攀龙生命乐章的最后一阕也非常动人。他是一位孝子，母亲的去世对他精神和肉体都是沉重的打击。他自小与母亲相依为命，与母亲感情深厚。他的身体向来羸弱，丧葬母亲耗费许多心力，身体状况愈为不佳。家庭的经济状况也每况愈下，甚至他曾有典卖白雪楼之意。在其母周年祭过后不久他就去世了，终年才 56 岁。

李攀龙一生写下了 1400 多首诗，但仍有一些佚诗少有人知，如那首《四里山》："床头浊酒泛黄花，门外萧萧五柳斜。此日登高人尽醉，谁知秋色在陶家。"

这首诗载于明人俞宪《盛明百家诗·李学宪集》。它应作于李攀龙乡居时期某一年的重阳节，时李攀龙邀请好友许邦才一起游山，许邦才也有七言绝句一首，名为《九日于鳞招登四里山》，于鳞是攀龙之字，诗曰："岁序惊心水急流，年来又白几人头。那知绿酒青山外，惟有黄花似故秋。"

两首诗用笔不重，轻轻一带，却带出了无尽的秋思与时光易老的人生感慨。

李攀龙诗句中给人留下深刻印象的佳句桥段不少，如"孤城山下出，大陆日西流"（《即事》），"北风扬片席，大雪渡黄河"（《黄河》），"大清河抱孤城转"（《白雪楼》，写济南），"泉流霜下白"（《冬日村居》，写济南泉水冬夜之美）。他的乡居诗写得也极好，如那首《许殿卿、郭子坤见枉园林》："田家何所有，樽酒结绸缪。散发坐园中，辘轳牵寒流。击我青门瓜，聊且克庶羞。雨气荡暄浊，披襟御南楼。开轩纳山色，余映一以收。云霞罗四隅，烟火蔽林丘。伏阴秀禾黍，饷妇媚原畴。西望华阳宫，若见清河舟。登临信亦美，旷然销人愁。愿君爱景光，多暇还相求。"这是作者辞归后的诗作，他的心情是轻松、宁静的。身心宁静中，眼中的景物山水都充满情趣——雨水涤荡了暑气和污浊，云霞如彤，湖光山色尽入眼中，田野上成片成片的庄稼把大地装扮得油绿绿的，而一两个往来其中送饭的妇人也点缀得这景致更富生机。整个来看是一种相当惬意的心灵体验。

李攀龙的诗很有自己的特色，我们来看《过吴子玉函山草堂》："玉函山色草堂偏，恰有幽人拥膝眠。树杪径回千涧合，窗中天尽四峰连。绿阴欲满桑蚕月，白首重论竹马年。就此一樽无不可，因君已办阮家钱。"这首诗，写到济南的玉函山、佛峪，满是平常话语，娓娓道来，既不拔高，也不刻意打造境界。而这正是李攀龙诗歌的重要特色之一。但总起来看，比起唐诗、汉魏诗，李诗在气势、内力、格局、关注点上还是略为逊色一些，可以说并没有超过前贤，也基本上没有创造出专属于自己的气象与气概来。精于模拟，拙于创新，使李攀龙没能成为中国古代顶级的诗人，没能够比肩李杜。这是让人极其遗憾的。他是明代最有可能冲击中国古代最杰出诗人的人选之一，但是他并没有再跷一跷脚。我想，这与其说是个人的因素，倒不如说与整个明代诗歌的时代性追求有关。李攀龙"文主秦汉，诗规盛唐"，在创作上专事模拟，于古文辞上的做法，他认为"不必有所增损"，"句得而为篇，篇得而为句"，篇篇模拟，句句模拟，这与明代那个停滞的时代是相宜的，但放在时时处处讲究创新的今天，怕就不行了。这是个人的悲哀，更是时代的悲哀。

李攀龙与山东另一位著名诗人王士禛还有一个共同的特点，就是他们并没有留下脍炙人口的千古名句。后者虽有"秋柳诗"传诵，但基本止于诗界，比不上张养浩的"兴，百姓苦；亡，百姓苦"，更比不上二安的诸多名句。论江湖地位，李攀龙与王士禛在当时均堪称一流，为明清诗歌的巅峰级人物，但若放到整个文学史上，则光彩远逊于李杜、二安。为什么？明清之时，中国古诗整体上是走下坡路，倒是小说异军突起，并注定成为这一阶段文学主流与代表性品种，但身在其中的人们有几人能未卜先知、慧眼识珠？这于个人、于时代来说，也同样是悲哀的事情。

其实我们每个人都是悲哀的，因为每个人都有时代规定性。你是属于特定时代、特定民族、特定地域的。一个人很难超越这一点。而他一旦超越了，那便是顶级的人物了。

舌尖上的万紫巷

■ 韩双娇

韩双娇 作家、自由撰稿人，笔名陈阿娇。生于 20 世纪 80 年代末，济南人。原《济南时报》副刊编辑，主编读书周刊。为全国数十家报刊撰写专栏、评论，发表散文、诗歌、小说百余万字。2011 年历史大散文《一言难尽：春秋战国历史现场》由苏州古吴轩出版社出版发行。

电子商务发展方兴未艾，现在连生鲜食品都可以上网购买了，而且朝令夕达，白领主妇上午在办公室动动手机，下班回家已经有送快递的小哥把晚饭的食材送到家门口。

生活便捷了，却也少了很多寻觅美食途中的乐趣。小时候，最大的食材采购要说是办年货，而老济南人一提起办年货，就不能不提起万紫巷。

在没有 CBD 也没有大型商超的年代，万紫巷深居于市中区老济南商埠区经二路与纬四、纬五路之间狭窄的空间里，却被老济南人办年货的棉鞋填充得满满当当。这里从民国开始，就一直是副食品物资供给地。物资紧缺的年代，万紫巷三个字能引起令老济南人齿间生津的条件反射——那新鲜的带鱼和猪头肉，过年时候才能吃一回，想吃就得直奔万紫巷。

我母亲还是个扎着羊角小辫的闺女时，就手捏着各种食品票证来这里买东西。她那时候冬天夏天穿一件厚重的深蓝色衣服，衣服是姥姥做的，把工厂里的麻色布袋子拆开，在铁锅里煮成蓝色，冬天充上棉花，夏天拆掉棉絮单穿，一件衣服没得换，补丁摞

风雅济南

278

补丁，穿到地老天荒，穿到灰飞烟灭才结束它的使命。

我能想象母亲捏着两斤带鱼票，一路上从无影山的工厂集体宿舍步行到万紫巷买这一年才见一回的荤腥时，那怦怦作响的心跳。

那时候千万的济南市民，就是这样在春节前夕朝着万紫巷进发的。我觉得他们不是在买东西，倒像在朝圣，祭拜那空空如也的腹腔还有总在月末见底的面缸。

20 世纪 90 年代，我到了母亲当年给家里办年货的年纪。物资已经没有母亲童年时那么紧张，也不用怀揣着二斤带鱼票激动不已，但万紫巷依然充满了喜悦的气息与味道，在那里从调料到食材一应俱全，赶赴这小巷子的人们的心情，是踏踏实实而欢天喜地的。

放了寒假，我也成了办年货的童子军，跳上父亲或者家里叔叔大爷的自行车，去万紫巷络绎不绝的人流里凑个数。寒冬腊月的朔风吹在脸上如刀割，那年月冬天的记忆结着冰溜子，我心中的童年比现在冷个十几度。能不冷吗？没有私家车和集中供暖，那时候的春节只有一个蜂窝炉子，土暖气也还不是家庭标配。出门，必须武装得严严实实。

虽然如此艰苦，年货却一点也不敢马虎，不似现在春节总过得漫不经心。那时候的万紫巷，东西两侧都开满了副食品店，过年期间人气大旺，我竟然插不进脚。急切的家长也不锁车子，我变成人肉车锁看着车子。不一会儿，大人们在副食品店里采买完毕，我在自行车后面抱着长长的一盒子带鱼或者几条鲅鱼，再坐上自行车的后座，乘兴而归。反正有手套，虽然天寒地冻，那时我竟然也不觉得冷。后来在周星驰的喜剧《九品芝麻官》里见到包龙星的娘手持一只鲅鱼作为尚方宝剑，我开怀大笑，那是因为想到自己那年月在万紫巷也摆过一模一样的造型。

记得大约是五六年级的某个春节，父亲拿着单位发的年货票，从万紫巷回来。那时候家里已经有了摩托车，我下楼帮爸爸把摩托车后面一个巨大的纸箱子搬下来，陡然看见万紫巷三个红字印刷在纸箱之上，还有一个四瓣的花的图案，后来才知道是万紫巷食品企业的商标。

那时候，几乎所有的单位过年都会发福利，作为一名国企职工，那一次几乎是我印象中父亲单位发的最丰盛的一次福利，箱子里不仅仅有带鱼鲅鱼这样的大路货，还有一包扇贝干。那是我小时候第一次吃到扇贝的头晒成的干贝，一大包整整吃到了夏初。每天早上父亲总是早起给我做早饭，早上时间紧张，父亲的早饭也被逼仄的时间搞得单调，通常不是疙瘩汤就是炝锅面。但自从那次从万紫巷归来后，只要朝早饭锅里丢上几颗扇贝干，味道立刻鲜美动人，以致让我觉得，那段时光也灿烂了许多。

很长一段时间，我只要吃到扇贝之类味道鲜美的海鲜，总会联系到万紫巷，仿佛这无穷的美味，正是得赐于那商埠区平凡的小街。

后来渐渐长大，大型超市和网络购物纷至沓来，万紫巷的旧影也从生活中渐渐淡出，只有老辈人谈到过去的往事，才会偶尔提起。但也正是大学毕业后，因为工作的原因，我读了很多有关济南文史的书籍。万紫巷那总是和副食品的美味捆绑起来的刻板印象，才逐渐清晰起来。

有些事情在介入一个人的生活时，你并不觉得它的来路复杂，只有时光褪色泛黄，那穿越历史的沧桑和厚重才会浮现出来，越来越清晰，越来越伟大。

原来，万紫巷的历史虽然比不上大上海的霞飞路那样闻名遐迩，却也与近代中国的历史联系在一起。作为中国第一个自主开埠的城市，济南在开埠以后，本来是一片"义地"的地方，似乎猛然间便形成一定规模的市场，于是，商埠总局将这里修整一番，成为副食品供应基地，就是万紫巷的前身。有老济南研究者记述："随着胶济铁路的通车，济南城火车站一带热闹起来，当时德国人要求清政府在济南新辟的商埠划出领事驻地并开设为西洋人专用的商场，清政府便将这块多年形成的市场让给了外国人，万紫巷便成为济南最早的中西贸易的场所。"

后来计划经济覆盖全国，万紫巷依旧不改其供应副食的历史，于是有了还是小女孩的我母亲，那激动又紧张的侧面。

我对于能够接续传统的东西，都怀有敬畏，仿佛延续本身就是一种伟大的力量。只可惜，这个时代，为了便捷，有太多东西，我们不得不迅速抹去他们本来在生活中充当的功用，例如电子商务下，近乎所有零售业都受到巨大的冲击。而万紫巷如今也已经鲜有人提及。

正如《舌尖上的中国》所说，这是巨变的中国，人和食物，比任何时候走得更快。周身的变化速度甚至赶超我们形成回忆的速度。但是，无论人们的脚步怎样匆忙，不管聚散和悲欢来得有多么不由自主，总有一种味道，以其独有的方式，每天三次，在舌尖上提醒着我们，认清明天的去向，不忘昨日的来处。就如同那过年时，父母精心制作的熏鱼，或者那一包再也没有吃到过的扇贝干一样，无论现实如何变化，回忆却总也不会斑驳。

在我心中，万紫巷是有味道的，有童年的味道，家的味道。